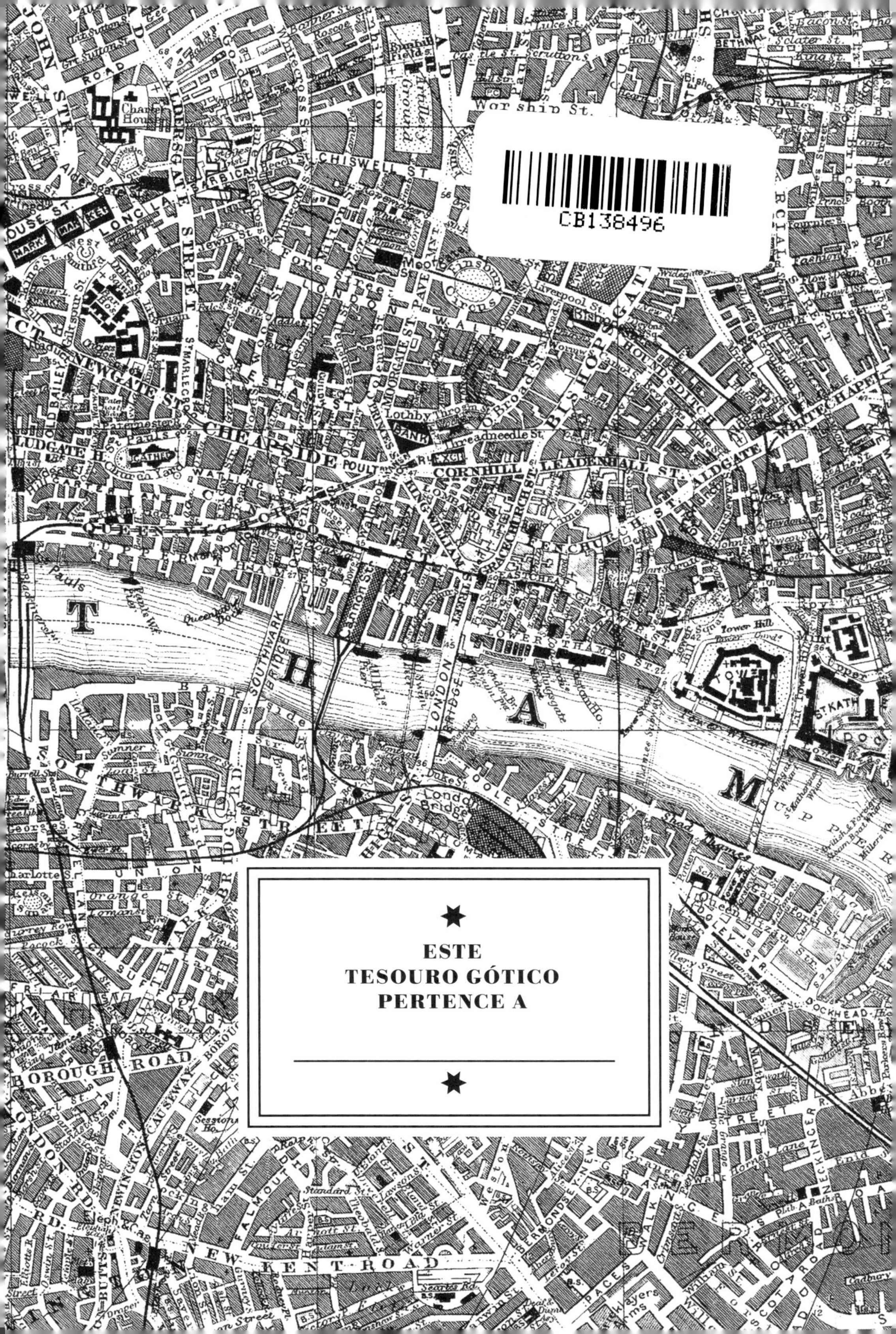

ESTE
TESOURO GÓTICO
PERTENCE A

____

CLERKENWELL
JOHN STR
CHARTER HOUSE ST.
Charter House
BARBICAN
CHISWELL
THEOBALDS ROAD
HOLBORN
VIADUCT
Lincolns Inn Fields
CHANCERY LANE
FARRINGDON ST.
NEWGATE ST.
OLD BAILEY
ALDERSGATE STREET
LONG LA.
FLEET STR.
STRAND
LUDGATE H.
CHEAPSIDE
POULTRY
ST. PAULS CATHED.
QUEEN VICTORIA ST.
Temple
Temple Pier
EMBANKMENT
Charing Cross
CHARING CROSS
WATERLOO BRIDGE
BLACKFRIARS BRIDGE
SOUTHWARK BRIDGE
Queenhithe Dock
Cannon St.
Commercial Rd.
NEW CUT
WATERLOO ROAD
BLACKFRIARS ROAD
SOUTHWARK BRIDGE RD.
SOUTHWARK STREET
UNION ST.
BOROUGH HIGH ST.
WESTMINSTER BRIDGE
WESTMINSTER BRIDGE RD.
ST. THOMAS'S HOSPITAL
LAMBETH PALACE ROAD
Lambeth Palace
LAMBETH ROAD
BOROUGH ROAD
ST. GEORGES RD.
LONDON RD.
NEWINGTON CAUSEWAY
Bethlehem Lunatic Hospital
NEW KENT ROAD
GT. DOVER ST.
Walcot Sq.
Brook Street
KENNINGTON
Elephant & Castle

SWEENEY TODD

Thomas Peckett Prest

E JAMES MALCOLM RYMER

SWEENEY TODD

O BARBEIRO DEMONÍACO DE FLEET STREET

NOVELA ORIGINAL PUBLICADA EM 1846

Tradução de
Carolina Caires Coelho

Inédito no Brasil

WISH

TRADUÇÃO
Carolina Caires Coelho

CAPA E PROJETO GRÁFICO
Marina Avila

PREPARAÇÃO DE TEXTO
Valquíria Vlad

REVISÃO
Karine Ribeiro

IMPRESSÃO
GeoGráfica

ILUSTRAÇÕES DE SWEENEY TODD
Anônimo, *The String of Pearls*, 1850.
[PR5285.R99 S8] The Louis Round Wilson Special Collections Library. University of North Carolina at Chapel Hill com autorização de publicação para Editora Wish

ILUSTRAÇÕES ANATÔMICAS
Livros antigos de anatomia de 1537 até aproximadamente 1900

MAPA DE 1790
William Faden. Stephen S. Clark Library, University of Michigan

3ª edição, 4ª reimpressão | 2025 | Capa dura | Geográfica

DADOS INTERNACIONAIS DE CATALOGAÇÃO NA PUBLICAÇÃO (CIP)
(Câmara Brasileira do Livro, SP, Brasil)
Catalogação na fonte: Bibliotecária responsável: Ana Lúcia Merege - CRB-7 4667

P 936
Prest, Thomas Peckett
Sweeney Todd, o barbeiro demoníaco de Fleet Street / Thomas Peckett Prest, James Malcolm Rymer; tradução de Carolina Caires Coelho. - São Caetano do Sul: Wish, 2020.
320 p. : il.
Título original: The string of pearls, or, The barber of Fleet Street
ISBN 978-65-88218-01-3 (edição capa dura)
1. Ficção inglesa I. Rymer, James Malcolm II. Coelho, Carolina Caires III. Título CDD 820

ÍNDICE PARA CATÁLOGO SISTEMÁTICO:
1.Ficção : Literatura inglesa 820

EDITORA WISH
www.editorawish.com.br
Redes Sociais: @editorawish
São Caetano do Sul - SP - Brasil

THE PEOPLE'S PERIODICAL AND FAMILY LIBRARY.

EDITED BY E. LLOYD.

[PRICE ONE PENNY

No. 7. VOL. I.] FOR THE WEEK ENDING NOVEMBER 21, 1846.

THE STRING OF PEARLS.

A ROMANCE.

CHAPTER I.

THE STRANGE CUSTOMER AT SWEENEY TODD'S.

BEFORE Fleet-street had reached its present importance, and when George the Third was young, and the two figures who used to strike the chimes at old St. Dunstan's church were in all their glory—being a great impediment to errand-boys on their progress, and a matter of gaping curiosity to country people—there stood close to the sacred edifice a small barber's shop, which was kept by a man of the name of Sweeney Todd.

Barbers by that time in Fleet-street had not become fashionable, and no more dreamt of calling themselves artists than of taking the Tower by storm; moreover they were not, as they are now, constantly slaughtering fine fat bears, and yet somehow people had hair on their heads just the same as they have at present, without the aid of that unctuous auxiliary. Moreover Sweeney Todd, in common with his brethren in those really primitive sorts of times, did not think it at all necessary to have any waxen effigies of humanity in his window. There was no languishing young lady looking over the left shoulder in order that a profusion of auburn tresses might repose upon her lily neck, and great conquerors and great statesmen were not then, as they are now, held up to public ridicule with dabs of rouge upon their cheeks, a quantity of gunpowder scattered in for a beard, and some bristles sticking on end for eyebrows.

No. Sweeney Todd was a barber of the old school, and he never thought of glorifying himself on account of any extraneous circumstance. If he had lived in Henry the Eighth's palace, it would have been all the same to him as Henry the Eighth's dog-kennel, and he would scarcely have believed human nature to be so green as to pay an extra sixpence to be shaven and shorn in any particular locality.

A long pole painted white, with a red stripe curling

'Easy shaving for a penny,
As good as you will find any.'

We do not put these lines forth as a specimen of the poetry of the age; they may have been the production of some young Templer; but if they were a little wanting in poetic fire, that was amply made up by the clear and precise manner in which they set forth what they intended.

The barber himself was a long, low-jointed, ill-put-together sort of fellow, with an immense mouth, and such huge hands and feet, that he was, in his way, quite a natural curiosity; and, what was more wonderful, considering his trade, there never was seen such a head of hair as Sweeney Todd's. We know not what to compare it to: probably it came nearest to what one might suppose to be the appearance of a thick-set hedge, in which a quantity of small wire had got entangled. In truth, it was a most terrific head of hair; and as Sweeney Todd kept all his combs in it—some people said his scissors likewise—when he put his head out of the shop-door to see what sort of weather it was, he might have been mistaken for some Indian warrior with a very remarkable head-dress.

He had a short disagreeable kind of unmirthful laugh, which came in at all sorts of odd times when nobody else saw anything to laugh at at all, and which sometimes made people start again, especially when they were being shaved, and Sweeney Todd would stop short in that operation to indulge in one of those cachinatory effusions. It was evident that the remembrance of some very strange and out-of-the-way joke must occasionally flit across him, and then he gav

PENNY BLOOD DE 1846 DOS "PERIÓDICOS DO POVO", CUSTANDO UM CENTAVO DE LIBRA E CONTENDO O PRIMEIRO CAPÍTULO DE "THE STRING OF PEARLS", OU "SWEENEY TODD"

Sumário

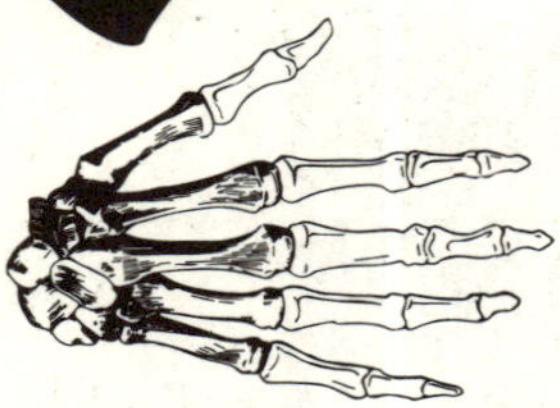

HISTÓRIA

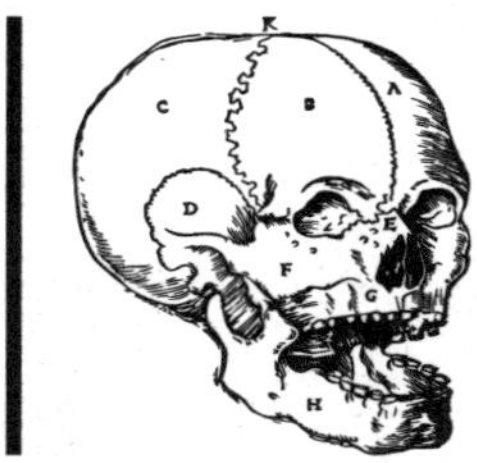

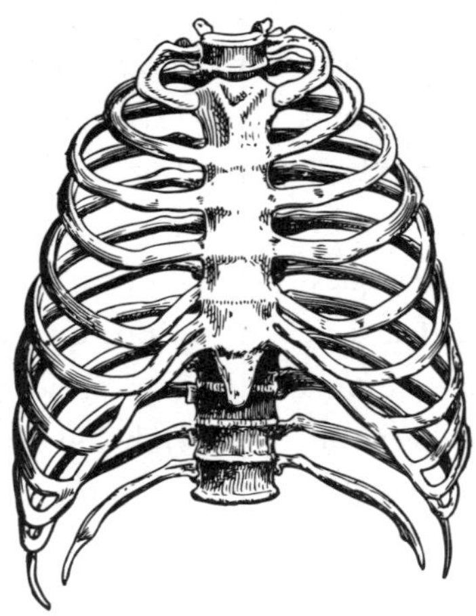

Prefácio da Edição Inglesa 1850

Como o Barbeiro Demoníaco de Fleet Street despertou um interesse quase sem precedentes no mundo literário, convém ao autor dizer algumas palavras a seus leitores após a conclusão de seus trabalhos.

Em resposta a muitos questionamentos que têm sido feitos, de tempos em tempos, sobre se uma pessoa como Sweeney Todd existiu, um pouco hesitantes podemos dizer que certamente existiu um homem como ele, e que o registro de seus crimes ainda pode ser encontrado em relatos de criminalidade deste país.

A casa na Fleet Street, que foi o cenário dos crimes de Todd, não mais existe. Um incêndio, que destruiu cerca de meia dúzia de construções daquele lado da rua, causou a destruição da casa de Todd, mas a passagem secreta, ainda que, sem dúvida, parcialmente bloqueada pela reconstrução da Igreja de St. Dunstan, ligando as câmaras de lá às adegas que eram da casa de Todd na Fleet Street, ainda está lá.

Pelo grande apoio que este trabalho recebeu do público leitor, o autor expressa seus profundos e sinceros agradecimentos. E faz questão de afirmar que algo que poderia estimulá-lo a seguir se esforçando para agradar a seus vários leitores é a valorização gentil e cada vez maior de seus trabalhos anteriores.

LONDRES, 1850

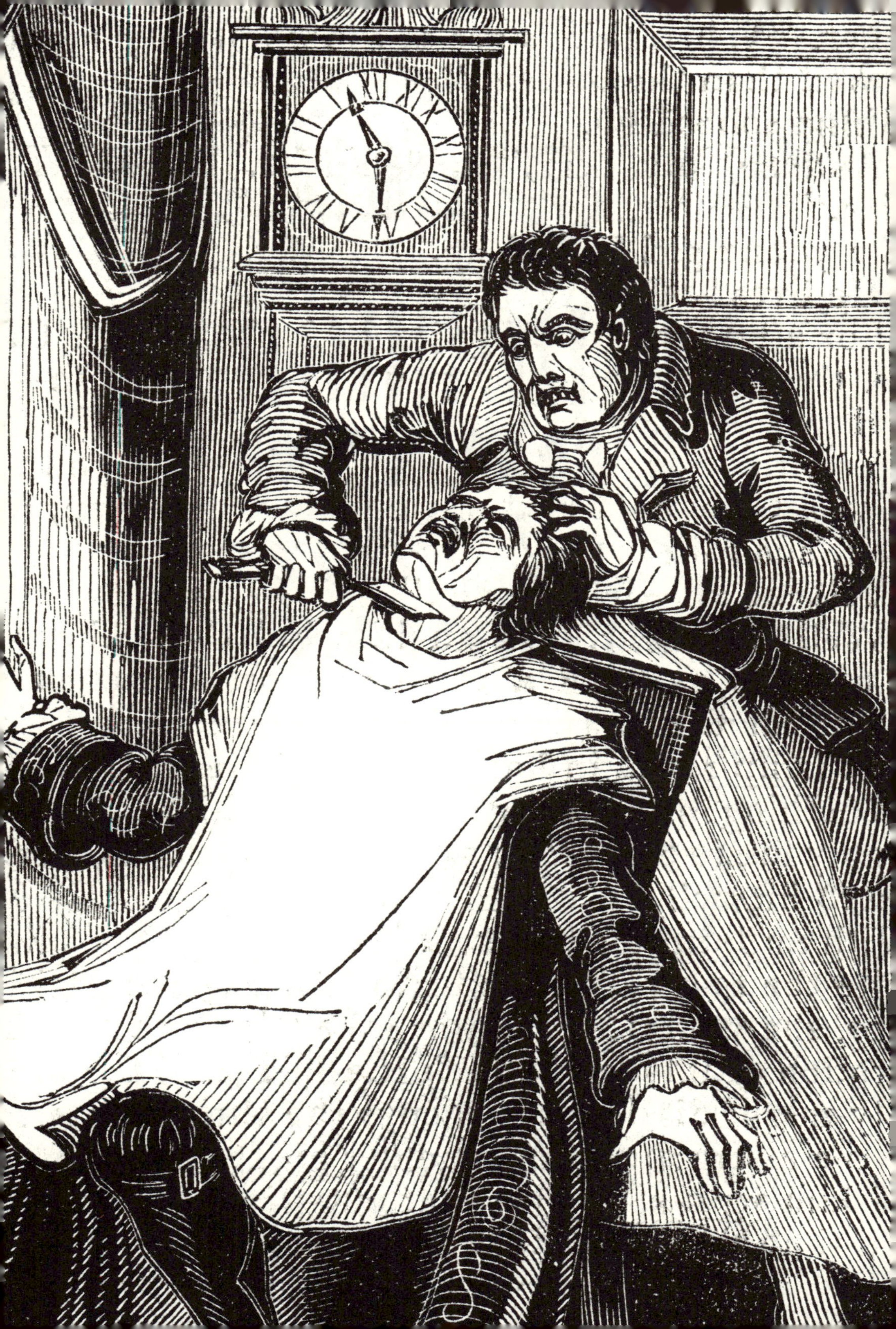

Prefácio

O HORROR URBANO *da Londres* VITORIANA

PENNY DREADFULS, LITERATURA GÓTICA E MUSICAIS

"A emoção mais antiga e mais forte da humanidade é o medo, e o mais antigo e mais forte tipo de medo é o medo do desconhecido", assim dizia H. P. Lovecraft em seu ensaio *O horror sobrenatural em literatura*. No entanto, nem sempre percebemos quando estamos prestes a nos deparar com o desconhecido. Diferentemente de ler um livro ou ver um filme – onde assinamos um pacto de fuga da realidade, aceitando como possíveis coisas que sequer imaginaríamos –, tomamos o mundo em que vivemos como convencional e sem grandes transformações. Ao final de histórias macabras recém-consumidas, suspiramos aliviados em nossas cadeiras, aproveitando da certeza de que tais barbaridades não podem nos alcançar no conforto da nossa sala de estar. Pelo menos não até nos darmos conta de que o terror pode estar escondido embaixo das nossas camas, na porta de casa ou em uma simples barbearia.

As histórias de horror e terror, tão consumidas na atualidade, encontraram seu espaço ao longo dos anos no meio literário, em especial, dentro da literatura gótica do século XIX. Livros como *Frankenstein* (Mary Shelley, 1818), *O médico e o monstro* (Louis Stevenson, 1886) e *Drácula* (Bram Stoker, 1897) são considerados marcos do gênero literário, cada um à sua época, e

hoje influenciam centenas de escritores como Stephen King, Clive Barker e Anne Rice. Mas nem sempre foi assim. Karina Salles, pesquisadora da literatura de horror e autora da dissertação *Penny bloods: o horror urbano na ficção de massa vitoriana*, aponta que o romance, em sua origem, não era reconhecido como forma legítima de discurso – era, aliás, tido como uma fonte frívola de entretenimento –, e muito se discutiu, na época, a leitura de ficção como algo que pudesse prejudicar o bom senso das pessoas.

A Londres vitoriana sofreu uma série de transformações. Dentre elas, podemos citar a Revolução Industrial, que fez das grandes cidades verdadeiros centros industrializados, cheios de imigrantes em busca de emprego. Segundo Salles, isso levou a capital inglesa a um aumento populacional absurdo, e quanto mais gente, maior a busca por informação e entretenimento, coisas que só podiam ser intermediadas se a população tivesse acesso à educação

– algo que o governo logo tratou de resolver, ao implementar medidas de alfabetização em massa. Além disso, o mercado editorial precisou se adaptar ao estilo de vida e poder aquisitivo desse novo público, que não podia adquirir livros inteiros a preços expressivos, e que não possuía grande interesse por conteúdos acadêmicos. Eles desejavam ficção.

THE ILLUSTRATED LONDON NEWS DE 1º DE OUTUBRO DE 1892. OS JORNAIS ILUSTRADOS PODEM TER DADO INÍCIO AO INTERESSE POR *PENNY DREADFULS*.

PENNY BLOODS E *PENNY DREADFULS*

A soma de todos esses fatores foi essencial para que a leitura se popularizasse entre as classes mais baixas, contribuindo para o surgimento de um subgênero do romance conhecido como *penny blood*.

As *penny bloods* eram publicações periódicas semelhantes ao folhetim. Cada capítulo era vendido por um centavo de libra (chamado *penny*), preço acessível aos trabalhadores. Os textos possuíam uma linguagem que dialogava com a massa, e tinham como enredo histórias de horror passadas nos grandes centros urbanos, cheios de crimes e sangue (*blood*), copiando o amor popular da escola gótica praticada no século anterior, assim destacado pela historiadora Judith Flanders em seu artigo sobre *penny dreadfuls* publicado no site da British Library. Elas circularam por toda Londres em meados de 1830 e 1840.

As *penny bloods* eram voltadas para um público, sobretudo, adulto[1] – as pessoas liam umas para as outras e comentavam os acontecimentos de cada capítulo, criando expectativa para as próximas cenas, semelhante ao que acontece hoje com as novelas, séries e filmes de TV, além das sagas e trilogias.

Salles ressalta ainda que, hoje, podemos considerar as *penny bloods* como uma das primeiras produções literárias inerentes ao que chamamos de ficção de massa, não apenas pelo seu amplo alcance, mas também por ter surgido com o objetivo de atender à demanda por entretenimento da população. Mas por qual razão essas histórias de horror faziam tanto sucesso entre os vitorianos?

A resposta pode estar ligada à literatura gótica praticada no século XVIII (narrativas oscilantes entre as leis convencionais e as possibilidades do sobrenatural) e outros subgêneros do romance que se tornaram populares mais ou menos na mesma época que as *penny bloods*. Salles elenca o *broadside* (um tipo de panfleto distribuído entre os séculos XVI e XIX, onde se divulgavam os relatos de execuções, crimes e julgamentos), o *newgate calendar* (um boletim mensal de execuções) e o romance sensacionalista (narravam principalmente atos criminosos e enredos complicados envolvendo tabus da sociedade).

Como podemos ver, uma boa parte desses subgêneros tinha um cunho mais jornalístico, e não é por acaso que as *penny bloods* foram publicadas nesse formato de "folhetim". Porém, foi a mistura da literatura gótica do século XVIII com o romance sensacionalista que fizeram as *penny bloods* tão chamativas para a sua época. De acordo com Salles, em vez de seus enredos estarem ambientados em castelos, igrejas e lugares remotos, tão citados por Lovecraft em seu ensaio, as histórias de horror foram transferidas para os grandes centros urbanos (em especial, Londres), e trabalharam o medo em cima das possibilidades do mundo doméstico burguês e as formas como ele poderia se transformar. Aqui, o vilão da história poderia ser qualquer pessoa, desde uma indefesa fabricante de tortas a um simples barbeiro. Essa mudança de cenário configurou o que chamamos de gótico urbano[2].

---

1 SALLES, 2015.

2 SALLES, 2015.

FLEET STREET, FOTÓGRAFO DESCONHECIDO, APROX. 1890

No entanto, Salles aponta que, com o passar dos anos, o interesse do público adulto se desviou para os jornais dominicais, fazendo com que as *penny bloods* acabassem sendo consumidas pelos adolescentes a partir da segunda metade do século XIX. Isso exigiu uma adaptação do conteúdo, e as histórias de crime e violência passaram a ter um tom mais aventureiro desde então, trazendo como protagonistas as versões romantizadas dos bandidos, salteadores, entre outros. O produto dessa adaptação foi chamado de *penny dreadful*, comercializadas durante as décadas de 1860 e 1870[3].

3 SALLES, 2015.

SWEENEY TODD E SUA ORIGEM

A famosa história do barbeiro de Fleet Street foi publicada, originalmente, sob o título *The String of Pearls*, ou "O Colar de Pérolas" em tradução livre. A origem da lenda do barbeiro não é exatamente londrina, conforme indicado por Salles. Fontes datam textos anteriores a *The String of Pearls*, os mais antigos escritos em francês, narrando os crimes cometidos por um barbeiro e uma *pâtissière*, e cuja história se passava em Paris. A Rue des Marmousets, ou Rue de la Harpe em outras versões, seria aquela que conhecemos por Fleet Street[4].

HENRI RIBALLIER

Ainda segundo Salles, *The String of Pearls* tem sua autoria atribuída a dois escritores de *penny blood* que atuaram na época: Thomas Prest e James Rymer. No entanto, até hoje não se sabe qual dos dois é o verdadeiro autor da obra, afinal, publicar em periódicos naquela época era uma atividade extremamente informal e não havia a preocupação por partes dos escritores em assinar seus textos. E como ambos trabalharam para o *The People's Periodical and Family Library* (periódico em que Sweeney foi lançado) no mesmo período, é praticamente impossível lançar um veredicto sobre quem teria escrito a história. A opção até então mais provável é a de que tenham sido ambos. Mas essa é uma pergunta que pode ficar sem resposta por mais algum tempo.

4 SALLES, 2015.

Drawn by Tho. H. Shepherd. Engraved by J. Tingle

ST. BRIDE'S AVENUE, FLEET STREET.

THOMAS SHEPHERD E JAMES TINGLE, BRITISH LIBRARY, 1830

O enorme sucesso de Sweeney Todd no século XIX se perpetuou, e quase um século e meio depois, foi adaptado para os palcos da Broadway na peça *Sweeney Todd: The Demon Barber of Fleet Street*, com melodia e letra de Stephen Sondheim, eleito pelo *The New York Times* como "o maior e talvez mais conhecido artista de teatro musical americano". E em 2007, foi a vez desses arranjos ganharem espaço nas telas de cinema com a adaptação de Tim Burton, um dos maiores cineastas da atualidade, cujo filme foi estrelado por Johnny Depp (no papel do barbeiro demoníaco) e Helena Bonham Carter (no papel da *pâtissière*).

A história contada no teatro e no cinema, no entanto, apresenta uma versão diferente da contada no livro. No filme, Sweeney estaria voltando para Londres em busca de vingança, após ter sido detido durante vários anos por causa das acusações falsas do Juiz Turpin, papel interpretado por Alan Rickman. A filha de Sweeney, Johanna, está sob a tutela do juiz, que nutre uma paixão doentia pela garota. E nesse engodo de intrigas, tudo o que o barbeiro mais deseja é reabrir o seu negócio para atrair Turpin, matá-lo a sangue frio, mas então começa uma parceria entre ele e a Sra. Lovett, dona de uma loja de tortas.

A versão original dessa história você conhecerá agora. Depois de quase dois séculos após sua publicação, a história do barbeiro demoníaco de Fleet Street chega pela primeira vez ao Brasil. Com direção e projeto gráfico de Marina Avila, e tradução de Carolina Caires Coelho, a Editora Wish convida você a visitar o incrível mundo de horror da Londres vitoriana do século XIX.

VALQUÍRIA VLAD, PREPARADORA DE TEXTO

Referências bibliográficas

FLANDERS, Judith. "Penny dreadfuls". Disponível em: https://www.bl.uk/romantics-and-victorians/articles/penny-dreadfuls. Acesso em: 27 de julho de 2020.

LOVECRAFT, H. P. *O horror sobrenatural em literatura*. São Paulo: Iluminuras, 2000.

SALLES, Karina dos Santos. *Penny bloods: o horror urbano na ficção de massa vitoriana*. Niterói, 2015. 152f. Dissertação (Mestrado em Estudos de Linguagem) – Instituto de Letras, Universidade Federal Fluminense, Niterói, 2015.

Foundling Hospital
Northampton Chapel
Bridewell
New Prison
Charter House Gardens
Charter House
Charter House Square
Grays Inn Gardens
Red Lyon Square
HOLBORN
Holborn Hill
WEST SMITH FIELD
Cock Lane
LINCOLNS INN FIELDS
Portugal Row
Fleet Market
Fleet Prison
FLEET STREET
Ludgate Hill
Pater-noster Row
CHURCH YARD
TEMPLE
Kings Bench Walk
Doctors Commons
STRAND
Savoy
BLACK FRYERS BRIDGE
I V E R
Cupers Gardens
Christ Ch.
George Street
Duke Street
Ellers Street
Magdalen H.
Royal Circus
SAINT GEORGE'S
Lambeth Marsh
Westr. New Lying in Hosp.
Astleys Amphitheatre
Apollo Gardens
Kings Bench Prison
One Mile ... feet from London Bridge
BOROUGH
BRIDGE
OLD STREET

1790 MAPA *de* LONDRES

FLEET STREET NO CENTRO DO MAPA

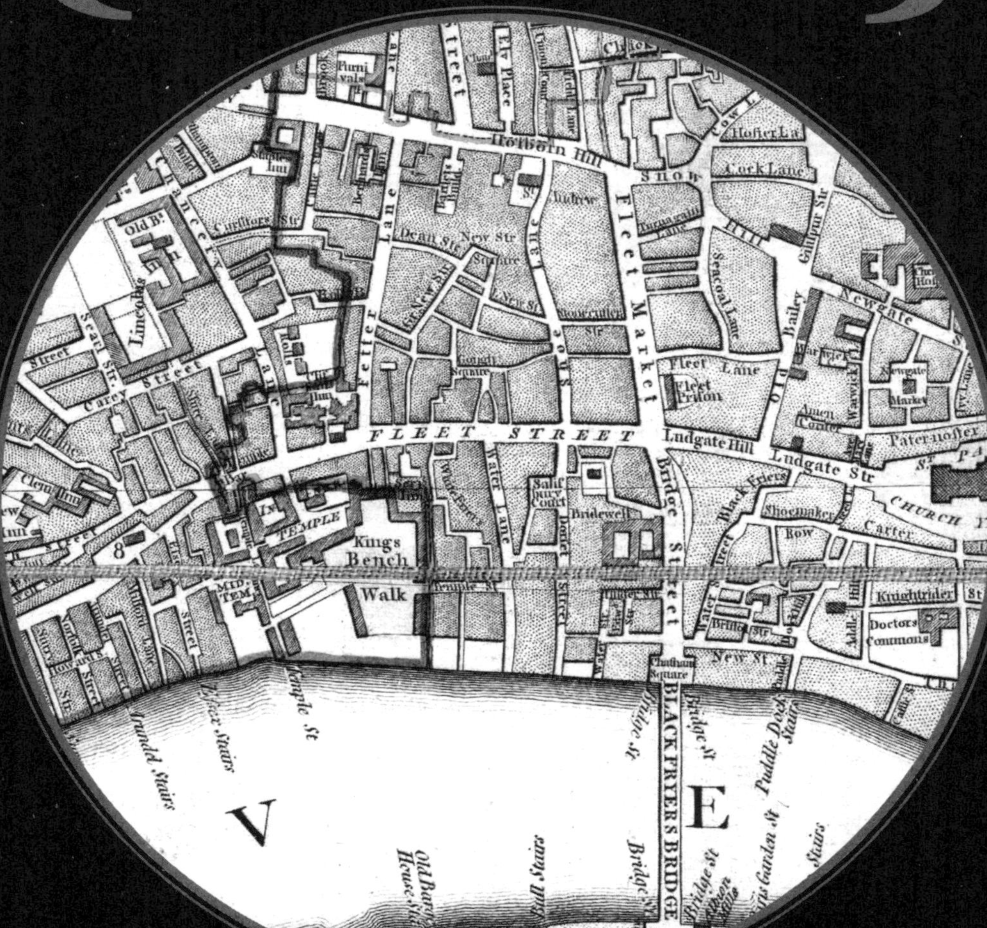

I

O cliente ESTRANHO *da Barbearia*

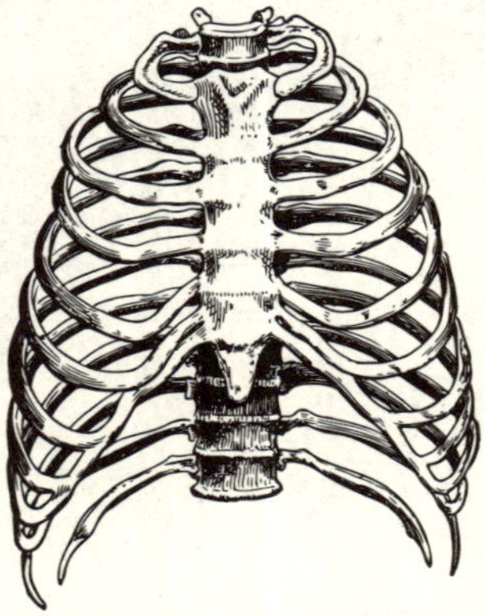

Antes de a Fleet Street alcançar sua atual importância, quando George III era jovem[1] e antes de as duas estátuas que tocavam os sinos da antiga igreja de St. Dunstan atingirem seu apogeu — tornando-se alvo da curiosidade e espanto das pessoas do interior — havia, ao lado da sagrada construção, uma pequena barbearia, mantida por um homem chamado Sweeney Todd.

Como ele recebeu o nome "Sweeney", não sabemos dizer, mas este era seu nome, como era possível ver em letras garrafais e amareladas bem acima da vitrine de seu estabelecimento por qualquer pessoa que decidisse olhar para lá.

Os barbeiros da Fleet Street daquela época ainda não estavam na moda. Não sonhavam em ser chamados de artistas, tampouco em prosperar, assim como não costumavam, como fazem agora, matar os mais belos ursos[2]. Ainda assim, as pessoas tinham cabelos na cabeça da mesma forma como agora, sem usar aqueles produtos gordurosos. Além disso, Sweeney Todd, como seus amigos naqueles tempos tão antigos, não via a menor necessidade em ter manequins de cera com perucas em sua vitrine. Não havia nenhuma jovem abatida meneando a cabeça para que uma

---

1 O autor apresenta a época em que a história se passa neste primeiro parágrafo. George III foi Rei da Grã-Bretanha e Irlanda de 1760 a 1801. O livro de Sweeney Todd foi escrito em 1846, 26 anos após sua morte. Desta forma, os leitores da época compreenderam rapidamente o período histórico da trama. [N.E.]

2 A banha de ursos, utilizada em produtos cosméticos, supostamente poderia reparar queda de cabelos. [N.E.]

profusão de madeixas ruivas pudesse descer pelo seu pescoço, tampouco grandes conquistadores e homens do Estado ridicularizavam-se com ruge nas faces, um pouco de pólvora espalhada para servir de barba e uns fios duros formando as sobrancelhas[3].

Não. Sweeney Todd era um barbeiro dos antigos, e ele nunca pensou que deveria se gabar à custa de circunstâncias extrínsecas. Ainda que vivesse no palácio de Henrique VIII, teria sido para ele o mesmo que viver em um canil. Era difícil acreditar que o ser humano fosse tão imaturo a ponto de pagar seis centavos a mais para fazer barba e cabelo em qualquer lugar que fosse.

Um cabo comprido pintado de branco, com uma listra vermelha espiralada ao longo dele, avançava em direção à rua, preso à porta da barbearia. E na vitrine via-se a seguinte parelha:

Barba feita por um centavo
Preço certo, sem conchavo.

Não citamos essas frases como amostra da poesia da época — elas podem ter sido criadas por algum jovem estudante de direito —, mas ainda que deixassem a desejar no traquejo poético, compensavam muito no modo claro e preciso com que expunham seu sentido.

O barbeiro em si era um sujeito comprido e desconjuntado, com uma boca enorme, e mãos e pés tão imensos que o faziam, à sua maneira, muito curioso. O mais incrível, dada à sua área de atuação, eram seus cabelos. Não sabemos com o que compará-los: provavelmente próximo do que se pode imaginar da aparência de uma cerca-viva cheia de fios entrelaçados. Na verdade, era uma incrível cabeleira; e como Sweeney Todd mantinha todos os pentes dentro dela — e alguns diziam que também as tesouras —, quando ele punha a cabeça para fora da porta para ver como estava o tempo, era possível que fosse confundido com algum guerreiro indígena e seu belo cocar.

---

3 O autor satiriza a época em que o livro foi publicado (1846) ao falar sobre o ruge nas faces dos homens do Estado, apontando isso como divergência em relação à época em que a história de Sweeney Todd se passa (1760-1801), quando a sociedade ainda não havia adotado tal costume. [N.E.]

Era dono de uma risada curta e sem graça, que aparecia nas horas mais inesperadas nas quais ninguém via motivo algum para rir, provocando sustos nas pessoas, principalmente quando estavam sendo barbeadas e Sweeney Todd interrompia a operação abruptamente para se dar a uma daquelas efusões sem controle. Ficava claro que a lembrança de alguma piada muito esquisita e descabida às vezes lhe ocorria, e então ele soltava a risada tal qual a de uma hiena — curta, repentina e aguda —, e logo sumia. As pessoas costumavam olhar para o teto, para o chão e ao redor de onde estivessem para saber da origem daquele som, quase sem acreditar que pudesse ter saído dos lábios de um mortal.

O sr. Todd estreitava um pouco os olhos para aumentar seu charme; e assim acreditamos que, neste momento, o leitor já deve imaginar o indivíduo que desejamos apresentar. Algumas pessoas o consideravam um homem relaxado e inofensivo, sem muito juízo, e às vezes até o julgavam um pouco maluco; mas outras balançavam a cabeça, incrédulas, quando falavam dele. Ademais, não poderiam dizer nada de mau sobre ele, apenas que o consideravam esquisito e, levando em conta que é um crime e uma contravenção ser esquisito neste mundo, não nos surpreende ver que Sweeney Todd não era nem um pouco admirado.

Mas, apesar de tudo isso, ele tinha um negócio próspero e era considerado um homem bem-sucedido e, como diziam na cidade, simpático.

Era tão prático para os estudantes de Temple[4] passar pelo estabelecimento de Sweeney Todd e raspar o queixo que, da noite para o dia, ele passou a administrar um negócio lucrativo, e evidentemente se tornou um homem de bens.

Só havia uma coisa que parecia, de alguma forma, não combinar com a grande prudência do caráter de Sweeney Todd: o fato de ele arrendar uma casa grande, da qual ocupava apenas a loja e o salão, deixando a parte de

4 Temple é o nome dado ao local onde ficam as quatro associações de advogados existentes na Inglaterra e País de Gales (Inner Temple, Middle Temple, Lincoln's Inn e Gray's Inn). Para poderem praticar o direito, os advogados precisam pertencer a uma delas. O nome "temple", ou "templo", em português, se origina da Ordem dos Templários, que ocupava o lugar no passado. [N.T.]

cima totalmente sem uso e recusando-se com veemência a deixá-la livre, independentemente das condições.

E assim eram as coisas, em 1785 da era Cristã, no que dizia respeito a Sweeney Todd.

O dia estava chegando ao fim. Uma chuva fina caía, deixando poucos pedestres nas ruas. Sweeney Todd estava dentro da barbearia, sentado, observando com atenção o rosto de um garoto que se mantinha de pé diante dele, porém retraído e trêmulo.

— Você deve se lembrar — disse Sweeney Todd, fazendo uma careta horrorosa ao falar —, deve se lembrar, Tobias Ragg, que agora é meu aprendiz, que de mim recebe casa, comida e roupa lavada, com a exceção de que não dormirá aqui, fará suas refeições em casa e que sua mãe, a sra. Ragg, lavará suas roupas, o que pode muito bem fazer, já que é lavadeira em Temple, recebendo muito dinheiro por isso. Quanto à moradia, vai ficar aqui, como sabe, muito confortável na barbearia durante todo o dia. Não se sente um cachorrinho feliz?

— Sim, senhor — disse o garoto, com timidez.

— Aprenderá uma profissão de valor, tão boa quanto o direito, o qual sua mãe me disse que queria que você seguisse, o que não foi possível devido a uma leve incapacidade intelectual de sua parte. Agora, Tobias, preste atenção, ouça bem e guarde o que vou dizer.

— Sim, senhor.

— Corto seu pescoço de uma orelha a outra se você repetir uma palavra que seja do que acontecer aqui, ou se ousar fazer qualquer suposição ou tirar qualquer conclusão de alguma coisa que possa ver e escutar, ou até *imaginar* ver e escutar. Você entendeu? Corto seu pescoço de uma orelha a outra... *entendeu*?

— Sim, senhor, não vou dizer nada. Que eu seja transformado em tortas de vitela da Lovett's, em Bell Yard[5], senhor, se eu disser qualquer coisa que seja.

Sweeney Todd se levantou da cadeira; e abrindo a boca enorme, olhou para o garoto por um ou dois minutos em silêncio, como se pretendesse devorá-lo todo, mas ainda não tivesse decidido bem por onde começar.

---

5 Bell Yard: viela próxima da Fleet Street, perto do ponto onde a Strand encontra Temple Bar. [N.T.]

“CORTO SEU PESCOÇO DE UMA ORELHA A OUTRA SE VOCÊ REPETIR UMA PALAVRA QUE SEJA DO QUE ACONTECER AQUI...”

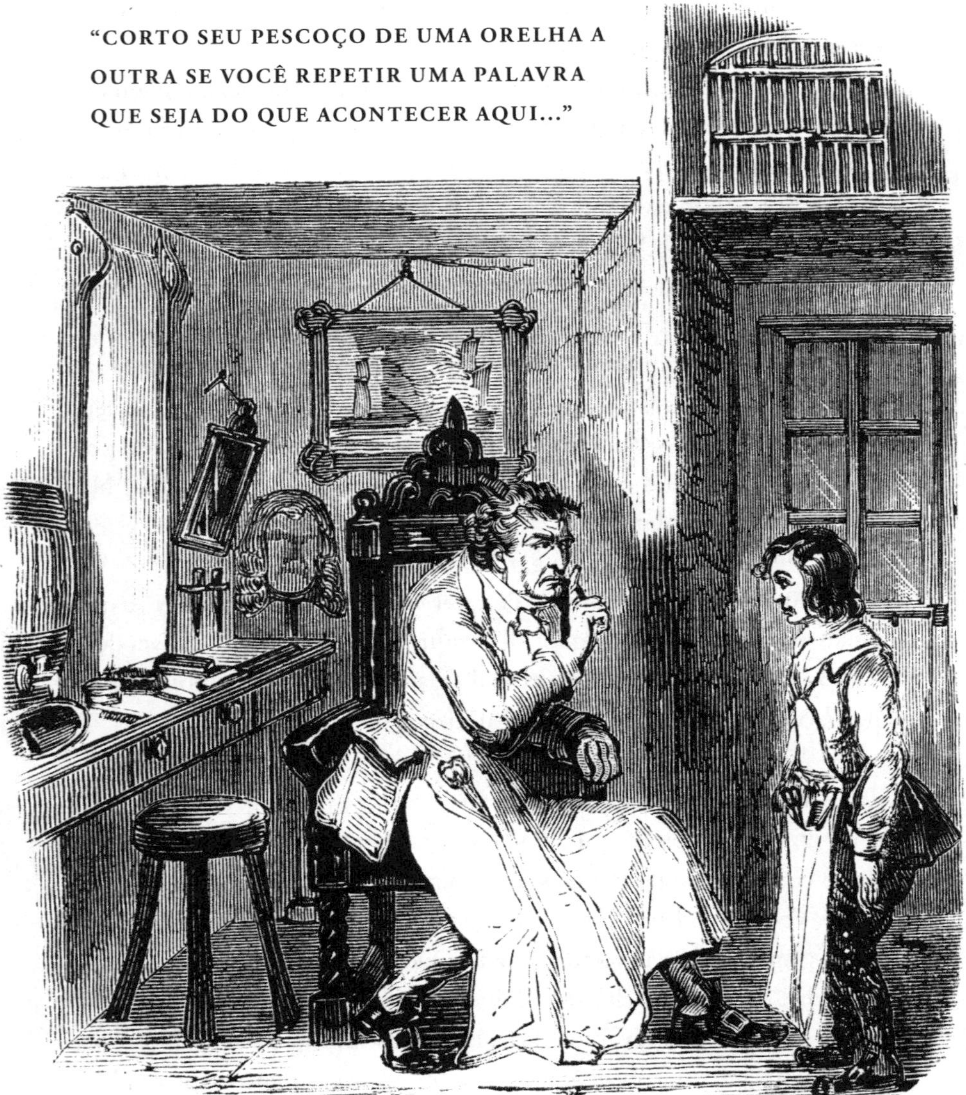

— Muito bem — disse ele, por fim. — Estou satisfeito, assim, bem satisfeito; e preste atenção: a barbearia, e só ela, é onde você deve ficar.

— Sim, senhor.

— E se algum cliente lhe der um centavo, pode ficar com ele, pois com uma quantidade boa deles, será rico; mas cuido deles para você, e quando os quiser, deixarei que os pegue. Saia agora, vá ver que horas marca o relógio da St. Dunstan.

Havia uma pequena multidão reunida na frente da igreja, pois as estátuas estavam prestes a bater quinze para as sete; e no meio da multidão, estava um homem que olhava para elas com a mesma curiosidade de todos.

— Agora é hora! — disse ele. — Eles vão começar. Puxa! Que engenhoso. Veja o homem erguendo seu bastão, e vai dar com ele no velho sino.

Os três quartos de hora foram marcados pelas estátuas, e as pessoas que tinham se aglomerado para ver, muitas das quais viam a mesma coisa todos os dias há anos, se afastaram, com exceção do homem que parecia muito interessado.

Ele ficou e, deitado a seus pés, estava um cachorro com ar nobre, que também observava as estátuas; e vendo a atenção com que seu dono olhava, dedicou-se a demonstrar o maior interesse possível.

— O que você acha disso, Hector? — perguntou o homem.

O cachorro soltou um gemido baixo e curto, e seu dono continuou:

— Tem uma barbearia do outro lado. Talvez devesse dar uma passada lá antes de seguir meu caminho, já que preciso visitar as moças e dar-lhes a triste notícia do falecimento do pobre Mark Ingestrie, e só Deus sabe como Johanna vai reagir. Acredito que vou reconhecê-la pela descrição que o coitado fez dela. Eu me entristeço agora, lembrando de como ele costumava falar dela nas noites longas de vigília, no silêncio, quando não havia a menor brisa para soprar seus cabelos. Chegava a vê-la às vezes, em pensamento, pois ele me falava de seus olhos suaves e radiantes, dos lábios delicados formando um beicinho e das covinhas próximo da boca. Bem, não adianta se lamentar; ele morreu afogado, coitado, e água salgada cobre o coração mais valente que já existiu. Mas sua amada Johanna receberá o colar de pérolas mesmo assim; e se ela não pode ser a esposa de Mark Ingestrie neste mundo, será rica e feliz enquanto nele permanecer. Ou tão feliz quanto for possível, pois certamente deverá ansiar por encontrar-se com ele no céu, onde não existem ventos e tempestades. Assim sendo, vou me barbear de uma vez.

Ele atravessou a rua na direção da barbearia de Sweeney Todd e, descendo os degraus da entrada, se viu cara a cara com o estranho barbeiro.

O cachorro rosnou baixo e farejou o ar.

— Minha nossa, Hector — disse seu dono —, o que há? Acalme-se, acalme-se.

— Morro de medo de cachorros — disse Sweeney Todd. — O senhor se importaria de deixá-lo aqui fora à sua espera, se não for atrapalhar? Veja como ele está, vai me atacar!

— Nesse caso, o senhor será a primeira pessoa a quem ele ataca sem ser provocado — disse o homem —, mas acho que ele não gosta de sua aparência, e devo confessar que isso não me surpreende muito. Já vi uns sujeitos bem esquisitos na vida, mas juro que nunca vi uma figura como o senhor. E que diabo de barulho foi esse?

— Fui eu — disse Sweeney Todd. — Só dei uma risada.

— Só deu uma risada! Chama isso de *risada*? Acho que o senhor a contraiu de alguém que morreu do mesmo problema. Se é seu jeito de rir, imploro que não ria mais assim.

— Segure o cachorro! Segure! Não quero cachorros correndo no meu quintal.

— Aqui, Hector, aqui! — gritou seu dono. — Pra fora!

Muito contrariado, o cachorro saiu da barbearia e se abaixou perto da porta, que o barbeiro tomou o cuidado de fechar, dizendo algo sobre as rajadas de vento. E então, olhando para o aprendiz encolhido num canto, disse:

— Tobias, meu rapaz, vá à Leadenhall Street, e traga um saco pequeno de biscoitos grandes da casa do sr. Peterson; diga que são para mim. Bem, senhor, creio que queira fazer a barba, e que bom ter vindo aqui. Eu não deveria dizer, mas não há barbearia na cidade de Londres onde façam barbas tão bem quanto eu.

— Pois direi uma coisa, grande senhor barbeiro: se rir de novo desse jeito, vou me levantar e ir embora. Não gosto daquela risada, e não falarei outra vez.

— Muito bem — disse Sweeney Todd enquanto preparava a espuma. — Quem é o senhor? De onde veio, para onde vai?

— Está fria, é o que posso dizer. Inferno! Por que está passando o pincel de barba na minha boca? Não dê risada, pelo amor de Deus! E já que gosta tanto de fazer perguntas, responda uma para mim.

— Ah, sim, claro. O que quer saber, senhor?

— Conhece um homem chamado sr. Oakley, que mora em algum lugar em Londres e fabrica óculos?

— Sim, claro que conheço. John Oakley, o oculista da Fore Street. Ele tem uma filha chamada Johanna, a quem os garotos chamam de "Flor da Fore Street".

— Ah, coitadinha! Eles dizem isso? Mas que inferno! De que está rindo agora? O que pretende com isso?

— O senhor não disse "coitadinha"? Vire um pouco a cabeça para o lado, assim. O senhor já viu o mar?

— Sim, vi, e recentemente subi o rio voltando da Índia.

— Não me diga! Onde pode estar meu afiador? Estava aqui agora mesmo, devo tê-lo deixado em algum lugar. Estranho não encontrá-lo! Muito esquisito, onde foi parar? Ah, eu me lembro, eu o levei ao salão. Fique sentado, senhor, volto em um instante. A propósito, pode se distrair com o jornal[6].

Sweeney Todd entrou na sala dos fundos e fechou a porta. Ouviu-se um barulho esquisito de repente, algo parecido com uma movimentação apressada, seguido de uma batida forte. Assim que Sweeney Todd retornou, olhou para a cadeira vazia onde seu cliente havia se sentado antes, mas ele não estava mais ali e não deixou outro traço de sua presença além de seu chapéu, que Sweeney Todd pegou no mesmo instante e jogou dentro de um armário que ficava em um canto da barbearia.

— O que foi isso? — perguntou ele. — O que foi? Pensei ter ouvido um barulho.

A porta se abriu devagar, e Tobias apareceu dizendo:

— Com licença, senhor, eu me esqueci do dinheiro, e vim correndo de volta do pátio da igreja St. Paul.

---

6 No original, "*Courier*". Jornal veiculado no século XIX. [N.T. e E.]

Com duas passadas, Todd se aproximou dele, segurando-o pelo braço. Arrastou-o para o canto mais distante da loja, onde permaneceu de pé com os olhos arregalados, sustentando uma expressão tão demoníaca que o garoto se sentiu aterrorizado.

— Fale! — gritou Todd. — Fale logo! E fale a verdade, ou sua hora terá chegado! Quanto tempo você passou espiando pela porta antes de entrar?

— Espiando, senhor?

— Sim, espiando. Não repita minhas palavras, só me responda de uma vez, que vai ser melhor para você, no fim das contas.

— Eu não estava espiando, senhor, de jeito nenhum.

Sweeney Todd respirou fundo e então, com um jeito esquisito e uma voz meio estridente, intencionalmente jocosa, disse:

— Bem, muito bem, bem, bem. E se você tiver espiado? Não importa. Eu só queria saber, só isso. Foi uma boa piada, não foi? Bem engraçada, ainda que meio esquisita, não é? Por que não ri, cachorro? Vamos, não faz mal. Conte-me o que pensou daquilo de uma vez, e ficaremos satisfeitos com o assunto... muito satisfeitos.

— Não sei do que está falando, senhor — disse o garoto, que estava quase tão assustado com a risadinha do sr. Todd quanto com sua raiva. — Não sei a que se refere, senhor. Só voltei porque não tinha dinheiro para pagar pelos biscoitos na loja dos Peterson.

— Não me refiro a nadinha — disse Todd, virando-se de costas de repente. — O que é esse arranhar na porta?

Tobias abriu a porta da barbearia, e ali estava o cachorro, que olhou com olhar pidão ao redor, e deu um rosnado que muito assustou o barbeiro.

— É o cachorro daquele cavalheiro, senhor — disse Tobias. — O cachorro do cavalheiro que estava observando o relógio da igreja de St. Dunstan, e que entrou aqui para fazer a barba. Engraçado, não é mesmo, senhor, que o cachorro não tenha ido embora com seu dono?

— Por que não ri, se é engraçado? Coloque o cachorro para fora, Tobias. Não quero cães aqui dentro. Detesto vê-los. Coloque-o para fora... pra fora.

— Eu faria isso, senhor, em um instante, mas acredito que ele não me deixaria, não sei por quê. Veja só, senhor... veja o que ele está aprontando agora! O senhor já viu um camarada tão violento assim? Minha nossa, ele vai derrubar a porta do armário.

— Faça com que ele pare... faça com que pare! Este animal está possuído. Mandei fazer com que ele pare!

O cachorro certamente abriria a porta, mas Sweeney Todd se apressou a impedi-lo. Logo se arrependeu, porém, do ato perigoso, já que o cachorro mordiscou sua perna e arrancou do barbeiro um uivo alto de dor que o fez recuar na hora, deixando o animal à vontade para fazer o que bem queria. E o que ele quis foi abrir a porta do armário, pegar o chapéu que Sweeney Todd havia jogado ali dentro, e sair da barbearia com ele entre os dentes de modo triunfal.

— O animal está possuído — murmurou Todd —, está maluco. Tobias, você disse ter visto o homem que é o dono dessa peste olhando para a igreja de St. Dunstan.

— Sim, senhor, eu o vi ali. Se o senhor se recorda, mandou-me ver as horas, e as estátuas iam marcar quinze para as sete. E antes de voltar, eu o ouvi dizer que Mark Ingestrie estava morto, e que Johanna deveria receber o colar de pérolas. Em seguida, entrei e então, se o senhor se recorda, ele entrou. O mais esquisito, senhor, foi ele não ter levado o cachorro consigo, sabe por quê?

— Por que, o quê?! — gritou Todd.

— Porque as pessoas normalmente levam seus cachorros com elas, sabe, senhor, e pode ser que eu seja transformado em uma das tortas da Lovett's.

— Silêncio! Alguém está chegando. É o velho sr. Grant, da Faculdade de Direito. Como tem passado, sr. Grant? Fico feliz por vê-lo tão disposto, senhor. Faz bem para o coração ver um cavalheiro de sua idade aparentemente tão bem e saudável. Sente-se, senhor, um pouquinho para cá, por favor. Creio que tenha vindo se barbear?

— Sim, Todd, sim. Alguma novidade?

— Não, senhor, nada novo. Tudo está muito calmo, exceto o vento forte. Dizem que o vento levou o chapéu do rei ontem, senhor, e que ele pegou emprestado o de Lorde North. Os negócios estão fracos também, senhor. Acredito que as pessoas não saem para se assear em dias de chuva. Não recebemos ninguém na barbearia há uma hora e meia.

— Nossa! — disse Tobias. — Olha, o senhor se esqueceu do cavalheiro do mar com o cachorro, sabe?

— Ah, sim, é verdade — disse Todd. — Ele se foi e eu acredito tê-lo visto entrar em uma confusão na esquina do mercado.

— Fico surpreso por não tê-lo encontrado, senhor — disse Tobias —, porque eu vim de lá e foi muito estranho o fato de ele ter deixado o cachorro para trás.

— Sim, muito — disse Todd. — Pode nos dar licença por um minuto, sr. Grant? Tobias, meu rapaz, quero que você me dê uma mão no salão.

Sem qualquer desconfiança, Tobias acompanhou Todd até o salão. Quando chegaram ali e a porta foi fechada, o barbeiro pulou em cima dele como um tigre raivoso e bateu sua cabeça na parede tantas vezes que o sr. Grant deve ter pensado que algum carpinteiro estava martelando a madeira. Em seguida, arrancou um punhado de cabelos do garoto. Virou-o e o chutou tão forte, que o rapaz foi jogado em um canto da sala. E então, sem nada dizer, o barbeiro saiu e voltou para onde estava seu cliente, mas trancou a porta do salão por fora, deixando Tobias digerindo a reprimenda que havia ganhado do modo que mais lhe fosse conveniente.

Quando voltou para onde estava o sr. Grant, desculpou-se por deixá-lo esperando e disse:

— Precisei, senhor, ensinar algumas coisinhas sobre o trabalho a meu novo aprendiz. E o deixei estudando agora. Nada como ensinar os jovens de uma vez.

— Ah! — disse o sr. Grant, suspirando. — Sei como é deixar os jovens se rebelarem, pois apesar de não ter esposa nem filhos, cuidei do filho de uma irmã. Um rapaz bonito, intenso e irresponsável, muito parecido comigo. Tentei fazer dele um advogado, mas não foi possível; e agora faz mais de dois anos que ele me deixou; mas mesmo assim, Mark tem boas qualidades.

— Mark, senhor? O senhor disse Mark?

— Sim, é o nome dele, Mark Ingestrie. Só Deus sabe o que aconteceu com ele.

— Oh! — disse Sweeney Todd; e seguiu barbeando o queixo do sr. Grant.

11

A filha do OCULISTA

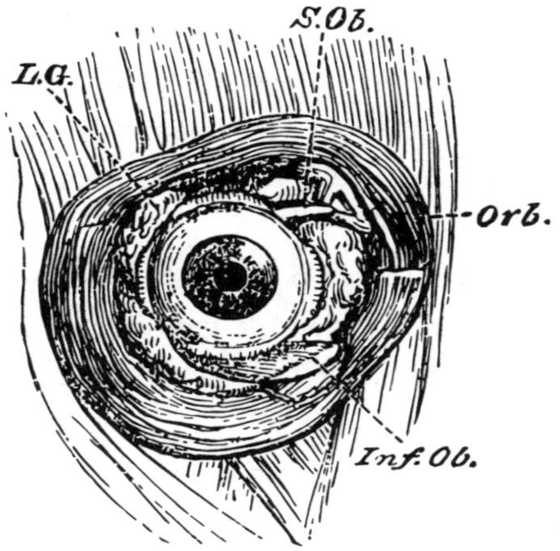

— Johanna, minha querida, sabe que horas são? Vai se levantar? Sua mãe foi conversar com o reverendo Lupin e você sabe que preciso ir à casa do Conselheiro Judd em Cripplegate logo cedo, e ainda não comi nadinha de café da manhã... Johanna, minha querida, está me ouvindo?

Tais observações foram feitas pelo sr. Oakley, o oculista, à porta do quarto de Johanna na manhã seguinte aos acontecimentos que acabamos de relatar; e logo uma voz doce respondeu a ele, dizendo:

— Estou indo, pai, estou indo. Vou descer em um instante, pai.

— Não tenha pressa, minha querida, posso esperar.

O oculista desceu a escada de novo e se sentou no salão, na parte dos fundos da barbearia onde, pouco depois, entrou sua única e muito amada filha, Johanna.

Ela era mesmo uma criatura da mais rara graça e beleza. Tinha dezoito anos, mas parecia muito mais jovem. Em seu rosto havia aquela doce expressão inteligente que quase parece desafiar a marcha do tempo. Tinha cabelos pretos que chegavam a reluzir e, algo raro em pessoas com tal característica, os olhos eram de um azul profundo e celestial. Não havia nada de imponente nem de intensamente belo nela, mas a expressão de seu rosto era de graça e meiguice. Uma daquelas expressões que alguém podia admirar por um longo dia de verão, como quem se entretém com as páginas de um livro profundamente interessante, e que servia de farto alimento para uma boa e agradável reflexão.

Havia um quê de tristeza em sua voz, o que, talvez, só a deixasse mais musical, ainda que melancolicamente, e que parecia indicar que, no fundo do coração, ela guardava um pouco de pesar que ainda não tinha sido expressado — uma aspiração valiosa de sua alma pura, que parecia desesperançada no que dizia respeito à completude —, algo que lembrava uma alegria já vivida que havia se transformado em amargura e pesar: era a nuvem no céu de verão — a sombra através da qual ainda passava a luz do sol linda e forte, proclamando sua presença.

— Deixei o senhor esperando, pai — disse ela, abraçando o velho pelo pescoço. — Deixei o senhor esperando.

— Não tem problema, minha querida, não tem problema. Sua mãe está entretida com o sr. Lupin no grupo de oração dele de toda quarta-feira, por isso não tomei café da manhã; e acho mesmo que devo dispensar Sam.

— É mesmo, pai? O que ele fez?

— Nada de nada, e é por isso mesmo. Eu mesmo tive que fechar as cortinas hoje, e você imagina por quê? Ele teve a frieza de me dizer que não poderia fechar a cortina hoje cedo, nem varrer a loja, porque a tia dele estava com dor de dente.

— Que desculpa horrível, pai — disse Johanna enquanto se movimentava e preparava o café da manhã —, horrível!

— Horrível, sim! Mas o mês termina hoje, e preciso me livrar dele. Creio que vou precisar me preocupar com sua mãe, porque a tia dele pertence à congregação do sr. Lupin; mas como estamos no vigésimo dia de agosto...

— É o vigésimo dia de agosto — disse Johanna ao se sentar na cadeira e cair em prantos. — É, sim, é! Pensei que poderia ter controlado isso, mas não posso, pai. Não posso. Foi isso o que me atrasou. Eu sabia que a mãe não estava, eu sabia que deveria estar ajudando o senhor, e estava pedindo forças aos céus para isso porque é o vigésimo dia de agosto.

Johanna disse essas palavras de modo incoerente e entre soluços, e quando ela terminou de falar, apoiou o rosto meigo nas mãos pequenas e chorou como criança.

A surpresa, que não deixou de ter seu lado bom, surgiu vividamente clara no semblante do oculista. Ele ficou muito perplexo por alguns minutos, com as mãos apoiadas nos joelhos e olhando no rosto de sua bela filha

— ou melhor, vendo o que conseguia ver dele entre aqueles dedos finos que o cobriam — como se tivesse despertado de um sonho.

— Santo Deus, Johanna! — disse ele, por fim. — O que foi? Minha querida filha, o que aconteceu? Conte-me, minha querida, a menos que queira me matar de angústia.

— O senhor deve saber, pai — disse ela. — Não pretendia dizer nada a respeito, pensei que tivesse força mental suficiente para manter minhas tristezas em meu peito, mas o esforço tem sido grande demais para mim, e eu sinto vontade de desistir. Se o senhor não tivesse me olhado com tanta gentileza — se eu não soubesse que o senhor me ama como eu sei que ama, facilmente teria guardado o segredo para mim, mas por saber o que sei, não consigo.

— Minha querida — disse o senhor —, você tem razão nisso. Eu te amo, sim. Como seria o mundo sem você? Houve uma época, vinte anos atrás, quando sua mãe era o motivo de grande parte de minha felicidade, mas ultimamente, entre o sr. Lupin, o canto dos salmos e os chás, eu a vejo muito pouco. E o pouco que vejo não é muito satisfatório. Conte-me, minha querida, o que está perturbando você, e vou resolver a questão. Não faço parte das tropas da cidade[7] à toa.

— Pai, sei que seu amor faria tudo o que fosse possível por mim, mas é impossível trazer os mortos à vida; e se mais um dia se passar sem que eu o veja ou tenha notícias dele, saberei que, em vez de encontrar uma casa para mim, a quem ele amava, no esforço para isso ele acabou encontrando uma cova para si. Ele disse que o faria, ele disse.

Neste momento, ela retorceu as mãos, e chorou de novo, com uma amargura e angústia tão grandes que deixou o oculista muito nervoso, sem saber o que fazer ou dizer.

— Minha querida, minha querida! — exclamou ele. — Quem é ele? Espero que não esteja falando de...

— Pare, pai, pare! Sei o nome que está na ponta de sua língua, mas algo neste instante me parece sussurrar que ele não existe mais, e sendo assim, não diga nada dele que não seja bom, pai.

---

7 "As tropas", neste caso, eram grupos de treinamento para civis, considerados ineficientes, à época. [N.T.]

— Você se refere a Mark Ingestrie.

— Sim, e se ele tinha mil defeitos, pelo menos me amava. Ele me amava verdadeiramente.

— Minha querida — disse o oculista —, você sabe que, por nada no mundo, eu diria algo para perturbá-la, não farei isso. Mas conte-me o que torna o dia de hoje mais sombrio do que os outros para você.

— Contarei, pai, o senhor saberá. Faz dois anos, hoje, que nos vimos pela última vez. Foi nos jardins de Temple, e ele havia acabado de ter uma conversa conflituosa com seu tio, o sr. Grant, e o senhor verá, pai, que Mark Ingestrie não teve culpa, porque...

— Calma, calma, minha querida, não precisa dizer mais nada a partir deste momento. As moças raramente admitem a culpa de seus namorados, mas há dois modos, Johanna, de contar uma história.

— Sim, mas pai, por que o sr. Grant desejaria forçá-lo a estudar uma profissão de que ele não gostasse?

— Minha querida, é de se pensar que se Mark Ingestrie de fato a amasse, e caso se julgasse capaz de fazê-la sua esposa, conseguiria um meio de subsistência respeitável para você e para si mesmo. Para mim é surpreendente que ele não tenha feito isso. Veja, ele deveria ter gostado de você o bastante para estudar e trabalhar em uma coisa de que não gostasse.

— Sim, pai, mas o senhor sabe que é difícil, quando os desacordos passam a surgir, para um espírito intenso e jovem se conformar totalmente. E assim, uma palavra do pobre Mark, nos conflitos com seu tio, levou a outra, sendo que, talvez, um pouco de gentileza ou compreensão do sr. Grant pudesse tê-lo tornado muito fácil de lidar.

— Sim, é assim — disse o sr. Oakley —, sempre há uma justificativa; mas prossiga, minha querida, prossiga, e conte-me exatamente a quantas anda esse caso.

— Contarei, pai. Há dois anos, nós nos encontramos e ele me disse que ele e o tio tinham terminado por discutir de modo irreconciliável, e que agora nada podia resolver a diferença entre eles. Tivemos uma longa conversa.

— Ah! Não duvido disso.

— E por fim, ele me disse que precisava partir em busca de seu destino; destino este que ele esperava compartilhar comigo. Disse que tinha uma oportunidade de realizar uma viagem à Índia e que, se fosse bem-sucedido, teria dinheiro suficiente com o qual voltar e começar um negócio em Londres, mais de acordo com suas ideias e hábitos do que o direito.

— Ah, ótimo, e depois?

— Ele disse que me amava.

— E você acreditou nele?

— Pai, o senhor teria acreditado nele se o tivesse ouvido falar. O tom dele era tão sincero que nenhum ator, encantando uma plateia com um personagem irreal, teria conseguido simular. Há momentos e épocas em que sabemos estar ouvindo a voz majestosa da verdade, e há tons que entram de vez no coração, levando com eles uma certeza da sinceridade que nem o tempo nem as circunstâncias conseguem alterar; e foi com esse tom que Mark Ingestrie falou comigo.

— E você supõe, Johanna, que é fácil para um jovem que não tem paciência nem energia suficiente para ser respeitoso em casa, partir pelo mundo ganhando seu destino? Seria a indolência tão requisitada em outros países a ponto de ser tão bem recompensada, minha querida?

— O senhor o julga de modo precipitado, pai. O senhor não o conhece.

— Deus me livre de julgar alguém de modo precipitado! E admito com tranquilidade que você deve saber mais do caráter dele do que eu, que, claro, só observei superficialmente; mas continue, minha querida, conte-me tudo.

— Fizemos um acordo, pai, que naquele dia, dois anos depois, ele voltaria a me procurar ou enviaria notícias a respeito de seu paradeiro; se eu não tivesse nenhuma notícia dele, deveria concluir que ele não mais vivia, e não consigo deixar de concluir isso no momento.

— Mas o dia ainda não terminou.

— Sei que não, e ainda assim, eu mantenho pouca esperança, pai. O senhor acredita que os sonhos trazem fatos vindouros?

— Não posso afirmar, minha filha. Não tenho tendência a acreditar em supostos fatos porque sonhei com eles, mas confesso já ter ouvido coisas esquisitas a respeito de visões noturnas se realizarem.

— Só Deus sabe que talvez essa seja uma delas! Eu sonhei ontem. Eu achei que estava sentada à beira do mar, e que não havia nada à minha frente além de um mundo de águas. Eu escutava claramente o ronco e o bater das ondas e, a cada momento, o vento se tornava mais forte, e eu vi um navio à distância. Ele lutava contra as ondas, que em um momento o erguiam bem alto, e depois o levavam para baixo num profundo abismo, e nem um vestígio dele podia ser visto além das pontas dos mastros mais altos. E ainda assim, a tempestade aumentava cada vez mais com sua fúria, e vez ou outra surgia um som esquisito em meio às águas. Eu via o fogo de um incêndio, e sabia que as pessoas dentro do malfadado navio estavam tentando chamar atenção e alguma ajuda. Pai, do primeiro ao último minuto eu soube que Mark Ingestrie estava ali — meu coração me dizia, eu tinha certeza de que ele estava ali, e eu estava impotente — totalmente impotente. Total e completamente incapaz de oferecer a menor ajuda que fosse. Só podia observar o que estava acontecendo à minha frente como uma espectadora silenciosa e aterrorizada. E por fim, escutei um grito vir das profundezas — um urro estranho, alto, lamentoso — que proclamou para mim o destino da embarcação. Vi seu mastro estremecer por um momento no escuro, e então tudo ficou parado por alguns segundos, até surgir um berro desconhecido e alto, que eu sabia ser o grito desesperado dos que afundaram naquele barco que nunca mais emergiria. Ah! Aquele som assustador — foi um som de se prolongar nos ouvidos e de assombrar o sono —, um som que não se esquece depois de ouvir, e do qual sempre vou me lembrar com medo e apreensão.

— E tudo isso foi em seu sonho?

— Foi, pai, foi.

— E você se sentiu impotente?

— Sim, total e completamente impotente.

— Foi muito triste.

— Foi, como deve entender. O navio afundou, e aquele grito que eu havia escutado foi o último dado por aqueles desesperados, agarrados aos destroços com um pouco de esperança, e ainda, por ser o único refúgio, já que eles não tinham mais a que se apegar para ter consolo. Onde mais, exceto nas águas caudalosas, eles buscariam segurança? Em lugar nenhum! Tudo estava perdido! Foi um desespero! Tentei gritar, tentei berrar aos céus por misericórdia por aquelas almas corajosas e valentes que haviam deixado seu mais precioso bem — a própria vida — à mercê das profundezas. E enquanto eu tentava oferecer um auxílio ineficiente, vi algo de relance no mar, e meus olhos, com dificuldade, notaram se tratar de um homem flutuando e se agarrando aos destroços, e eu soube que era Mark Ingestrie.

— Mas, minha querida, não é possível que você esteja abalada assim por causa de um sonho.

— Ele me entristeceu. Eu estendi os braços para salvá-lo: eu o ouvi pronunciar meu nome e pedir minha ajuda. Foi tudo em vão; ele lutou contra as ondas até onde um ser humano pode lutar. Não podia fazer mais nada, e eu o vi desaparecer diante de meus olhos.

— Não diga que você o viu, minha querida, diga que imagina tê-lo visto.

— Foi uma imaginação da qual não vou me esquecer durante muitos dias.

— Bem, bem, no fim, minha querida, foi só um sonho; e me parece, sem querer fazer qualquer comentário que a faça sofrer em relação a Mark Ingestrie, que você fez um acordo muito tolo. Afinal, pense em quantas dificuldades podem surgir e impedir que ele cumpra o que prometeu. Sabe que sua felicidade é tão importante para mim que, se Mark tivesse sido um homem digno e esforçado, eu não me oporia à união de vocês; mas acredite, minha querida Johanna, que um jovem muito inclinado a gastar dinheiro, mas nada disposto a ganhá-lo, é o pior marido que você poderia escolher, e Mark Ingestrie era assim. Mas ouça, não falemos nada disso à sua mãe. Deixemos que o segredo, se é que assim podemos chamar, permaneça comigo; e se puder me informar quando e em qual embarcação ele deixou a Inglaterra, não deixarei que minhas ressalvas contra ele me façam hesitar em buscar o que puder descobrir a respeito de seu paradeiro.

— Não sei mais nada, pai. Nós nos despedimos e nunca mais nos vimos.

— Bem, está bem. Seque os olhos, Johanna e, enquanto estiver indo à casa do Conselheiro Judd, vou pensar no assunto que, afinal, pode não ser tão ruim quanto você pensa. O rapaz é razoavelmente belo e deve ter boas habilidades, creio, que poderiam ser úteis se ele as usasse; mas se ele estiver partindo pelo mundo sem preocupação, você teve sorte de se livrar dele, e não deve concluir que ele está morto, pois de um jeito ou outro, como praga, esses sujeitos sempre voltam.

Havia mais consolo no tom gentil do oculista do que nas palavras que ele usava; mas, de modo geral, Johanna estava bem satisfeita por ter contado o segredo a seu pai, pois agora, de qualquer modo, ela tinha alguém com quem falar sobre Mark Ingestrie, sem a necessidade de esconder o sentimento que ele despertava; e quando seu pai partiu, ela sentiu que, simplesmente por ter falado com ele, alguns dos terrores de seu sonho haviam desaparecido.

Permaneceu com um sentimento agradável por um momento, até ser interrompida por Sam, o garoto da venda, que entrou na sala e disse:

— Por favor, srta. Johanna, vamos supor que eu fosse às docas para tentar descobrir informações sobre o sr. Mark Ingestrie. Vamos supor que eu fosse fazer isso... Eu escutei tudo, e se eu encontrá-lo, logo vou pegá-lo!

— Do que está falando?

— Digo que não vou suportar. Não lhe disse, mais do que três semanas atrás, que a senhorita é o alvo de meu afeto? Não disse que quando minha tia morresse, eu entraria nos negócios de sabão e de vela, e faria da senhorita minha esposa?

A única resposta que Johanna deu a isso foi levantar-se e sair da sala, pois seu coração estava cheio de pesar e de preocupação, impedindo que ela agisse naquele momento como costumava agir: rir dos protestos românticos de Sam. Por isso ele ficou ali sozinho, largado a seus sonhos nas migalhas do pão que o diabo amassou.

— Não é possível! — disse ele ao entrar na sala. — Sempre suspeitei de que houvesse outro rapaz, e agora que tenho certeza, quero me bater por ter concordado em vir aqui. Maldito! Espero que ele esteja no fundo do mar, e já devorado a essa hora! Ah, queria acabar com todo mundo. Se pudesse fazer o que quero, eu sairia por aí dono de mim, como dizem, e acabaria com quem aparecesse na minha frente!

O sr. Sam, irado, acabou por derrubar uma prateleira de óculos, que caiu fazendo um barulho muito alto. Por mais que fosse uma boa demonstração do modo com que a sociedade, de modo geral, deveria ser derrubada, isso não deixaria o sr. Oakley nem um pouco feliz.

— Agora já está feito — disse ele —, mas não importa. Vou testar o velho truque que uso sempre que quebro alguma coisa, ou seja, vou colocar isto na frente do velho Oakley e jurar que o culpado foi ele. Nunca vi tolo mais tolo; é possível convencê-lo de qualquer coisa. Lembro agora de ele fechando todas as cortinas hoje cedo porque eu disse a ele que minha tia estava com dor de dente; aquilo foi uma vitória, com certeza. Mas vou me vingar do homem que tirou, pelo que entendo, Johanna de mim. Vou mostrar a ele o que um coração arruinado pode fazer. Ele não viverá o suficiente para chegar à idade de usar óculos, estou decidido, ou não me chamo Sam Bolt.

III

O cão e o CHAPÉU

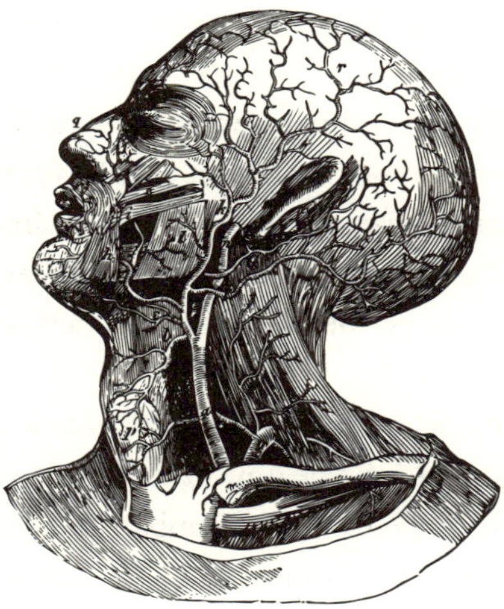

A luz do amanhecer reluzia nos mastros, no cordame e nas velas de uma frota de navios perto de Sheerness[8]. As tripulações estavam despertando da noite de sono, prestes a aparecer no convés dos barcos, de onde o vigilante da noite tinha acabado de ser liberado.

8 Cidade situada no lado nordeste da Isle of Sheppey em North Kent, Inglaterra. [N.T.]

Um *man-of-war*[9], que tinha sido o comboio da frota de mercantes pelo canal, atirou ao ver o primeiro raio de sol da manhã iluminando os mastros pontiagudos. Depois de uma bateria nas cercanias, veio outro ruidoso alerta, que foi respondido por outro ao longe, e então outro, até toda a corrente de baterias que cingia a costa, pois era tempo de guerra, proclamar o nascer de outro dia.

O efeito foi muito bom, na tranquilidade do início da manhã, dessas sucessões de avisos; e conforme iam morrendo à distância como um trovão, uma ordem foi dada a bordo do *man-of-war* e, em um instante, os mastros e o cordame pareciam ganhar vida com seres humanos agarrados a eles em várias direções. E então, como se o navio fosse um ser vivo com asas, que por um simples desejo pudessem se abrir, surgiram pedaços de lona admiráveis, iluminados pela luz da manhã, e o navio se moveu a partir da brisa leve que surgia da costa, e parecia, de fato, andar pelas águas como algo vivo.

9 *Man-of-war*, ou também *man o' war*, era o termo usado para designar um navio de guerra grande da Marinha Real Britânica entre os séculos XVII e XIX. [N.T.]

As diversas tripulações de mercadores estavam nos conveses de suas respectivas embarcações, observando o navio de guerra que avançava em outra missão parecida com aquela que ela havia acabado de realizar para proteger o comércio do país.

Ao passar por outra embarcação, que tinha sido resgatada do inimigo, a tripulação, salva de uma prisão estrangeira, gritou com animação.

Só foi preciso um impulso como aquele, e então toda embarcação mercante pela qual o *man-of-war* passava entendeu o grito. A tripulação do enorme navio não tardou na resposta, e três berros ensurdecedores — que frequentemente aterrorizavam o coração dos inimigos ingleses — despertaram ecos da costa.

Foi uma cena de dar orgulho e alegria — uma cena que ninguém além de um inglês poderia apreciar totalmente —, ver aquela embarcação enfrentando de modo tão corajoso as águas. Dizemos que ninguém além de um inglês poderia apreciar porque nenhuma outra nação tentou alcançar uma existência marítima tão intensa sem ser derrotada, e sem nos deixar ainda, como sempre seremos, mestres dos mares.

Tais acontecimentos foram muito suficientes para atiçar as tripulações de todas as embarcações, e por cima do guarda-cabo de uma delas em especial, dois homens se amparavam. Um deles era o capitão da embarcação e, o outro, um passageiro, que pretendia partir naquela manhã. Eles estavam entretidos em uma conversa, e o capitão, protegendo os olhos com a mão, olhou ao longo da superfície do rio e disse, em resposta a alguma observação de seu companheiro:

— Partirei com meu barco assim que o Tenente Thornhill embarcar. Eu o chamo de Tenente, apesar de não ter o direito de fazer isso, porque essa era sua posição nas tropas do rei quando era jovem. No entanto, ele foi dispensado por travar um duelo com seu superior.

— As tropas perderam um bom oficial — disse o outro.

— De fato; um homem mais corajoso nunca houve, nem melhor oficial. Mas veja, eles têm certas regras nas tropas e tudo é sacrificado para mantê-las. Não entendo por que ele demora; ontem à noite, ele foi e disse que se aproximaria da escada da escola de direito, porque queria chamar alguém na margem, e que depois disso iria à cidade para fechar negócios de seu interesse, e isso o teria levado para mais perto dali, entende? E há muitas coisas descendo o rio.

— Ele está vindo — gritou o outro —, não seja impaciente. Vai vê-lo em poucos minutos.

— O que te faz achar isso?

— Porque estou vendo o cachorro dele... ali, não está vendo, nadando na água e vindo na direção do navio?

— Não consigo imaginar... consigo ver o cachorro, com certeza. Mas não consigo ver Thornhill, nem nenhum barco próximo. Não sei o que pensar a respeito disso. Sabia que cá em minha mente estou em dúvida, pensando que algo ruim pode ter acontecido? O cachorro parece exausto. Deem uma mão lá ao cachorro do sr. Thornhil! Minha nossa, ele está com um chapéu na boca.

O cão partiu em direção à embarcação; mas, sem a ajuda dos marinheiros — dentre os quais ele era muito querido —, certamente não poderia ter embarcado; e quando ele chegou ao convés, acomodou-se nele em um estado de total exaustão, com o chapéu ainda na boca.

Enquanto o animal estava deitado, ofegante, no convés, os marinheiros se entreolharam admirados, e todos tinham a mesma opinião: a de que algo muito sério havia acontecido com o sr. Thornhill, sem dúvida.

— Receio qual será a explicação disso — disse o capitão.

— O que diabos pode ser? Aquele é o chapéu de Thornhill, e ali está Hector. Dê ao cão algo para beber e um pouco de carne. Ele parece totalmente exausto.

O cão comeu um pouco da comida que foi colocada diante dele; e então, pegando o chapéu com a boca de novo, permaneceu ao lado do navio e gemeu de um jeito muito triste; em seguida, soltou o chapéu por um tempo e, caminhando até o capitão, o puxou pela barra do casaco.

— Você o compreende — disse o capitão ao passageiro. — Aconteceu alguma coisa a Thornhill, eu sei. E perceba que o objetivo do cachorro é fazer com que eu o acompanhe para ver o que está acontecendo.

— Acha isso? É um aviso, no mínimo, que eu não quero ignorar; e se você acompanhará o cachorro, eu acompanharei você. Pode ser que haja mais coisas aí do que estamos pensando, e não devemos permitir que o sr.

Thornhill careça de ajuda se pudermos ajudá-lo, se considerarmos como ele nos ajudou. Veja como está ansioso, o pobre animal.

O capitão mandou que um barco fosse preparado logo, e tripulado por quatro remadores corpulentos. Em seguida, ele embarcou, seguido pelo passageiro, um tal de Coronel Jeffery, do exército indiano. O cão imediatamente o seguiu, mostrando, com sua postura, que sentia grande satisfação com a expedição que eles realizariam. Carregava o chapéu consigo, demonstrando não querer soltá-lo de forma alguma.

O capitão deu ordem para que o barco seguisse em direção às escadas de Temple, para onde o dono de Hector havia expressado intenção de ir. Quando o animal fiel viu a direção na qual eles seguiam, deitou-se no fundo do barco, totalmente satisfeito, entregando-se ao repouso de que precisava muito, evidentemente.

Não podemos dizer que o Coronel Jeffery suspeitava que algo sério tivesse acontecido; na verdade, a ansiedade deles, quando conversaram sobre o assunto, tinha a ver com a probabilidade de Thornhill ter, com sua impetuosidade característica, interferido para interromper o que podia ter pensado se tratar de uma briga de rua, e que estava agora sob custódia das autoridades civis.

— Claro — disse o capitão. — O mestre Hector consideraria isso um assunto sério e, sem acesso a seu dono, ele veio nos procurar, o que certamente foi o mais prudente a se fazer. Eu não me surpreenderia nem um pouco se ele nos levar à porta de alguma guarita de observação, onde poderemos encontrar nosso amigo escondido.

A maré subia, e que Thornhill não tivesse previsto isso, partindo mais cedo com a embarcação, era uma das coisas que surpreendiam o capitão. No entanto, eles avançaram depressa, e como naquele momento não havia muito no rio que atravancasse o progresso, e como na época o rio Tâmisa não era a via de passagem para barquinhos a vapor inconvenientes, eles logo chegaram à antiga escadaria de Temple.

O cão, que até aquele momento parecia estar dormindo, de repente se levantou e, pegando o chapéu mais uma vez, correu de novo na costa, seguido de perto pelo capitão e pelo coronel.

Ele os levou para Temple com grande rapidez, avançando com admirável cuidado o mesmo caminho que seu dono havia feito em direção à entrada de Temple da Fleet Street, do outro lado da Chancery-lane. Partindo pela rua, então, ele parou rosnando baixo para o estabelecimento de Sweeney Todd — uma atitude que deixou surpresos aqueles que o seguiam, e que fez com que parassem para observar antes de seguirem em frente. Nesse ínterim, Todd de repente abriu a porta e tentou acertar um golpe no cachorro com uma barra de ferro, mas o animal conseguiu desviar com destreza e, se a porta não tivesse sido fechada novamente, ele teria feito Sweeney Todd se arrepender de tal interferência.

— Precisamos investigar isso — disse o capitão. — Parece haver uma animosidade entre aquele homem e o cachorro.

Os dois tentaram entrar no estabelecimento do barbeiro, mas estava trancado por dentro; e depois de baterem diversas vezes, Todd gritou do lado de dentro, dizendo:

— Não abrirei a porta enquanto esse cachorro estiver aí. Se ele está maluco ou tem ódio de mim, não sei nem me importo em saber, mas é verdade, é só o que sei.

— Prometo — disse o capitão — que o cão não lhe causará problemas. Mas abra a porta, pois precisamos entrar, e entraremos.

— Acreditarei em sua promessa — disse Sweeney Todd —, mas é melhor cumpri-la, ou terei que me proteger tirando a vida do animal. Por isso, se valorizam a vida dele, é melhor manter a palavra.

O capitão acalmou Hector da melhor maneira que pôde, e também amarrou a ponta de um lenço de seda ao redor do pescoço dele, e manteve a outra firmemente presa na mão; depois disso, Todd, que parecia ter uma maneira de, por dentro, ver o que estava acontecendo fora, abriu a porta e permitiu a entrada dos visitantes.

— Bem, cavalheiros... Barba, corte ou lavagem, estou a seu dispor. Por onde começo?

"O CÃO NÃO TIRAVA OS OLHOS DE TODD"

O cão não tirava os olhos de Todd, mas manteve o rosnado baixo desde o momento em que entrou.

— É uma circunstância muito notável — disse o capitão —, mas este cão, como pode ver, é muito sagaz. Pertence a um amigo nosso, que desapareceu sem qualquer aviso.

— Desapareceu, de fato? — perguntou Todd. — Tobias! Tobias!

— Sim, senhor.

— Vá depressa à venda do sr. Philip, na Cateaton Street, e compre seis centavos de figos em conserva, e não diga que não lhe dei o dinheiro quando partir com uma tarefa. Acredito que já dei antes, mas você o engoliu; e quando voltar, lembre-se, por favor, das lições sobre os negócios que lhe dei ontem.

— Sim — respondeu o garoto da melhor maneira que pôde, estremecendo, pois passara a sentir grande pavor de Sweeney depois da reprimenda severa recebida das mãos do barbeiro, e partiu.

— Bem, cavalheiros — disse Todd —, o que querem de mim?

— Queremos saber se alguém com a aparência de um oficial da marinha veio à sua casa.

— Sim... um homem de boa aparência, com a pele desgastada pelo sol, com olhos azuis e claros, e cabelos bem loiros.

— Sim, sim, o próprio.

— Ah, confirmo que ele esteve aqui, e eu o barbeei e ajeitei.

— O que quer dizer quando diz que o ajeitou?

— Eu o limpei e o deixei apresentável: ele disse que tinha que ir a algum lugar na cidade, e me pediu o endereço de um sr. Oakley, um homem que faz óculos. Eu dei o endereço a ele, que se foi; mas enquanto permaneci na porta por cerca de cinco minutos após a partida, a mim pareceu, até onde consegui enxergar ao longe, que ele entrou em alguma viela perto do mercado.

— Este cão veio com ele?

— Um cão veio com ele, mas se era este ou não, não sei.

— E é só o que o senhor sabe sobre ele?

— O senhor disse a coisa mais certa de todas agora — disse Sweeney Todd, enquanto cuidadosamente manuseava uma navalha com a mão grande e calejada.

Aquilo parecia o fim da conversa; e o capitão olhou para o Coronel Jeffery, e o coronel olhou para capitão por alguns momentos, em total silêncio. Por fim, o segundo disse:

— É extraordinário que o cão tenha vindo aqui se ele se perdeu de seu dono em outro lugar. Nunca vi nada assim.

— Nem eu — disse Todd. — É extraordinário; tão extraordinário que, se eu não tivesse visto, não teria acreditado. Ouso dizer que o senhor o encontrará na delegacia.

O cão havia observado a postura de todos os presentes durante o breve diálogo, e duas ou três vezes, ele o havia interrompido com um uivo esquisito.

— Direi o que vai acontecer — disse o barbeiro. — Se esta fera ficar aqui, será o fim para ela. Odeio cães... detesto todos eles. E afirmo, como já afirmei antes, que se o senhor o valoriza, deve mantê-lo longe de mim.

— O senhor afirmou que disse à pessoa sobre quem estamos falando como chegar ao oculista chamado Oakley. Por acaso, sabemos que ele estava em busca da mesma pessoa e, como ele o conhecia bem, iremos lá para confirmar se chegou ao destino.

— Fica na Fore Street; uma loja pequena com duas janelas. Não tem como não encontrar.

O cão, que viu que eles estavam prestes a partir, ficou furioso. E foi com a maior dificuldade que eles conseguiram, à força, tirá-lo do estabelecimento e arrastá-lo por certa distância com eles. Mas quando ele conseguiu se livrar do lenço que o detinha, voltou, sentou-se à porta de Sweeney Todd e uivou de um jeito triste.

Eles não tiveram escolha a não ser deixá-lo, pretendendo buscá-lo quando voltassem da loja do sr. Oakley. E quando olharam para trás, viram que Hector estava reunindo uma multidão à frente da porta do barbeiro. E foi algo único ver várias pessoas cercando o cão, enquanto ele, aparentemente, parecia estar fazendo um esforço para explicar algo para todos.

Assim sendo, continuaram caminhando até chegarem à loja do oculista, e ali pararam pois, de repente, perceberam que a missão que o sr. Thornhill tivera que executar ali era muito delicada, e que de forma alguma poderia ser feita de qualquer modo, nem mesmo mencionada, provavelmente, na presença do próprio sr. Oakley.

— Não devemos nos precipitar — disse o coronel.

— Mas o que devo fazer? Navegarei à noite; no mínimo, tenho que ir até Liverpool com minha embarcação.

— Então, não chame o sr. Oakley agora; deixe-me cuidar do assunto de modo secreto e discreto.

— Minha ansiedade para encontrar Thornhill mal me permitirá fazer isso, mas creio que deva ser assim, e se o senhor escrever uma carta a mim endereçada ao Hotel Royal Oak, em Liverpool, certamente eu a receberei. A menos que o senhor encontre o sr. Thornhill pessoalmente, pois neste caso não preciso lhe dar tanto trabalho.

— Pode deixar comigo. Minha amizade pelo sr. Thornhill, e minha gratidão, como o senhor sabe, pelo grande préstimo que ele fez a todos nós, me levarão a fazer o máximo que puder para encontrá-lo. E apenas por saber que ele se dedicou em passar a mensagem que tinha para passar de modo correto e bem, deveria recomendar que entrássemos de uma vez na casa do sr. Oakley. Mas o medo de comprometer a jovem — que está envolvida, e que terá muito com que lidar, coitadinha!, com seu pesar — me impede.

Depois de conversarem mais um pouco sobre o assunto, eles decidiram que adotariam aquele plano. Foram à polícia do distrito, onde foram informados de que nenhuma pessoa com aquele nome, nem ninguém que correspondesse à descrição do sr. Thornhill, havia se envolvido em problemas, nem sido preso por um dos policiais. E isso apenas deixava as coisas ainda mais misteriosas, por isso eles voltaram para tentar recuperar o cão, mas era uma tarefa muito mais fácil de querer e planejar do que de executar, pois as ameaças e as tentativas foram igualmente ineficientes.

Hector não se movia nem um centímetro da frente da porta do barbeiro. Permaneceu ali, com o chapéu ao lado, uma cena muito melancólica e esquisita de se ver. Ele era um guarda muito eficiente daquele objeto, e ficou claro que apesar de decidir exibir a bela fileira de dentes de vez em quando, quando alguém demonstrava vontade de tocar o chapéu, ele não faria nada. Algumas pessoas também tinham jogado algumas moedas de cobre dentro do chapéu, de modo que Hector, se estivesse dedicado àquilo, estaria levantando uma boa quantia; mas quem poderia descrever a ira de Sweeney Todd, quando descobriu que havia grande possibilidade de ser mantido tão cercado?

Ele temia que, com a chegada do primeiro cliente à barbearia, o cão pudesse partir para cima e atacá-lo; mas tal apreensão acabou por desaparecer quando um jovem chegou de Temple para cortar os cabelos, e o cão permitiu que ele entrasse e saísse sem incômodo, sem fazer qualquer tentativa de acompanhá-lo. Pelo menos isso, afinal; mas se a segurança pessoal de Sweeney Todd estava garantida ou não, era outro assunto.

Mas era um experimento que ele deveria testar. Estava fora de questão que ele se mantivesse prisioneiro por muito mais tempo dentro de seu próprio estabelecimento, então, depois de um tempo, ele pensou em tentar, e que seria melhor testar quando houvesse muitas pessoas ali porque, se o cão o atacasse, ele teria uma desculpa para a violência que julgasse adequada usar na ocasião.

Mas precisou de um tempo para que ele reunisse coragem para sair. Por fim, murmurando palavrões entre os dentes cerrados, ele se dirigiu à porta levando um facão na mão, que ele acreditou ser uma arma mais eficiente contra os dentes do cachorro do que a barra de ferro que havia usado antes.

— Espero que ele me ataque — disse Todd a si mesmo, enquanto pensava; mas Tobias, que tinha voltado do lugar onde vendiam figos em conserva, ouviu o barbeiro, e depois de desejar ardorosamente, em pensamento, que o cão de fato devorasse Sweeney, disse em voz alta:

— Minha nossa, o senhor não deseja isso, tenho certeza!

— Quem disse a você o que eu desejo ou deixo de desejar? Lembre-se, Tobias, e se controle, caso contrário será pior para você, e também para sua mãe... lembre-se disso.

O garoto se retraiu. Sweeney Todd havia aterrorizado o garoto falando de sua mãe! Ele o havia aterrorizado, sim, caso contrário, Tobias não teria se retraído como se retraiu.

E então aquele barbeiro velhaco, de quem começamos a suspeitar de ter cometido mais crimes do que o aceitável para um homem, saiu cuidadosamente pela porta de seu estabelecimento: não podemos fingir saber o porquê, mas, com um relato fiel dos fatos, temos que afirmar que Hector não partiu para cima dele. Com uma expressão de melancolia e uma atitude submissa, olhou para o rosto de Sweeney Todd, e então ganiu de dar dó, como se tivesse dito: "Dê-me meu dono e eu perdoarei tudo o que o senhor fez. Devolva-me meu amado dono, e verá que não sou nem vingativo nem feroz".

Era essa a expressão vista na cara do pobre animal, como se ele de fato pudesse falar, e tivesse dito as palavras dessa forma.

Aquilo foi, com certeza, algo que Sweeney Todd não esperava e, para dizer a verdade, ele ficou um pouco surpreso e abalado. Seria bom ter uma desculpa para cometer um ato de violência, mas não tinha desculpa alguma naquele momento, e ao olhar para o rosto das pessoas ao redor, ficou bem convencido de que não seria a coisa mais prudente do mundo atacar o cachorro com violência.

— Onde está o dono do cachorro? — alguém perguntou.

— Pois... onde? — disse Todd. — Não me surpreenderia se ele tivesse morrido!

— Mas eu afirmo, barbeiro louco — gritou um garoto —, que o cachorro está dizendo que foi você.

Todos riram, mas o barbeiro não se deixou abalar, e logo respondeu:

— Está? Então está enganado.

Sweeney Todd não tinha nenhuma vontade de entrar em algo parecido com uma controvérsia com as pessoas, por isso se virou de novo e entrou na barbearia. Em um canto distante, ele se sentou e, dobrando os braços grandes e macilentos à frente do peito, entregou-se aos pensamentos. Se julgarmos por sua expressão, tais pensamentos eram agradáveis, pois de vez em quando ele abria um sorriso que mais parecia a reação que um ogro teria.

E agora iremos para outra cena, totalmente diferente.

IV

A casa de TORTAS *de Bell Yard*

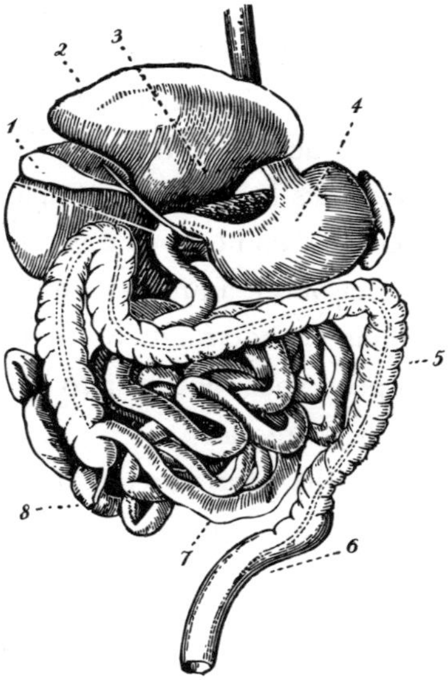

Ouçam! Meio-dia era alegremente proclamado pela igreja de St. Dunstan, e os sons mal ecoaram pelo bairro. O relógio de Lincoln's Inn mal tocou anunciando a mesma hora, quando Bell Yard, Temple Bar[10], tornou-se um cenário de comoção. Quanto arrastar de pés, quanto riso e quantas conversas; quantos empurrões para ser o primeiro, e um número enorme de manobras feito por alguns da multidão para distanciar os outros!

Essas pessoas, a maioria jovem, surgiam e saíam do Lincoln's Inn, principalmente, ainda que de estabelecimentos vizinhos também viessem muitas; Temple contribuía com a maior parte, e de Gray's Inn muitas outras também vinham.

Agora Bell Yard estava quase lotada — alguém de fora poderia se perguntar o que poderia estar havendo, e provavelmente permanecer na frente de uma porta até a comoção terminar.

Seria fogo? Ou briga? Ou algo suficientemente assustador e extraordinário para mexer com os membros mais jovens da profissão de direito a ponto de ficarem tão malucos? Não, nada disso, nem um motivo importante a ser defendido, que, nas mãos de uma autoridade inteligente, pudesse se tornar um interesse pessoal. Não, a diversão tinha caráter apenas físico, e toda

10 Temple Bar é a área que delimita a Fleet Street e Strand. Nela, há um símbolo da cidade de Londres, o dragão. No passado, havia uma barreira ali, para que houvesse a fiscalização do comércio, daí o "Bar" do nome. [N.T.]

a confusão — todo o empurra-empurra, as conversas, os risos e os gritos — era para ver quem seria o primeiro a chegar à casa de tortas da Lovett.

Sim, no lado esquerdo de Bell Yard, descendo pela Carey Street, localizava-se, no momento em que isto foi escrito, uma das lojas mais procuradas de tortas de carne de porco e de vitela que Londres já teve. Pessoas de todos os lugares, ricas e pobres, procuravam o estabelecimento; sua fama tinha se espalhado muito, e como a primeira fornada daquelas tortas saía ao meio-dia, havia uma grande correria entre profissionais do direito para comprá-las.

A fama delas tinha se espalhado a grandes distâncias, e muitas pessoas as levavam aos bairros residenciais da cidade como um agrado para os amigos e para os parentes que ali moravam. E elas mereciam a fama que tinham, aquelas tortas deliciosas; elas tinham um sabor insuperável, raramente igualado. A massa tinha uma textura delicada, e era impregnada pelo aroma de um molho delicioso, impossível de descrever. E as pequenas porções de carne dentro delas eram tão macias, e a parte gorda e a parte magra eram misturadas de modo tão artístico, que comer uma das tortas da sra. Lovett só aumentava a vontade de comer outra, a ponto de muitas pessoas que chegavam para ficar pouco, acabarem ficando muito e gastando mais de uma hora, talvez, de seu precioso tempo, colocando em risco — de fato — o sucesso de algum processo jurídico, desse modo.

O balcão da casa de tortas da sra. Lovett tinha o formato de uma ferradura, e era hábito dos jovens de Temple e de Lincoln's Inn sentar-se à beira dele enquanto comiam as deliciosas tortas, e conversavam animadamente a respeito de um assunto ou outro.

Muitos acordos eram feitos na casa de tortas de Lovett, e muitas fofocas escandalosas eram circuladas ali em primeira mão. O estrépito de vozes era forte. A risada alta do garoto, que via o quarto de hora que se passava na casa de tortas da Lovett como o mais incrível dentre as vinte e quatro horas do dia, se misturava alegremente aos risos mais ruidosos dos homens mais velhos. E as tortas desapareciam muito rápido!

Elas eram trazidas em bandejas grandes, cada uma delas contendo cerca de cem unidades, e dessas bandejas elas eram transferidas tão depressa para a boca dos clientes da sra. Lovett que mais parecia um truque de mágica.

E agora revelamos parte do segredo. Havia a sra. Lovett, mas possivelmente nossos leitores já sabiam disso, já que só uma mão de mulher — e daquela mulher robusta, jovem e bonita — poderia ter se aventurado na produção daquelas tortas. Sim, a sra. Lovett era tudo isso; e todo jovem rebento da lei apaixonado, enquanto devorava a torta, alegrava-se pensando que a charmosa sra. Lovett a havia feito especialmente para ele, e que o destino ou a predestinação a havia colocado em suas mãos.

E era maravilhoso ver a imparcialidade e o cuidado com que a justa cozinheira de tortas lançava sorrisos a seus admiradores, de modo que nenhum deles podia se dizer ignorado, ainda que fosse extremamente difícil, ao mesmo tempo, se dizer preferido.

Aquilo era, ao mesmo tempo, agradável e provocante para todos, menos para a sra. Lovett, em quem surgia um tipo de animação que recompensava muito bem, porque alguns dos jovens pensavam, e com sabedoria, que quem consumisse mais tortas teria mais chances de ganhar o maior número de sorrisos da mulher.

Agindo dessa forma, alguns de seus admiradores mais entusiasmados seguiam consumindo as tortas até ficarem prestes a estourar. Mas também havia outros, de mentalidade mais filosófica, que só iam ali pelas tortas, sem se importar em nada com a sra. Lovett. Estes diziam que o sorriso dela era frio e desconfortável — que só se mantinha nos lábios, mas não vinha do coração —, e que era o sorriso-padrão de uma bailarina, uma das coisas mais sem vida do mundo.

E havia aqueles que iam além disso. Apesar de admitirem a excelência das tortas e de irem comê-las todos os dias, afirmavam que a sra. Lovett tinha um semblante muito sinistro e que conseguiam perceber como os gracejos eram meramente superficiais. Havia "uma maldade velada em seu olhar" que, quando despertada, seria capaz de realizar coisas sérias, e não conseguiria ser facilmente apaziguada.

Cinco minutos depois do meio-dia, o balcão da sra. Lovett estava cheio, e o delicioso vapor das tortas quentes subia em nuvens fragrantes espalhando-se por Bell Yard, percebidas por muitos pobres coitados que passavam e não tinham recursos para se tornarem mais um na fila dos que devoravam as delícias dentro do estabelecimento.

— Nossa, Tobias Ragg — disse um jovem, com a boca cheia de torta —, onde esteve desde que saiu do estabelecimento do sr. Snow? Não o vejo há dias.

— Não — disse Tobias —, entrei em outra linha: em vez de ser advogado, e de ajudar a barbear os clientes, vou barbear os advogados agora. Uma torta de porco de dois centavos, por favor, sra. Lovett. Ah! Um rei só teria uma vida majestosa se pudesse comer essas tortas, não é, sr. Clift?

— Bem, elas são boas, claro que sabemos disso, Tobias. Mas está querendo dizer que será um barbeiro?

— Sim, estou com Sweeney Todd, o barbeiro da Fleet Street, perto da igreja de St. Dunstan.

— Até parece! Bem, vou a uma festa hoje, e vou aparecer para me arrumar e me barbear, e me tornar cliente de seu chefe.

Tobias aproximou a boca da orelha do jovem advogado, e com um sussurro meio amedrontado, disse uma palavra:

— Não.

— Não? Mas por quê?

Tobias não respondeu, e deixando os dois centavos sobre o balcão, saiu da loja o mais rápido que pôde. Ele tinha recebido uma mensagem de Sweeney Todd na vizinhança, mas ao ouvir o relógio marcar doze horas, e com dois centavos no fundo do bolso, ia além da capacidade humana conseguir resistir, não entrar na casa de tortas da sra. Lovett e não transformá-los em uma torta de porco.

"Que coisa esquisita!", pensou o jovem advogado. "Vou à barbearia de Sweeney Todd agora de propósito, para perguntar a Tobias o que ele quis dizer. Eu também me esqueci, enquanto ele esteve aqui, de perguntar o que foi toda aquela confusão com o cachorro na porta do sr. Todd."

— De vitela! — disse um jovem, entrando apressado. — Uma de vitela de dois centavos, sra. Lovett. — Quando a pegou, ele a consumiu com voracidade, e então, ao ver um conhecido na loja, sussurrou para ele: — Não aguento mais. Vim da casa do oculista... Johanna é infiel, e eu não sei o que fazer.

— Coma mais uma torta.

— Mas o que é uma torta para Johanna Oakley? Saiba, Dilki, que só fui lá para estar perto dela. Que sejam amaldiçoadas as cortinas e os óculos. Ela ama outro homem e eu sou um sujeito desesperado! Deveria tomar uma atitude terrível e desesperada. Ah, Johanna, Johanna! Você me deixou à beira de... como você diz? Quero outra de vitela, por favor, sra. Lovett.

— Bem, eu me perguntava como você conseguiu — disse seu amigo Dilki —, e pensava em te perguntar.

— Ah, foi fácil... foi fácil no começo: ela sorriu para mim.

— Tem certeza de que ela não riu de você?

— Senhor! Sr. Dilki!

— Quero dizer... está certo de que em vez de sorrir para você ela não riu de você?

— Se estou certo? Quer me ofender, sr. Dilki? Eu olho para o senhor como olho um bobo, senhor... um bobo horroroso.

— Muito bem, agora estou convencido de que a moça tem se divertido um pouco às suas custas. Não sabe, Sam, que seu nariz se empina tanto a ponto de deixá-lo de cabeça para baixo? Como pode acreditar que qualquer garota com menos de quarenta e cinco anos perderia um minuto sequer com o senhor? Saiba que não digo isso como ofensa, mas discretamente, mais como uma pergunta.

Sam parecia irado, e provavelmente teria tentado algo desesperado na casa de tortas se, no momento, ele não tivesse flagrado o olhar da sra. Lovett e visto, pela expressão no rosto da senhora, que qualquer coisa que lembrasse uma discussão logo seria reprimida. Por isso, ele saiu de uma vez e levou seu pesar e sua amargura para outro lugar.

Somente entre meio-dia e uma hora, um fluxo enorme de visitantes entrava na casa de tortas, pois apesar de haver uma boa clientela o dia todo, e a preocupação ser a de ganhar dinheiro da manhã à noite, era naquela uma hora que o grande consumo de tortas acontecia.

Tobias sabia, por experiência, que Sweeney Todd calculava bem o tempo necessário para ir a lugares diferentes e, assim, como já tinha ocupado uma parte da mais valiosa das posses na casa de tortas da sra. Lovett, chegou bem ofegante ao estabelecimento de seu chefe.

Ali estava o cão misterioso com o chapéu, e Tobias se demorou um momento a mais para falar com o animal. Os cães são ótimos fisionomistas, e quando o animal olhou no rosto de Tobias, pareceu concluir algo favorável em relação a ele, pois deitou-se para ser acariciado.

— Coitadinho! — disse Tobias. — Gostaria de saber o que aconteceu com seu dono, mas tremi como uma vara verde quando acordei durante a noite e me fiz essa pergunta. Mas se eu puder evitar, você não morrerá de fome. Não tenho muito para mim, mas você terá parte desse pouco.

Enquanto falava, Tobias tirou do bolso um pouco de carne fria não muito apetecível, que reservara para seu jantar, e que havia enrolado num pano não muito limpo. Deu o pedaço para o cachorro, que o pegou com ar de desânimo e voltou a se abaixar à frente da porta de Sweeney Todd.

Naquele instante, quando Tobias estava prestes a entrar, pensou ter ouvido um grito esquisito vindo de dentro do estabelecimento. No impulso do momento, ele se retraiu um pouco; e então, com outro impulso, avançou de uma vez e entrou na loja.

O primeiro objeto que chamou sua atenção, sobre um criado-mudo, foi um chapéu com um belo cajado de ponta de ouro.

A poltrona na qual os clientes se sentavam para serem barbeados estava vazia, e o rosto de Sweeney Todd estava virado para dentro da barbearia. Ele estava dentro da sala de trás, com uma expressão singular e horrorosa.

— Bem, Tobias — disse ele ao avançar, esfregando as mãos grandes uma na outra —, bem, Tobias! Então não conseguiu resistir à casa de tortas?

"Como ele sabe?", pensou Tobias.

— Sim, senhor, fui à casa de tortas, mas não fiquei nem um minuto ali.

— Ouça, Tobias! A única coisa que consigo desculpar no caso de uma demora quando você sair para cumprir uma ordem é se você comer uma das tortas da sra. Lovett. Isso consigo deixar passar, por isso não se preocupe. Elas não são deliciosas, Tobias?

— Sim, senhor, são. Mas um cavalheiro parece ter esquecido o chapéu e o cajado.

— Sim — disse Sweeney Todd —, esqueceu. — E erguendo o cajado, golpeou Tobias, e o garoto caiu no chão. — Segunda lição a Tobias Ragg, para ensinar a ele que não deve fazer comentários a respeito do que não lhe diz respeito. Pode pensar o que você quiser, Tobias Ragg, mas só pode dizer o que *eu* quiser.

— Não vou tolerar isso — gritou o rapaz. — Não serei agredido dessa maneira, estou dizendo, Sweeney Todd, não vou.

— Não vai! Você se esqueceu de sua mãe?

— O senhor diz ter poder sobre minha mãe, mas não sei qual é, e não posso e não vou acreditar nisso. Vou deixar o senhor, e independentemente do que acontecer, vou para o mar ou para qualquer lugar em vez de ficar em um lugar como este.

— Ah, vai? Vai mesmo? Então, Tobias, você e eu devemos esclarecer algo. Conto sobre o poder que exerço sobre sua mãe, e então talvez você se dê por satisfeito. No inverno passado, quando a geada durou dezoito semanas e você e sua mãe estavam morrendo de fome, ela trabalhava limpando as salas de Temple. Era empregada de um tal sr. King, um homem de coração gelado, severo, que nunca perdoou nada na vida e nunca perdoará.

— Eu me lembro — disse Tobias —, nós passávamos fome e tínhamos que pagar um guinéu de aluguel. Mas minha mãe alugou e pagou, e depois disso, conseguiu uma situação na qual ela está agora.

— Ah, você acha isso. O aluguel foi pago, mas Tobias, meu garoto, tenho uma informação... ela pegou um candelabro de prata dos aposentos do sr. King para pagar o aluguel. Eu sei disso. Posso provar. Pense nisso, Tobias, e seja discreto.

— Tenha piedade de nós — disse o garoto —, eles tirariam a vida dela!

— A vida dela! — gritou Sweeney Todd. — Sim, certamente fariam isso. Eles a enforcariam, enforcariam mesmo. E saiba, se você me forçar, por alguma atitude sua, a mencionar esse fato, será o executor de sua mãe. Eu a denunciaria, e acabaria com a vida dela.

— Terrível! Terrível!

— Ah, você não gosta disso? Isso não é bom para você, sr. Tobias? Seja discreto, então, e não terá nada a temer. Não me force a demonstrar um poder que será tão completo quanto terrível.

— Não direi nada, não pensarei nada.

— Muito bem. Agora vá e coloque o chapéu e o cajado dentro daquele armário. Vou me ausentar por um tempo, e se alguém chegar, diga à pessoa que me chamaram na rua e que demorarei uma hora ou mais para voltar, e cuide bem da barbearia.

Sweeney Todd tirou seu avental e vestiu um casaco enorme com lapelas enormes, e então, afundando um chapéu de três bicos na cabeça e lançando um olhar estranho e fulminante para Tobias, seguiu pela rua.

V

O ENCONTRO *em Temple*

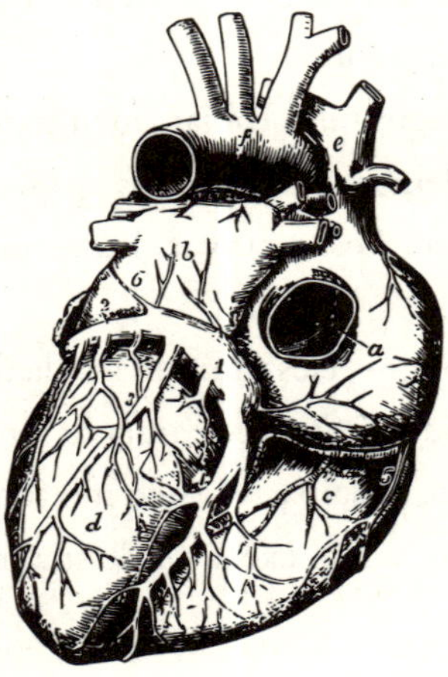

Ai! Pobre Johanna Oakley — o dia passou e não trouxe nenhuma resolução daquele por quem você tem amor. E, ai! Que dia sofrido, cheio de dúvidas e ansiedades!

Torturado por dúvidas, esperanças e medos, o dia foi um dos mais sofridos que a pobre Johanna já viveu. Nem mesmo dois anos antes, quando havia se despedido de seu namorado, ela sentiu uma angústia tão grande como a que tomava seu coração naquele momento, quando viu o dia partindo e a noite surgindo no espaço, sem palavra ou notícia de Mark Ingestrie. Ela própria só soube o quanto esperava ter notícias dele naquela ocasião, quando toda a agonia da decepção a tomou; e quando a noite caiu, e a esperança ficou tão esparsa a ponto de ela não mais poder contar com isso para ter o menor apoio, sentiu vontade de se recolher em seus aposentos. Fingindo indisposição para evitar as perguntas da mãe — pois a sra. Oakley estava em casa, deixando a ela e a todos muito desconfortáveis —, ela se jogou em seu sofá e deu vazão a uma torrente de lágrimas.

— Ah, Mark, Mark! — disse ela. — Por que você me abandonou se eu contava tanto com seu afeto sincero? Ah, por que não mandou para mim um sinal de sua existência, do amor que ainda sente por mim? Uma mera palavra teria bastado, e eu teria me contentado.

Ela, então, chorou lágrimas amarguradas que só um coração como o dela pode conhecer, quando sente a angústia profunda e amarga do abandono, e quando a rocha sobre a qual as maiores esperanças tinham sido erguidas se transforma em simples areia movediça, na qual é engolido todo o bem que este mundo consegue dar aos justos e belos.

Ah, é de partir o coração pensar que alguém como ela, Johanna Oakley, um ser tão cheio de todas aquelas emoções sagradas e delicadas que deveriam constituir a mais verdadeira felicidade, sentisse que a vida perdeu seu charme e que nada além de desespero tivesse restado.

— Esperarei até meia-noite — disse ela —, e mesmo a essa hora será um desafio conseguir descansar, e amanhã vou me esforçar para descobrir notícias dele.

Então, ela começou a se perguntar o que podia ser aquele esforço, e de que modo uma garota jovem e inexperiente, tal qual ela era, podia esperar ter sucesso em suas buscas. E a meia-noite chegou, por fim, dizendo para ela que aquele dia finalmente havia passado e terminado totalmente, e ela caiu em desespero.

Passou a noite toda chorando de soluçar, e só em alguns momentos conseguiu algum sono, mesmo inquieto, durante o qual imagens dolorosas lhe ocorriam — todas com a mesma tendência, indicando o fato presumido de que Mark Ingestrie já não mais existia.

Mas mesmo a noite mais cansada para o mais cansado insone acaba por passar, e por fim, a suave e bela alvorada entrou no quarto de Johanna Oakley, afastando algumas das visões horrorosas da noite, mas tendo pouco efeito na diminuição da tristeza que havia tomado conta dela.

Ela sentiu que seria melhor descer a arriscar-se aos comentários e conjecturas que sua ausência despertaria, então, por mais que se sentisse inadequada para qualquer simples conversa, desceu para a sala de café da manhã. Mais parecia um fantasma de quem era do que o ser lindo e iluminado que descrevemos ao leitor. Seu pai compreendeu o que roubava o rubor de suas faces; e apesar de se sentir muito abalado com a situação, ainda assim havia se preparado com o que julgava serem motivos fortes para manter a esperança no futuro.

Havia se tornado parte de sua filosofia — costuma fazer parte da filosofia dos velhos — pensar que aquelas sensações da mente que surgem de afetos decepcionados são as mais evanescentes; e elas, apesar de surgirem com violência, são como o pesar pelos mortos: passageiras, e quase não deixam vestígios quando desaparecem.

E talvez ela estivesse certa no que diz respeito ao maior número daquelas paixões; mas ele certamente estava enganado quando aplicou aquele tipo de conhecimento de homem vivido à sua filha Johanna. Ela era um daqueles seres raros cujo coração não se deixa levar pelos gracejos de qualquer um que sussurre palavras de admiração em seus ouvidos. Não, ela tinha qualificação. Era eminentemente qualificada a amar uma vez e uma vez apenas; e como o maracujá, que desabrocha em beleza enorme uma vez e nunca mais volta a dar flor, ela permitiu que seu coração se expandisse à influência suave do afeto, que quando destruído pela adversidade, para sempre desapareceria.

— Francamente, Johanna — disse a sra. Oakley, com um tom muito discreto —, você está tão pálida e abatida que eu vou falar com o sr. Lupin a seu respeito.

— O sr. Lupin, minha querida — disse o oculista —, pode ser muito bom em sua função de pastor. Mas não consigo entender o que ele pode fazer em relação à palidez de Johanna.

— Um homem dedicado, sr. Oakley, pode fazer tudo por todos.

— Então ele deve ser o chato mais intolerável que existe; e não me surpreende que ele tenha sido expulso das casas de algumas pessoas, como soube que aconteceu a ele.

— E se isso aconteceu, sr. Oakley, posso dizer que ele se alegra com isso. O sr. Lupin gosta de sofrer pela fé; e se ele se tornasse um mártir amanhã, tenho certeza de que isso faria com que ele sentisse muito prazer.

— Minha querida, tenho certeza de que isso não daria a ele metade do prazer que daria a mim.

— Compreendo sua insinuação, sr. Oakley; o senhor gostaria de vê-lo sendo assassinado em decorrência de sua santidade; mas apesar de dizer coisas assim à mesa do café da manhã, não dirá nada quando ele vier para o chá hoje à tarde.

— Para o chá, sra. Oakley! Já não disse, muitas vezes, que não quero aquele homem na minha casa?

— E eu não disse, sr. Oakley, o dobro dessas vezes, que ele virá para o chá? E eu já o convidei, não posso voltar atrás.

— Mas, sra. Oakley...

— Seu falatório não serve para nada, sr. Oakley. O sr. Lupin está vindo para o chá, e virá mesmo. Se o senhor não gosta disso, pode ir embora. Mas tenho certeza de que não pode reclamar, pois agora tem a liberdade de sair. És uma pessoa difícil, sr. Oakley, sei bem disso, e nunca está feliz com nada.

— Uma bela liberdade mesmo... A de sair de minha casa e deixar que outra pessoa entre nela, uma pessoa de quem não gosto!

— Johanna, minha querida — disse a sra. Oakley. — Acho que meu velho mal-estar está vindo, o coração acelerado e a histeria. Sei o que os causa: é a brutalidade de seu pai! E justamente depois de o dr. Fungus ter dito que eu deveria ficar calma, seu pai aproveita a oportunidade como uma fera selvagem, ou um maluco sem controle, para tentar me deixar mal.

O sr. Oakley se ergueu num pulo, bateu os pés no chão e murmurou algo a respeito da probabilidade de se tornar um maluco em pouco tempo. Correu para dentro de sua loja e se pôs a polir óculos como se tivesse fechado uma aposta e quisesse vencer.

O leve atrito entre o pai e a mãe certamente teve efeito por um tempo. Conseguiu distrair Johanna, e ela pôde assumir uma alegria que não sentia; mas agia um pouco como seu pai em relação ao sr. Lupin, e decididamente se recusava a se sentar para partilhar uma refeição que fosse com aquele sujeito, de modo que a sra. Oakley foi deixada numa minoria de uma pessoa na ocasião — o que talvez, como ela esperava, não fosse nada demais.

Johanna subiu as escadas em direção a seu quarto, de onde conseguia ver a rua. Era uma casa antiga, com uma varanda na frente, e enquanto ela olhava sem ânimo para a Fore Street, que naquele momento estava longe de ser a via de acesso que é agora, viu um desconhecido de pé à frente de uma porta do lado oposto. Um desconhecido que olhava com atenção para a casa e que, quando olhou nos olhos dela, atravessou instantaneamente em sua direção, e lançou algo na varanda do andar térreo. Em seguida, fez um meneio de cabeça tocando o chapéu e afastou-se depressa da rua.

Johanna pensou, no mesmo instante, que podia se tratar de um mensageiro trazendo notícias da existência e do bem-estar da pessoa com quem ela estava tão preocupada. Mas não é de se estranhar então, que com o nome de

Mark Ingestrie nos lábios, ela tenha descido correndo até a varanda, tomada de ansiedade para ouvir e ver se era mesmo o que pensou.

Quando chegou à varanda, encontrou um pedaço de papel ali, dentro do qual havia uma pedra para fazer peso e garantir que aterrissasse na varanda, sem erro. Tremendo, ansiosa, ela abriu o papel e leu as seguintes palavras:

Para ter notícias de Mark Ingestrie, vá aos jardins de Temple uma hora antes do pôr-do-sol, e não tenha medo de abordar um homem que estará segurando uma rosa branca.

— Ele está vivo! Vivo! — gritou ela. — Ele está vivo, e a alegria volta a habitar meu peito! Ah, é dia de novo e o sol brilha em comparação com a noite escura de desespero. Mark Ingestrie está vivo, e eu ainda serei feliz.

Ela colocou o pedaço de papel nos seios e então, com as mãos unidas e uma expressão de alegria, repetiu as palavras breves, porém expressivas ali contidas, acrescentando:

— Sim, sim, irei. A rosa branca é um símbolo de pureza e afeto, do amor perfeito dele, e é por isso que o mensageiro a estará segurando. Estarei lá. Uma hora antes do pôr-do-sol, ah, duas horas antes do pôr-do-sol, estarei lá. Que alegria, ele está vivo! Vivo! Mark Ingestrie está vivo! Quiçá, ainda, bem-sucedido em seu objetivo, ele volte para dizer que pode fazer de mim sua esposa, e que nenhum obstáculo pode agora interferir para frustrar nossa união. Tempo, tempo, siga em frente, bata suas asas!

Ela foi para seu quarto, mas dessa vez, diferente da anterior, não foi para chorar; pelo contrário, foi sorrir do choro de antes e admitir a filosofia da asserção de que sofremos muito mais pelo medo das coisas que nunca se tornam realidade do que pelas reais calamidades que nos acometem num baque.

— Ah, se o mensageiro tivesse vindo ontem! — disse ela. — Quantas horas de angústia teriam sido poupadas! Mas não vou reclamar. Não vou reclamar em meio a esta alegria por ela não ter vindo antes. Serei feliz quando puder; e, sabendo que em breve vou ouvir boas notícias de Mark Ingestrie, afastarei todos os medos.

A impaciência que ela agora sentia trouxe incômodos e castigos, e ainda assim eram sensações diferentes de qualquer outra que ela já havia vivido. Certamente muito mais desejáveis do que a completa angústia que havia tomado conta dela ao permanecer sem notícias de Mark Ingestrie.

Foi estranho, muito estranho que não tenha ocorrido a ela que as notícias que ouviria nos jardins de Temple, dadas pelo desconhecido, poderiam ser ruins. De fato, essa ideia não passou por sua mente, e ela esperou ansiosa por um encontro que realmente ela não teria como saber que seria o mais desafortunado possível.

Questionou-se várias vezes se deveria contar ao pai o que havia acontecido, mas todas as vezes em que pensou em contar, desistiu da ideia, e toda a disposição natural para guardar para si o segredo de sua felicidade retornava com força total.

Mas ela não era tão injusta a ponto de não perceber que estava tratando seu pai mal ao jogar todas as tristezas em cima dele, como havia feito, e então esconder dele todas as alegrias relacionadas às mesmas circunstâncias.

Aquilo era algo que ela não pretendia continuar fazendo, por isso decidiu aliviar a consciência do peso que carregaria, e determinou-se a contar a ele o resultado depois do encontro nos jardins de Temple. Não antes. Era muito delicioso e agradável manter o segredo apenas para si, e sentir que apenas ela sabia que seu amor havia cumprido a promessa e que estava apenas um dia atrasado no envio de notícias, e aquele dia, talvez, não tivesse sido sua culpa.

E foi o que pensou e tentou passar pelas horas de ansiedade, às vezes conseguindo se esquecer de quanto tempo ainda faltava para o pôr-do-sol, e às vezes tendo a impressão de que cada minuto se estendia perversamente dez vezes mais do que o normal só para desgastá-la.

Ela havia dito que estaria nos jardins de Temple duas horas antes do pôr-do-sol e não só uma, e cumpriu a palavra. Mais feliz do que se sentira por semanas, desceu a escada da casa do pai e estava prestes a deixar a residência quando uma figura desconhecida e macilenta chamou sua atenção.

Não era ninguém menos do que o Reverendo sr. Lupin: ele era um homem de aparência esquisita, e naquela ocasião, apareceu no que chamava de cavalo, mas na verdade estava montado em um pônei muito pequeno, que não parecia adequado para aguentar o peso dele, e que era tão baixo que, se o reverendo não estivesse com as pernas abertas, inevitavelmente seus pés tocariam o chão.

— Que o Senhor seja louvado! — disse ele. — Interceptei o mal. Senhorita, estou aqui a pedido de tua mãe, e deves permanecer e compartilhar da mistura chamada chá.

Johanna mal se deu ao trabalho de olhar para ele, mas fechando o xale ainda mais sobre o corpo, que ele teve a impertinência de observar, ela continuou caminhando, para que o reverendo ficasse para trás e pensasse o que bem quisesse.

— Pare! — gritou ele. — Pare! Percebo claramente que o demônio a tomou com firmeza. Vejo bem, que o Senhor tenha piedade de mim! Este animal tem algo contra mim, isso é certo como a morte.

A última reação surgiu do fato de o pônei ter dado coices de um modo muito misterioso.

— Receio, senhor — disse um rapaz que não era ninguém menos do que nosso velho conhecido, Sam. — Receio, senhor, que haja algo de estranho com o pônei.

E o pônei voltou a dar coices da mesma maneira inesperada.

— Deus me proteja! — disse o cavalheiro. — Ele nunca fez isso antes. Eu... lá vai ele de novo, minha nossa! Rapaz, peço que me ajude a apear. Acho que sei quem você é. Você é o sobrinho da bondosa sra. Pump... com certeza esse animal quer acabar comigo!

Neste momento, o pônei deu um coice tão forte que o sr. Lupin caiu para trás, e deu um salto mortal completo, aterrissando rente à porta da casa do oculista. Infelizmente aconteceu de a sra. Oakley, ouvindo o barulho, sair correndo naquele momento, e a primeira coisa que ela fez foi cair de cara depois de tropeçar nos pés do sr. Lupin.

Sam sentiu que estava na hora de ir embora. E como não gostamos de mistérios inúteis, podemos explicar que aquelas circunstâncias extraordinárias surgiram do fato de Sam ter comprado do vendedor do armarinho no outro lado da rua meio centavo de alfinetes, e de ter se divertido fazendo uma alfineteira da traseira do pônei do Reverendo Lupin; e o animal, não acostumado a esse tipo de coisa, passou a dar coices para se livrar, produzindo os resultados que aqui registramos. Johanna Oakley estava mais adiante na rua e não viu o cavalheiro entrar na casa de seu pai do modo com que descrevemos, por isso ela não soube de nada, tampouco se importaria se tivesse sabido, uma vez que ela se concentrava totalmente no percurso que estava percorrendo.

Enquanto subia por aquele lado da Fleet Street, passando pela casa e pela barbearia de Sweeney Todd, uma sensação de curiosidade fez com que ela parasse por um momento para olhar para o cachorro de aparência melancólica que permanecia olhando para um chapéu à frente da porta.

Era impossível não perceber o pesar na cara do animal e, enquanto ela observava, viu a porta do estabelecimento se abrir devagar e um pedaço de carne ser lançado.

— Eles são pessoas gentis — disse ela —, não importa quem sejam. — Mas quando viu o cão ignorar a carne com raiva, e notou que havia um pó branco nela, a ideia de que o alimento estivesse envenenado e de que o único propósito fosse a morte da pobre criatura lhe ocorreu na mesma hora. E quando ela viu o rosto horrendo de Sweeney Todd a encarando atrás da porta entreaberta, não duvidou mais, pois aquele rosto bastava para deixar claro sua vilania. Ela seguiu em frente arrepiando-se, sem nem imaginar, no entanto, que aquele cão tinha algo a ver com seu destino, ou com as circunstâncias que resumiam seu destino.

Ainda faltava uma hora para o encontro marcado quando ela chegou aos jardins de Temple e, reprimindo-se um pouco por estar tão adiantada, ainda que soubesse que por nada no mundo conseguiria não estar ali, ela se sentou em um dos bancos do jardim para pensar no passado, acessar as lembranças, com toda a vivacidade da devoção dos jovens apaixonados. Lembrou-se das muitas palavras gentis que, vez ou outra, tinham sido ditas a ela há dois verões, por ele, cuja dedicação nunca havia deixado dúvida, e cuja imagem se mantinha guardada no fundo do coração de Johanna.

VI

A TRISTE *revelação*

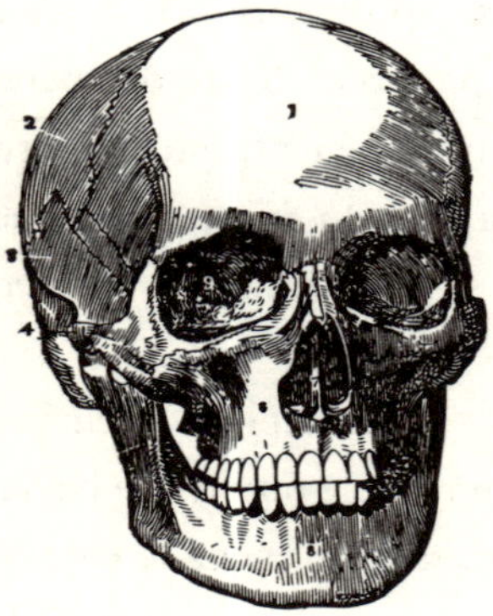

O relógio de Temple marcou a hora da reunião, e Johanna olhou ao redor bem ansiosa à procura de alguém que parecesse ser uma pessoa a quem Mark Ingestrie escolheria como mensageiro.

Ela olhou na direção do portão, pois pensou tê-lo ouvido se fechar, e então viu um homem de aparência distinta que observava ao redor, aparentemente à procura de alguém.

Quando seus olhos a encontraram, imediatamente, ele tirou uma rosa branca de dentro da capa, e um minuto depois, os dois se aproximaram.

— Tenho a honra de falar com a srta. Johanna Oakley? — perguntou ele.

— Sim, e o senhor é o mensageiro de Mark Ingestrie?

— Sou. Ou melhor, sou quem vem trazer à senhorita notícias de Mark Ingestrie, mas sinto muito em dizer que não sou o mensageiro que foi expressamente escolhido por ele para isso.

— Ah, senhor! Seu semblante é triste e sério, parece prestes a anunciar que algo ruim aconteceu. Diga que não é isso; fale comigo de uma vez, ou meu coração vai explodir!

— Recomponha-se, moça, eu imploro.

— Não ouso... fazer isso, a menos que o senhor me diga que ele está vivo. Diga que Mark Ingestrie está vivo, e talvez eu consiga ter paciência. Diga isso e não ouvirá nada dito por mim. Diga de uma vez... de uma vez! É cruel, acredite, manter-me nesse suspense.

— Esta é uma das tarefas mais tristes que já tive que cumprir — disse o desconhecido enquanto levava Johanna para se sentar. — Lembre-se, moça, de que estamos todos à mercê do acaso e dos incidentes; lembre-se de que pequenas circunstâncias nos afetam, que nos levam aos recôncavos do desespero, e lembre-se de que temos existências muito instáveis.

— Chega, chega! — gritou Johanna, unindo as mãos. — Sei de tudo agora e estou desolada.

Ela deixou as mãos cobrirem seu rosto, e estremeceu com uma convulsão de pesar.

— Mark! Mark! — gritou ela. — Você me deixou. Não pensei isso... não pensei isso. Ah, céus! Por que vivi tanto a ponto de poder ouvir coisas tão temerosas? Perdido... tudo se perdeu! Deus do céu! Que loucura o mundo agora se transformou para mim!

— Rogo, moça, que acalme esse pesar e ouça atentamente o que te direi. Há muito a ouvir e muito sobre o que especular. E por tudo o que já sei, não posso, não ouso dizer que Mark Ingestrie está vivo; mas da mesma forma, me recuso a dizer que está morto.

— Fale de novo... diga essas palavras de novo! Então existe uma esperança... ah, existe uma esperança!

— Existe esperança. E é melhor que sua mente receba primeiro o choque da probabilidade da morte de quem a senhorita tem esperado com tanta ansiedade e, pelo que contarei, somente então reúna esperança de que não seja este o caso, ao invés de esperar muito em um primeiro momento e depois ter tais expectativas cruelmente destruídas.

— Sim, sim... muito gentil de sua parte, e ainda que não consiga agradecer como deveria, saberá que isso se deve ao fato de eu estar em um estado de grande aflição para tal, e não por me faltar vontade. O senhor entenderá isso. Tenho certeza de que entenderá.

— Não me dê explicações. Acredite, consigo entender totalmente tudo o que disser, e tudo o que sentir. Devo dizer quem sou, que pode confiar no que tenho a lhe contar. Meu nome é Jeffery, e sou um coronel no exército indiano.

— Agradeço muito ao senhor, mas traga a mim um documento em nome de Mark Ingestrie, que será suficiente. Continuo na esperança que o senhor me deu de que ele segue vivo, e nessa esperança manterei uma resignação feliz que me permitirá enfrentar tudo o que tiver a me dizer, seja lá o que for, e com uma sensação de que por meio de muito sofrimento, finalmente terei a alegria. O senhor me verá muito paciente, sim, extremamente paciente. Tão paciente que mal verá o dano que o pesar já me causou até aqui.

Ela pressionava as mãos contra o peito enquanto falava. Olhava para o rosto dele com uma expressão de tão forte melancolia, e chorava, algo doloroso de testemunhar; e ele, ainda que não habituado ao estado descontrolado, decidiu parar por alguns minutos para depois dar continuidade à tarefa com a qual tinha se comprometido.

— Serei o mais breve que puder — disse ele —, firme em dizer tudo o que devo dizer, e começarei perguntando se tem conhecimento das circunstâncias sob as quais Mark Ingestrie foi para o exterior.

— Disso, eu sei. Foi por causa de uma briga com seu tio, o sr. Grant. Este foi o grande motivo, e seu principal objetivo era aumentar suas riquezas, para que pudesse ser feliz e independente daqueles que não olhavam para nossos planos de união com bons olhos.

— Sim, mas o que quero saber é se sabe em que tipo de aventura ele embarcou nos mares indianos.

— Não, nada sei além disso. Nós nos encontramos neste ponto, nos despedimos naquele portão, e nunca mais nos vimos.

— Nesse caso, tenho algo a lhe contar para tornar a narrativa clara e explícita.

— Ouvirei com tamanha atenção que o senhor verá como toda minha alma está concentrada no que diz.

Os dois se sentaram no banco do jardim; e enquanto Johanna não tirava os olhos do rosto do homem, expressando as emoções mais generosas e os sentimentos mais nobres, ele começou a contar a ela os incidentes que nunca saíram de sua memória, nos quais ela se interessou profundamente.

— A senhorita deve saber — disse ele — que o que tomou conta da imaginação de Mark Ingestrie foi o fato de um homem ter chegado a Londres com informações muito convincentes e muito bem ditas, dizendo ter descoberto um rio que depositava grande quantidade de pó de ouro em seu caminho até o mar. Ele contou sua história tão bem e parecia dominar tão perfeitamente as circunstâncias relacionadas a ela, que mal sobrou espaço para dúvidas em relação ao assunto. O assunto foi mantido em sigilo; e uma reunião com alguns homens influentes aconteceu; influentes devido ao dinheiro que possuíam, entre os quais havia um em especial que mantinha por Mark Ingestrie sentimentos de amizade. Então, Mark foi a essa reunião com o amigo em questão, apesar de sentir sua total incapacidade, por falta de recursos, para participar do caso. Mas só se deu conta das generosas intenções de seu amigo no assunto quando recebeu uma explicação, que era a seguinte: ele, o amigo, forneceria os meios necessários para que Mark Ingestrie embarcasse na aventura, participando dela desse modo, e disse também que se ele se lançasse pessoalmente à expedição, dividiria os lucros com ele, independentemente de quais fossem. Para um jovem como Ingestrie, sem nenhum recurso pessoal além de um temperamento entusiasmado e ardente, é possível imaginar como a proposta pode ter sido tentadora. Ele a aceitou sem pestanejar e com o maior prazer. A partir daquele momento, ele passou a se interessar pelo assunto do modo mais forte e próximo que posso descrever. Tomou sua imaginação por completo, apresentando-se a ele com tons muito tentadores; e pela descrição que me deram de seu ânimo, consigo imaginar a gentileza e a impetuosidade com que ele se envolveria na questão.

— O senhor o conhece bem — disse Johanna, delicadamente.

— Não, eu nunca o vi. Tudo o que digo a respeito dele vem da descrição de outra pessoa que o conhecia bem de verdade, e que navegou com ele na embarcação que acabou saindo do porto de Londres na vã e louca aventura que mencionei.

— Ele, independentemente de quem seja, devia conhecer Mark Ingestrie bem, e ter notado muito da confiança dele para conseguir descrevê-lo de modo tão exato.

— Acredito ter sido isso, e é dos lábios desse homem, e não dos meus, que a senhorita deveria estar ouvindo o que agora estou contando. Aquele cavalheiro, cujo nome era Thornhill, deveria ter lhe comunicado isto; mas devido a algum estranho acidente, parece que ele foi impedido, caso contrário a senhorita não estaria aqui ouvindo esse assunto que teria sido mais bem relatado por ele.

— E ele deveria ter me encontrado ontem?

— Deveria.

— Então, Mark Ingestrie cumpriu sua palavra, e não fosse pelas circunstâncias adversas que atrasaram seu mensageiro, eu deveria ter ouvido ontem o que o senhor agora está me contando. Peço para continuar, senhor, e perdoe minha interrupção.

— Não preciso me preocupar com todas as negociações, com o trabalho e com a dificuldade que surgiu antes de a expedição começar de fato. Basta dizer que, por fim, depois de muitos inconvenientes e depois de muito transtorno, ela começou, e uma embarcação foi fretada e tripulada para o propósito de seguir para os mares indianos à procura do tesouro, que diziam estar ali para o primeiro aventureiro que tivesse a coragem de procurar. Era um navio galante. Eu o vi percorrer muitas milhas a partir da Inglaterra, onde naufragou, e nunca mais emergiu.

— Naufragou?

— Sim. Era um navio malfadado, e naufragou, sim. Mas me precipitei. Vou continuar minha narrativa normalmente. O navio se chamava *Estrela*; e se quem estava nele o via como o norte de seu destino, estava correto, e poderia ser considerado um norte do mal para os tripulantes, uma vez que nada além de decepção e amargura surgiram dali. E me disseram que Mark Ingestrie era o homem mais esperançoso a bordo. Na imaginação, ele já se via seguindo para casa com a embarcação, lastrado e cheio dos ricos recursos daquele rio brilhante. Ele já pensava no que poderia fazer com sua riqueza, e eu não tenho a menor dúvida de que, assim como muitos que seguiam naquela aventura, ele aproveitava ao máximo o que pensava sobre como gastar a fortuna. Talvez, de fato, mais até do que se seus pensamentos se tornassem realidade. Entre os aventureiros, havia um Thornhill, que tinha sido tenente na Marinha Real, e entre ele e o jovem Ingestrie, uma forte amizade surgiu. Sendo assim, não há dúvidas de que eles contavam, um ao outro, todas as suas esperanças e seus medos; e se havia algo que pudesse acabar com o tédio de uma viagem tão cansativa como aquela, certamente seria a livre comunicação e a troca de confidências entre dois espíritos afins, como Thornhill e Mark Ingestrie. Lembre-se, srta. Oakley, que ao lhe contar isto, estou relatando o que eu mesmo ouvi em ocasiões diferentes, de modo a fazer uma narrativa distinta. Creio que não terá dificuldade para compreender, porque, como eu disse antes, nunca vi Mark Ingestrie. E se vi, foi uma vez apenas e por cerca de cinco minutos, quando avistei a embarcação na qual ele partiu para sua perigosa aventura aos mares indianos. Foi de Thornhill que obtive minha informação durante as muitas horas cansativas e monótonas passadas em uma viagem a partir da Índia em direção à casa. Parece que sem acidente ou diferentemente de qualquer descrição, o *Estrela* chegou ao Oceano Índico, e à suposta localidade exata do ponto onde o tesouro seria encontrado, e ali ele encontrou uma embarcação que seguia para casa vinda da Índia, chamada *Netuno*. Era noite, e o sol havia descido no horizonte de modo a indicar que uma tempestade viria. Eu estava a bordo daquela embarcação indiana; não esperávamos nada sério, mas nos preparamos totalmente para o mar revolto, e no fim foi bom termos feito isso, pois nunca, na lembrança de nenhum marinheiro, nem mesmo dos mais velhos, uma tempestade havia devastado tanto a costa. Um vendaval furioso, impossível de suportar, nos levou para o sul; e não fossem as maiores precauções, auxiliadas pela coragem e pela temeridade por parte dos marinheiros, como nunca antes vi no serviço mercante, escapamos com leves danos. Mas fomos levados pelo menos 200 milhas para fora de nosso curso; e em vez de chegarmos, como deveríamos ter conseguido, ao Cabo em determinado momento, estávamos a uma enorme distância a leste. Só quando a tempestade, que durou três noites e dois dias, começou a diminuir, vimos uma luz vermelha fraca em direção ao horizonte; e como não estava em um quarto do céu onde tal surgimento poderia ser imaginado, e como não estávamos em uma latitude na qual o fenômeno elétrico seria esperado, nós nos direcionamos na direção dele, supondo o que acabou estando totalmente correto.

— Era uma embarcação pegando fogo! — disse Johanna.

— Sim, era.

— Ai, meu Deus! Eu sabia. Uma suspeita assustadora me ocorreu. Era uma embarcação em chamas, e o navio estava...

— Era o *Estrela*, ainda no rumo de sua aventura, mesmo levado para fora da rota pelos ventos e pelas ondas contrárias. Depois de cerca de meia hora de navegação, vimos claramente uma embarcação em chamas. Ouvimos o rugido das labaredas, e pelas nossas lentes, vimos os tripulantes enrolando o cordame e pulando de um mastro a outro, como serpentes em chamas, exultando na destruição que estávamos causando. Navegamos e ajustamos cada pedaço de lona para chegar à embarcação malfadada. Distâncias, aparentemente pequenas no mar, são muito grandes na verdade, e uma hora de navegação sem a força dos ventos não faria nada além de nos permitir chegar àquele barco. Mas imagine o que as chamas não fariam em uma hora! A embarcação estava perdida. E muito antes de chegarmos ao ponto no qual ela afundou nas águas que agora eram comparativamente calmas, vimos uma chuva de faíscas tomando o céu. Em seguida, ouvimos um ronco alto acima da superfície, e tudo ficou parado... O navio havia desaparecido, e a água encobriu a embarcação para sempre.

— Mas como o senhor sabia — disse Johanna, unindo as mãos, e o semblante pálido deixou claro o interesse profundo que ela tinha pelo relato —, como o senhor sabia que aquela embarcação era o *Estrela*? Não poderia ser alguma outra embarcação infeliz que teve um destino tenebroso?

— Vou lhe dizer algo: apesar de termos visto o barco afundar, seguimos nosso curso com a esperança de pegar parte da tripulação, que certamente havia feito uso dos botes para sair da embarcação em chamas. O capitão dos indianos manteve a lente contra o olho, e logo disse para mim: "Há um destroço boiando ali, e algo preso a ele. Não sei se é um homem, mas o que consigo ver me parece a cabeça de um cachorro". Olhei pelo binóculo e vi o mesmo objeto. Mas quando nos aproximamos dele, descobrimos que se tratava de um destroço grande, com um cachorro e um homem apoiados nele, agarrando-se com desespero. Dez minutos depois, eles estavam dentro da embarcação. O homem era o tenente Thornhill que mencionei antes, e o cachorro era dele. Ele nos contou que o barco que tínhamos visto em chamas era o *Estrela*; que ele não havia chegado ao destino final, e que acreditava que tudo havia se perdido, exceto ele e o cão, pois apesar de um dos barcos ter partido, a tripulação tinha sido tão desesperada que a embarcação acabou por afundar, e todos morreram. O estado de exaustão dele era tamanho que, depois de ele nos relatar isso, demorou alguns dias para deixar sua rede. E quando o fez, começou a se misturar conosco. Encontramos uma companhia inteligente e animada; muito animada, de fato, e ficamos felizes por tê-lo a bordo. Ele confidenciou ao capitão e a mim o objetivo da viagem do *Estrela*, e os detalhes que já relatei. E então, durante uma vigília noturna, e ele e eu estávamos no convés, aproveitando o frescor da noite depois do calor intenso do dia nos trópicos, ele me disse: "Tenho uma missão muito triste para realizar quando chegar a Londres. A bordo de nossa embarcação estava um jovem chamado Mark Ingestrie; e algum tempo antes de a embarcação na qual estávamos afundar, ele me implorou para entrar em contato com uma jovem moça chamada Johanna Oakley, a filha do oculista de Londres, se eu fosse salvo e ele morresse. E ele estava tão certo de que assim seria, que me deu um colar de pérolas para entregar à moça em nome dele. Mas não faço a menor ideia de onde ele o conseguiu, já que é de imenso valor." O sr. Thornhill me mostrou as pérolas de grande valor, que tinham tamanhos diferentes; e quando chegamos ao rio Tâmisa, o que ocorreu há apenas três dias, ele nos deixou, levando consigo o colar de pérolas e o cachorro, para descobrir onde seria sua casa.

— Ai, meu Deus, ele não chegou.

— Não, por todas as perguntas que podemos fazer, e por todas as informações que recebemos, parece que ele desapareceu em algum lugar na Fleet Street.

— Desapareceu?

— Sim, soubemos que ele esteve na escada de Temple, e dali, foi à barbearia de um homem chamado Sweeney Todd. Depois dali, não conseguimos obter nenhuma informação sobre ele.

— Sweeney Todd!

— Sim. E o que torna o caso mais extraordinário é que nem por força nem por persuasão, o cachorro de Thornhill aceita deixar o local.

— Eu o vi... vi o animal, e ele olhou para meu rosto como se implorasse, mas com delicadeza. Nunca poderia imaginar, quando parei para olhar aquela criatura melancólica, que ele tinha um papel em meu destino. Oh! Mark Ingestrie, Mark Ingestrie, é ousado de minha parte esperar que você esteja vivo apesar de todo o resto ter perecido?

— Contei tudo o que posso contar, e seguindo seu bom senso, pode decidir se terá esperança ou se deixará que ela morra para sempre. Não escondi nada que possa tornar o caso pior ou melhor. Não acrescentei nada, simplesmente contei o que me contaram.

— Ele está perdido... perdido.

— Moça, sou do tipo que sempre acredita que a certeza de qualquer tipo é preferível ao suspense; e enquanto não houver notícias que confirmem a morte, podemos pensar que ele continua vivo. Mas a senhorita deve concluir, analisando todas as circunstâncias, que suas esperanças se apoiam em bases muito frágeis.

"QUANDO PASSARAM PELA BARBEARIA, FICARAM SURPRESOS AO VER QUE O CÃO E O CHAPÉU TINHAM DESAPARECIDO"

— Não tenho esperança... não tenho esperança nenhuma. Ele me deixou para sempre. Seria loucura pensar que está vivo. Ah! Mark, Mark! E assim termina nossa grande afeição? De fato, eu vi aquele rosto pela última vez quando nos despedimos neste local?

— A incerteza — disse Coronel Jeffery, desejando evitar reforçar a tristeza dela —, a incerteza que também prevalece em relação ao destino do pobre sr. Thornhill é algo triste. Tenho muito receio de que aquelas pérolas preciosas que ele mantinha em seu poder tenham sido vistas por alguém sem escrúpulos que pudesse tomá-las, matando-o para tanto.

— Sim, poderia ser. Mas o que são as pérolas para mim? Ah, seria possível que elas estivessem no fundo do mar indiano, de onde foram retiradas? Ai, meu Deus! Foi a sede de riqueza deles que gerou todos esses males. Poderíamos ser pobres aqui, mas seríamos felizes. Agora tudo se perdeu, e o mundo não apresenta a mim nada a ser desejado além de um espaço grande o suficiente para ser minha cova.

Ela se inclinou sobre o braço da poltrona do jardim, e se entregou a uma profusão de lágrima que o Coronel Jeffery não ousou interromper.

Há algo extremamente sagrado em relação ao pesar real, que toma quem o observa. E foi com uma sensação involuntária de respeito que o Coronel Jeffery deu alguns passos para trás e esperou o acesso de agonia passar.

Foi durante esses breves instantes que ele ouviu algumas palavras ditas por uma pessoa que parecia estar sofrendo daquela fonte prolífica de toda aflição, de afeto e decepção. Sentada perto dali estava uma dama, e não jovem o bastante para ser chamada de jovem, mas ainda não muito vivida para ter tido os melhores sentimentos estragados por um envolvimento com o mundo frio, e ele ouvia enquanto a dama falava.

— É o descaso — disse ela —, o que me afetou. Uma única palavra dita ou escrita, uma mensagem de carinho para me dizer que a lembrança de um amor que eu pensei que seria eterno ainda permanecia em seu coração, teria sido um enorme consolo. Mas isso não veio, e eu me desesperei.

— Ouça bem o que vou dizer — disse seu companheiro —, e se neste mundo você conseguir acreditar que existam pessoas capazes de ser cruéis pelo seu bem, acredite que sou uma delas. Eu me entreguei, por um tempo, ao fascínio de uma paixão que nunca deveria ter se abrigado em meu peito; mas ainda foi muito mais um sentimento do que um capricho, visto que nunca, nem por um momento, um pensamento ruim se misturou com suas puras aspirações. Foi um sonho feliz, que por um tempo destruiu uma lembrança que nunca deveria ter sido esquecida. Mas quando percebi que as pessoas, cujas opiniões não importavam muito para seu bem-estar e felicidade, não entendiam nada de amor, tornou-se necessário acabar com um sentimento que, em sua continuidade, não traria nada além de males. Pode ser que você não consiga imaginar, pode ser que não saiba, pois não posso falar das dores que me custaram perseverar com um comportamento que eu sentia dever — independentemente das dores que me custasse. Tem me satisfeito imaginar que seu afeto se transformaria em indiferença, talvez em ódio; que uma percepção de ser desprezada faria surgir em sua defesa todo o orgulho de uma mulher, e que assim, você superaria o arrependimento. Adeus para sempre! Não ouso amá-la de modo honesto e verdadeiro. E, assim, é melhor nos separarmos do que perseverarmos em um sonho ilusório que pode apenas acabar em degradação e tristeza.

— Ouviu essas palavras? — sussurrou o Coronel Jeffery a Johanna. — Veja que outras pessoas sofrem, e pela mesma causa: as dores do afeto.

— Ouvi. Vou para casa orar e pedir força para que meu coração aguente essa tristeza e aflição.

— O caminho do amor verdadeiro nunca foi fácil. Não é de surpreender, Johanna Oakley, que o seu tenha sofrido tamanho flagelo. É a grande maldição dos sentimentos mais elevados e nobres dos quais a humanidade é capaz. Sob circunstâncias favoráveis, eles proporcionam muita felicidade, mas quando algo adverso ocorre, eles se tornam as fontes mais abundantes de tristeza. Posso acompanhá-la?

Johanna se sentiu agradecida pelo apoio do braço do coronel no caminho de casa, e quando passaram pela barbearia, ficaram surpresos ao ver que o cão e o chapéu tinham desaparecido.

VII

O BARBEIRO *e o ourives*

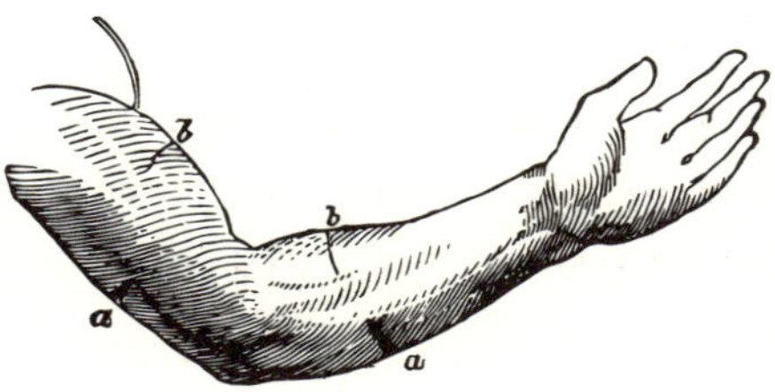

Anoiteceu e um dos ourives mais famosos de Londres, um homem frugal, apesar de rico, estava fechando seu estabelecimento.

O ourives era um homem velho; seus escassos cabelos eram brancos, e as mãos tremiam enquanto ele segurava os cordões. Chacoalhava cada cortina várias vezes para ter certeza de que seu estabelecimento estava bem fechado. Sua loja ficava em Moorfields, na época um local muito frequentado por vendedores de lingotes e pedras preciosas. Ele estava prestes a entrar — depois de lançar um olhar satisfeito para a porta de sua loja — quando um homem alto, aparentemente desajeitado, aproximou-se dele. O homem usava um chapéu de três pontas, pequeno demais para ele, enfiado na cabeça grande e assustadora. Nossos leitores não terão dificuldade em reconhecer Sweeney Todd, e é normal que o pequeno e velho ourives tenha se assustado quando uma figura tão desassossegada o abordou.

— O senhor vende pedras preciosas — disse ele.

— Sim, vendo — foi a resposta. — Mas está meio tarde. O senhor quer comprar ou vender?

— Vender.

— Humph! Ah, ouso dizer que é algo que não é da minha linha de trabalho; só recebo pedidos de pérolas, e não há pérolas no mercado.

— E eu só tenho pérolas para vender — disse Sweeney Todd. — Quero ficar com todos os meus diamantes, todas as minhas granadas, os topázios, os brilhantes, as esmeraldas e os rubis.

— Ah, claro! Está querendo dizer que não tem nenhum deles? Saia daqui! Estou velho demais para brincadeiras, e estou esperando meu jantar.

— O senhor vai analisar as pérolas que tenho?

— Pequenas sementes de pérolas, acredito. Estas não têm valor, e eu não as quero. Temos muitas dessas. Queremos pérolas verdadeiras, genuínas e grandes. Pérolas que valem milhares de dólares.

— Pode analisar as minhas?

— Não. Boa noite!

— Tudo bem, então vou levá-la ao sr. Coventry, subindo a rua. Ele, talvez, negocie comigo por elas, já que o senhor não pode.

O ourives hesitou.

— Pare — disse ele. — Para que ir até o sr. Coventry? Ele não tem recursos para pagar o que posso pagar atualmente. Entre, entre. Vou analisar o que o senhor tem para vender.

Incentivado, Sweeney Todd adentrou o pequeno estabelecimento escuro, e o ourives, depois de acender uma luz e de cuidar para que seu cliente se mantivesse do lado de fora do balcão, colocou os óculos e disse:

— Pois bem, senhor, onde estão suas pérolas?

— Aqui — disse Sweeney Todd, ao expor um colar de vinte e quatro pérolas diante do ourives.

Os olhos do senhor se arregalaram muito, e ele empurrou os óculos nariz acima, em direção à testa, enquanto olhava no rosto de Sweeney Todd com uma surpresa indisfarçável. Em seguida, voltou a descer os óculos, e pegando o colar de pérolas, examinou rapidamente cada uma delas, e logo exclamou:

— Reais, reais. Céus! São todas reais!

Em seguida, ele subiu os óculos para o topo da cabeça e olhou para Sweeney Todd por um bom tempo.

— Sei que elas são reais — disse Sweeney Todd. — O senhor vai negociar comigo ou não?

— Se vou negociar com o senhor? Sim, tenho certeza de que são reais. Deixe-me olhar de novo. Ah, sim, falsificações. Mas tão bem feitas, que de fato, por serem tão curiosas, darei 50 libras por elas.

— Gosto de coisas curiosas — disse Sweeney Todd —, e como elas não são reais, ficarei com elas. Servirão como presente para alguma criança.

— O quê? Dar essas pérolas a uma criança? O senhor deve estar louco.

Ou melhor, não louco, mas certamente não é o mais adequado a se fazer. Bem, então darei 100 libras por elas.

— Ouça — disse Sweeney Todd —, não é de meu interesse, nem sequer tenho tempo para ficar aqui discutindo com o senhor. Sei quanto valem as pérolas, e por questão de negociação comum e corriqueira, vendo-as ao senhor para que tenha um belo lucro.

— O que chama de belo lucro?

— As pérolas valem 12 mil libras, e permitirei que o senhor fique com elas por dez mil. O que me diz dessa oferta?

— Que barulho esquisito foi esse?

— Ah, eu dei risada. Vamos, o que me diz, afinal? Fecharemos negócio ou não?

— Ouça, meu amigo, já que sabe quanto valem as pérolas, e esta é uma transação de negócios, acho que posso encontrar um cliente que dará 11 mil libras por elas, e se isso acontecer, não me oponho em lhe repassar oito mil.

— Dê-me os oito mil e pronto — disse Todd. — Detesto barganhar.

— Pare um pouco, há algumas coisas importantes a considerar. Deve saber, meu amigo, que um colar de pérolas desse valor não deve ser comprado como se fossem poucos gramas de prata de uma pessoa qualquer. Um colar de pérolas como este é como uma casa, ou uma propriedade, e quando ele muda de mãos, seu vendedor deve dar todas as informações acerca de sua procedência e provar como pode dar ao comprador um bom título e direito a elas.

— Não importa! — disse Sweeney Todd. — Quem já é conhecido nos negócios e quem está sempre lidando com essas coisas?

— Muito bem, mas não entendo por que deveria lhe dizer o valor total de um objeto sem provas de como o senhor o obteve.

— Em outras palavras, está me dizendo que não se importa com o modo com que o consegui, desde que eu o venda a preço de banana, mas se eu pedir quanto realmente valem, o senhor quer detalhes.

— Meu caro senhor, conclua o que achar melhor. Mostre-me que é seu direito abrir mão das pérolas, e não precisará procurar outro comprador.

— Não estou disposto a passar por esse transtorno, então devo lhe desejar boa noite, e quando o senhor quiser mais pérolas, recomendo fortemente que não seja tão minucioso a respeito de onde consegui-las.

Sweeney Todd caminhou em direção à porta, mas o ourives não o deixaria partir tão facilmente, pois pulando o balcão com uma agilidade que não se esperaria de um homem tão velho, ele chegou à porta em um instante, e gritou a plenos pulmões:

— Pega ladrão! Pega ladrão! Peguem esse homem! Ele está fugindo! O sujeito grande de chapéu de três pontas! Pega ladrão! Pega ladrão!

Tais gritos, feitos com enorme veemência, não poderiam ser totalmente ineficientes, e acordaram a vizinhança toda. Sweeney Todd ainda não tinha corrido muitos metros quando um homem tentou pegá-lo, mas foi afastado com um soco forte na cara, e outra pessoa, que havia atravessado metade da rua com o mesmo objetivo, virou-se e voltou pelo caminho por onde tinha vindo, julgando pouco prudente arriscar sua segurança para prender um criminoso pelo bem das pessoas.

Ao se livrar de um de seus inimigos, Sweeney Todd, determinado a voltar um dia e matar o velho ourives, olhou com ansiedade ao redor à procura de um lugar onde pudesse se enfiar, e assim sair da vista dos muitos perseguidores que certamente o atacariam nas ruas.

Mas sua ignorância acerca do local foi um grande empecilho a seu objetivo, pois sentiu muito medo de acabar entrando em uma rua sem saída e ali ficar totalmente preso, à mercê dos que o seguissem.

Ele partiu a toda velocidade, mas foi muito assustador ver o pequeno e velho ourives correndo atrás dele, caindo de vez em quando sem parar para sacudir a poeira.

Mas uma coisa ele não conseguiu continuar fazendo, e foi gritar "pega ladrão!", pois tinha perdido o fôlego, e era incapaz de emitir uma única palavra que fosse. Não se sabe por quanto tempo ele teria continuado a perseguição, mas seu avanço foi interrompido repentinamente, uma vez que tropeçou em uma pedra protuberante na calçada e partiu aos berros em direção a uma adega que estava aberta.

Mas pessoas mais capazes do que o pequeno e velho ourives tinham se envolvido na perseguição, e Sweeney Todd foi pressionado. Apesar de correr muito depressa, o mais impressionante foi que, devido aos gritos e berros de seus perseguidores, outras pessoas começaram a persegui-lo. Pessoas com fôlego e vigor se aproximaram dele.

Há algo terrível em ver um ser humano ser caçado desse modo por seus semelhantes. Ainda que não possamos nos simpatizar com um homem como Sweeney Todd, porque, por tudo o que aconteceu, passamos a ter suspeitas horrorosas em relação a ele, ainda assim, como princípio geral, não diminui o fato de que é horrível ver um ser humano caçado pelas ruas.

E ele continuou correndo a toda velocidade, derrubando quem o tentava deter, até que, por fim, muitos dos que poderiam ter corrido mais do que ele desistiram da perseguição, indispostos a levar o soco forte que uma mão como a dele parecia capaz de infligir.

Ele travou a mandíbula, e a respiração estava ofegante e laboriosa quando um homem saiu correndo pela porta de um estabelecimento e conseguiu dominá-lo.

— Peguei você, não? — perguntou ele.

Sweeney Todd não disse nada, mas fazendo uma força impressionante, agarrou o homem pelos cabelos e pelas roupas e o puxou para trás, lançando-o pela vitrine da loja, quebrando vidro, batente e tudo o que estava pelo caminho.

O homem deu um berro, pois era seu estabelecimento, e ele era comerciante de itens finos dos mais delicados. O golpe com que ele foi derrubado em meio às suas mercadorias, aquelas com que os vendedores de armarinho tanto se encantam hoje em dia, causou uma destruição enorme.

Esse acontecimento teve forte efeito nos perseguidores de Sweeney Todd: ensinou a eles que não deveriam tentar deter um homem tomado, evidentemente, por uma força tão grande e, assim, no mesmo momento em que a derrota do pequeno ourives ocorreu, ele conseguiu se distanciar de quem o perseguia.

Mas ainda não estava seguro, de nenhuma maneira. O grito de "pega ladrão!" ainda ressoava em seus ouvidos, e ele seguiu, ofegante, até ouvir um homem atrás dele dizer:

— Entre na segunda rua à sua direita e estará a salvo. Vou segui-lo. Se puder evitar, eles não o pegarão.

Sweeney Todd não era muito de confiar nos seres humanos — e não havia motivos para isso; mas exausto como estava, a voz de qualquer pessoa aparentemente simpática era bem-vinda. De impulso, não com premeditação, ele entrou na segunda rua à sua direita.

VIII

A casa dos LADRÕES

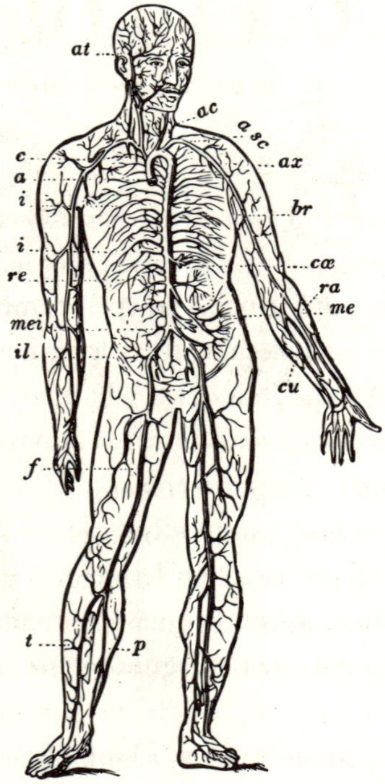

Em poucos minutos, Sweeney Todd descobriu que aquela não era uma rua principal, e não encontrou ruas adjacentes pelas quais escapar; mas logo concluiu que ali havia mais do que conseguia ver à primeira vista. Lançando um olhar furtivo na direção de onde viera, apoiou a mão na porta ao seu lado e ela abriu com facilidade.

Ao ouvir o barulho de seus perseguidores se aproximando, entrou e fechou a porta, sem pensar nas consequências. Caminhou até o fim de uma passagem comprida e suja, desceu um lance curto de escada até o fim, quando uma outra porta que encontrou no fim das escadas foi aberta por alguém, e ele de repente se viu na presença de vários homens sentados a uma mesa ampla e redonda.

Em um instante todos os olhos se voltaram para Sweeney Todd, que não estava preparado para tal situação. Por um minuto, não soube o que dizer; mas como a indecisão não era algo característico de Sweeney Todd, ele se encaminhou até a mesa de uma vez e se sentou.

Era perceptível que dentre as setenta pessoas sentadas naquela sala, muitas se surpreenderam, mas não pararam de falar quando ele entrou.

Aqueles que estavam perto dele o olharam com atenção, mas nada foi dito sobre sua presença por alguns minutos. Sweeney Todd olhou ao redor para entender onde deveria se sentar, mas não restava muitas dúvidas quando se observava a disposição dos presentes.

A aparência dos homens era sinal de suas vocações, pois havia ali todos os níveis dos piores tipos de personalidade, alguns dos quais não eram nada elogiosos à raça humana. Alguns dos personagens mais desesperados que podiam ser encontrados em Londres estavam reunidos lá.

Vestiam-se de diversas maneiras, alguns com roupas mais cinzas — o habitual da cidade —, e alguns com um estilo meio militar, enquanto vários usavam roupas de homens do campo; mas em tudo aquilo, havia um quê de malandragem, de comportamento inadequado, misturado com a brutalidade.

— Amigo — disse um dos homens, que se sentou perto dele —, por que veio aqui? É conhecido aqui?

— Vim porque encontrei a porta aberta, e alguém me disse para entrar aqui porque eu estava sendo perseguido.

— Perseguido!

— Sim, pessoas correndo atrás de mim, sabe?

— Sei o que é ser perseguido — respondeu o homem —, mas, ainda assim, não sei nada sobre você.

— Não há nada de surpreendente nisso — disse Sweeney —, uma vez que eu nunca lhe vi antes, nem você a mim. Mas isso não faz diferença. Estou em dificuldade, e acredito que um homem pode dar o melhor de si para escapar das consequências.

— Sim, pode, mas não há motivo para entrar aqui. Este lugar é para amigos livres, que se conhecem e ajudam uns aos outros.

— E estou disposto a ser assim. Mas ao mesmo tempo, preciso de um início. Não posso ser iniciado sem que alguém me apresente. Procurei proteção e encontrei. Se houver objeção quanto à minha permanência, partirei.

— Não, não — disse um homem alto do outro lado da mesa. — Ouvi o que você disse e não costumamos permitir coisas assim. Você veio aqui sem pedir, e agora precisamos de uma pequena explicação, para nossa própria segurança; de qualquer modo, temos nossos costumes, e eles devem ser respeitados.

— E quais são seus costumes? — perguntou Todd.

— Deve responder às perguntas que fizermos; agora responda com sinceridade o que perguntaremos.

— Diga — disse Todd — e eu responderei tudo o que me for perguntado, se possível.

— Quem é o senhor?

— Então, sinceramente — disse Todd —, esta é uma pergunta que não gosto de responder, tampouco acho que deva ser feita. É inconveniente falar de si mesmo. Devem pular essa pergunta.

— Devemos? — perguntou o interrogador, que continuou depois de uma breve pausa: — Bem, passaremos esta, uma vez que não é necessária. Mas deve nos dizer quem é: ladrão ou o quê?

— Não sou ladrão.

— Então nos diga com suas próprias palavras — disse o homem —, e seja sincero conosco. O que é?

— Sou um criador de pérolas artificiais, ou um criador de pérolas falsas, como preferir dizer.

— Um criador de pérolas falsas! Esse é até um negócio honesto, até onde sabemos, mas não lhe dará acesso a nossa casa, amigo falsificador de pérolas!

— Pode ser que não seja honesto, mesmo — respondeu Todd —, mas desafio qualquer homem a me igualar no que faço. Faço pérolas que praticamente passariam aos olhos de um ourives como reais, e com quase toda a nobreza.

— Começo a lhe entender, amigo. Mas gostaria de ter algumas provas do que você diz. Podemos ouvir boas histórias, mas ainda assim não serem verdadeiras. Não somos homens com quem o senhor deva brincar, e além disso, temos um número suficiente para nos vingarmos, se quisermos.

— Sim, certamente têm — disse um homem de voz rouca do outro lado da mesa, e vários repetiram isso, até chegar ao fim da mesa.

— Provas! Provas! Provas! — Agora era possível ouvir de um lado da sala ao outro.

— Meus amigos — disse Sweeney Todd, levantando-se, e caminhando em direção à mesa. Pousando a mão em seu peito, tirou do bolso um colar de vinte e quatro pérolas. — Desafio vocês ou qualquer pessoa a fazer um colar de pérolas artificiais como este: eu as fiz, e aposto um bom dinheiro que vocês não conseguem apresentar um cavalheiro que me vença nessa tarefa.

— Entregue-as a mim — disse o homem que havia se tornado o interrogador.

Sweeney Todd jogou as pérolas sobre a mesa sem cuidado, e então disse:

— Pronto, olhe bem para elas, e eu garanto que ainda que haja bons observadores entre vocês, ninguém conseguiria diferenciá-las de pérolas de verdade, se não soubessem o que eu já disse.

— Ah, sim, sabemos muito bem o que essas coisas são — disse o homem. — De vez em quando conseguimos algumas, e isso nos ajuda a analisá-las. Esta, com certeza, é uma boa imitação.

— Deixe-me ver — disse um homem gordo. — Fui criado para ser joalheiro, e poderia dizer que nasci para isso, mas não me mantive no ofício. Ninguém gosta de passar anos trabalhando e recebendo pouco, sem se divertir com as garotas. Peço que me entregue as pérolas!

— Bem — disse Todd —, se você ou alguém já fez uma imitação tão boa, engolirei todas elas; e sabendo haver veneno na composição, não seria algo confortável de se pensar.

— Com certeza não — disse o homem —, com certeza não. Mas mostre-me e direi tudo o que puder.

As pérolas foram entregues a ele; e Sweeney Todd sentiu um pouco de receio em relação a seu objeto precioso, mas não demonstrou, pois se virou para o homem, que estava sentado ao lado dele, e disse:

— Se ele conseguir diferenciar as pérolas, ele sabe mais do que eu penso que sabe, pois sou um falsificador, e muitas vezes já peguei pérolas verdadeiras nas mãos.

O homem corpulento examinou as pérolas com cuidado, e as colocou na mesa, olhando fixamente para elas.

— Se não tivesse tomado conhecimento de que se tratavam de pérolas falsas, pensaria que eram reais.

— Devo admitir que o senhor criou as melhores imitações que já vi. Pode ser que acumule uma fortuna em alguns anos, uma bela fortuna.

— Assim deve acontecer, não fosse uma coisa.

— O que é?

— A dificuldade — disse Todd — de me livrar delas. Quando pedimos um valor abaixo do que valem, desconfiam, e corremos o risco de sermos abordados e de ficarmos sem elas, no mínimo, e talvez, enfrentar um processo. Além disso, não tenho como ser apresentado à nobreza, pois desconfiariam e diriam que um trabalhador não pode ganhar a vida honestamente com coisas tão valiosas!

— Bem, então, pode levá-las a um lapidário.

— Não há muitos que aceitariam avaliá-las e, além disso, já fui a um ou dois. Quanto ao lapidário, bem, ele não se deixa enganar muito facilmente.

— Você tentou?

— Sim, e tive que fazer o melhor possível na saída, quando fui perseguido por eles. Cheguei a pensar que seria detido, mas algumas guinadas de sorte me libertaram quando me mandaram entrar nesta rua, e assim cheguei.

— Bem — disse um homem que estava examinando as pérolas —, e o ourives descobriu que não eram verdadeiras?

— Sim, descobriu, e ele quis me prender e deter o colar. Mas corri até a porta e sendo o homem mais forte, aqui estou.

— Foi por pouco — disse um.

— Sim, foi — respondeu Sweeney, que pegou o colar de pérolas e enfiou dentro das roupas, enquanto conversava com quem estava ao seu redor.

As coisas naquele momento tomaram um caminho normal; e pouco perceberam a respeito de Sweeney. Havia uma bebida na reunião, da qual todos partilharam e Sweeney também tomou um pouco, tomando o cuidado de esvaziar os bolsos na frente de todos eles, dando parte de seu dinheiro para ajudar na divisão.

Assim era a política e todos beberam ao sucesso do falsificador de pérolas. Sweeney, porém, precisava sair dali o mais depressa possível. Lançou um olhar na direção da porta mas, como havia olhos voltados para ele, preferiu não despertar desconfiança.

Perder o precioso tesouro que tinha seria enlouquecedor; ele havia conseguido admiração ao fazer os homens acreditarem que o que ele mostrava a eles era apenas uma imitação; mas ele sabia que eram reais e que ao primeiro movimento suspeito, ele seria observado, e uma tentativa desesperada poderia fazer com que ele abrisse mão delas.

E foi com muita agressão a seus próprios sentimentos que ele ouviu a conversa dos homens, e pareceu se interessar no que diziam.

— Bem — disse um deles sentado perto dele —, estou pegando a estrada ao norte.

— Coisas boas ali?

— Não muitas, mas não posso reclamar: nessas últimas três semanas, o melhor que consegui foram duas notas de depósito de sessenta libras. Já briguei diversas vezes com minhas vítimas. Não é nem de longe uma vida fácil, pode ter certeza. É livre, mas perigosa. Fui baleado seis ou sete vezes.

— Tantas vezes assim?

— Sim, sim. Mas já tive sorte de encontrar homens bem vestidos e repletos de dinheiro também. E você, nunca teve sorte em seu trabalho? Imagino que às vezes tenha sucesso enganando o público.

— Claro — disse Todd. — Mas só de vez em quando. Consegui quantias pequenas. Queria fazer algo grandioso, mas ao mesmo tempo, falhei.

— Isso é ruim, mas devem aparecer mais oportunidades aqui e ali. A sorte é algo do acaso.

— Sim — respondeu Todd —, isso é verdade, mas quanto antes, melhor, pois estou ficando impaciente.

A conversa continuou com cada homem falando sobre suas explorações, que sempre envolviam certos níveis de patifaria e roubos acompanhados por violência, de modo geral; alguns eram ladrões e invasores de propriedades. Na verdade, todos os crimes que se pode imaginar.

Aquele lugar era, na verdade, o lar completo ou um antro para ladrões, batedores de carteira, salteadores, quadrilheiros e assaltantes de todos os tipos e descrições — um conjunto enorme de homens da aparência mais determinada e desesperada.

Sweeney Todd não sabia bem como se levantar e deixar o local, apesar de agora estar ficando bem tarde, e de ele estar ansioso para sair com segurança do buraco onde tinha se enfiado; mas como fazer isso era um problema que ainda precisava ser resolvido.

— Que horas são? — murmurou ele ao homem ao seu lado.

— Já passa da meia-noite — foi a resposta.

— Então preciso me retirar — respondeu ele —, pois tenho trabalho a realizar em pouco tempo, e talvez não tenha muito tempo.

Dito isso, ele ficou atento à oportunidade. Levantando-se, caminhou até a porta e saiu. Depois disso, ele subiu os cinco degraus que levavam à passagem, e mal tinha passado quando a porta da rua se abriu, e mais um homem chegou no mesmo momento, e deu de cara com ele.

— O que faz aqui?

— Estou indo embora — disse Sweeney Todd.

— Você deve voltar. Volte comigo.

— Não vou — disse Todd. — O senhor deve ser um homem melhor do que eu, se faz com que eu faça o meu melhor para resistir ao seu ataque, se pretende me atacar.

— Faço, sim — respondeu o homem, e ele correu determinado até Sweeney, que não estava muito preparado para um ataque tão repentino, e foi empurrado para trás até chegar à ponta da escada, onde um confronto ocorreu, e os dois desceram a escada rolando. A porta se abriu imediatamente, e todos os homens correram para ver o que estava acontecendo.

— O que ele está fazendo aqui? — perguntou o primeiro, assim que pôde falar, apontando para Sweeney Todd.

— Está tudo bem. Ele é um falsificador de pérolas, e nos mostrou um colar de pérolas falsas que são lindas — respondeu o homem.

— Não acredito!

— Insisto em vê-las. Dê-me as pérolas — disse ele —, ou não sai deste lugar.

— Não darei — disse Sweeney.

— Você deve dar.

Enquanto ele falava, fez uma tentativa desesperada de prender Sweeney e puxá-lo para o chão. Calculou mal sua força quando imaginou ser superior a Todd, que de longe era o mais forte dos dois e resistiu ao ataque com sucesso.

De repente, com um esforço hercúleo, ele acertou o adversário abaixo da linha da cintura, e erguendo-o do chão, jogou-o para o lado com muita força. E então, sem querer ver como o grupo se comportaria, pensou ter vantagem na distância, e correu escada acima o mais depressa que pôde, e chegou à porta antes que eles pudessem dominá-lo e impedi-lo.

De fato, durante mais de um minuto, eles vacilaram em relação ao que fazer. De certo modo, foram prejudicados em favor de seu companheiro, e correram atrás de Sweeney quando este chegou à porta.

Ele teria tido tempo de escapar deles, mas de algum modo, a porta foi fechada rapidamente e ele não conseguiu abri-la, por mais que se esforçasse.

Não havia tempo a perder; eles estavam chegando perto.

— Peguem as pérolas! — gritou o homem que o havia interceptado antes. — Peguem o espião! Segurem-no, prendam-no, corram até ele! Estamos em vantagem de número!

Sweeney Todd encontrou um esfregão molhado e o desceu com força sobre os homens que estavam subindo. Passada a surpresa, os homens logo se acostumaram e aquilo já não era mais uma arma perigosa.

O esfregão escapou do cabo, restando apenas a madeira, que foi uma arma mais eficiente, e que causou estrago na cabeça dos agressores. Apesar de seus chapéus tortos protegerem todos eles, ainda assim os homens foram afetados.

Nem a melhor briga do mundo dura para sempre. E Sweeney mais uma vez comprovou que não havia muito como resistir a ataques com numerosos agressores; de fato, ele não teria energia física suficiente para manter seus próprios esforços nem mesmo se não tivesse sido agredido.

Ele se virou e correu quando foi empurrado ao fim do lance da escada, e depois ao seguinte, e mais uma vez procurou se erguer, desesperado.

— Atirem nele! — gritou um deles.

— Não, não. As autoridades poderiam ouvir!

— Acho que seria melhor tê-lo deixado em paz desde que ele entrou, pois agora, podem ter certeza de que ele não vai guardar segredo. É certo que seremos segregados.

— Bem, nesse caso, corram atrás dele e acabem com ele. Não vamos permitir que ele saia!

E eles partiram, mas deram de cara com o bastão de Sweeney Todd, que havia recuperado sua força.

— Derrubem o espião!

Conforme cada um deles se aproximou, foram sendo derrubados, e por fim, ao se ver no patamar do segundo andar, receoso de que alguém estivesse vindo de cima, ele correu para dentro de um dos quartos.

Em um instante, ele havia trancado as portas, que eram fortes e pesadas.

— Agora — murmurou —, preciso encontrar modos de escapar.

Sweeney Todd atravessou o espaço até as janelas amplas, que estavam abertas.

— Isso basta — disse ele, ao olhar para a calçada. — Isso basta. Tentarei esta descida.

Os homens do outro lado forçavam a porta para abri-la, e ela já tinha rangido uma ou duas vezes, de modo assustador, e em breve conseguiriam entrar.

As ruas estavam vazias, e havia poucos sinais do início da manhã. Ele parou um momento para sentir o ar fresco, e então saiu pela janela.

Pelos ornamentos ruidosos de carvalho, ele conseguiu descer à varanda da sala, e em seguida, chegou à rua.

Enquanto se afastava, ouviu a porta bater, e um grito baixo soou quando entraram no cômodo. Ele conseguiu imaginar o surgimento dos rostos dos que entraram, quando descobriram que o pássaro havia voado, e que a sala estava vazia.

Sweeney Todd não tinha ido longe. Logo entrou na Fleet Street, e seguiu em direção à sua casa. Olhou ao redor, mas não havia ninguém nas proximidades. Estava cansado e exausto, e sentiu a animação de se ver à frente de sua própria porta.

Em seguida, enfiou a chave na fechadura, determinado, e lentamente adentrou sua casa.

IX

Johanna é PEDIDA *em casamento*

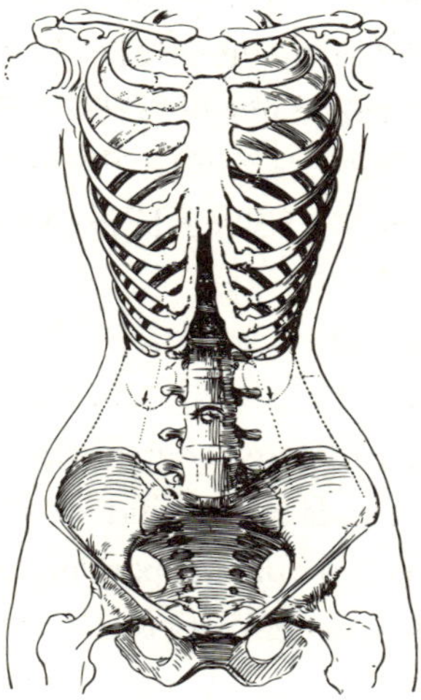

Johanna Oakley não permitiu que o Coronel Jeffery a acompanhasse até sua casa, e ele, apreciando a coragem da jovem, não lhe deu ouvidos e a deixou na esquina da Fore Street depois de receber uma espécie de promessa de que ela o encontraria de novo naquela semana, na mesma hora, nos jardins de Temple.

— Peço isso a senhorita, Johanna Oakley — disse ele —, porque decidi fazer todo o esforço que puder para descobrir o que aconteceu com o sr. Thornhill. Tenho certeza de que a deixei interessada sobre seu destino, ainda que se importe tão pouco com o colar de pérolas que ele entregaria a senhorita.

— De fato, eu pouco me importo com o colar — disse Johanna —, tão pouco, que podemos dizer que não me importo nada.

— Mas ele ainda é seu, e tem a opção de se livrar dele como quiser. Não é bom desprezar tais presentes. Pois se não puder fazer nada com ele, certamente deve conhecer pessoas que sentiriam muita felicidade se o tivessem.

— Muita felicidade com um colar de pérolas? — perguntou Johanna, sem entender.

— Sua mente está tão ocupada por seu pesar que a senhorita se esquece que tais pérolas são muito valiosas. Já vi essas pérolas, Johanna, e posso garantir que são, por si só, uma fortuna.

— Imagino — disse ela com tristeza — que é demais para a natureza humana querer duas bênçãos de uma vez. Eu tive o coração carinhoso e caloroso que me amou sem a fortuna, que nos teria permitido viver com conforto e afluência; e agora o coração que era, de longe, minha posse mais valiosa, está sob as ondas, com suas fortes aspirações gloriosas e românticas afogadas para sempre.

— A senhorita vai me encontrar, então, como peço, para ouvir se eu tiver novidades para você?

— Vou me dedicar para isso. Tenho a disposição, mas só Deus sabe se tenho a força.

— O que está querendo dizer, Johanna?

— Não sei explicar o que a ansiedade pode fazer dentro de uma semana. Só sei que um leito de morte será meu lugar de repouso, até que eu o troque pelo túmulo. Até mesmo agora me sinto fraca, quase incapaz de caminhar até minha casa. Adeus, senhor! Eu lhe devo meus mais sinceros agradecimentos, tanto pelo trabalho ao qual se deu quanto pelo modo gentil com que detalhou o que aconteceu.

— Lembre-se! — disse o Coronel Jeffery. — Eu me despeço da senhorita com a esperança de voltar a vê-la.

E assim eles se separaram, e Johanna seguiu para a casa de seu pai. Quem agora a encontrasse e visse aquele rosto delicado, impossível de ser esquecido, não poderia sequer imaginar que ela já tinha sido a alegre e contente Johanna Oakley. Seu caminhar estava triste e solene, e toda a flexibilidade de seu corpo jovem parecia ter desaparecido. Ela parecia preparada para morrer; e esperava ser capaz de alcançar sua cama em silêncio, sem ser vista. A mesma cama na qual dormia desde a infância e aconchegava um sono sagrado e calmo, que só pessoas de coração como o dela podem experimentar. Mas ela estava fadada à decepção, uma vez que o reverendo sr. Lupin ainda estava ali e não demonstrava intenção de partir. A Sra. Oakley, servindo vinho para o reverendo pela terceira vez, desceu até a adega e encontrou a pobre Johanna entrando pela porta dos fundos.

— Ah, você chegou em casa! — disse a sra. Oakley. — Gostaria de saber onde você esteve à toa, mas acredito que vai demorar para você me contar. Vá para a sala, quero conversar com você.

A essa altura, a pobre Johanna havia se esquecido totalmente da existência do sr. Lupin — por isso, em vez de explicar para a mãe, o que geraria mais perguntas, o motivo de querer muito ir para a cama de uma vez, ela apenas entrou na sala. Sem perceber, o sr. Lupin fez um discreto movimento e fechou a porta, de modo que ela não pudesse escapar. Em qualquer outra circunstância, provavelmente Johanna teria insistido em deixar a sala, mas ver o semblante do homem decidido foi o suficiente para convencê-la de que ele vinha se sacrificando o suficiente ao deus grego do vinho, Baco, para ser capaz de qualquer tipo de afronta. Por isso temeu ignorá-lo, ainda mais ao ver que ele mexia os braços como se fossem as hélices de um moinho.

Quando sua mãe voltou, Johanna pensou que ela a resgataria, mas não sabia até onde o fanatismo religioso poderia levar suas vítimas.

— Mãe, imploro que me proteja deste homem e me permita sair da sala.

E a sra. Oakley reagiu erguendo as mãos, dizendo:

— Como ousa falar de modo tão desrespeitoso de um servo de Deus? Como ousa dizer algo assim? É de enlouquecer qualquer um o modo com que essas moças agem hoje em dia!

— Não a recrimine! Não recrimine a donzela — disse o sr. Lupin —, pois ela ainda não entende a honra que lhe é direcionada.

— Ela não a merece — disse a sra. Oakley. — Não merece.

— Não importa, senhora, não importa. *Nó-nó-nós* não recebemos tudo o que merecemos neste mundo.

— Tome um gole de algum líquido, sr. Lupin. O senhor está com soluço.

— Sim, creio que esteja com um leve soluço. Não é lamentável que alguém tão íntimo do Senhor tenha soluço? Mas sirva algo para bebermos, estou com a garganta seca como o deserto.

— Este homem está embriagado, mãe. Peço que me deixe sair da sala de uma vez.

— Conte a ela sobre a honra — disse o sr. Lupin. — Conte sobre a honra.

— Não sei, sr. Lupin, mas não acha que seria melhor aproveitar alguma outra oportunidade?

— Muito bem, então esta é a oportunidade.

— Se ficar satisfeito com isso, sr. Lupin, é o que farei. Deve saber, então, Johanna, que o sr. Lupin tem sido generoso o bastante para consentir em salvar minha alma com a condição de que você se case com ele, e tenho certeza de que você não fará qualquer objeção razoável. Na verdade, acho que é o mínimo que você pode fazer, independentemente de ter objeções ou não.

— Muito bem colocado — disse o sr. Lupin. — Excelentemente bem colocado.

— Mãe — disse Johanna —, se a senhora enlouqueceu tanto em sua superstição a ponto de acreditar que este bêbado infeliz pode intermediar seu contato com Deus, eu ainda estou sã para ser capaz de rejeitar a oferta com mais nojo e desprezo do que já imaginei conseguir sentir por algum ser humano. Mas a hipocrisia, na minha opinião, nunca é tão asquerosa quanto quando está travestida de exibicionismo religioso.

— Esse comportamento é inaceitável — gritou a sra. Oakley. — Não posso permitir que um dos santos do Senhor seja ofendido sob meu teto.

— Ainda que ele fosse santo, mãe, e não apenas um devasso bêbado e desavergonhado, seria melhor que ele fosse ofendido do que uma mãe permitir que sua própria filha passe por essa humilhação. Devo exigir a proteção de meu pai; ele não merece, muito menos vindo de alguém por quem ele sempre demonstrou afeto.

— Isso mesmo, minha querida — gritou o sr. Oakley. — Venha aqui, Ben!

— Estou indo — disse uma voz grave, e um homem forte de quase dois metros de altura entrou na sala. — Estou chegando, Oakley, meu garoto. Diga quem é o sujeito.

A Sra. Oakley deu uma batida com o punho na mesa e disse:

— Se não fosse seu primo Grande Ben, o guardião da Torre, você não teria a ousadia de entrar nesta sala.

O reverendo sr. Lupin, percebendo o perigo, se levantou da cadeira.

— Fiquem com Deus! Acho que vou para casa.

— Ainda não, sr. *Tulip* — disse Ben, sem entender o nome do reverendo —, é melhor o senhor se sentar de novo, tenho algo a dizer.

— Rapaz, rapaz, deixe-me passar. Se não deixar, vai colocar sua alma em risco.

— Não tenho alma — disse Ben. — Sou só um guardião, e não almejo tais luxos.

— Um pagão! — exclamou a sra. Oakley. — Um terrível pagão! Mas há um consolo, o de que ele será frito em sua própria gordura para sempre.

— Ah, isso não é nada — disse Ben. — Pode ser até que eu goste, principalmente se for bom para o senhor. Acho que é isso o que chamam de consolo cristão. Quer se sentar, sr. Tulip?

— Meu nome não é Tulip, mas Lupin. Mas se quiser, não me importo de me sentar, claro.

O guardião da Torre, com um movimento do pé, chutou para longe a cadeira do reverendo e sentou-se no chão.

— Minha querida — disse o sr. Oakley para Johanna —, vá para a cama. Pretendo livrar minha casa deste homem. Boa noite, minha querida, boa noite.

Johanna beijou o pai no rosto, e então saiu da sala, nem um pouco arrependida de um movimento tão vigoroso estar sendo feito para afastar o sr. Lupin.

Quando ela se foi, a sra. Oakley disse:

— Sr. Lupin, desejo boa noite ao senhor, e claro que depois desse péssimo tratamento, não imagino que o senhor queira voltar. Boa noite, sr. Lupin, boa noite.

— Está tudo bem, senhora — disse Ben —, mas antes de essa besta selvagem partir, quero adverti-lo. Ele não parece estar tão desperto, e eu preciso acordá-lo.

Ben apertou o nariz do reverendo, e apertou tanto que quando tirou o dedo indicador e o polegar, o nariz estava muito azul, fazendo o sr. Lupin gritar.

— Muito bem — disse Ben —, agora estamos entrando no ponto principal.

Ele tirou do bolso uma corda comprida, com uma forca em uma das pontas, e com destreza a jogou por cima da cabeça da sra. Oakley.

— Seu assassino! — gritou ela. — Oakley, você vai assistir ao meu assassinato?! — E estapeou-lhe a cabeça.

— Meus ouvidos estão zunindo tanto — disse o sr. Oakley —, que não consigo ouvir nada.

Ben olhou ao redor até encontrar um gancho na parede que suportaria o peso e amarrou a outra ponta da corda na perna de uma escrivaninha de madeira bruta que havia na sala, para que a sra. Oakley ficasse bem presa.

— Assassino! – Gritou ela. — Oakley, você vai mesmo ficar aí observando esse bruto me tratar assim?

— Não consigo ouvir nada — disse o sr. Oakley. — Meus ouvidos estão zunindo, já disse antes, não consigo ouvir nada.

— Senhora, pode dizer o que quiser — disse Ben. — Não importa nem um pouco. E quanto ao senhor, sr. Tulip, fique de joelhos e implore perdão ao sr. Oakley por ter vindo e bebido o chá dele sem pedir licença, e por ter a insolência infernal de falar com a filha dele.

— Não faça isso, sr. Lupin — gritou a sra. Oakley. — Não faça isso.

— Você ouviu — disse Ben — o que a senhora diz. Mas eu sou bem diferente. Recomendo que faça, pois se não fizer, não vou machucá-lo. Mas me ocorre que serei obrigado a cair em cima do senhor e amassá-lo.

— Acho que farei — disse o sr. Lupin. — Os santos todos foram obrigados a se entregar aos filisteus. — E então caiu de joelhos.

— Muito bem, agora repita comigo: "Sou um lobo que roubou uma pele de cordeiro".

— Sim, sou um lobo que roubou uma pele de cordeiro. Que Deus me perdoe.

— Talvez ele perdoe, talvez não. Mas continue: "a única coisa virtuosa é meu ódio".

— Ah, sim... a única coisa virtuosa é meu ódio.

— "Sr. Oakley, eu pequei".

— Sim, sou um pecador infeliz, sr. Oakley, eu pequei.

— "E peço o perdão dele, de joelhos..."

— Ah, sim, sim... eu peço perdão de joelhos... que o Senhor tenha misericórdia de nós, pecadores infelizes.

— "Joelhos"... não repetirei.

— Sim... joelhos, não repetirei.

— "Tão certo quanto me deitar nesse chão".

— Sim, tão certo quanto me deitar nesse chão!

Ben segurou o reverendo pela nuca e pressionou a cabeça dele para baixo, em direção ao chão, até seu nariz, que já tinha sofrido, estar completamente amassado contra seu rosto.

— Agora, pode ir — disse Ben.

O sr. Lupin se levantou com esforço, mas Ben o acompanhou pela passagem, e ainda não permitiu que ele se fosse. Só deixou quando acelerou os movimentos dele com dois chutes fortes. Em seguida, o guardião vitorioso voltou para a sala.

— Minha nossa, Ben! — disse o sr. Oakley. — Você é um grande poeta.

— Acredito no que diz, Oakley, meu garoto — disse Ben —, e agora vamos tomar uma cerveja na esquina.

— Mas o quê? — exclamou a sra. Oakley. — E me deixarão aqui para ser enforcada, seus malditos?

— Então que seja enforcada, pois não terá que fazer nada além de soltar as pernas, e será enforcada do modo mais confortável possível. Vamos, Oakley.

— Sr. Oakley, pare, pare. Não me deixe aqui, me desculpe.

— Já basta — disse o sr. Oakley —, e agora, minha querida, lembre-se de uma coisa a meu respeito. Pretendo, a partir de agora, ser o dono de minha própria casa. Se eu e você temos que viver juntos, devemos fazer isso de modo muito diferente do qual temos vivido, e se você não colaborar, o advogado Hutchins me disse que posso expulsá-la e lhe pagar uma pensão. Nesse caso, trarei para casa minha irmã Rahcek para cuidar de tudo para mim. Se quiser começar a ser boa, faça algo bom e saboroso para o jantar de Ben.

A sra. Oakley fez a promessa requisitada, e ao ser solta, começou os preparativos para o jantar, de uma vez. Mas se ela realmente estava resignada ou não, saberemos no momento certo.

X

As suspeitas do CORONEL

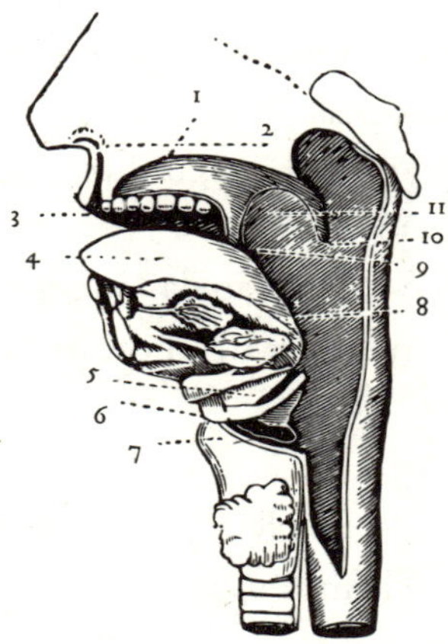

O Coronel Jeffery não estava nem um pouco satisfeito com a situação das coisas no que dizia respeito ao desaparecimento do sr. Thornhill, por quem passara a nutrir uma sincera preocupação, tanto por mantê-lo em alta estima quanto pelos serviços realizados por Thornhill a ele.

Para não prender Johanna nos jardins de Temple, ele havia interrompido a narrativa completamente no ponto em que as coisas relacionadas a ela tinham terminado, e nada dissera a respeito do grande perigo pelo qual *Netuno*, sua tripulação e passageiros passaram, depois de o sr. Thornhill ter embarcado com seu cão.

A verdade é que a tempestade que ele havia mencionado foi apenas a primeira de uma série de rajadas de vento que atingiram o navio por semanas, causando tanto estrago, e reforçando quase a necessidade de parar em algum lugar para que reparos fossem feitos.

Mas uma simples análise do mapa bastará para mostrar que, pela localização do *Netuno*, o porto mais próximo no qual eles todos podiam esperar receber ajuda era a colônia inglesa, no Cabo da Boa Esperança. Mas a natureza dos ventos e das ondas era tão contrária que, ao anoitecer de um dia tempestuoso, eles se viram se aproximando da margem, na costa leste de Madagascar.

Havia grande apreensão de que a embarcação batesse em rochas; mas a água era funda, e o navio seguiu bem; houve uma ventania, e eles soltaram as duas âncoras para prender o barco enquanto se aproximavam da costa, para não serem levados pela força do vento.

Felizmente eles tinham se protegido, uma vez que o vendaval, pelo tempo que durou, parecia um furacão em menor escala. O navio perdeu alguns de seus mastros, além de sofrer mais algumas avarias que, no entanto, mostrou a eles a necessidade de permanecer ali mais alguns dias, para cortar madeira, consertar os mastros e para pegar outros artigos.

Mas há pouco que interesse ao leitor comum na descrição de uma ventania. Ordem atrás de ordem foi dada até os mastros e as vergas sumirem um a um, e então as ordens para a retirada dos destroços foram dadas.

Havia muito trabalho a ser feito, e pouco prazer em fazê-lo, pois havia muita água e tristeza durante todo o tempo, e também o perigo de ser arrastado para a costa e arrebentado contra as rochas.

Esse perigo foi sinalizado, e eles ancoraram em segurança a uma distância muito curta da costa, relativamente sãos e salvos.

— Estamos seguros agora — comentou o capitão ao dar ao segundo em comando o controle do leme, e se aproximou do sr. Thornhill e do Coronel Jeffery.

— Fico feliz por isso — respondeu Jeffery.

— Bem, capitão — disse o sr. Thornhill —, fico feliz por não termos virado; estamos ancorados e a água aqui parece bem tranquila.

— É, sim, e eu ouso dizer que assim continuará. É uma bela bacia de águas profundas; profundas e boas para ancorarmos, mas não é ampla o bastante, como podem ver, para se tornar um bom porto.

— Verdade, mas é cheia de rochas.

— Sim, e isso pode torná-la perigosa às vezes, mas não sei se seria o caso de algumas ventanias. O mar pode vencer na abertura, que é profunda o suficiente para que qualquer coisa entre e se sustente; até mesmo a arca de Noé entraria ali com facilidade.

— O que você vai fazer agora?

— Vou ficar aqui um ou dois dias, e mandar barcos para a costa para cortar alguns pinheiros e restaurar os mastros do navio.

— Não tem madeira, então?

— Não suficiente para esse propósito, e nunca saímos com essas coisas guardadas.

— Vocês as pegam onde quer que estejam.

— Sim, em qualquer parte do mundo encontramos madeira, de um jeito ou de outro.

— Quando enviar os barcos para a costa, permitirá que eu acompanhe a tripulação? — perguntou Jeffery.

— Claro que sim. Mas os nativos deste país são violentos e intratáveis e se você se envolve em uma briga com eles, existe a possibilidade de ser preso ou de alguma lesão corporal ser causada.

— Mas vou cuidar para evitar isso.

— Muito bem, coronel, o senhor pode partir.

— Devo pedir a mesma permissão — disse Thornhill —, pois gostaria muito de conhecer o local, e também fazer amizade com os próprios nativos.

— Em nenhuma circunstância fique sozinho com eles — disse o capitão —, pois se sobreviver, poderá ter motivos para se arrepender. Acredite no que eu digo.

— Acredito — disse Thornhill. — Não vou a lugar nenhum sem os companheiros de barco.

— Desse modo, estará seguro.

— Mas teme algum ataque hostil por parte dos nativos? — perguntou o Coronel Jeffery.

— Não, não espero que nos ataquem. Mas coisas assim já aconteceram antes, e eu já as vi quando menos esperava, apesar de já ter estado nesta costa, e ainda assim, nunca fui destratado. Mas muitas pessoas já estiveram nesta costa, já entraram em conflito com os nativos e saíram perdendo. Os nativos normalmente se afastam quando a tripulação do navio é maior em número, e chamam seus chefes, que chegam com grande força e nos impossibilita derrotá-los.

Na manhã seguinte, barcos tripulados foram enviados para a costa, preparados para cortar madeira e conseguir quantos mastros o navio precisasse.

Com esses barcos, o sr. Thornhill e o Coronel Jeffery estavam a bordo, e depois de um trajeto curto, chegaram à costa de Madagascar.

Era um país lindo, no qual os legumes pareciam abundantes e saborosos; e o grupo em busca de madeira, para propósitos de construção de barco, logo encontrou algumas árvores enormes na floresta, que sozinhas poderiam bastar para construir navios.

Mas não era isso o que queriam, e onde as árvores eram maiores e mais altas, eles começaram a derrubar alguns pinheiros compridos.

Era essa a madeira que eles mais desejavam; na verdade, era exatamente o que eles queriam; mas mal tinham encontrado algumas árvores assim, quando os nativos se aproximaram, aparentemente para vigiá-los.

A princípio, eles se mantiveram calmos e tranquilos, mas estavam ansiosos para ver e inspecionar tudo, sendo muito curiosos e questionadores.

No entanto, isso foi fácil de suportar, mas por fim, eles se tornaram mais numerosos e começaram a surrupiar tudo o que conseguiam pegar, o que, claro, causou ressentimento, e depois de um tempo, um ou dois socos foram trocados.

O Coronel Jeffery tomou a frente para agir e evitar violência contra um dos cortadores de madeira. Na verdade, ele estava se colocando entre os dois homens que discutiam, e tentou restaurar a ordem e a paz, mas vários nativos armados de repente partiram para cima dele, dominando-o, e começaram a levá-lo em direção à morte antes que alguém pudesse interferir por ele.

Sua morte parecia certa, pois, se eles tivessem conseguido arrastá-lo, ele teria sido cruel e brutalmente assassinado.

No entanto, naquele momento, a ajuda chegou; e o sr. Thornhill, vendo a situação das coisas, pegou um mosquete de um dos marinheiros, e correu atrás dos nativos que haviam pegado o Coronel Jeffery.

Havia três deles. Dois outros, presumidamente, tinham ido chamar os chefes. Quando o sr. Thornhill chegou, eles tinham jogado um cobertor sobre a cabeça de Jeffery; mas o sr. Thornhill, em um instante, acertou um deles com um golpe do cabo de seu mosquete, e o segundo teve o mesmo destino quando se virou para ver o que estava acontecendo.

O terceiro, ao ver o coronel livre e o mosquete mirado para sua cabeça, imediatamente correu atrás dos outros dois, para evitar qualquer consequência séria para si mesmo.

— Thornhill, você salvou minha vida — disse o Coronel Jeffery, animado.

— Vamos, não parem aqui. Ao navio! Ao navio! — E enquanto ele falava, os homens corriam atrás da tripulação. Conseguiram chegar aos barcos e ao navio em segurança, parabenizando a si mesmos por terem conseguido escapar com sorte de um povo guerrilheiro o bastante para fazer maldade, mas não civilizado o suficiente para distinguir quando fazer isso ou não.

Quando os homens estão longe de casa, em terras estrangeiras, com os céus de outros climas acima deles, o coração se torna mais próximo em laços de irmandade que certamente comandam o universo todo, mas que com certeza só o fazem em situações muito específicas.

No entanto, uma dessas circunstâncias provavelmente seria encontrada no comportamento do Coronel Jeffery e do sr. Thornhill, em qualquer circunstância, pois eles eram, mais enfaticamente, o que pode ser chamado de espíritos afins. Quando unimos a esse fato o modo impressionante com que eles tinham sido aproximados, e os serviços mútuos que eles tinham o poder de prestar um ao outro, não nos surpreende a quase romântica amizade que surgiu entre eles.

Foi então que Thornhill fez do ombro do coronel o lugar de descanso de todos os seus pensamentos e desejos, e uma liberdade de expressão de uma união de sentimentos se deu entre eles, a qual, quando ocorre entre pessoas de temperamentos muito parecidos, gera os resultados mais incríveis do companheirismo humano.

Ninguém que não tenha enfrentado o tédio de uma viagem marítima pode saber como é agradável ter alguém a bordo com intelecto e humor tão ricos nos quais se pode encontrar diversão sem fim.

Os ventos podiam agora soprar pelos cordames, e as ondas podiam lançar o grande navio para suas cristas espumosas, mas Thornhill e Jeffery estavam juntos, encontrando, em meio ao perigo, paz na companhia um do outro.

A viagem toda foi muito perigosa, e alguns dos marinheiros mais velhos não deixaram, ao longo das vigílias noturnas, de intimidar os companheiros dizendo que o navio, na opinião deles, nunca chegaria à Inglaterra — e provavelmente afundaria em algum ponto da costa africana.

O capitão, claro, fez todos os esforços possíveis para pôr fim a tais ditos proféticos, mas quando começavam, em pouco tempo não havia forma de interrompê-los. E claro, eles causavam um efeito muito prejudicial, paralisando os esforços da tripulação em momentos de perigo, fazendo com que acreditassem estar em um navio fadado a afundar e, por isso, o que fizessem seria inútil.

Os marinheiros são muito supersticiosos nesses assuntos, e não há a menor dúvida de que alguns dos desastres que acometeram o *Netuno* em sua viagem partindo da Índia de volta para casa podem ser atribuídos a essa sensação de fatalidade tomando conta dos marinheiros, induzindo-os a pensar que, independentemente do que tentassem fazer, não poderiam salvar o navio.

Acontece que depois de eles darem a volta no Cabo, uma neblina pesada surgiu, como há muitos anos não acontecia na costa, apesar de o lado ocidental africano, em alguns períodos do ano, ficar sujeito a um tipo de exalação vaporosa.

Tudo estava envolto na mais profunda penumbra. Ainda havia um forte redemoinho ou corrente do mar, fluindo paralelamente à terra, e o capitão torcia para que estivesse longe da costa.

Devido a esse medo, a maior ansiedade prevalecia a bordo da embarcação, e as luzes estavam acesas em todas as partes do convés, enquanto dois homens sempre faziam sondagens. Já era meia-noite e meia, aproximadamente, quando o detector indicou uma tempestade. De repente, os homens que estavam em vigília no convés deram um grito de alerta.

Eles tinham visto, perto da proa a estibordo, luzes que deveriam ser de uma embarcação que, como o *Netuno*, estava envolta na neblina, e uma colisão foi inevitável, pois nenhum navio teve tempo para desviar.

A única dúvida, que era temerosa e agonizante a ser resolvida, era se a embarcação mais forte tinha tamanho e força suficiente para afundá-los, ou não. E essa pergunta temerosa seria respondida em poucos instantes.

Na verdade, um pouco antes de o eco daquele grito horroroso dado pelos homens sumir, as embarcações se chocaram. Foi uma batida horrível — com um urro de susto e terror — e então tudo parou. O *Netuno*, com avarias consideráveis e alguns dos baluartes dentro dele, seguiu navegando; mas o outro navio, com um barulho intenso, desceu em direção ao fundo do mar.

Nada pôde ser feito. A neblina estava tão forte que, aliada à escuridão da noite, não havia a esperança de resgatar a tripulação malfadada do navio. Os oficiais e marinheiros do *Netuno* gritaram por um tempo, e então pararam para ouvir se algum dos sobreviventes do navio afundado estava nadando, mas nada escutaram; e quando, depois de aproximadamente seis horas, eles saíram da neblina e encontraram o céu ensolarado, onde não se via nem uma nuvem, eles se entreolharam como homens recém-despertados de um pesadelo estranho e assustador.

Eles não descobriram o nome do navio que tinham afundado, e o caso todo permaneceu sendo um mistério profundo. Quando o *Netuno* chegou ao porto de Londres, o caso foi relatado, e todos os esforços foram feitos para que conseguissem informações a respeito do navio malfadado que tivera um fim tão temido.

As circunstâncias despertaram todos os sentimentos mais sinceros de gratidão por parte do Coronel Jeffery em relação ao sr. Thornhill; e por isso ele foi a Londres, e fazia questão de não deixar pedra sobre pedra para descobrir o que havia acontecido com o rapaz.

Depois de pensamentos ansiosos e sombrios, e de se convencer de que havia algum mistério que estava além de seu poder descobrir, ele decidiu pedir a opinião de um amigo também do exército, o capitão Rathbone, a respeito dos fatos.

Esse senhor, e ele era um senhor, de fato — na completa acepção do termo —, estava em Londres. Na verdade, ele já não trabalhava, e morava em uma casa pequena, mas agradável, perto da metrópole.

Era uma daquelas casinhas antigas, com muitas decorações e detalhes diferentes, e um jardim repleto de árvores das mais raras perto de Londres, e que dia a dia se tornariam ainda mais raras, em consequência do valor da terra imediatamente contígua à metrópole.

O capitão Rathbone tinha uma família muito simpática, assim como ele era, e devia se orgulhar dela, vivendo em um estado muito bom de felicidade doméstica como poucos vistos no mundo.

E foi a esse cavalheiro que Coronel Jeffery decidiu expor todas as circunstâncias referentes ao possível e provável destino do pobre Thornhill.

A distância não era tão grande a ponto de impedi-lo de ir a pé, e foi o que ele fez, chegando perto do anoitecer do dia seguinte ao qual havia acontecido seu encontro profundamente interessante com Johanna Oakley nos jardins de Temple.

Não há nada no mundo tão deliciosamente refrescante, depois do anoitecer e de uma longa caminhada, do que entrar em um jardim verdejante e muito bem mantido; e foi essa sensação agradável que o Coronel Jeffery sentiu ao chegar à Lime Tree Lodge, a casa do capitão Rathbone.

Ele foi recebido com cumprimentos cordiais e sinceros — uma recepção que ele já esperava, mas que nem por isso foi menos prazerosa. E depois de permanecer sentado com a família dentro da casa, ele e o capitão caminharam pelo jardim, onde o Coronel Jeffery pôde dar início a seu relato.

O capitão, com poucas interrupções, ouviu o que ele tinha a dizer até o fim; e o coronel concluiu dizendo:

— E agora vim pedir seu conselho em relação a tudo isso.

O capitão respondeu de seu modo caloroso e tranquilo:

— Receio que não considere meu conselho muito útil. Mas ofereço minha colaboração em qualquer coisa que julgue necessária ou que possa ser feita nesse caso. Garanto que é de meu total interesse, e sinto grande ímpeto de ajudar nos esforços. Mas preciso ser orientado, e estou totalmente à sua disposição.

— Eu tinha certeza de que o senhor diria isso. Mas apesar de evitar dar sua opinião, estou ansioso para saber o que realmente pensa a respeito dessas que são, e o senhor há de concordar, circunstâncias extraordinárias.

— A coisa mais natural do mundo — disse o capitão Rathbone —, assim que soube do caso, me pareceu ser procurar seu amigo Thornhill no local onde ele desapareceu.

— Na barbearia da Fleet Street?

— Exatamente. Ele saiu dali ou não?

— Sweeney Todd afirma que ele saiu e desceu a rua em direção ao centro da cidade, à procura de um endereço que Todd havia passado, o endereço do sr. Oakley. Disse ainda que o viu se aproximar de uma confusão qualquer no fim da rua. Mas contra isso, temos o fato de o cachorro permanecer à porta do barbeiro, recusando-se a sair dali por mais que tentemos.

— De fato. O que o senhor acha, então, de ir à barbearia amanhã de manhã, sem dizer que há um motivo especial além da intenção de fazer a barba? Acha que ele o reconheceria?

— Pouco provável, se for com roupas comuns. Eu estava uniformizado quando fui com o capitão do *Netuno*, por isso creio que ele só se lembraria de mim se me visse com a roupa do exército. É grande a probabilidade de ele não me reconhecer com minhas roupas de cidadão comum. Gosto da ideia de ir à barbearia.

— O senhor acha que seu amigo Thornhill era um homem que podia falar sobre as pérolas valiosas que estavam em seu poder?

— Certamente não.

— Pergunto apenas porque elas podem ter sido uma grande tentação; e se ele teve algum problema com o barbeiro, o fato de estar de posse de algo tão valioso pode ter sido o motivo.

— Não acredito nisso, mas me ocorreu que, se conseguirmos qualquer informação que seja a respeito de Thornhill, será em consequência dessas mesmas pérolas. Elas têm grande valor, e a probabilidade de serem ignoradas é pequena. Ainda assim, a menos que haja um cliente para comprá-las, elas não têm qualquer valor; e ninguém compra joias desse tipo senão por uma vaidade pessoal de aparecer em público com elas, evidentemente.

— Isso é verdade. De mão em mão, podemos localizar as pérolas até chegarmos ao sujeito que deve tê-las tirado de Thornhill, e que talvez tenha que ser forçado a revelar o modo com que as conseguiu.

Depois de conversarem mais um pouco sobre o assunto, eles combinaram que o Coronel Jeffery passaria a noite na Lime Tree Lodge e que, pela manhã, os dois partiriam para Londres, e trajados como cidadãos respeitáveis. Fariam algumas tentativas de fazer o barbeiro confessar que ele tinha algo do tipo consigo, falando sobre joias e pedras preciosas; além disso, os dois pretendiam levar o cachorro dali, sob os cuidados do capitão Rathbone.

Tanto o coronel quanto o capitão tomaram café da manhã no dia seguinte e seguiram para Londres, onde compraram casacos, perucas e chapéus, antes de seguirem para a visita a Sweeney Todd.

E então, de braços dados, eles caminharam em direção à Fleet Street, e logo chegaram ao pequeno comércio dentro do qual parecia haver grande mistério.

— O cachorro, como pode ver, não está aqui — disse o coronel. — Mas tive suspeitas, quando passei por aqui com Johanna Oakley, de que havia algo de estranho com ele e não tenho dúvidas de que o barbeiro patife está envolvido em sua destruição.

— Se o barbeiro for inocente — disse o capitão Rathbone —, o senhor há de convir que seria uma das coisas mais irritantes do mundo ter um cachorro parado à porta o tempo todo, indicando uma acusação, e nesse caso, não consigo julgá-lo por tirar o animal do caminho.

— Não, se ele for inocente, com certeza. Mas não diremos nada a respeito de tudo isso, e lembre-se de que devemos entrar como desconhecidos, sem nada saber sobre o cão, e sem citar nada a respeito do desaparecimento de alguém aqui.

— Concordo, vamos. Se ele nos vir pela janela, parados aqui, hesitantes, suas desconfianças serão despertadas na hora, e não será bom para nós.

Os dois entraram no estabelecimento e viram Sweeney Todd com uma aparência bem estranha. Tinha um tampão preto sobre um dos olhos, que era mantido no lugar com um laço verde que dava a volta por sua cabeça, de modo que ele estava mais assustador e diabólico do que nunca. E tendo tirado um pouco do bigode que costumava usar, sua fisionomia tinha um toque diferente da feiura que antes já o caracterizava, e chamou a atenção do coronel.

Aquele cavalheiro dificilmente o teria reconhecido em outro lugar que não fosse seu estabelecimento. E quando lembramos das aventuras de Sweeney na noite anterior, não nos surpreende o fato de ele ter visto necessidade de realizar uma mudança na aparência, possivelmente por medo de encontrar algum dos outros homens que o haviam perseguido e que — ele sabia — poderia aparecer, sem saber de nada, para fazer a barba de manhã.

— Barba e cabelo, senhores? — perguntou Sweeney Todd quando seus clientes entraram.

— Apenas barba — disse o capitão Rathbone, que havia concordado em ser o principal porta-voz, para evitar que Sweeney Todd, na possibilidade de reconhecer a voz do coronel, suspeitasse dele.

— Por favor, sente-se — disse Sweeney Todd ao Coronel Jeffery. — Vou barbear seu amigo, senhor, e logo começo contigo. Gostaria de ler o jornal de hoje? Eu estava pensando, senhor, se uma circunstância muito misteriosa pode ser verdade, mas como sabe, é impressionante as coisas que param nos jornais.

— Obrigado, obrigado — disse o coronel.

O capitão Rathbone se sentou para ser barbeado.

— Bem, senhor — continuou Sweeney Todd —, como eu estava dizendo, é uma circunstância muito curiosa.

— É mesmo?

— Sim, um senhor chamado Fidler tinha que receber uma quantia no lado ocidental da cidade, e desde então, não foi mais visto. E foi ontem mesmo que isso aconteceu, senhor, e há uma descrição dele nos jornais de hoje. Um casaco de cor de rapé, colete de veludo — veludo preto, deveria ter dito — meias de seda e fivelas prateadas nos sapatos, além de um cajado com ponta dourada, com as iniciais W.D.F. nele, iniciais de William Dumpledown Fidler. Um caso muito misterioso, cavalheiros.

Uma espécie de gemido surgiu do canto do estabelecimento e, em um ímpeto, o Coronel Jeffery se pôs de pé, exclamando:

— O que é isso... o que é isso?

— Ah, é só meu aprendiz, Tobias Ragg. Ele está com dor no estômago por ter comido muitas tortas de porco da Lovett's. Não é isso, Tobias, meu amigo?

— Sim, senhor — disse Tobias, com mais um gemido.

— Ah, sim — disse o coronel. — Isso deve fazer com que ele tenha mais cuidado no futuro.

— Esperamos que sim, senhor. Tobias, ouviu o que disse o cavalheiro? Você deve ser mais cuidadoso no futuro. O fato é que sou muito indulgente com você. Bem, senhor, acho que o senhor está mais barbeado do que nunca na vida.

— Ah, sim — disse o capitão Rathbone. — Acho que assim está muito bem, e agora, sr. Green — abordando o coronel pelo nome inventado —, agora, sr. Green, seja rápido ou vamos nos atrasar para ver o duque, e podemos acabar perdendo a venda de algumas de nossas joias.

— Sim, verdade — disse o coronel —, melhor nos apressarmos. Passamos muito tempo tomando café da manhã no hotel, e o duque é um cliente muito rico e muito bom para se perder. Ele não se importa em pagar o que for preciso para as coisas de que gosta, ou de que a duquesa goste.

— Os senhores são comerciantes de joias, presumo — disse Sweeney Todd.

— Sim, estamos nesse ramo há algum tempo; e com um de nós negociando de um lado, e o outro de outro, nós nos damos muito bem, porque trocamos o que agrada aos nossos vários clientes, e mantemos duas conexões distintas.

— Um plano muito bom — disse Sweeney Todd. — Serei o mais rápido que conseguir com o senhor. Vender joias é melhor do que fazer barba.

— Ouso dizer que é.

— Claro que é, senhor. Estou barbeando aqui há alguns anos, e não tenho me dado muito bem; quero dizer, quando digo que não tenho me dado muito bem, admito que já ganhei dinheiro suficiente para me aposentar, tranquila e confortavelmente, e pretendo fazê-lo muito em breve. Pronto, senhor, foi barbeado com uma celeridade difícil de encontrar, e do modo mais limpo possível, pelo precinho de um centavo. Obrigado, senhores, aqui está o troco. Bom dia.

Eles não tiveram escolha a não ser sair do estabelecimento, e quando saíram, Sweeney Todd, enquanto afiava a navalha que tinha usado, deu um sorriso diabólico e murmurou:

— Inteligente... muito espertos, mas não conseguiram. Não sou tão fácil de enganar... Vendedores de joias! Ah, não me oponho, claro, em lidar com pérolas; um bom negócio, realmente muito bom. Se eu estivesse acostumado a ser tão derrotado, não estaria vivo agora. Tobias, Tobias!

— Sim, senhor — disse o rapaz, com desânimo.

— Você se esqueceu do risco que corre sua mãe no caso de você dizer uma sílaba que seja do que ocorreu aqui, ou que você pense ter ocorrido, se sequer sonhar em fazer isso?

— Não — disse o garoto. — Não me esqueci, não. Nunca me esquecerei, nem se viver cem anos.

— Muito bem, prudente, excelente, Tobias. Saia agora, e se aquelas duas pessoas que estiveram aqui por último falarem com você na rua, deixe que digam o que quiserem, e responda a elas o mais depressa que puder: mas não deixe de voltar depressa, e não deixe de me contar o que elas disserem. Os dois viraram à esquerda, em direção ao centro da cidade. Agora vá.

— Não adianta — disse o Coronel Jeffery ao capitão. — Ou o barbeiro é esperto demais para mim, ou é de fato inocente no que diz respeito ao desaparecimento de Thornhill.

— Ainda assim são circunstâncias suspeitas. Vi seu semblante quando o assunto das joias foi mencionado, e vi uma mudança repentina tomar conta dele. Foi momentâneo, mas me deu a desconfiança de que ele sabia algo que somente o cuidado fez com que ele escondesse dentro do peito. Também o comportamento do garoto foi esquisito. E se ele estiver com o colar de pérolas, o valor delas daria a ele todo o poder para fazer o que ele afirma estar prestes a fazer: aposentar-se com tranquilidade.

— Veja! Ali, está vendo o rapaz?

— Sim, é o garoto da barbearia.

— É o mesmo rapaz a quem ele chamou de Tobias. Vamos falar com ele?

— Vamos fazer uma oferta clara de uma boa recompensa por qualquer informação que ele possa nos dar.

— Concordo, concordo.

Ambos se aproximaram de Tobias, que caminhava sem ânimo pelas ruas, e quando o alcançaram, ficaram surpresos com o semblante atento e triste do rapaz.

Ele parecia muito assustado e em alerta, uma expressão triste de se ver no rosto de alguém tão jovem, e quando o coronel o abordou com um tom gentil, ele pareceu tão assustado que lágrimas marejaram seus olhos no mesmo instante.

— Meu rapaz — disse o coronel —, acredito que você resida com Sweeney Todd, o barbeiro. Você parece tão triste. Ele não é um patrão gentil?

— Não, não, ou melhor, sim, não tenho nada a dizer. Deixem-me passar.

— O que essa confusão significa?

— Nada, nada.

— Veja, meu rapaz, tenho um guinéu para você se nos disser o que aconteceu ao homem com aparência de marinheiro, que chegou com um cão à casa de seu patrão, alguns dias atrás, para ser barbeado.

— Não posso dizer, não posso dizer o que não sei — disse o garoto.

— Mas você provavelmente faz ideia. Vamos, faremos valer a pena para você, e também vamos protegê-lo de Sweeney Todd. Temos o poder para isso, e toda a disposição. É preciso que você seja bem explícito conosco, e nos conte francamente o que pensa e o que sabe a respeito do homem em cujo destino estamos interessados.

— Não sei de nada, não acho nada — disse Tobias. — Deixem-me ir, não tenho nada a dizer, apenas que ele foi barbeado e se foi.

— Mas por que ele deixou o cão para trás?

— Não sei dizer, não sei de nada.

— É evidente que você sabe de algo, sim, mas hesita em contar por medo ou por algum outro motivo. Como se mantém inacessível pelos meios fáceis, vamos ter que recorrer a outros, e você deverá falar diante de um magistrado. Será obrigado a falar.

— Façam o que quiserem — disse Tobias. — Não posso ajudar. Não tenho nada a dizer aos senhores, nada mesmo. Ah, minha pobre mãe, se não fosse pela senhora...

— O quê?

— Nada! Nada! Nada!

O coronel apenas ameaçou levar o garoto ao magistrado, pois não tinha base para tal. E se o garoto escolhesse guardar segredo, se tinha um segredo, nem mesmo todos os magistrados do mundo poderiam forçar as palavras a saírem dos lábios dele, palavras que ele não queria dizer. E assim, depois de mais um esforço, eles sentiram que deveriam deixá-lo.

— Garoto — disse o coronel —, você é jovem, e não sabe julgar bem as consequências de certos comportamentos; deve pesar bem o que está fazendo, e hesitar antes de continuar guardando segredos perigosos. Podemos convencê-lo de que temos o poder de dar a você proteção contra tudo o que Sweeney Todd poderia tentar fazer. Pense melhor, pois esta é uma oportunidade de se salvar de futuras tristezas, uma oportunidade que pode não surgir de novo.

— Não tenho nada a dizer — disse o garoto. — Não tenho nada a dizer.

Ele disse as palavras com uma expressão tão agonizante, que os dois ficaram convencidos de que ele tinha algo a dizer, e que, além disso, era uma informação importante — algo que seria valioso e que ainda assim viam ser impossível arrancar dele.

Sentiram vontade de deixá-lo, e também sentiram, além da surpresa, que estavam longe de conseguirem avançar no assunto. Tinham se colocado em uma posição muito pior, a ponto de terem despertado todas as suspeitas de Sweeney Todd.

E então, para deixar tudo ainda mais surpreendente, ainda havia a possibilidade de eles estarem seguindo uma pista falsa, e de o barbeiro da Fleet Street não ter absolutamente nada a ver com o desaparecimento do sr. Thornhill.

XI

O cozinheiro da LOVETT'S

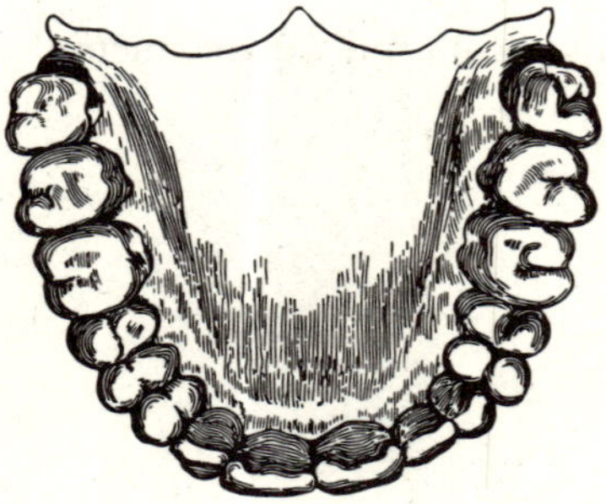

Ao anoitecer daquele dia, depois de a última fornada de tortas da Lovett's ficar pronta, um desconhecido muito malvestido entrou na loja e lançou um olhar faminto para o balcão durante alguns minutos.

A sra. Lovett estava ali, mas ela não sorriu para ele. Em vez da expressão calma de sempre, seu semblante demonstrava certa raiva, e ela, prevendo o que o homem diria, exclamou:

— Vá embora, não damos nada a mendigos!

O homem corou por um instante, e então respondeu:

— Senhora Lovett, não vim pedir esmolas, apenas saber se a senhora poderia me aceitar para alguma vaga de emprego.

— Aceitar um maltrapilho como você?

— Sou um maltrapilho, sim, e um bem pobre. Em épocas melhores, eu me sentei ao seu balcão e paguei feliz pelo que queria comer. E naquela época, um de seus sorrisos mais delicados sempre estava disponível para mim. Não digo isso para repreendê-la, porque a causa de seu sorriso era, como sabíamos, interesseira. E sem interesse, não posso esperar vê-lo. Mas minha situação é tão ruim agora que estou disposto a fazer qualquer coisa por um mero sustento.

— Ah, sim, e quando estiver em uma situação melhor de novo, não tenho dúvidas de que tem insolência o bastante para ser insuportável. E que trabalho poderíamos ter além da produção de tortas? Já temos um homem que nos atende muito bem, com a exceção de que ele, como você faria se estivesse no lugar dele, tem se tornado insolente e acha que é dono da loja.

"VÁ EMBORA, NÃO DAMOS NADA A MENDIGOS!"

— Bem, muito bem — disse o desconhecido —, claro que sempre há argumento suficiente contra os pobres e miseráveis para que eles continuem nessa condição. Se a senhora acredita que meu comportamento seria como o que descreve, é bem impossível para mim provar o contrário.

Ele se virou e estava prestes a sair da loja, quando a sra. Lovett o chamou, dizendo:

— Volte de novo em duas horas.

Ele parou por alguns instantes, e então, virando o rosto sofrido para ela, disse:

— Voltarei se minhas forças permitirem. A água das torneiras públicas não serve para manter vivo um homem por vinte e quatro horas.

— Pode pegar uma torta.

O homem de aspecto miserável, e quase morto de fome, pegou uma torta e a devorou em um instante.

— Meu nome — disse ele — é Jarvis Williams. Estarei aqui em duas horas, pode contar com isso. E apesar de tudo o que disse, não verá mudança em meu comportamento porque me manterei sempre asseado e bem-vestido. Mas se eu me sentir insatisfeito com minha situação, partirei sem qualquer problema.

Depois de dizer isso, ele saiu da loja, e quando se foi, uma expressão estranha tomou o rosto da sra. Lovett, e ela disse em voz baixa para si mesma:

— Pode ser que ele sirva por alguns meses, como os outros, e está claro que precisamos nos livrar do ajudante atual. Vou pensar nisso.

Havia uma adega ampla de aspecto sombrio e sepulcral, com pisos vermelhos, pedregulhos e pedaços maiores de pedra que foram martelados dentro das paredes de argila para fortalecê-las. Enormes pilares feitos de ripas de madeira se estendiam aqui e ali, perpendiculares, e pressionavam grandes peças de madeira contra o teto para apoiá-lo.

Luzes fortes pareciam surgir das caldeiras, e ouvia-se um som estranho, sibilado, como se algo estivesse fervendo enquanto toda a atmosfera era impregnada com um vapor abundante e fragrante.

Era a cozinha industrial de tortas da Lovett's, abaixo do Bell Yard, que a essa hora da noite preparava uma fornada de milhares para ser enviada logo cedo para os bairros de Londres.

Logo no início do dia, uma multidão de itinerantes à caça de tortas aparecia, levando consigo uma grande quantidade a clientes assíduos que as comiam diariamente e que não pensavam em ficar sem elas, assim como não ficavam sem o serviço do leiteiro ou do padeiro.

Veremos e entenderemos, assim, que a parte varejista do negócio da sra. Lovett, que ocorria principalmente entre o meio-dia e uma da tarde, não era, nem de longe, a parte mais importante e lucrativa de uma preocupação realmente enorme, e que rendeu uma ampla renda anual.

Permanecer na adega enquanto essa imensa produção que, a princípio, parecia ser algo tão trivial, não era de modo algum uma maneira adequada para ter ideia da abrangência de tudo aquilo. Havia muitas portas em direções diferentes, e entradas arqueadas para passagens diferentes, escuras como a noite. Alguém quase poderia supor que os habitantes do bairro ao redor tinham, por consentimento, desistido de suas adegas em favor da fábrica de tortas de Lovett.

Mas havia apenas uma única luz, além do brilho que ocasionalmente vinha dos fornos onde as tortas eram assadas, sibilando e tartamudeando sobre seu molho saboroso.

Havia apenas um homem no local, e ele estava sentado em um banco baixo de três pernas em um canto, com a cabeça apoiada nas mãos. Ele se balançava devagar para a frente e para trás, enquanto murmurava gemidos quase inaudíveis.

Estava quase nu; na verdade, parecia vestir muito pouco além de uma camisa e de um par de calças folgadas de lona. As mangas da camisa estavam dobradas acima dos cotovelos, e na cabeça, ele usava uma touca branca.

Parecia impressionante que um homem assim, mesmo com a ajuda da sra. Lovett, pudesse fazer todas as tortas exigidas em um dia; mas o sistema fazia maravilhas, e naquelas adegas havia diversos equipamentos mecânicos para bater a massa, cortar a carne, entre outras coisas que reduziam o trabalho.

Mas que pessoa triste esse homem era — como parecia um miserável derrotado! Seu rosto era pálido e enrugado, os olhos, fundos; e quando ele tirava as mãos da frente do rosto e olhava ao redor, uma imagem mais horrorosa não poderia haver.

— Devo partir esta noite — disse ele, com a voz rouca. — Devo partir esta noite. Sei demais... meu cérebro está tomado por horrores. Não durmo há cinco noites, nem ouso comer algo que não seja farinha. Partirei esta noite se eles não me vigiarem. Ah! Se eu pudesse ao menos ir para as ruas... se eu pudesse respirar o ar fresco! Credo! O que é isso? Pensei ter ouvido um barulho.

Ele levantou, trêmulo, mas atento. Tudo estava parado, exceto pelo borbulhar das tortas, e então voltou a se sentar, suspirando.

— Todas as portas se fecharam na minha cara — disse ele. — Estou aqui há apenas seis semanas... apenas seis semanas. Eu estava morrendo de fome quando cheguei. Minha nossa, minha nossa! Teria sido muito melhor morrer de fome! Eu já estaria morto agora, e seria poupado desse sofrimento!

— Skinner! — alguém gritou, e era uma voz de mulher. — Skinner, até quando os fornos ficarão acesos?

— Mais quinze minutos — respondeu ele —, mais quinze minutos, sra. Lovett. Que Deus me ajude!

— O que você disse?

— Disse "que Deus me ajude". Com certeza um homem pode dizer isso sem ofender.

Uma porta foi fechada com força, e o homem triste ficou sozinho de novo.

— Muito estranho — disse ele —, mas hoje meus pensamentos se voltam para os primeiros dias, e para o que eu já fui. Vejo de novo a varanda coberta de hera, ouço as risadas dos meus amigos e ali, na minha memória, aparecem as imagens do riacho borbulhante, do moinho antigo, da mansão velha com suas torres altas, e sua atmosfera de silenciosa grandiosidade. Ouço o canto dos pássaros e os ventos formando melodias entre as árvores. Muito estranho que todas essas visões e todos esses sons voltem a mim em um momento como este, como se fossem apenas para me lembrar do lixo que sou.

Ele ficou em silêncio por alguns momentos, tempo durante o qual ele estremeceu de emoção. E então, voltou a falar, dizendo:

— Assim, as formas daqueles que já conheci, e muitos dos quais já foram para o túmulo silencioso, parecem me envolver. Eles pousam os olhos momentaneamente sobre mim e mostram bem a solidariedade que sentem por mim. Eu também a vejo, aquela que, em meu peito, pela primeira vez acendeu a chama do carinho. Eu a vejo passando por mim como a visão fraca de um sonho, indistinta, mas linda. Nada além de uma sombra, e ainda assim, a mais palpável. O que sou agora... o que sou agora?

Ele retomou a posição anterior, com a cabeça apoiada nas mãos; balançou-se com cuidado para a frente e para trás, murmurando gemidos de uma alma torturada, como já notamos.

Uma das pequenas portas arqueadas se abriu na escuridão daquelas passagens, e por ela passou um homem um tanto curvado com uma máscara cobrindo metade da face e uma capa nos ombros. Em uma das mãos, ele carregava um martelo de duas cabeças, com um cabo pesado e cerca de trinta e cinco centímetros de comprimento.

Ele olhou ao redor com atenção, até ver a figura agachada do homem cuja tarefa era cuidar dos fornos.

A partir daquele momento, ele não olhava para mais nada; avançou na direção dele, firme e atento. Ficou claro que seu objetivo era não ser notado, pois estava andando apenas com as pontas dos pés, vestindo meias; e era impossível ouvir o menor som que seja feito por seus passos. Ele se aproximou lentamente do homem, que ainda continuava gemendo baixo, um indício da angústia de sua mente. Agora, já mais perto, se curvou sobre ele por um momento, com um olhar de malícia. Era um olhar que, apesar da máscara, não deixava de ser intenso.

E então, segurando o martelo com as duas mãos, ele o ergueu acima da cabeça e fez um movimento de giro no ar.

Não se sabe o que levou o homem sentado no banquinho a se levantar exatamente naquele momento, mas o fez, e caminhou de um lado a outro com muita rapidez. Deu um grito quando percebeu a presença da aparição assustadora. Mas antes que pudesse repetir a reação, o martelo desceu, acertando-lhe o crânio, e ele caiu sem vida, sem gemer.

— Então, sr. Jarvis Williams, você cumpriu sua palavra — disse a sra. Lovett ao estranho —, e veio para ser empregado.

— Sim, senhora, e espero que a senhora possa me dar o emprego. Com sinceridade afirmo que procuraria algo melhor e mais condizente com minha disposição, se pudesse. Mas quem empregaria um homem aparentemente tão desgrenhado quanto eu? Veja, estou maltrapilho, e disse que estou passando fome, assim, só posso esperar encontrar um emprego comum, e isso me fez vir até a senhora.

— Bem, não vejo motivos para não tentarmos com você. Então, se quiser descer até a cozinha, vou acompanhá-lo e mostrar o que você deve fazer. Deve se lembrar que precisa se dedicar totalmente às tortas, a menos que queira comprar alguma outra coisa, o que pode fazer se tiver dinheiro. Não damos nenhuma torta, e você deve concordar em nunca sair da cozinha.

— Nunca sair da cozinha?

— Nunca, a menos que saia para sempre, de uma vez por todas; se sob essas condições, você aceitar a situação, pode sair. Caso contrário, pode cuidar de sua vida longe daqui, sumir.

— Minha nossa, madame, eu não tenho recursos, mas a senhora disse que já tinha um homem aqui.

— Sim, mas ele partiu para ver alguns de seus amigos mais antigos, que ficarão muito felizes em vê-lo. Agora diga: está disposto ou não a aceitar a situação?

— Minha pobreza e falta de recursos concordam, ainda que minha vontade discorde, sra. Lovett. Mas, claro, compreendo que posso partir quando quiser.

— Ah, claro, nunca pensamos em manter alguém aqui muitas horas depois de começarem a se sentir desconfortáveis. Se você estiver pronto, me acompanhe.

— Estou pronto, e agradecido por um abrigo. Todas as visões mais alegres de meu passado há muito desapareceram, e me importa pouco ou quase nada com o que será de mim. Vou acompanhá-la, senhora, de livre e espontânea vontade, sob a condição que a senhora deu.

A sra. Lovett permitiu que ele passasse para trás do balcão, e então ele a seguiu até uma sala pequena, que ficava nos fundos da loja. Ela pegou uma chave do bolso e abriu uma porta antiga. A porta dava para um lance de escada.

Ela desceu os degraus, e Jarvis Williams a seguiu por uma profundidade considerável. Ela pegou uma barra de ferro de trás de outra porta e a abriu, mostrando a seu novo assistente o interior daquele espaço que ela já havia descrito brevemente.

— Estes são os fornos — disse ela —, e agora mostrarei a você como pode fazer as tortas, alimentar as fornalhas e ser útil, de modo geral. A farinha sempre descerá por um alçapão do andar de cima, além de tudo o que for preciso para fazer as tortas, exceto a carne. A carne você sempre encontrará estocada nas prateleiras que ficam depois daquela porta, cortadas em pedaços ou filés. Porém, só em momentos específicos do dia você encontrará a porta aberta. E sempre que encontrá-la aberta, é melhor pegar a carne que acredita ser necessária para a fornada seguinte.

— Compreendo tudo isso, senhora — disse Williams —, mas como a carne chega aqui?

— Isso não é da sua conta. Desde que você a receba, é o que basta. E agora, cumprirei o processo de fazer uma torta para que você saiba como agir, e verá a rapidez inacreditável com que elas podem ser feitas se fizer as coisas certas.

Ela mostrou como um pedaço de carne jogado dentro de uma máquina saía bem moído com um simples girar de uma alavanca; e depois, como farinha, água e banha eram misturadas para fazer a massa das tortas em outra máquina, que lançava a massa depois de feita em pedaços pequenos, cada um deles do tamanho de uma torta.

Por fim, ela mostrou a ele como uma bandeja de cem unidades podia ser preenchida e, girando um molinete, erguida até a loja, através de um alçapão quadrado que subia diretamente ao balcão.

— E agora — disse ela —, vou deixá-lo. Desde que seja trabalhador, vai se sair muito bem, mas assim que começar a ser ocioso e a negligenciar os pedidos enviados por mim, receberá uma informação que, se for um homem prudente, usará para entender o que está fazendo.

— E qual é? Pode me dizer agora.

— Não, raramente achamos que há necessidade para isso logo no começo, mas depois de um tempo, quando estiver bem alimentado, certamente vai precisar saber.

Com isso, ela saiu da sala, e ele ouviu a porta de saída ser fechada com cuidado. De repente, a voz dela soou de novo, de modo tão claro e distinto que o fez pensar que ela havia voltado. Mas quando olhou para a porta, descobriu que o som estava próximo porque ela falava através de uma pequena grade na parte superior, encostando a boca muito perto dela.

— Lembre-se de sua obrigação, e alerto que qualquer tentativa de sair daqui será tão inútil quanto perigosa.

— Exceto com seu consentimento, quando eu abrir mão do trabalho.

— Você está certo. Todo mundo que abre mão do trabalho parte para encontrar velhos amigos a quem talvez já não veja há muitos anos.

"Que modo esquisito ela tem de falar!", disse Jarvis Williams a si mesmo, quando se viu sozinho. "Parece haver um sentido secreto e singular em todas as palavras que ela diz. O que pode estar querendo dizer quando fala que me dará uma informação útil tão logo negligencie meu trabalho? É muito estranho... e que lugar peculiar, este! Acredito que seria insuportável não fosse o aroma delicioso das tortas, e elas de fato são uma delícia — talvez mais deliciosas para mim, que estou passando fome há tanto tempo. Não tem mais ninguém além de mim aqui, e estou com fome agora — com uma fome enorme, e não importa se as tortas estão prontas ou não, vou comer uma meia dúzia delas."

Abriu um dos fornos, e o vapor fragrante que saiu era extremamente delicioso. Ele teve uma satisfação que nunca antes havia sentido em relação a qualquer coisa que já tivesse comido.

— Será — disse ele — que vou conseguir fazer tortas tão deliciosas? De qualquer modo, não tem como morrer de fome aqui. E se é um tipo de prisão, é uma prisão agradável... Nossa, posso jurar que são deliciosas, mesmo meio cruas. Vou comer mais meia dúzia, há um monte delas... maravilhosas! Não consigo evitar que o molho escorra pelos cantos de minha boca. Juro pela minha alma, sra. Lovett, não sei onde a senhora consegue essa carne, mas ela é tão macia quanto a carne de frangos, e a gordura chega a derreter na boca. Ah, essas tortas, que tortas! São coisa dos deuses!

O novo ajudante da sra. Lovett comeu doze tortas de três centavos, e então pensou em parar. Era um pouco ruim não ter nada para fazer a torta descer além de água gelada, mas ele se conformou com isso.

— Afinal — como ele disse —, seria uma pena tirar o gosto dessas tortas da boca. De fato, seriam mil penas, então vou apenas me conformar com o que tenho sem reclamar. Eu poderia ter vivido pior e muito pior, mesmo, e não paro de ver esse trabalho como um golpe de sorte. Não tenho amigos nem dinheiro. A mulher que eu amei é infiel, e aqui estou eu, podendo comer quantas tortas quiser, como se fosse um rei, e não parece haver ninguém que possa colocar em risco a minha supremacia. Na verdade, meu reino é muito triste, mas posso desistir dele quando quiser. E quando me cansar dessas tortas deliciosas, se isso for possível, e duvido muito que seja, posso abrir mão de minha situação e pensar em outra coisa. Se fizer isso, deixarei a Inglaterra para sempre. Não é um lugar para mim depois das tantas decepções que tive. Vou para algum lugar onde eu seja desconhecido e possa construir novas relações, e talvez fazer amizades de um nível mais permanente e estável do que as antigas que se revelaram falsas. Enquanto isso, vou fazer e comer tortas o mais rápido que conseguir.

XII

A decisão de JOHANNA *Oakley*

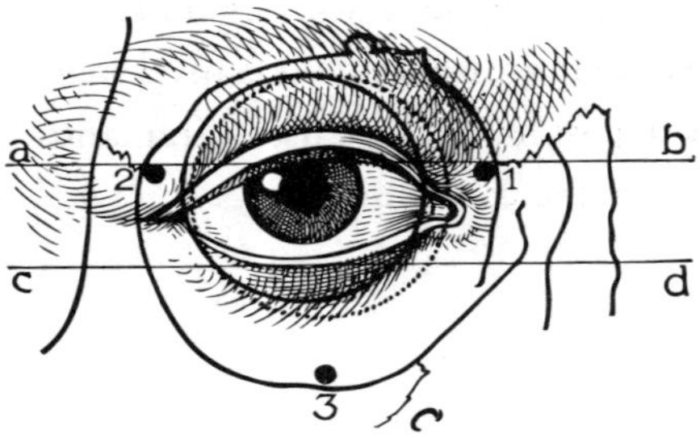

A bela Johanna — quando se retirou, obedecendo à ordem de seu pai — não foi diretamente para seus aposentos no andar de cima, demorando-se na escada para ouvir o que era dito. E se algo, em meio ao seu desânimo, pudesse lhe fazer rir, teria sido o modo com que o guardião exigiu uma retribuição do reverendo, que provavelmente não voltaria a se meter na casa do oculista.

Mas quando o sr. Lupin se foi, e ela ouviu que com sua mãe havia sido estabelecida uma certa paz — uma paz que, pelo que conhecia dos dois lados em grande desacordo, não duraria muito —, Johanna voltou para seu quarto e trancou a porta. Assim, se alguma tentativa fosse feita para que ela descesse e participasse do jantar, pensariam que ela estava dormindo, pois ela se sentia totalmente inapta a participar de alguma reunião familiar, por mais que respeitasse as pessoas que dela fizessem parte.

E ela respeitava Ben, o guardião, pois tinha lembranças dele agindo com muita gentileza quando ela era criança, sempre lhe trazendo algo carinhoso, como um brinquedo ou uma peça de roupa de bonecas — o que era muito valioso, na época.

Ela não se enganou quando imaginou que Ben faria uma tentativa de levá-la à sala de jantar, pois seu pai subiu, a pedido do guardião, e bateu à sua porta. Ela decidiu que o melhor seria não responder, para que o velho oculista concluísse que ela já tinha ido dormir. Ele desceu a escada em silêncio de novo, contente por não tê-la perturbado, e disse isso a Ben.

Sentindo-se agora bem protegida de interrupções naquela noite, Johanna não tentou repousar, mas refletir com seriedade a respeito do que havia acontecido. Quase repetiu a si mesma, palavra por palavra, o que o Coronel Jeffery lhe havia dito. E conforme repassava o assunto em sua mente, um pensamento esquisito tomou conta dela — um que ela não conseguiu afastar e que, assim que encontrou espaço em seu peito, a fez pensar na possibilidade de todas as circunstâncias estarem, de alguma maneira, ligadas ao fato. Por mais esquisito que pareça, esse pensamento era o de que o sr. Thornhill, de quem o Coronel Jeffery falava de modo tão elogioso, não era ninguém menos do que o próprio Mark Ingestrie.

É impressionante que quando um pensamento deixa uma forte impressão, é com grande rapidez que uma onda de evidências aparece para reforçá-lo. E foi assim em relação à suposição de Johanna Oakley.

Imediatamente, ela se lembrou de uma série de pequenas coisas que reforçavam a ideia, entre elas, uma fala de Mark Ingestrie lhe dizendo que pretendia mudar de nome tão logo saísse da Inglaterra. E que somente ela, e mais ninguém, obteria informações sobre ele e do que havia acontecido com ele; e que também pretendia evitar perguntas futuras, principalmente pelo sr. Grant, por quem ele sentia uma indignação cada vez maior.

Então, ela se lembrou de tudo o que o Coronel Jeffery havia contado a respeito do comportamento valente e nobre do tal sr. Thornhill. E como uma menina, pensou que aquelas qualidades tão boas e intensas só poderiam pertencer a seu amor, e a mais ninguém; e que, por isso, o sr. Thornhill e Mark Ingestrie só podiam ser a mesma pessoa.

Cada vez mais, ela se arrependia por não ter pedido ao Coronel Jeffery uma descrição do sr. Thornhill, pois isso teria acabado com suas dúvidas de uma vez. Mas pensar que ela ainda podia fazer isso, devido à reunião que ele havia marcado com ela para aquela semana, lhe deu certo consolo.

— Devia ser ele — disse ela. — A ansiedade em deixar o navio e chegar aqui no dia mencionado prova isso. Além disso, é muito improvável que, no incêndio da embarcação tão malfadada, Ingestrie colocasse nas mãos de outra pessoa o que ele pretendia me dar, sendo que a outra pessoa em questão tinha a mesma probabilidade de acabar morto, como o próprio Mark.

E assim ela raciocinou, forçando-se, a cada momento, a acreditar mais e mais que Thornhill e Mark Ingestrie eram a mesma pessoa, limitando suas ansiedades, pensando no fim de uma única pessoa, e não de duas.

— Encontrarei o Coronel Jeffery — disse ela —, e perguntarei se o sr. Thornhill tinha cabelos claros, além de um olhar tranquilo e agradável, coisas de que ele não teria como não se lembrar. Perguntarei como ele falava e como era sua aparência. E fazer, se possível, com que ele o descreva para mim até mesmo os tons de sua voz. Só então terei certeza absoluta de que se trata de Mark. Mas depois, ah! Depois virá a temida pergunta a respeito do que ocorreu com ele.

Quando a pobre Johanna começou a pensar na série de coisas que poderia ter acontecido a seu namorado durante sua volta após sair da barbearia de Sweeney Todd, na Fleet Street, em direção à casa de seu pai, sentiu-se perdida em um labirinto de conjecturas. Seus pensamentos voltavam sempre para a barbearia onde o cachorro ficara; e ela estremeceu pensando, por um instante, no perigo assustador ao qual aquele colar de pérolas poderia tê-lo sujeitado.

— Minha nossa, minha nossa! — exclamou ela. — Consigo imaginar muito bem que o homem que vi tentando envenenar o cachorro seja capaz de qualquer horror. Eu vi seu rosto de relance, mas ainda assim, nunca me esquecerei. Era um rosto no qual vemos crueldade e intenções malignas. Além disso, um homem que sujeita um animal inofensivo a uma morte cruel demonstra não ter sentimentos, além de uma frieza que o torna capaz de qualquer crime que acredite poder cometer sem ser punido. O que posso fazer? Ah, o que posso fazer para desvendar este mistério?

Ninguém tinha sido educado de modo mais delicado e carinhoso do que Johanna Oakley, mas, ainda assim, havia em seu coração um jeito e uma determinação que poucos acreditariam fazer parte dela, se apenas observassem o semblante calmo e carinhoso que ela costumava apresentar.

Mas não se trata de um fenômeno novo na história do coração humano descobrir que algumas das criaturas mais calmas e adoráveis são capazes dos esforços mais intensos de perversão. E quando Johanna Oakley disse a si mesma que estava determinada a dedicar sua vida a descobrir o mistério que envolvia o destino de Mark Ingestrie, ela também decidiu que o meio mais provável para alcançar essa meta não deveria ser rejeitado, independentemente do perigo envolvido, e se pôs a pensar em qual seria esse meio.

Tal tarefa parecia não ter fim, mas ainda assim, ela acreditava que se de alguma maneira conseguisse entrar na casa do barbeiro, seria capaz de concluir se Thornhill — que ela acreditava ser Ingestrie — havia ficado ali ou não.

— Que os céus me ajudem — disse ela — a encontrar uma maneira de agir. Há alguém com quem eu possa falar? Minha nossa! Receio que não, pois a única pessoa em quem deposito minha total confiança é meu pai, e o afeto dele por mim faria com que colocasse empecilhos no caminho para evitar meu progresso, temendo o que pudesse me ocorrer. Certamente há Arabella Wilmont, minha velha amiga de escola e amiga do peito, que me aconselharia com a melhor das intenções... Mas temo que ela seja romântica demais e cheia de ideias estranhas e incomuns tiradas dos livros, para ser uma boa conselheira. Mas ainda assim, o que posso fazer? Preciso falar com alguém, pois no caso de algo acontecer comigo, meu pai poderá ter notícias do ocorrido, e não sei de mais ninguém em quem possa confiar, além de Arabella.

Depois de muito pensar, Johanna decidiu que iria imediatamente à casa de sua antiga colega de escola na manhã seguinte, para conversar com ela.

— Pode ser que eu ouça algo minimamente consolador e gentil, pois o que Arabella não tem de calma e bom senso, ela compensa muito bem com sua sinceridade. E o mais importante é que sei que posso confiar na palavra dela completamente, e que meu segredo permanecerá tão seguro dentro dela como eu mesma o manteria dentro de mim.

Pedir por conselho foi a decisão tomada, e ela sentia que uma parte de sua ansiedade havia deixado sua mente simplesmente por ter feito uma decisão firme, que nem o perigo nem as dificuldades a impediriam de procurar saber que fim tivera seu amor.

Ela se deitou para descansar com o coração mais aliviado, e enquanto esperava o sono chegar, veremos a sala de jantar no andar de baixo, para ver até onde a sra. Oakley estava pondo em prática a intenção pacifica que havia expressado de modo tão tácito. E também para saber como o jantar estava ocorrendo — jantar este que, não com a maior boa-vontade do mundo, ela estava preparando para o marido, que pela primeira vez na vida começou a exigir seus direitos, e para Ben, o guardião, de quem ela desgostava tanto quanto é possível que uma mulher deteste um homem.

A sra. Oakley não manteve o comportamento taciturno, pois disse depois de algum tempo:

— Não há nada saboroso na casa; acho que irei ao Waggarge's para comprar um pouco de salsicha Epping de sabor peculiar.

— Ah, faça isso — disse o sr. Oakley —, elas são ótimas, Ben, posso lhe garantir.

— Bem, não sei — disse Ben, o guardião —, as salsichas são muito boas, mas são necessárias muitas delas. Se forem comidas uma por vez, em quanto tempo comeremos uma dúzia ou duas?

— Uma dúzia ou duas — disse a sra. Oakley. — Nossa, em meio quilo, são apenas cinco.

— Então — disse Ben, fazendo um cálculo mental —, acho que é melhor a senhora não comprar mais do que quatro quilos e meio, e teremos quarenta e cinco unidades.

— Compre quatro quilos e meio — disse o sr. Oakley —, se assim desejam. Sei que Ben tem apetite.

— De fato — disse Ben —, mas passei a comer menos ultimamente, não me farto como antes. Pode pedir, senhora, por favor, quatro litros de cerveja também. É preciso tomar alguma bebida, mas espero que a senhora não tenha grandes despesas por minha causa. Não compre nada além do pequeno petisco que mencionei, pois é provável que eu jante quando chegar a Tower; o ser humano é frágil, a senhora sabe, e precisa de algo para sempre estar de pé.

— Com certeza — disse o sr. Oakley —, com certeza, peça o que quiser, Ben; é só dizer antes de a sra. Oakley sair. Há mais alguma coisa?

— Não, não — disse Ben. — Mas se a senhora passar por um estabelecimento onde vendam bacon gordo, cerca de dois quilos, dois quilos e meio, cortado em tiras, verá que acompanha bem as ótimas salsichas.

— Santa Providência — disse a sra. Oakley. — Quem vai cozinhar?

— Quem vai cozinhar, senhora? Bem, o fogo do fogão, acredito. Mas saiba que se o homem não tiver salsichas, há uma loja na qual vendem filés na esquina, e eu ficarei muito satisfeito se a senhora trouxer cerca de cinco ou seis quilos deles. É possível transformá-los em cerca de meia dúzia de sanduíches.

— Vá, minha cara, vá logo — disse o sr. Oakley —, e compre o jantar de Ben. Tenho certeza de que ele assim deseja, e seja o mais rápida que conseguir.

— Ah — disse Ben, quando a sra. Oakley se foi. — Não contei que houve uma gritaria na casa da sra. Harvey, semana passada. Sabe como eles são muito delicados, a ponto de não falarem mais alto do que um sussurro por temerem se desgastar; e eles sentam nas cadeiras como se elas se equilibrassem só em uma perna, e se eles sentam um pouco torto, já não gostam. Aí, se eles encontram uma migalha jogada no chão, tocam um sino, e um infeliz meio morto de fome de um empregado entra e diz: "A senhora tocou o sino?", e então eles dizem: "Sim, traga uma pá e uma vassoura, tem uma migalha jogada no chão, ali", e então eu digo: "Que se dane, traga uma carriola e meia dúzia de escovões, porque um pouco de cinzas acabou de cair pra fora da lareira". Então, eles ficam chocados, pálidos, e quando veem que eu não vou embora, um deles diz: "Sr. Benjamin Blummergutts, gostaria de tomar uma taça de vinho?". "Acho que sim", respondo eu. Então ele diz: "Qual prefere, tinto ou branco?". Eu digo: "Branco, enquanto o senhor estiver reunindo coragem para pegar o tinto", então eles pegam. E assim que eu peguei a garrafa, eu a entornei, bebi tudo. "Pronto, maldito, você pensa que tudo isso é delicado e chique, mas não acho, e considero vocês as pessoas mais fajutas que já vi, e se me pegarem aqui de novo, também serei polido, e não posso dizer mais do que isso. Para o inferno, todos vocês". E parti, mas sofri um pequeno acidente no corredor, porque havia uma espécie de lâmpada pendurada ali, e, de um jeito ou outro, bati a cabeça nela, que se enrolou em meu pescoço. Mas quando consegui sair, tirei e a joguei pela janela da sala. Nunca se ouviu uma batida tão forte na vida toda. Ouso dizer que os fajutos ficaram abalados por uma semana.

— Bem, não me surpreende — disse o sr. Oakley. — Nunca me aproximo deles, porque não gosto da pompa e do orgulho que demonstram, mesmo com poucos recursos. Mas aí vem a sra. Oakley com as salsichas, e eu espero que você fique à vontade, Ben.

— À vontade! Farei isso. Eu quero, com certeza.

— Comprei um quilo e meio — disse a sra. Oakley — e disse ao homem que volto daqui a quinze minutos, se precisarmos de mais.

— Ah, não acredito! E o bacon, sra. Oakley, o bacon?

— Não consegui comprar nada de bacon, o homem só tinha presuntos.

— Senhor! Eu aceitaria um presunto, cortado grosso, e não teria reclamado. Sou um anjo no temperamento, se não percebeu. E o homem da cerveja?

— Sim, aqui está, um recipiente.

— Um o quê?

— Um recipiente.

— Bem, não imaginei! Está ficando polida, sra. Oakley. Dê a cerveja.

Ben pegou o recipiente e o esvaziou de uma vez, e então deu um toque no fundo dele com os nós dos dedos para mostrar que havia conseguido aquele feito, e disse:

— Eu digo, senhora, se pensa que sou um menino, é um grande erro. Qualquer pessoa diria que pensa assim, ao vê-la oferecendo para mim apenas um recipiente. É um insulto, senhora.

— Faça-me o favor — disse a sra. Oakley. — É um insulto maior ainda beber tudo e não deixar uma gota para os outros.

— É? Eu quero saber como vai impedir isso, senhora. Quando o levar à boca? Como vai impedir, senhora? Não quer que eu o devolva, não é, senhora?

— Seu nojento, baixo!

— Calma, calma, minha cara — disse o sr. Oakley —, sabe que nosso primo Ben não vive na parte mais refinada da sociedade. Então é melhor relevar um pouco, pois creio que ele disse tudo sem querer ofender ou ser grosseiro, em nenhum momento. Vamos, vamos, não houve nenhum insulto, tenho certeza. Aconselho a esquecer e perdoar. É a minha máxima. Sempre foi, sempre será.

— Bem — disse o guardião —, é uma máxima boa com a qual se viver, então paramos aqui. Eu perdoo a senhora, Mãe Oakley.

— Você perdoa...

— Sim, claro. Apesar de eu ser apenas um guardião, eu acho que posso perdoar as pessoas por tudo isso. Não é, primo Oakley?

— Claro, Ben, claro. Calma, minha esposa, você sabe tão bem quanto eu que Ben tem muitas boas qualidades, e pensando nele, de modo geral, como diz o homem das peças[11], não devemos deixar de analisá-lo de novo.

— E tenho certeza de que não quero analisá-lo de novo — disse a sra. Oakley. — Prefiro, de longe, recebê-lo por uma semana, não por quinze dias. Ele é capaz de causar uma devastação na terra, com certeza.

— Ah, por Deus, não — disse Ben —, esse é um de seus pequenos erros, senhora, posso garantir. E a propósito, aquele senhor está demorando demais para chegar com o resto da cerveja e com as outras salsichas... Qual é seu problema, primo Oakley, meu velho, está se sentindo mal?

— Não me sinto bem, sabe, Ben?

— Não, bem... agora, agora que disse isso, eu também sinto como se tudo dentro de mim estivesse se revirando. Que inferno... não me sinto confortável de maneira alguma, não me sinto.

— E estou me sentindo muito mal — arfou o sr. Oakley.

— E estou ficando pior — disse o guardião, criando uma maneira própria de falar para a situação. — Deus me defenda, tem alguma coisa errada dentro de mim. Sei que é a morte... só pode ser. Ah, Deus, está me vencendo, está sim.

— Sinto como se eu estivesse no fim — disse o sr. Oakley. — Estou morrendo, estou... ah, minha nossa, senti uma pontada!

A sra. Oakley, com toda a tranquilidade do mundo, pegou seu chapéu de trás da porta da sala, e ao colocá-lo, disse:

— Eu disse a vocês dois que um julgamento seria feito. Gostam disso? A providência é boa, claro, e eu...

— O que... o que...

— Envenenei a cerveja.

O grande Ben, o guardião, caiu da cadeira gemendo, e o pobre sr. Oakley permaneceu olhando para a esposa, tremendo de apreensão e incapaz de falar, enquanto ela colocava um xale sobre os ombros e dizia, com o mesmo tom calmo com que fizera o anúncio assustador a respeito do veneno:

---

11 Referência a *Hamlet*, ato 1, cena 2. [N.T.]

— Agora, seus demônios, sabem o que uma mulher pode fazer quando decide se vingar. Enquanto viverem, vão se lembrar de mim. Mas se não se lembrarem, não tem importância, porque não viverão muito tempo, posso garantir. Agora vou à casa de minha irmã, a sra. Tiddiblow.

Com isso, a sra. Oakley se virou depressa e, jogando a cabeça para trás, sem se importar com as pontadas e sofrimentos das pobres vítimas, saiu do local. Seguiu para a casa da irmã, onde dormiu tão confortavelmente como se não tivesse cometido dois assassinatos diabólicos.

Mas ela fez isso — ou vamos, por respeito à raça humana, descobrir que ela foi a um boticário das redondezas, e apenas comprou um composto de drogas absurdamente poderosas para colocar na cerveja do Grande Ben e do sr. Oakley, por eles serem tão eloquentes?

Poderia ter sido por isso, pois a sra. Oakley não foi tão demoníaca como pessoa a ponto de rir ao passar pela loja do boticário. Ah, não! Podia não ter sentido remorso, mas isso é algo muito diferente, de fato, do que rir do assunto, a menos que não fosse nada sério.

O grande Ben e o sr. Oakley devem, por fim, ter descoberto como tinham sido envenenados, e o mais provável é que o já mencionado químico tenha contado a eles, pois mandaram chamá-lo para saber se alguma coisa poderia ser feita para salvar suas vidas.

Ben, a partir daquele dia, estabeleceu que não mais visitaria o sr. Oakley, e quando se encontraram de novo, tempos mais tarde, ele disse:

— Vou dizer uma coisa, aquela velha bruxa da sua esposa é demais para nós, com certeza; ela me irrita muito. Por isso, quando quiser conversar um pouco sobre os velhos tempos, desça à Torre.

— Farei isso, Ben.

— Faça. Terei sempre algo para que o senhor beba, e poderá se divertir também, observando os animais. Lembre-se de que a hora da refeição deles é às duas da tarde. Espero encontrá-lo de vez em quando e, acima de tudo, não deixe de me contar se aquele pároco falante, Lupin, voltar à sua casa.

— Sim, Ben.

— Faça isso, e eu darei a ele outra lição, se for preciso, e direi como farei isso. Conseguirei entrada para que ele veja as feras selvagens na Torre! E quando ele for vê-las, pois esse tipo de sujeito sempre vai a todos os lugares que pode a troco de nada, vou fazer com que ele entre na jaula junto com algumas das criaturas mais assustadoras que temos.

— Mas isso não seria perigoso?

— Ah, não! Nós temos uma hiena risonha que o assustaria muito, mas não acho que ele seria muito mordido, sabe? Ela brinca como um gatinho, e gosta de ficar de cabeça para baixo.

— Então, Ben, claro que não faço objeção, mas acho que a lição que você já deu ao reverendo será suficiente para todos os propósitos, e acredito que não o veremos novamente.

— Mas como a sra. Oakley se comporta com o senhor? — perguntou Ben.

— Veja, Ben, acredito que não haja muita diferença. Às vezes ela é um pouco civilizada, outras vezes, não. Depende de seu temperamento.

— Ah, as coisas do casamento...

— Já me perguntei várias vezes por que você nunca se casou, Ben.

Ben riu e respondeu:

— É mesmo? Bem, primo Oakley, não me importo em dizer, mas a verdade é que já estive muito perto de fazer isso.

— É mesmo?

— Sim. Havia uma moça chamada Angelina Day, e uma das bem bonitas como pode imaginar. Ela pensou que me tinha prendido como uma lebre na armadilha, e ela se fazia extremamente delicada. Seria de se pensar, olhando para ela, que não fazia nada além de sorrir, que não dizia nada além de coisas boas e agradáveis, e comecei a pensar se tinha encontrado o animal certo.

— Mas você estava enganado?

— Acredito que estava. Um dia, fui vê-la na casa de seu pai, e ela se mostrou extremamente simpática. Eu me levantei para sair, determinado a pedir sua mão na próxima vez em que ali estivesse, e quando passei pelo jardim da casa na qual eles viviam, descobri que havia esquecido meu cajado, então voltei para pegá-lo. Quando entrei no jardim de novo, ouvi uma voz.

— De quem era?

— De Angelina, com certeza. Ela estava conversando com um pobre empregado que eles tinham. E ela falava alto! Um palavreado que eu nunca tinha ouvido na vida. E seguiu falando por dez minutos sem parar, e a cada duas palavras, uma era um nome feio. E sua voz, minha nossa! Parecia um emaranhado de fios... de verdade!

— E o que você fez, então, quando descobriu isso de um jeito tão estranho e inesperado?

— O que fiz? Fui até a casa, pensei na hora e disse: "Angelina, estou descobrindo que todos os gatos têm garras, afinal. Aqui deixo de ser seu humilde servo, que não aceitará o trabalho de domar um animal selvagem em forma de mulher... Boa noite!" E então fui embora. Nunca mais tive notícias dela.

— Ah, Ben, tem razão! Nunca as conhecemos antes, mas depois de algum tempo, como você disse, elas mostram as garras.

— Elas mostram... mostram, sim.

— E imagino que, desde então, você decidiu que seria um solteirão para sempre.

— Claro que sim. Se um dia me pegar prestando atenção em uma mulher, faça-me o favor de lembrar de Angelina Day, e verá como vou partir feito um tiro.

— Ah! — disse o sr. Oakley, suspirando. — Nem todo mundo nasce com sua sorte, Ben, posso garantir. Você é um homem muito afortunado, de fato. Deve ter nascido sob a regência de algum planeta da sorte, caso contrário nunca teria tido um alerta como o que teve a respeito das garras. Eu as descobri, Ben, mas já era tarde demais. Por isso, tive que tolerar meu destino, e fazer a melhor cara que pude em relação ao assunto.

— Sim, é o que os estudados chamam de... como é o nome... filó... filó-alguma-coisa.

— Acho que você se refere à filosofia, Ben.

— Ah, isso mesmo. É preciso tolerar o que não se pode evitar. É um bom nome para dizer que é preciso sorrir e aguentar.

— Acho que é verdade, Ben.

Mas não se pode dizer, exatamente, que o pequeno incidente ligado ao sr. Lupin não teve bom efeito na sra. Oakley, pois com certeza afetou boa parte de sua confiança naquele sujeito religioso.

A princípio, ficou bem claro que ele fugia dos horrores do martírio; e de fato, para escapar de qualquer inconveniência física, ele era totalmente disposto a tolerar qualquer nível de degradação ou humilhação as quais pudesse ser sujeitado. E isso era, na concepção da sra. Oakley, algo muito longe de como um santo deveria ser.

E então, sua fé no fato de o sr. Lupin ser um escolhido, como ele havia se apresentado, foi abalada pela circunstância de que nenhum milagre na forma de um julgamento havia ocorrido para salvá-lo da malevolência do grande Ben, o guardião. Assim, unindo uma coisa à outra, a sra. Oakley não foi nem de longe uma pessoa religiosa depois daquela noite, como era antes, e isso foi algo bom.

E então, as circunstâncias que sucederam — das quais o leitor em breve tomará conhecimento — foram calculadas para fazer a sra. Oakley compreender seu marido em um caso que tocou sua alma, e que conseguiu despertar alguns sentimentos há muito adormecidos, mas que ainda estavam longe de ser totalmente destruídos.

Tais circunstâncias tinham estreita relação com o destino de alguém em quem, esperamos, o leitor já tenha passado a ter profundo e carinhoso interesse — e nos referimos a Johanna; aquela criatura bela e ingênua, que parecia ter sido criada para ser muito feliz, e que parecia agora estar fadada, por meio de seus melhores sentimentos, a sofrer uma grande dor e a passar por muitas dificuldades.

Minha nossa, a pobre Johanna Oakley! Teria sido melhor amar alguém de sentimentos menos sonhadores, e de imaginação menos ardente, do que a *ele*, a quem ela entregou os afetos juvenis de seu coração.

XIII

Johanna faz uma VISITA

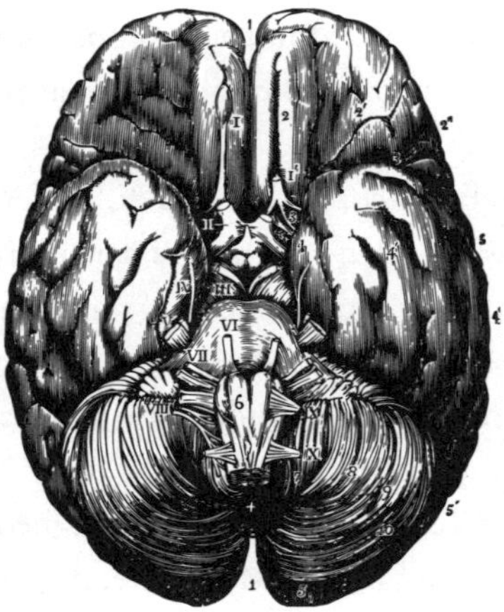

Pobre Johanna, escolheu como confidente uma jovem e inexperiente garota com quem pensou que seria bom dividir os pesares.

Nem sequer por um momento pretendemos dizer que a jovem criatura com quem a filha do oculista decidiu se abrir não era tudo o que se podia esperar em relação à honra, bondade e amizade. Mas ela era uma daquelas criaturas que ainda olham o mundo como se fosse um jardim verdejante, e que ainda não perderam a visão romântica da vida, que o mundo e seus caminhos logo tiram do coração de todos.

Ela era jovem, uma menina, e por ser o centro de sua família, sabia tanto do mundo quanto uma criança pode saber.

Mas ainda que não deixemos de lamentar, até certo ponto, que Johanna tenha escolhido tal confidente e admiradora. Nós, com sentimentos de grande frescor e prazer, passamos a acompanhá-la à casa da jovem moça.

Uma visita de Johanna Oakley aos Wilmot não era coisa rara a ponto de causar surpresa, mas neste caso, despertou um prazer incomum, pois ela não os visitava havia já algum tempo.

E o motivo para isso pode estar nas circunstâncias peculiares que, por um tempo considerável, a envolveram. Ela tinha um segredo para guardar que, ainda que não se fizesse revelado em seu semblante, indicava existir — e mesmo não o tendo revelado a Arabella, ela temia as perguntas simpáticas dos outros.

Pode surpreender que Johanna Oakley tenha escondido de quem

ela tanto estimava, e com quem ela mantinha grande amizade, o segredo de seu afeto; mas isso pode ser justificado com a diferença de idade entre elas.

Tal diferença não era de dois anos completos, mas quando afirmamos que Arabella era daquele estilo pequeno e delicado, não nos surpreende saber que a moça de dezessete anos hesitou em confidenciar um segredo do coração a quem parecia ser apenas uma bela criança, apesar desta estar prestes a passar à condição de mulher.

O ano anterior, entretanto, havia causado grande diferença na aparência de Arabella, apesar de ainda parecer um ano mais jovem do que de fato era, e de não apresentar mais, exceto quando ria, aquela expressão infantil que antes era tão forte quanto agradável.

Ela era totalmente diferente de Johanna, fisicamente falando, pois se os cabelos de Johanna eram de um castanho forte e brilhoso, os fios compridos e ondulados que cobriam o semblante doce de Arabella Wilmot eram como seda amarela misturada à beleza pálida. Os olhos eram azuis, e não daquele cinza pálido, que por bondade é chamado da cor celestial; e os cílios compridos descansavam sobre a pele do tom mais delicado e refinado que a natureza foi capaz de fazer.

Era adorável a moça que mantinha uma daquelas amizades que, quando passam do período da infância, duram para sempre.

O contato havia se iniciado na escola, e poderia ser evanescente como tantas amizades escolares que, com o decorrer dà vida, mal são lembradas, como se não passassem de lembranças de um sonho. Mas ocorreu de elas serem espíritos afins, que sob quaisquer outras circunstâncias, teriam se unido na mais perfeita e carinhosa confiança do afeto uma da outra.

O fato de serem colegas de escola foi o mero acidente que fez com que se conhecessem, e não o motivo de sua amizade.

Assim era o ser a quem Johanna Oakley recorria quando precisava de conselho e ajuda; e apesar de tudo o que dissemos a respeito da probabilidade de tal conselho ter caráter vão e infantil, não podemos deixar de admitir que Johanna havia escolhido alguém que, em todos os aspectos, era digno de sua sincera estima.

Ela escolheu um momento em que tinha certeza de que Arabella estava em casa, e o prazer demonstrado no semblante da jovem, ao recepcionar sua velha companheira de brincadeiras, foi uma sensação das mais interessantes e aprazíveis.

— Minha nossa, Johanna — disse ela —, você raramente me procura ultimamente, então suponho ter que valorizar essa visita como um ato muito especial.

— Arabella — disse Johanna —, não sei o que você falará para mim quando eu disser que minha visita de hoje se deve ao fato de eu estar em uma dificuldade, e de querer seu conselho.

— Desse modo, você não poderia ter vindo à pessoa melhor, pois tenho lido todos os romances de Londres e conheço todas as dificuldades em que as pessoas podem se envolver. E o mais importante, sei todas as maneiras para sair delas, sejam elas quais forem.

— Ainda assim, Arabella, dificilmente em suas leituras você encontrará algo tão estranho e tão agitado quanto as circunstâncias que relatarei a você, lamento dizer. Sente-se e ouça, querida Arabella, e então saberá de tudo.

— Você me assusta com esse semblante sério, Johanna.

— O assunto é sério. Estou apaixonada.

— Ah, é isso? Eu também estou. Há um jovem capitão, chamado Desbrook, na Guarda da Coroa. Ele vem aqui comprar luvas; e seria surpreendente se você não o ouvisse suspirar quando se inclina sobre o balcão.

— Ah! Mas Arabella, eu conheço você muito bem. No seu caso, trata-se de uma daquelas paixões passageiras que, como um raio, aparece por um instante, e que se vai antes de ser notado. O meu é mais fundo no coração, tão fundo, que tirá-lo de lá seria destruir sua morada para sempre.

— Mas por que está tão séria, Johanna? Não pretende me dizer que é possível que você ame um homem que não retribui seu amor, certo?

— Você está certa nesse aspecto, Arabella. Não venho lhe contar de uma paixão não retribuída, longe disso. Mas você precisa ouvir. Dedique a mim, cara amiga, sua atenção muito séria, e saberá quais são as questões misteriosas.

— Misteriosas? Então será familiar para mim, já que agora praticamente vivo e exulto em mistérios, e você não poderia ter procurado alguém mais receptivo a seus relatos. Estou muito ansiosa.

Johanna, com grande disposição, relatou à amiga todos os detalhes relacionados a seu apego profundo e sincero a Mark Ingestrie. Ela contou como, apesar de todas as circunstâncias que pareciam tender a lançar um problema em seu afeto jovem, ambos tinham se amado de verdade. Contou como Ingestrie, tanto por princípio quanto por desgosto, estava indisposto a estudar o direito, levando-o a uma discussão com seu tio, o sr. Grant; e então, como um corajoso aventureiro, partira para fazer dinheiro nos mares indianos — dinheiro este que prometia ser abundante, mas que poderia acabar em decepção e derrota, e eles haviam terminado em tantas calamidades profundas que ela sentia muito pesar em relatar. E concluiu dizendo:

— E agora, Arabella, sabe tudo o que tenho a contar. Sabe como amei de verdade, e depois de me ensinar a esperar felicidade, não encontrei nada além de desespero. E pode julgar por si mesma como me afeta tristemente o destino de Mark Ingestrie, e como minha mente deve estar perdida em todos os tipos de conjecturas relacionadas a ele.

O ânimo feliz que havia caracterizado Arabella no início da conversa sumiu totalmente enquanto Johanna avançava com a narrativa triste, e quando terminou, lágrimas da mais sincera solidariedade marejavam seus olhos.

Ela segurou as mãos de Johanna entre suas duas mãos e disse a ela:

— Minha nossa, minha querida Johanna, nunca pensei que ouviria uma história tão triste dita por seus lábios. Isso é muito triste, muito mesmo. E apesar de, a princípio, eu ter me sentido tentada a ralhar com você por essa confidência tardia —, pois você deve se lembrar que só tomei conhecimento disso agora —, agora as tristezas que oprimem seu peito já bastam, Deus bem sabe, sem que eu as aumente com uma leve reprimenda.

— São, sim, Arabella, e acredite que se o transcorrer de meu amor tivesse sido tranquilo, e não cheio de desventuras, você não teria nada a reclamar no que diz respeito à falta de confidência. Mas admito que hesitei em sobrecarregá-la com minhas tristezas, pois tenho tido apenas tristezas e... meu Deus! Parece que continuarei tendo somente tristezas daqui para frente.

— Johanna, você não poderia ter usado um argumento mais ilusório do que esse. Não é um argumento que deveria ter dado para mim.

— Mas certamente foi um bom motivo para poupá-la de sofrer, não?

— E você pensava tão pouco de minha amizade a ponto de achar que só poderia me contar coisas agradáveis? A amizade verdadeira certamente se mostra no encontro da dificuldade e do desespero. Sofro, Johanna, realmente, por você ter se enganado a meu respeito.

— Não, agora você está sendo injusta comigo. Não duvidei de sua amizade nem por um minuto, mas quis evitar levar a sombra de meus pesares ao que deveria ser, e espero que seja, o sol de meu coração. Foi esse respeito que me impediu de contar a você o que acredito podermos chamar de paixão malfadada.

— Não, não malfadada, Johanna. Vamos acreditar que chegará o momento em que ela estará bem longe de algo malfadado.

— Mas o que pensa em relação a tudo o que relatei? Consegue manter alguma esperança depois de tudo?

— Muita esperança, Johanna. Você não tem certeza da morte de Ingestrie.

— Certamente não tenho, no que sei sobre o desaparecimento dele no mar indiano; mas, Arabella, há uma suposição que, desde que se alojou em meu peito, tem crescido e se fortalecido, e essa suposição é a de que o sr. Thornhill não era outra pessoa senão o próprio Mark Ingestrie.

— É mesmo? Você acha? Seria uma suposição estranha. Tem algum motivo especial para pensar desse modo?

— Nenhum... além de algo que pareceu sempre dizer a meu coração, desde o primeiro momento, que é uma consideração da improbabilidade da história contada por Thornhill. Por que Mark Ingestrie teria dado a ele o colar de pérolas e a mensagem para mim, confiando na sobrevivência desse tal Thornhill, e supondo, por alguma estranha razão, que ele próprio morreria?

— É um bom argumento, Johanna.

— Além disso, Mark Ingestrie me disse que pretendia mudar seu nome quando partisse na expedição.

— É estranho, mas agora que você fez a suposição, sabe que a cada instante isso me parece mais provável? Ah, aquele colar de pérolas fatal!

— Fatal, sim, pois se Mark Ingestrie e Thornhill são a mesma pessoa, a posse daquelas pérolas foi a tentação para destrui-lo.

— Quanto a isso não restam dúvidas, Johanna, e vemos, em todas as histórias de amor e romance, que a inveja e a riqueza têm sido as fontes de todos os males que corações apaixonados sofrem com frequência.

— É verdade. Acredito que é verdade, Arabella, mas aconselhe-me a respeito do que fazer, pois realmente sou incapaz de agir. Diga-me o que acha ser possível fazer, sob essas circunstâncias desastrosas, pois não há nada que não ousarei tentar.

— Minha querida Johanna, você deve ter percebido que todas as evidências que você tem relacionadas a esse tal de Thornhill levam à barbearia da Fleet Street, e a nenhum outro lugar.

— Sim, de fato.

— Não imagina, então, que ali está o mistério do destino dele? E pelo que você viu desse homem, Todd, acha que ele hesitaria em cometer um assassinato?

— Que horror! Meus pensamentos também fizeram esse caminho assustador, mas eu temia pronunciar a palavra que os explicaria. Se, de fato, aquele homem de aparência assustadora imaginou que, sujando as mãos de sangue, poderia tomar posse de um tesouro como o que possuía Mark Ingestrie, por mais anticristão e absurdo que possa parecer, mantenho a crença de que ele não hesitaria em cometer tal ato.

— Mas não conclua que seja o caso, Johanna. Aparentemente, por tudo o que você ouviu e viu acerca dessas circunstâncias, há algum mistério temeroso nisso. Mas não se precipite em concluir que o mistério seja a morte.

— Seja ou não o caso, devo solucionar isso ou esquecer — disse Johanna. — Que Deus tenha misericórdia de mim, pois neste momento sinto uma pressão em minha mente, que quase me impede de pensar com racionalidade.

— Fique calma, fique calma, vamos analisar o assunto com calma e seriedade. E talvez nós possamos pensar, ainda que por acaso, em um modo de chegar à descoberta da verdade. E agora vou lhe dizer algo que seu relato trouxe à minha mente.

— Diga depressa, Arabella, estou ouvindo com muita atenção.

— Há pouco tempo, cerca de seis meses, creio, um aprendiz de meu pai, em sua última semana de trabalho, foi enviado ao lado ocidental da cidade para buscar uma quantia considerável. Mas ele não voltou com o dinheiro. E desde aquele dia, não temos notícias dele. Sabemos apenas que ele recebeu o dinheiro, que encontrou um conhecido em Strand e que se despediu dele na esquina da Milford, dizendo que pretendia ir à barbearia de Sweeney Todd, na Fleet Street, para cortar os cabelos, uma vez que haveria uma regata no Tâmisa e ele estava determinado a assistir, ainda que meu pai não quisesse.

— E não souberam mais dele?

— Não mais. Claro, meu pai fez perguntas sobre o assunto, e procurou Sweeney Todd com esse propósito, mas como o barbeiro afirmou que nenhuma pessoa com as características do aprendiz havia ido a seu estabelecimento, as perguntas pararam ali.

— Isso é muito esquisito.

— E bem misterioso. Os amigos do jovem foram incansáveis na busca por ele e, reunindo-se para isso, ofereceram uma polpuda recompensa a qualquer pessoa que pudesse dar informações a respeito do paradeiro do rapaz.

— E tudo foi em vão?

— Tudo. Não surgiu nenhuma informação, nem mesmo a menor pista, e o caso terminou ali, no mais profundo mistério.

Johanna estremeceu, e por alguns instantes, as duas garotas permaneceram em silêncio. Foi Johanna quem falou primeiro, exclamando:

— Arabella, ajude-me com o conselho que puder, para que eu possa partir em direção ao meu propósito com o melhor prospecto de sucesso e o menor nível de risco. Não que eu tema correr riscos, mas se algo acontecer comigo, posso acabar incapacitada de buscar o objetivo ao qual agora dedicarei o resto de minha vida.

— Mas o que você pode fazer, Johanna? Há pouco tempo, foi colocada uma placa na vitrine da barbearia anunciando que ele queria um rapaz como assistente em seu estabelecimento. Mas tal anúncio foi retirado, caso contrário, poderíamos encontrar alguém para se colocar na situação com o simples propósito de ser o espião dos atos do barbeiro.

— Mas talvez ainda haja uma oportunidade de conseguirmos algo nesse aspecto, se você souber de alguém que aceite embarcar na aventura.

— Não haverá dificuldade, Johanna, para encontrar alguém *disposto* a isso. Mas pode ser que demoremos a encontrar alguém com capacidade suficiente e confiável. Eu sou aventureira, você sabe, e acho que poderia convidar meu primo Albert para interpretar o personagem, mas ele é um jovem um tanto bobo, e não podemos confiar muito nele para uma missão tão importante.

— Sim, e uma missão que também, com um único passo em falso, pode se tornar assustadoramente perigosa, Arabella.

— Sim, pode.

— Então seria injusto envolver alguém que não deseje profundamente o sucesso dessa missão.

— Johanna, o entusiasmo com que você fala desperta em mim uma ideia que evitei expressar a você.

— Diga, Arabella, diga.

— Seria possível para você ou para mim atingir o objetivo se nos disfarçássemos e fôssemos à barbearia, para aceitar a vaga, caso ainda esteja disponível, por um período de cerca de vinte e quatro horas? Assim podermos encontrar uma oportunidade de vasculhar a casa dele à procura de provas.

— É uma boa ideia — disse Johanna. — E por que eu deveria hesitar em correr algum risco ou dificuldade por ele, que arriscou tanto por mim? O que me impediria de realizar essa resolução? A qualquer momento, se algum grande perigo se apresentar, posso correr para a rua e pedir a proteção de quem estiver passando.

— Além disso, Johanna, se você embarcar em tal missão, lembre-se de que vai com meu conhecimento, e que consequentemente eu mandaria ajuda se você não aparecesse na hora determinada para seu retorno.

— A cada segundo, Arabella, o plano ganha mais forma em minha mente. Se Sweeney Todd for inocente e nada causar contra a vida e a liberdade daqueles que procuram seu estabelecimento, não tenho nada a temer. Porém, se ele for culpado, o perigo para mim seria a prova de sua culpa, e é uma prova pela qual estou disposta a me arriscar. Mas como conseguirei os meios necessários?

— Tranquilize-se em relação a isso. Meu primo Albert e você têm quase o mesmo tamanho. Ele se hospedará aqui em breve, e pegarei de seu guarda-roupa uma muda de roupas, que tenho certeza que servirá a seu propósito. Mas imploro que você espere até se encontrar pela segunda vez com o Coronel Jeffery.

— Muito bem pensado. Vou encontrá-lo e perguntar a ele sobre a aparência desse tal sr. Thornhill. Além disso, saberei se ele tem alguma suspeita confirmada a respeito do assunto.

— Ótimo. Logo você vai encontrá-lo, pois a semana está passando depressa, e imploro, Johanna, que você venha aqui na manhã do dia seguinte ao encontro, e então falaremos sobre o plano, que parece viável e necessário.

Mais conversas do mesmo tipo ocorreram entre as duas moças e, de modo geral, Johanna Oakley sentiu-se muito confortada com a visita, e mais capaz de pensar com calma e seriedade no assunto que tomava todos os seus pensamentos e sentimentos. E quando voltou para casa, percebeu que muito do desespero e da ansiedade que antes tomavam conta dela tinham dado espaço para a esperança; ela começou a construir na imaginação ideias vagas de felicidade futura.

Certamente, tais suposições levavam à possibilidade de Mark Ingestrie ter sido feito prisioneiro — e não morto — pelo barbeiro misterioso, pois apesar da possibilidade dele ter sido assassinado haver passado por sua mente, ainda assim, parecia terrível demais para ser verdade, e ela não conseguia pensar que pudesse de fato ter acontecido.

XIV

A ameaça de TOBIAS

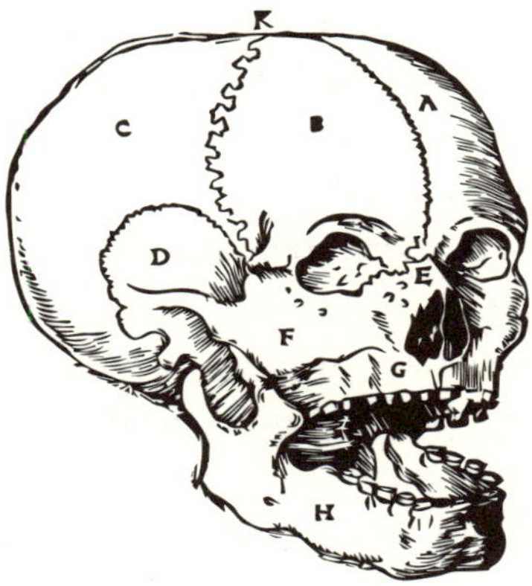

Talvez um dos personagens mais lastimáveis de nossa história seja o pobre Tobias, o ajudante de Sweeney Todd, que certamente teve suas suspeitas despertadas da maneira mais assustadora — e que ficou aterrorizado com as ameaças do que o barbeiro era capaz de fazer contra sua mãe, caso revelasse alguma coisa.

O desgaste de seu intelecto teve grandes efeitos em sua aparência. O tom de juventude e saúde desapareceu totalmente de seu rosto, e ele andava muito triste e preocupado para um rapaz na flor da idade, e cujos pensamentos ansiosos pareciam travar grande guerra com suas energias físicas.

Suas faces estavam pálidas e magras; os olhos tinham um brilho não natural e, olhando para seus lábios, daria para pensar que eles não se abriam em um sorriso há muitos dias, de tão contraídos que estavam.

Ele parecia sempre atento e, mesmo enquanto caminhava pelas ruas, virava-se com frequência, olhando ao redor e estremecendo. Em sua breve conversa com o Coronel Jeffery e seu amigo, o capitão, podemos ter uma boa impressão de como andava seu estado mental.

Oprimido com todos os tipos de medo e pensamentos assustadores, ofegante para dar vazão ao que ele sabia e ao que suspeitava, e ainda aterrorizado e calado pelo bem da mãe, não conseguimos deixar de vê-lo como digno da solidariedade do leitor e, em todos os aspectos, como alguém por quem sentir pena pelas cruéis circunstâncias nas quais foi colocado.

O sol estava brilhando forte, e mesmo aquela região de comércio, a Fleet Street, parecia alegre e bela. Mas para o rapaz triste, nenhuma das paisagens e nenhum dos sons que costumavam deixá-lo feliz da vida alcançavam seus olhos ou ouvidos com a mesma força de antes.

Ele se sentou, irritado e sozinho, e na posição que sempre assumia quando Sweeney Todd estava fora de casa — ou seja, com a cabeça apoiada nas mãos, uma imagem de abstração e melancolia.

— O que devo fazer? — perguntou ele a si mesmo. — O que será de mim? Acredito que se continuar vivendo aqui, vou enlouquecer. Sweeney Todd é um assassino; tenho certeza disso, e desejo revelar, mas não o faço pela minha mãe. Meu Deus! No fim, ele vai me matar ou eu vou enlouquecer, e posso morrer em algum manicômio, e ninguém vai se importar com o que eu disser.

O garoto chorou com amargura depois de proferir essas reflexões melancólicas. As lágrimas surgiram como um alívio, de modo que voltou a observar ao redor depois de um tempo, já mais calmo.

— O esquisito — disse ele — é que as pessoas entrem nesse estabelecimento e não saiam mais dele, e não sei o que acontece com elas.

Ele olhou com ansiedade e nervosismo para o salão, para a porta que Sweeney Todd tomava o cuidado de trancar sempre quando saía do local, e pensou que gostaria muito de entrar naquele quarto.

— Já estive dentro dele — disse ele —, e parece um lugar cheio de armários e buracos e cantos esquisitos. E há um odor estranho no ar que não consigo determinar do que pode ser. Mas está fora de questão pensar em ficar ali dentro mais do que alguns minutos por vez, pois Sweeney Todd toma muito cuidado com o cômodo.

O rapaz se levantou e abriu um armário que havia na loja. Estava totalmente vazio.

— Que estranho — disse ele. — Havia um cajado com ponta de marfim um pouco antes de ele sair, e eu poderia jurar que pertencia a um homem que entrou para fazer a barba. Mais de uma vez... Ah! E por mais de duas vezes também já vi os chapéus das pessoas, e Sweeney Todd tentou me fazer acreditar que as pessoas iam embora depois de serem barbeadas e deixavam os chapéus aqui.

Ele caminhou até a cadeira de barbear, uma peça de mobília grande e antiga, feita de carvalho entalhado. Quando o garoto se jogou nela, disse:

— Que esquisito ver que esta cadeira está presa tão firmemente ao chão! Está totalmente instalada, e Sweeney Todd diz que assim está porque pega a

melhor luz. Se ele não fosse sagaz para deixá-la presa, os clientes mudariam a cadeira de um lugar a outro, de modo que ele não conseguiria barbeá-los de modo conveniente. Pode ser verdade, mas não sei.

— E você tem suas dúvidas — disse a voz de Sweeney Todd que, em pessoa, entrou na barbearia sem fazer barulho. — Você tem suas dúvidas, Tobias? Terei que cortar sua garganta, isso está bem claro.

— Não, não! Tenha misericórdia de mim, não quis dizer o que disse.

— Então é estranhamente imprudente dizer isso, Tobias. Você se lembra de nossa última conversa? Você se lembra de que posso enforcar sua mãe quando eu quiser? Porque se não se lembra, peço que se lembre desse belo detalhezinho.

— Não tenho como esquecer... não me esqueci.

— Muito bem, e ouça bem, não permitirei que você fique com essa cara quando não estou aqui. Você não parece contente, Tobias. E apesar de sua situação excelente, com pouco o que fazer, e com todas as tortas da sra. Lovett que você come, está desanimado.

— Não consigo evitar — disse Tobias. — Desde que o senhor me disse aquilo a respeito de minha mãe, fiquei tão ansioso que não consigo...

— Por que você ficaria ansioso? A segurança dela depende de você, e só de você. Só precisa ficar em silêncio, e ela ficará protegida. Mas se disser uma única palavra sobre meus assuntos que eu julgue desagradável, ouça bem, Tobias, ela será enforcada. E se eu não conseguir colocar você, convenientemente, no mesmo hospício onde meu último ajudante foi colocado, certamente precisarei cortar seu pescoço.

— Ficarei em silêncio... não direi nada, sr. Todd. Sei que poderei morrer logo, e então o senhor pode se livrar de mim totalmente. Não me importa quando isso aconteça, pois estou bem cansado da minha vida. Ficarei feliz quando ela terminar.

— Muito bem — disse o barbeiro —, é só uma questão de gosto. E agora, Tobias, desejo que você pareça alegre e que sorria, pois há um cavalheiro ali fora passando a mão pelo queixo, e pensando que pode entrar para ser barbeado. Posso querer que você, Tobias, vá a Billingsgate e traga um centavo de camarões.

"Sim", pensou Tobias, sofrendo. "Sim, enquanto o senhor o mata."

XV

O reencontro com o CORONEL

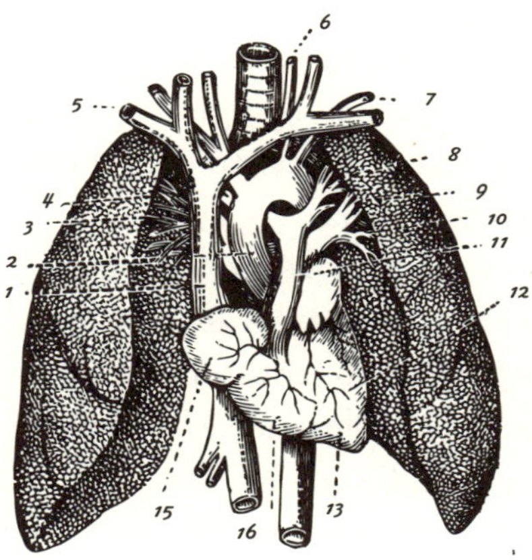

Agora havia um grande objetivo a ser alcançado na segunda conversa com Coronel Jeffery, e a ansiedade de Johanna Oakley havia se tornado muito grande. Ela contava as horas até o momento em que poderia partir para os jardins de Temple com a certeza de encontrá-lo de novo.

O objetivo, claro, era pedir a ele uma descrição do sr. Thornhill, exata o suficiente para permitir que ela chegasse a algo próximo de uma conclusão definitiva em relação a poder chamá-lo de Mark Ingestrie ou não.

E o Coronel Jeffery não estava menos ansioso para vê-la. Apesar de já ter visto rostos delicados em terras estrangeiras, e escutado vozes que soavam macias e musicais a seus ouvidos, nunca tinha visto um rosto que fosse tão delicado, e nunca tinha ouvido uma voz tão musical e charmosa quanto a de Johanna Oakley.

Um homem de honra mais admirável e firme do que o Coronel Jeffery não havia — e por isso, ele se permitia admirar a beleza, sob quaisquer circunstâncias, porque sabia que sua admiração não era perigosa. Pelo contrário, era um daqueles sentimentos que podem existir em um peito como o dele, sem qualquer intenção ruim.

Mas acreditamos ser necessário, antes que ele conversasse pela segunda vez com Johanna Oakley, dar uma explicação sobre suas ideias e sentimentos, da maneira que podemos.

Quando ele a viu pela primeira vez, a pureza de sua mente e a candura legítima e bela de tudo o que ela dizia o tocaram profundamente, assim como sua grande beleza, que era extremamente evidente.

Depois disso, ele começou a tentar entender quais poderiam ser seus sentimentos em relação a ela — ou seja, quanto deles poderia ser suprimido, e para que poderia ser incentivado.

Se Mark Ingestrie estivesse morto, não haveria sombra de interferência nem desonra da parte de Coronel Jeffery por amar a bela moça, que não deixaria de despertar afeições, pois Ingestrie — a primeira pessoa a quem o coração dela havia se aberto — não mais existia.

"Pode ser", pensou ele, "que Johanna seja incapaz de sentir algo que se aproxime do sentimento que ela já nutriu; mas é possível que ainda seja feliz e serena, e que possa passar muitos dias alegres sendo a esposa de outra pessoa."

Ele não fez tais reflexões pensando em si mesmo, por mais que elas tendessem a ele, e rapidamente se voltou a um estado mental que pudesse induzi-lo a usar tais pensamentos para algo mais real.

Ele não disse a si mesmo que a amava — não, a palavra "admiração" provavelmente se encaixaria melhor; mas não podemos duvidar que, nesse momento, a semente de um afeto muito puro e sagrado germinou no coração de Coronel Jeffery, em prol da bela criatura que havia passado pelas dores de uma decepção tão grande, e que amava tanto alguém que, receamos, não era nem de longe o tipo de pessoa totalmente merecedora de tal afeição — isto é, se ele estivesse vivo.

Mas sabemos muito pouco de Mark Ingestrie, e parece haver muitas dúvidas para determinar se ele estaria vivo ou morto, logo não devemos pré-julgá-lo com base em evidências tão insuficientes.

Johanna Oakley pensou em levar consigo Arabella Wilmot àquela conversa com o Coronel Jeffery, mas deixou a ideia de lado, pois parecia que ela sentia medo dele, ou medo de si mesma, então decidiu ir sozinha. E quando a hora da conversa chegou, ela estava ali, subindo pelo caminho amplo de cascalhos, caminho que tinha sido percorrido por alguns dos melhores e piores seres humanos.

Não era possível que com os sentimentos do Coronel Jeffery em relação a ela, ele a deixasse esperando. De fato, ele chegou ali uma hora antes do combinado, e seu único grande medo era o de ela não comparecer.

Havia certa razão para esse temor, porque o leitor se lembrará com facilidade que ela não havia prometido ir. Assim, ele só tinha uma esperança nesse sentido, e nada mais.

Conforme cada minuto passava sem que ela chegasse, apesar de a hora ainda não ser a combinada, a apreensão dele aumentava em sua mente. Tornava-se quase uma certeza, até que ele a viu avançando timidamente pelo caminho em meio ao jardim.

Ele se levantou para recebê-la, e por alguns instantes depois de cumprimentá-la com civilidade e gentileza, ela só conseguiu olhar no rosto dele de modo questionador, para saber se ele tinha notícias para dar a ela.

— Não recebi notícia alguma, srta. Oakley, que lhe possa ser satisfatória em relação ao destino do sr. Thornhill, mas suspeitamos bastante — digo *nós*, porque conversei com um amigo de confiança —, de que algo grave deve ter acontecido com ele, e que o barbeiro Sweeney Todd, dono do estabelecimento na Fleet Street diante do qual o cachorro se posicionou, sabe algo a respeito, seja lá o que for.

Ele a direcionou a um assento enquanto falava, e quando ela se recuperou o suficiente e diminuiu a agitação que sentia para poder falar, disse com a voz hesitante e tímida:

— O sr. Thornhill tinha cabelos claros e grandes olhos acinzentados?

— Sim, tinha. E na minha opinião, seu sorriso era o mais bonito que já vi no rosto de um homem.

— Que Deus me ajude! — disse Johanna.

— Tem algum motivo para fazer essa pergunta a respeito de Thornhill?

— Quisera o Senhor que eu não tivesse, mas tenho, de fato. Sinto que, em Thornhill, eu reconheço o próprio Mark Ingestrie.

— Isso é surpreendente — disse ele, pois não havia nada mais que pudesse dizer senão isto.

— Sim, é. O senhor o descreveu para mim, e não consigo duvidar. Mark Ingestrie e Thornhill são uma só pessoa. Eu sabia que ele mudaria de nome quando embarcasse em sua aventura no mar indiano. Eu sabia muito bem disso.

— Não consigo achar que esteja correta nessa suposição, srta. Oakley. Há muitas coisas que me levam a pensar o contrário; e a primeira e mais importante delas é que a personalidade ingênua do sr. Thornhill impede que algo assim possa ter ocorrido. Pode ter certeza de que não é. Não pode ser, suponho.

— As provas são fortes demais, na minha opinião, e não consigo duvidar disso. É isso, Coronel Jeffery, e o tempo talvez mostre que estou certa. É triste, muito triste, pensar que é verdade, mas não ouso duvidar agora que o senhor o descreveu exatamente como ele era.

— Devo dizer que ao dar uma opinião em relação a esse assunto, poderia ser acusado de arrogância e suposições, pois nunca tive uma descrição de Mark Ingestrie, nunca o vi. E apesar de a senhorita nunca ter visto o sr. Thornhill, eu já o descrevi, e assim, pode imaginar algo sobre ele com tal descrição.

— Sim, verdade, e não posso... não duvido. Para mim é terrível ter certeza disso, pois temo que algo tenebroso tenha lhe ocorrido e que o barbeiro da Fleet Street poderia revelar um segredo aterrorizante, se quisesse, relacionado ao destino de Mark Ingestrie.

— Sinceramente espero que a senhorita esteja enganada. Digo isso com franqueza porque, por menor e mais sombria que seja a esperança de que Mark Ingestrie possa ter sido resgatado dos destroços de sua embarcação, ainda assim ela é mais forte do que a suposição de que Thornhill tenha escapado das mãos assassinas de Sweeney Todd, o barbeiro.

Johanna olhou no rosto dele como se implorasse, com uma expressão de enorme desalento.

— Se o sacrifício de minha vida fosse um alívio para a senhorita, e se afastasse as dores que sofre, acredite, eu o aceitaria.

Ela se sobressaltou e disse:

— Não, não. Só Deus sabe que muitas coisas já foram sacrificadas; mais do que muitas, mais do que o suficiente. Mas não pense que sou ingrata pelo interesse que o senhor tem por mim. Não pense que eu não valorizo a generosidade e a nobreza de sua alma em oferecer um sacrifício por não aceitá-lo. Acredite, Coronel Jeffery, que entre os nomes que levo dentro do peito, lembre-se de que o seu estará entre eles enquanto eu viver, ainda que minha vida não seja longa, e não será.

— Não diga algo tão desesperador.

— Não tenho motivos para me desesperar?

— A senhorita tem motivos para sentir grande pesar, mas não para sentir desespero. Ainda é jovem, e prefiro manter a esperança de que mesmo se luto e arrependimento se misturarem a seus pensamentos sobre o futuro, o tempo conseguirá apaziguar sua dor, e ainda que não sinta enorme felicidade, pode conhecer grande serenidade.

— Não ouso esperar que isso aconteça, mas sei que suas palavras são ditas de modo gentil, e que são sinceramente gentis.

— Pode ter certeza de que são.

— Confirmarei o destino dele, ou morrerei.

— A senhorita me assusta com essas palavras, e também com o modo com que as diz. Imploro, srta. Oakley, que não tente fazer nada drástico. Lembre-se de que podem ser fracos e ineficientes os esforços feitos por uma jovem como a senhorita, que sabe tão pouco do mundo, e que conhece muito pouco de sua maldade.

— O amor vence todos os obstáculos. A garota mais fraca e mais ineficiente do mundo, se tiver dentro de si a consciência de que o amor nada teme, pode conseguir muitos feitos. Sinto que, nesse caso, eu poderia afastar todos os meus medos e terrores comuns de menina. E se houver perigo, eu perguntaria o que é a vida para mim sem tudo o que poderia adorná-la e torná-la linda?

— Isso, de fato, é o próprio entusiasmo do afeto, sendo que ele, acredite em mim, fará com que a senhorita cometa alguns excessos; e tais excessos podem trazer a infelicidade dos que a amam.

— Dos que me amam... quem me ama agora?

— Johanna Oakley, não ouso dizer e não direi as palavras que estão na ponta da minha língua, pois receio que possam ser mal recebidas por seus ouvidos. Da mesma forma, não direi que posso responder às perguntas que fez, porque pareceria perigoso em um momento como este, em que a senhorita me encontrou para falar sobre o destino de outro homem. Ah! Perdoe-me, isso me escapou pelo calor do momento. Eu disse essas palavras sem querer dizê-las.

Johanna olhou para ele em silêncio, e se havia algum sinal de desaprovação em seu olhar, foi muito sutil, pois olhar para aquele semblante ingênuo seria o suficiente para convencer a pessoa mais desconfiada da sinceridade de sua dona.

— Espero muito — acrescentou ele — que eu não tenha caído em sua estima, srta. Oakley, com o que disse.

— Espero — disse ela, delicadamente — que o senhor continue sendo meu amigo.

Ela colocou ênfase na palavra "amigo", e ele compreendeu totalmente o que ela pretendeu inferir. Depois de um instante de pausa, ele disse:

— Que Deus me proteja de, devido a alguma palavra ou atitude, perder esse privilégio, Johanna. Serei seu amigo, uma vez que...

"Uma vez que não posso fazer mais nada além disso". Ele deixou o restante da sentença solta no ar. Mas estava claro que aquelas eram as palavras que ele pretendia dizer.

— E agora — acrescentou —, que espero e acredito entendermos um ao outro muito melhor do que antes, e que você está disposta a me chamar de amigo, mais uma vez pedirei, com o privilégio do título de amigo, que tome conta de si mesma.

— Mas como suportarei esse suspense terrível?

— É terrível, sim, meu Deus! A aflição é comum na natureza humana, Johanna. Me perdoe por chamá-la de Johanna.

— Não precisa se desculpar. Estou acostumada a ser chamada assim por todos que têm interesse gentil por mim. Pode me chamar de Johanna se quiser, e assim sentirei mais certeza de sua amizade e de sua estima.

— Nesse caso, aproveitarei essa permissão, e novamente pedirei que me dê a chance de tomar as medidas necessárias para descobrir o paradeiro do sr. Thornhill. Pode ser perigoso até mesmo fazer perguntas a respeito dele, se ele tiver sido vítima nas mãos de alguém, por isso peço que permita que esse risco seja meu.

Johanna hesitou, sem saber se deveria ou não contar a ele sobre o esquema de operações que tinha sido sugerido por Arabella Wilmot. Decidiu não fazer isso, tanto pela censura que certamente receberia, quanto pela natureza incomum e romântica do plano em si.

— Não tentarei nada que não tenha chance de dar certo. Serei cuidadosa, tenha certeza, por muitos motivos. Meu pai, eu sei, se preocupa muito comigo, e serei cuidadosa por ele.

— Fico satisfeito com isso, e agora espero poder encontrá-la de novo na próxima semana, no mesmo dia, para poder lhe dizer se fiz alguma descoberta, e para que você me conte se descobriu algo também. Meu interesse em Thornhill é o de um amigo sincero, sem falar do profundo interesse que sinto por sua felicidade, que agora se tornou um elemento importante nessa questão de mais alto valor.

— Virei — disse ela —, se puder.

— Tem dúvidas?

— Não, não. Virei e espero trazer notícias da pessoa em quem você tem interesse. Mas não será minha culpa se não puder vir.

Ele saiu com ela dos jardins, e juntos, eles passaram pela barbearia de Sweeney Todd. A porta estava fechada, e eles não viram o barbeiro, tampouco aquele pobre garoto, seu aprendiz, de quem sentiam muita pena.

Ele se separou de Johanna perto da casa do pai dela, afastando-se vagarosamente com a mente impressionada pela excelência e beleza da filha do oculista. Ficou claro que, enquanto ele vivesse, não conseguiria se esquecer da boa impressão que ela havia causado nele.

— Eu a amo — disse ele. — Eu a amo, mas ela não parece, de forma alguma, disposta a libertar seus sentimentos. Meu Deus! Que tristeza para mim que a pessoa a quem, acima de todas as outras, eu desejaria afirmar ser minha, em vez de ser uma alegria em minha vida, revele poder ser apenas uma dor em meu coração. Johanna, enquanto desperta em mim o nobre sentimento de amor, vejo que seu próprio se perdeu para sempre.

XVI

Os planos do BARBEIRO

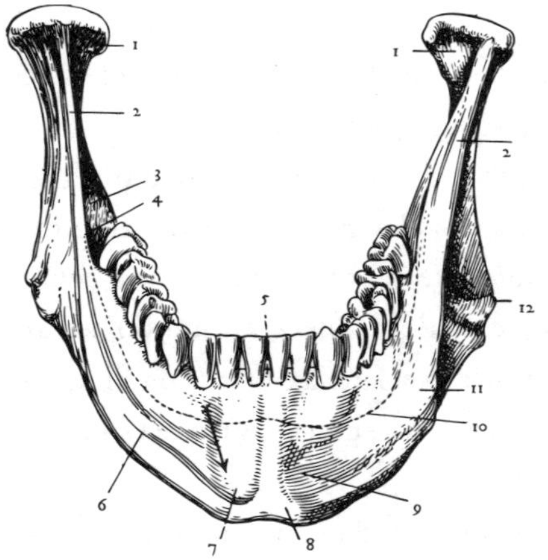

Parecia que Sweeney Todd, depois de sua aventura tentando se livrar do colar de pérolas, começou a se sentir meio duvidoso a respeito de suas chances de sucesso naquele assunto, pois esperou pacientemente durante um período considerável, antes de fazer mais uma tentativa, e de forma totalmente diferente.

Perto do fim daquela mesma noite em que Johanna Oakley havia encontrado o Coronel Jeffery pela segunda vez, e enquanto Tobias estava sozinho no estabelecimento, em seu desânimo profundo de sempre, um desconhecido entrou no lugar carregando uma grande bolsa azul na mão, e olhou para ele de modo questionador.

— Olá, meu rapaz! — disse ele. — É a casa do sr. Todd?

— Sim — disse Tobias —, mas ele não está no momento. O que o senhor quer?

— Nossa, não acredito — disse o homem —, isso é o fim da picada. Você não está me dizendo que ele é um barbeiro, está?

— É, sim, senhor. Não está vendo?

— Sim, eu vejo, com certeza. Mas isso nem me passou pela cabeça antes. Veja bem, sou um artista do lado ocidental da cidade.

— Artista! O senhor quer dizer que faz desenhos?

— Não, não, faço roupas. Nos chamamos de artistas agora, porque alfaiate é um termo antiquado.

— Ah, é mesmo?

— Sim, é mesmo. E você não acreditaria, mas ele foi à minha loja e encomendou um terno, que não custou menos de trinta libras, e mandou costurá-lo ao estilo de um homem da nobreza. Deu seu nome como sr. Todd, e este número na Fleet Street, mas eu não fazia a menor ideia de que ele era barbeiro. Se eu soubesse, tenho certeza de que as roupas não teriam sido finalizadas como foram, muito pelo contrário.

— Bem — disse Tobias —, não sei pra que ele quer essas roupas, mas imagino que esteja tudo bem. Ele era um sujeito alto e feio?

— Feio como o diabo. Mostrarei as coisas a você, já que ele não está em casa. O blazer é do mais fino veludo, forrado com seda, e com renda nas mangas. Em toda a sua vida, já viu um terno assim para um barbeiro?

— De fato, nunca vi. Deve ser um esquema dele, claro. É um ótimo terno.

— Sim, e todo o resto da roupa tem o mesmo estilo. Não consigo pensar no que ele pode pensar em fazer com ele, pois só seria adequado para ir a um tribunal.

— Bem, não sei nada em relação a isso — disse Tobias, suspirando. — O senhor pode ou não deixá-lo aqui, como queira, é a mesma coisa para mim.

— Bem, você me parece ser o mais melancólico miserável que já vi. Qual é seu problema?

— Meu problema? Ah, nada. Claro, estou feliz. Não sou o aprendiz de Sweeney Todd? Isso não basta para fazer uma pessoa cantar o dia todo?

— Pode ser, até onde eu sei, mas você certamente não me parece disposto a cantar. Mas nós artistas não podemos perder tempo, então faça a gentileza de cuidar das roupas, e entregue-as a seu patrão. Assim, lavo minhas mãos nessa transação.

— Muito bem, ele as receberá. Mas o senhor pretende deixar roupas tão valiosas aqui sem receber o dinheiro por elas?

— Não exatamente, elas já foram pagas.

— Ah! Isso faz toda a diferença... ele as receberá.

Assim que o alfaiate saiu dali, um garoto chegou com um pacote e, olhando ao redor com surpresa indisfarçável, disse:

— Há um outro tal de sr. Todd na Fleet Street?

— Não que eu saiba — disse Tobias. — O que você está trazendo aí?

— Meias de seda, luvas, renda, peitilho, barras, entre outros.

— Não acredito. Ouso dizer que não é aqui.

— Vou deixá-los aqui. Eles estão pagos. Este é o nome, e este é o número.

— Pare, idiota!

Essa última exclamação surgiu do fato de aquele garoto, ao sair, ter trombado em outro que estava entrando.

— Não olha por onde anda? — disse o que estava chegando. — O que deu em você? Sinto vontade de te dar um safanão.

— Faça isso, e veja o que vai acontecer.

— É mesmo? Deixe-me pôr as mãos em você, e vai ver.

Ambos permaneceram muito próximos por alguns instantes, a ponto de seus narizes quase se tocarem; e então, depois de cada um dizer o que faria se pegasse o outro — mesmo que, em ambos os casos, esticar um braço fosse suficiente para alcançar o objetivo —, eles se separaram. O último a chegar disse a Tobias, com tom irritado, provavelmente em consequência do mal-entendido que acabara de ter com o garoto entregador:

— Pode dizer ao sr. Todd que a carruagem estará pronta às sete e meia em ponto. — E então partiu, deixando Tobias em um estado de grande surpresa, tentando entender o que Sweeney Todd podia estar preparando com tantos artigos chegando em sua casa.

— Não consigo entender — disse ele. — É algo errado, claro, mas não entendo o que pode ser. Gostaria de saber, posso tentar impedi-lo. Ele é um homem mau, e não poderia nem desejaria fazer alguma coisa boa. Mas o que posso fazer? Posso apenas desejar um poder de atitude que nunca terei. Meu Deus, meu Deus! Estou muito triste, e não sei o que será de mim. Gostaria de estar em meu túmulo, onde sei que logo estarei, a menos que algo aconteça para mudar o rumo dessa situação na qual estou.

Foi em vão que Tobias se encheu de conjecturas a respeito do que Sweeney Todd estava prestes a fazer com tantos artigos finos, pois não tinha nada que pudesse ajudá-lo a entender a questão, e de modo algum conseguia imaginar uma contingência possível ou uma oportunidade na qual fosse necessário que o barbeiro se vestisse com roupas tão refinadas.

Ele só podia imaginar um princípio geral relacionado ao comportamento de Sweeney Todd, e era o fato de, independentemente de quais fossem seus planos ou seus objetivos, provavelmente não estariam voltados para algo bom. Pelo contrário, certamente seriam artigos para a realização de um grande mal.

— Observarei tudo o que puder — Tobias pensou —, e farei o que puder para pôr fim a seus atos; mas receio que ele me permita ver muito pouco, e talvez me permita fazer ainda menos. Mas posso tentar fazer o melhor que puder.

Sweeney Todd, de fato, não dava a ninguém a oportunidade de fazer muitas coisas contra ele; e por mais que fosse artístico, tanto quanto inescrupuloso, há poucas dúvidas de que qualquer tentativa que o pobre Tobias pudesse realizar traria consequências a ele.

Cerca de meia hora depois, o barbeiro voltou, e sua primeira pergunta foi:

— Entregaram coisas para mim?

— Sim, senhor — disse Tobias —, entregaram dois pacotes, e um garoto passou aqui para dizer que a carruagem estará pronta às sete e meia em ponto.

— Muito bem — disse o barbeiro —, ótimo. E Tobias, você cuidará da loja enquanto eu não estiver. Volto em meia hora, saiba, não mais do que isso. E cuide para que eu o encontre em seu posto quando voltar. Você pode dizer, se por acaso alguém vier aqui, que não farei barbas nem cabelos hoje à noite. Entendeu?

— Sim, senhor, com certeza.

Sweeney Todd, então, pegou os pacotes e entrou na sala com eles. E como eram sete horas, Tobias supôs, corretamente, que ele havia ido se vestir. Esperou com considerável curiosidade para ver como o barbeiro ficaria com as roupas finas.

Tobias não precisou controlar a impaciência por muito tempo, pois em menos de vinte minutos, Sweeney Todd apareceu, vestido com roupas muito modernas para a época. Seu colete era elegante, e os dedos estavam cobertos por anéis caros que deixaram Tobias impressionado só de olhar. Além disso, ele tinha uma espada com um cabo encrustado de joias, mas Tobias acreditava já ter visto aquilo antes, pois se lembrava de que um cavalheiro havia estado ali para cortar os cabelos, e depois de desembainhá-la, colocou-a em cima do chapéu.

— Lembre-se — disse Sweeney Todd — de suas orientações. Siga tudo ao pé da letra, e sem dúvida você acabará sendo feliz e independente.

Dizendo isso, Sweeney Todd saiu dali, e o pobre Tobias olhou para ele resmungando, repetindo as palavras:

— Feliz e independente. Minha nossa! Que absurdo, esse homem falar comigo dessa forma. Queria apenas estar morto!

Mas deixaremos Tobias com suas reflexões, e acompanharemos o progresso mais interessante de Sweeney Todd que, por algum motivo que só ele sabia, estava interpretando um papel naquele momento e, por ele, esbanjando muito dinheiro. Ele se direcionou a um estábulo nas proximidades, e então, como era esperado, os cavalos estavam preparados para puxar uma linda carruagem. Sweeney Todd deu algumas instruções sussurradas ao condutor, e o veículo partiu na direção oeste.

Naquela época, Hyde Park Corner ficava longe do centro, e parecia que você estava vendo o campo, quando na verdade estava vendo parte do campesinato da Inglaterra ao percorrer mais alguns quilômetros, e essa foi a direção que Sweeney Todd tomou. Conforme ele avançava, podemos apresentar ao leitor o tipo de pessoa que ele estava indo visitar, alguém por quem ele julgava necessário fazer tanto esforço.

Naquela época, as tolices e bobagens da nobreza eram tão grandes quanto são agora; consequentemente, a extravagância induzia desperdício problemático de dinheiro na maioria das ocasiões. Era extremamente conveniente procurar um homem chamado John Mundel, um holandês conhecido por ter quantias enormes emprestando dinheiro à nobreza e a outros quando necessário, em emergências, por taxas de juros altíssimas.

Mas não se deve pensar que John Mundel confiava tanto nas pessoas a ponto de emprestar seu dinheiro sem garantias. Pelo contrário, pois ele tomava o cuidado de ficar com joias, pratos caros ou contratos de propriedades como segurança, antes de ceder um xelim que fosse de seu dinheiro.

Na verdade, John Mundel não passava de um penhorista em ampla escala e, apesar de ter um escritório na cidade, costumava receber seus clientes mais aristocráticos em sua residência, que ficava a cerca de três quilômetros dali, na estrada para Uxbridge.

Depois dessa explicação, é fácil imaginar qual era o esquema de Sweeney Todd, e que ele achava que se pegasse emprestado, de John Mundel, uma soma igual à metade do valor real das pérolas, conseguiria se livrar muito bem da posse que não podia manter em seu poder, do que vendê-las tranquilamente a quem pagasse mais.

Damos a Sweeney Todd grande crédito pelo esquema que ele propunha. Foi eminentemente calculado para dar certo, e do modo com que ele guiou as coisas, foi feito da melhor maneira possível.

Durante o trajeto, ele pensou exatamente no que deveria dizer a John Mundel, e pelo que sabemos dele, podemos ter certeza de que Sweeney Todd não teria pudores na hora de realizar a transação. Na verdade, era o homem certo para ter sucesso em qualquer esquema que exigisse grande determinação para ser realizado. Afinal, ele era dono de grande calma e do tipo de habilidade diplomática que, se a sorte tivesse dado a ele uma posição mais elevada na vida, teria feito dele um grande homem, com grande reputação política.

A casa de John Mundel, que por acaso se chamava Casa Mundel, era de uma estrutura grande, linda e moderna, cercada por alguns hectares de jardins belos que nunca eram admirados pelo penhorista, uma vez ele era muito voltado para o amor que tinha pelo dinheiro para fazer isso. E se havia alguma satisfação em tudo aquilo, tal satisfação devia vir totalmente do fato de ter recebido a enorme mansão, a propriedade e todas as peças de mobília de um mau pagador, que havia sido forçado a sair do país, deixando sua propriedade nas mãos do penhorista e agiota.

Foi um trajeto curto com os belos cavalos que Sweeney Todd havia conseguido alugar para a ocasião, e ele logo se viu diante dos portões da Casa Mundel.

Seu maior objetivo no momento era que o agiota visse o veículo com o qual ele havia chegado; e ele também desejava que o lacaio que o acompanhava tocasse a campainha no portão, e avisasse que um cavalheiro esperava dentro de sua carruagem para ser recebido pelo sr. Mundel.

Isso foi feito, e quando o empregado do penhorista contou a ele que o veículo era chique e que, em sua opinião, o visitante provavelmente era um nobre, John Mundel não colocou qualquer empecilho na questão. Desceu em direção ao portão na mesma hora, e logo passou a pensar a mesma coisa que seu empregado, admitindo a si mesmo que o veículo era impecável, presumindo que de fato pertencia a alguém importante.

Ele foi proporcionalmente modesto, como tais homens sempre são, e avançando até a lateral da carruagem, perguntou de uma vez o que levava o lorde até sua residência.

— Desejo saber — disse Sweeney Todd —, sr. Mundel, se o senhor pode atender uma senhora muito ilustre, ajudando-a a sair de uma pequena dificuldade pecuniária.

John Mundel olhou de novo para a carruagem, e também viu um pouco da roupa requintada do visitante, que não recusou o título de lorde direcionado a ele. E decidiu-se com base nisso, pensando que se tratava de uma transação que seria vantajosa para ele, desde que conseguisse boa garantia. Foi este o único ponto sobre o qual John Mundel teve alguma dúvida, mas, de qualquer modo, apressou o visitante, pedindo para que descesse da carruagem e entrasse.

O destino do COLAR *de* PÉROLAS

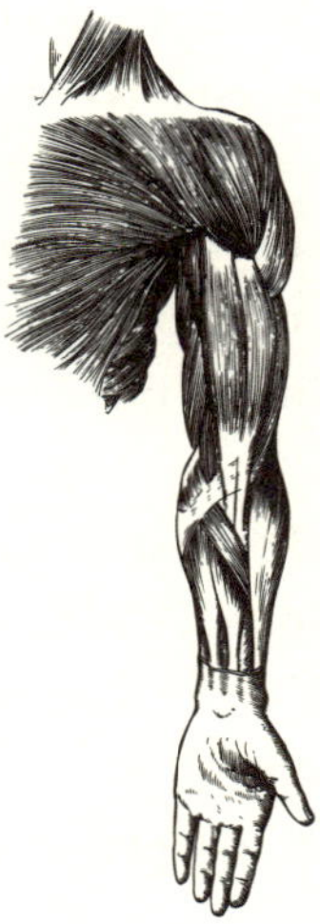

Como o objetivo de Sweeney Todd tinha sido alcançado — fazer o penhorista ver a carruagem —, ele não se opôs a entrar na casa, sendo precedido por John Mundel, que ficava cada vez mais impressionado com o fato de seu convidado ser alguém de alta classe social e importância na sociedade, assim acreditava.

Ele o levou para dentro de uma casa esplendorosamente mobiliada, e após oferecer refrescos, os quais Sweeney Todd recusou educadamente, esperou muito impaciente para que seu visitante fosse claro em relação ao motivo de sua visita.

— Eu deveria ter auxiliado a ilustre senhora com a quantia de que ela precisa — disse Sweeney Todd —, mas como não pude fazer isso sem envolver algumas propriedades, ela me proibiu de pensar em possibilidades.

— Evidentemente — disse o sr. Mundel —, imagino que ela seja uma senhora muito ilustre.

— Muito ilustre, de fato, mas é uma condição para esta transação, se o senhor aceitar envolver-se, que não pergunte exatamente quem ela é, assim como não deve perguntar exatamente quem eu sou.

— Não é a maneira com que costumo realizar meus acordos, mas se todo o resto for satisfatório, não me perturbarei com isso.

— Muito bem. Acredito que o senhor se refira à garantia oferecida quando menciona "todo o resto", certo?

— Ah, sim, isso é muito importante, senhor.

— Informei à ilustre senhora que, como o caso seria conduzido de modo a ser algo misterioso, a garantia deveria ser grande.

— É uma maneira muito adequada de conduzir a questão.

"Será que ele é um duque?", John Mundel perguntou a si mesmo. "Vou chamá-lo de 'vossa graça' da próxima vez e observar se ele faz alguma objeção.

— Assim — prosseguiu Sweeney Todd —, a ilustre dama colocou em minhas mãos uma garantia muito mais valiosa do que seria necessário.

— Certamente, certamente, um acordo muito adequado, vossa graça. Permite que eu pergunte de qual natureza é a garantia?

— Joias.

— Uma garantia altamente satisfatória e irrepreensível. Cabem em espaços pequenos e não desvalorizam.

— E se — disse o barbeiro — elas se desvalorizassem, não faria diferença ao senhor, uma vez que a honra da pessoa ilustre estará comprometida com o pagamento.

— Não duvido disso, vossa graça. Não duvido nem um pouco. Apenas fiz o comentário incidentalmente, muito incidentalmente.

— Claro, claro. E acredito, antes de me aprofundar, que o senhor está interessado em se envolver no assunto.

— Sem dúvida estou, orgulho-me de dizer. Mostre-me a garantia do dinheiro, vossa graça, e entregarei o dinheiro. É assim que conduzo minhas negociações. E ninguém pode dizer que John Mundel já fugiu de um assunto apresentado a ele, no qual ele considerava válido se envolver.

— Foi por ouvir essas coisas a seu respeito que me interessei em procurá-lo. O que acha da transação?

Sweeney Todd tirou do bolso o colar de pérolas, sem pressa, e o dispôs na frente do penhorista, que o pegou e o passou pelos dedos por alguns segundos, antes de dizer:

— Pensei que só houvesse um colar como este no reino, e que pertencesse à Rainha.

— Pois! — disse Sweeney Todd.

— Humildemente peço desculpas à vossa graça. De quanto dinheiro vossa graça precisa mediante a entrega deste colar como garantia?

— Doze mil libras é o valor atual delas, se precisassem ser vendidas. Solicitamos oito mil libras para deixá-las como garantia.

— Oito mil é uma soma alta. De modo geral, empresto apenas metade desse valor com qualquer garantia. Mas neste caso, para agradar à vossa graça e à ilustre senhora, certamente não hesitarei por um segundo. Mas emprestarei a quantia por um mês.

— Ótimo — disse Sweeney Todd, quase incapaz de disfarçar a alegria que sentia por conseguir muito mais de John Mundel do que esperava. Ele certamente não teria conseguido se o penhorista não estivesse total e completamente impressionado com a ideia de as pérolas pertencerem à Rainha, e se ele não demonstrasse imponência suficiente como cliente.

Ele não pensou, nem por um momento, que era a Rainha quem queria o dinheiro; mas acreditava que ela havia emprestado as pérolas para o nobre a pedido dele, e que obviamente elas seriam recuperadas depressa.

De modo geral, John Mundel não poderia pensar em uma transação mais agradável. Era exatamente o tipo de coisa que ele teria procurado, e teve a maior satisfação em fechar o acordo, pois acreditava estar abrindo a porta para negócios de mais alto nível.

— No nome de quem devo assinar o cheque de meu banqueiro, vossa graça?

— No nome de Coronel George.

— Claro, claro. E se vossa graça assinar a nota de 8000 libras, concordando que ao final de um mês a partir desta data, a transação será renovada, se necessário, darei ao senhor um cheque de 7500 libras.

— Por que 7500 libras, sendo que o senhor disse 8000?

— As 500 libras são minha pequena comissão nessa transação. Vossa graça, saiba que eu valorizo muito seu ato, e consequentemente, cobro a menor taxa possível. Garanto que poderia receber bem mais com essa negociação, mas o prazer de conseguir satisfazer seu desejo é tão grande que estou disposto a fazer um sacrifício, e por isso estabeleci 500 libras em vez de 1000 libras, levando em consideração a grande escassez de dinheiro na atual conjuntura. E garanto à vossa graça que...

— Tudo bem, tudo bem — disse Sweeney Todd —, dê-me o dinheiro, e se não for conveniente recuperar as joias ao final de um mês a partir de hoje, certamente o senhor será avisado.

— Tenho certeza disso — disse John Mundel, e preencheu um cheque no valor de 7500 libras, que entregou a Sweeney Todd. O barbeiro enfiou o cheque no bolso, bastante feliz por estar se livrando das pérolas, finalmente, ainda que por um preço bem abaixo do real valor delas.

— Preciso muito que o senhor guarde segredo sobre este assunto, sr. Mundel.

— De fato, não precisa solicitar isso, vossa graça, pois faz parte de minha atitude nos negócios ser discreto e cauteloso. Em breve espero interromper esse trabalho, se me dá a liberdade de contar. Não, esta transação ficará guardada para sempre em meu peito, e nenhum ser, além de vossa graça e de mim, precisa saber o que ocorreu.

Dizendo isso, John Mundel levou Sweeney Todd à sua carruagem, e dois minutos depois, ele estava na estrada em direção à cidade, com o que poderia ser considerada uma pequena fortuna dentro do bolso.

Deveríamos ter relatado antes que Sweeney Todd havia — depois da ocasião em que tentou vender as pérolas ao ourives na cidade — feito algumas alterações importantes em sua aparência, para evitar ser reconhecido facilmente. Por exemplo, ele havia passado a usar um par de costeletas pretas falsas, além de um bigode, e também havia colorido as faces, o que havia alterado sua aparência totalmente. As pessoas que não o conheciam bem seriam incapazes de reconhecê-lo, exceto pela voz, que ele teve muito cuidado de alterar durante a conversa com John Mundel, para que ela não fosse um modo de reconhecimento no futuro.

— Pensei que isso não daria certo — disse ele a si mesmo, enquanto seguia em direção à cidade —, e não me enganei. Durante mais três meses, e três meses apenas, continuarei trabalhando na Fleet Street, de modo que quaisquer alterações em minhas rendas não sejam motivo de suspeita.

Em seguida, ele ficou em silêncio por alguns minutos, tempo durante o qual ele parecia estar repassando uma questão muito cabeluda em seu cérebro, e então disse, de repente:

— Bem, em relação a Tobias, acredito que será mais seguro tirá-lo do caminho em vez de tentar interná-lo em um manicômio, e acredito que há mais uma ou duas pessoas a quem precisarei impedir que façam gracinhas no momento. Preciso pensar... preciso pensar.

Quando um homem como Sweeney Todd se determinava a pensar, não restava dúvida de que alguma coisa muito grave estava sendo planejada. Qualquer pessoa que visse seu rosto durante o trajeto para casa, voltando da propriedade do penhorista, teria notado pela expressão dele que os pensamentos que o tomavam eram sombrios e desesperados — e deles, qualquer pessoa teria fugido, aterrorizada.

Mas ele não era homem de fugir de nada. Pelo contrário, quanto mais um conjunto de circunstâncias parecia sombrio e assustador, mais satisfeito ele ficava, e mais satisfazia sua mente peculiar.

Não há dúvidas de que o amor pelo dinheiro era o sentimento que prevalecia no intelecto de Sweeney Todd, muito menos de que ele media tudo de acordo com quanto gastaria ou com quanto ganharia.

Com um homem assim, questões comuns à moralidade não tinham importância, e ele sacrificaria de bom grado toda a raça humana se, com isso, pudesse alcançar algum de seus objetivos ambiciosos.

E assim, no caminho para casa, ele provavelmente decidiu mergulhar ainda mais fundo na criminalidade, com a possibilidade de se envolver em atos que um homem, se já não estivesse tão versado na imoralidade, teria evitado com muito pavor.

E com um raciocínio estranho, homens como Sweeney Todd conformam-se em cometer crimes dos mais hediondos com base no que eles chamam de política.

Ou seja, após cometer alguns crimes graves, eles são impulsionados a cometer muitos outros para evitar as consequências dos primeiros. E assim, a continuidade da criminalidade se torna algo necessário à autodefesa.

Provavelmente, Sweeney Todd havia passado a maior parte da vida procurando ser dono de grandes recursos pecuniários. Auxiliado por um intelecto superior e por uma mente cheia de artimanhas, havia conseguido fazer outras pessoas concordarem com suas opiniões, e agora que tais opiniões estavam reforçadas, e que seus subalternos e cúmplices não eram mais necessários, tornavam-se perigosos.

Ele conhecia muito bem a política de sangue frio que ensina que é muito mais seguro destruir do que deixar as ferramentas de lado, com as quais um homem abre o caminho ao poder e à riqueza.

— Eles precisam morrer — disse Sweeney Todd. — Homens mortos não contam histórias, mulheres e crianças mortas também não. Todos devem morrer, e depois da morte deles, haverá um incêndio enorme na Fleet Street. *Ha! Ha! Ha!* O fogo pode se espalhar o quanto quiser, desde que não deixe de consumir totalmente minha casa e os arredores. Uma chance rara... muito rara para mim, pois depois disso começarei uma nova carreira, na qual o barbeiro será esquecido, e o novo homem requintado, apenas visto e lembrado. Com esse acréscimo às minhas posses, sou totalmente capaz de competir com os mais superiores e nobres, independentemente de quem sejam.

Esses pensamentos pareceram muito agradáveis a Sweeney Todd, e quando a carruagem entrou na Fleet Street, ele sorria um sorriso tão cruel que parecia até um demônio em forma de gente, que havia acabado de concluir a destruição de uma alma humana.

Quando chegou ao estábulo, ele recompensou todos os que o haviam acompanhado com muito generosidade, a ponto de o cocheiro e de o lacaio — que atuaram como empregados — pensarem que não se incomodariam em acompanhar Sweeney Todd todos os dias em uma missão como aquela, se pudessem receber recompensas tão polpudas pela participação tão pequena que tinham tido na situação.

Em seguida, ele deixou o estábulo e caminhou até sua casa, mas ao chegar lá, uma pequena decepção o aguardava.

Não havia nenhuma luz acesa.

Quando apoiou a mão na porta da barbearia, ela se abriu sem dificuldade. Nem sinal de Tobias, apesar de Sweeney Todd gritar seu nome assim que pisou dentro do estabelecimento.

Uma sensação de grande afobação tomou o barbeiro, e ele procurou ansioso por alguns palitos de fósforo, com os quais pretendia iluminar o local e então conseguir uma explicação para a misteriosa ausência de Tobias.

Mas para que possamos contar adequadamente como Tobias teve a ousadia, mesmo contrariando totalmente seu patrão, de se ausentar da loja, precisaremos reservar um capítulo todo a ele, para justificar sua atitude.

XVIII

A descoberta de TOBIAS

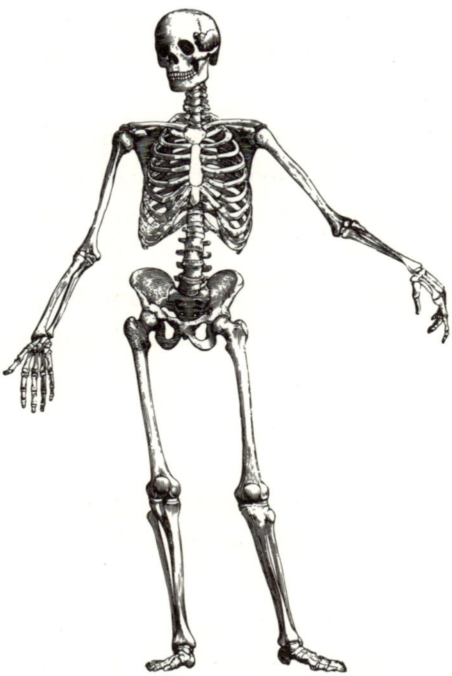

Tobias imaginou — e imaginou certo — que quando Sweeney Todd disse que passaria meia hora fora, só disse que seria esse período curto para mantê-lo em alerta, e impedir que ele tirasse vantagem de uma ausência mais demorada.

A maneira com que ele havia saído já era sinal suficiente para o garoto concluir que ele não passaria pouco tempo fora; e essa circunstância fez Tobias pensar seriamente na situação que a cada dia se tornava mais intolerável.

O rapaz tinha a sensação de que não poderia continuar agindo daquela forma por muito mais tempo, e que em breve aquela vida o destruiria.

— Está mais pesado do que consigo tolerar — disse ele —, e não sei o que fazer. Sweeney Todd me disse que o garoto que trabalhava para ele antes de mim acabou enlouquecendo, e está agora internado em um manicômio. Posso acabar tendo esse mesmo terrível fim, e então ninguém vai acreditar em nada do que eu disser. Pensarão se tratar apenas de loucura.

Após algum tempo, quando a escuridão ficou mais intensa, ele acendeu a luz do estabelecimento e que, daquela hora até o fechamento, costumava emitir uma luz fraca pela janela.

Em seguida, ele se sentou para pensar de novo e disse a si mesmo:

— Se eu ao menos pudesse reunir coragem para perguntar à minha mãe sobre esse furto que

Sweeney Todd atribui a ela, ela poderia me dizer que é mentira, que nunca cometeu tal ato. Mas para mim é assustador perguntar esse tipo de coisa a ela, porque pode ser verdade. E seria muito chocante para ela ser forçada a confessar para mim, seu próprio filho, algo desse tipo.

Eram esses os sentimentos honráveis que impediam Tobias de questionar sua mãe sobre a acusação que Todd fazia e que a envolvia — uma acusação assustadora demais para se acreditar totalmente, mas, ao mesmo tempo, suficientemente provável para que ele suspeitasse de que pudesse ser real.

É uma pena que a filosofia de Tobias não o tenha levado um pouco além, para que ele conseguisse ver, quando a acusação foi feita, que ele deveria investigá-la a fundo, inquestionavelmente.

Mas, ao mesmo tempo, não podíamos esperar que um mero garoto raciocinasse de modo tão maduro, muito menos que tomasse uma atitude, coisas que dependem do conhecimento acerca do mundo e de uma prática profunda de comportamento social.

Já era suficiente que ele intuísse corretamente — não deveríamos esperar que raciocinasse da mesma maneira. Mas naquela ocasião, acima de qualquer outra, ele parecia totalmente dominado pelas circunstâncias ao seu redor; e por sua atitude agitada, poderíamos quase pensar que a insanidade que ele próprio havia previsto não estava longe, de fato.

Ele retorceu as mãos e chorava de vez em quando, falando com tristeza, reclamando amargamente da situação, até que finalmente, tomando uma decisão repentina, ele ficou de pé e exclamou:

— Isso vai acabar hoje à noite. Não aguento mais. Vou sumir daqui, buscar meu caminho em outro lugar. Qualquer estresse, perigo ou mesmo a morte é preferível à vida amedrontada que levo.

Ele deu alguns passos em direção à porta, e então parou e disse a si mesmo em voz baixa:

— Todd certamente vai passar algum tempo fora... Por que eu perderia a única oportunidade que tenho de vasculhar a casa dele para satisfazer minha curiosidade a respeito dos mistérios que podem existir aqui?

Ele parou ao pensar nisso, analisou bem o perigo — pois era perigoso, de fato —; e com uma decisão que mal se podia esperar dele, determinou-se a dar aquele primeiro passo antes de todos os outros, ao qual Todd certamente o puniria com a morte.

Ele fechou a porta da barbearia e a trancou por dentro, de modo que não pudesse ser interrompido repentinamente, e então olhou ao redor com cuidado à procura de alguma arma que pudesse usar para conseguir entrar no quarto que o barbeiro sempre mantinha fechado e trancado durante suas ausências. Uma arma que ajudasse a abrir qualquer cadeado, se Tobias decidisse agir de modo tão extremo. E próximo dele, havia uma barra de ferro que, quando a barbearia era fechada à noite, prendia a persiana.

Ansioso como estava, quase em frenesi, Tobias pegou a barra e avançou em direção à porta do quarto. Com um golpe, ele destruiu o cadeado e a porta logo se abriu.

Assim que isso aconteceu, Tobias ouviu um vidro se quebrando. Quando entrou no cômodo, viu que uma taça de vinho havia se despedaçado, e teve certeza de que ela tinha sido colocada ali por Sweeney Todd como um detector, para que, quando ele retornasse, pudesse averiguar se alguém havia tentado abrir a porta.

Naquele momento, Tobias concluiu que já estava tão envolvido naquilo que o melhor a fazer seria seguir em frente com o trabalho. E assim, acendeu uma vela que encontrou sobre a mesa do quarto, e avançou para fazer as descobertas que pudesse.

Vários dos armários no cômodo foram abertos com facilidade, e dentro deles, ele não encontrou nada demais, mas houve um em questão que ele não conseguiu abrir. Sem hesitar, ele recorreu à barra de ferro de novo e quebrou o cadeado. Quando a porta se abriu, ele ficou surpreso ao ver caírem, de dentro do armário, vários chapéus dos mais variados tipos — alguns com enfeites prateados, outros de três pontas, e alguns quadrados. Eram tantos que poderiam formar uma coleção de chapéus em um museu. Isso também deixou Tobias muito agitado, porque confirmavam os pensamentos e impressões que ele tinha relacionados a Sweeney Todd.

Aquele era o único armário aberto, mas havia ainda uma última porta que parecia dar acesso a outro. Porém, quando Tobias quebrou o cadeado com a barra de ferro, descobriu que era a porta que levava para a escada em direção à parte superior da casa, aquela parte que Sweeney Todd, com toda a sua mesquinhez, não deixava Tobias ver. A parte da casa na qual as cortinas sempre ficavam fechadas, de modo que os vizinhos nunca conseguiam ver dentro de nenhum dos apartamentos.

Com cuidado e passos lentos, mesmo sabendo que não havia mais ninguém na casa além dele, Tobias subiu a escada.

— Vou ver os quartos do andar de cima primeiro — disse ele a si mesmo —, e entrarei em todos antes de descer, e se Todd voltar de repente, terei mais chance de ouvir sua presença do que se começar por baixo e for subindo.

Colocando o esquema cuidadoso em prática, ele foi ao sótão, onde todas as portas estavam escancaradas, e não havia nada dentro de nenhum deles.

Desceu para o segundo andar e encontrou a mesma coisa. Uma sensação de grande decepção começou a tomar conta dele ao pensar que, no fim das contas, a casa do barbeiro poderia não ter nada que compensasse o tempo gasto vasculhando.

Mas quando chegou ao primeiro andar, logo encontrou motivos em excesso para mudar de opinião. As portas estavam trancadas, e ele teve que arrombá-las. Quando entrou, descobriu que os quartos tinham poucas peças de mobília, mas ali dentro havia objetos diversos, de todos os tipos e descrições.

Em um canto, havia uma quantidade enorme de cajados, alguns dos quais pareciam muito requintados e caros, com pontas douradas e prateadas; em outro canto, havia um grande número de guarda-chuvas — na verdade, pelo menos cem deles.

E também havia botas e sapatos espalhados pelo chão, parcialmente cobertos, como se houvesse a intenção de mantê-los limpos; e havia cerca de trinta ou quarenta espadas de diferentes estilos e padrões, muitas delas parecendo ter lâminas grossas, e em um ou dois casos, cabos muito bem decorados.

No quarto da frente, o maior dos dois que haviam, tinha uma cômoda enorme e antiga.

A cômoda tinha várias trancas, e apresentava mais dificuldades para ser aberta do que qualquer uma das portas, pois a trava era reforçada. Não foi fácil abri-la, mas por fim, usando a barra como um tipo de alavanca e não como uma simples ferramenta com a qual acertá-la, Tobias conseguiu

forçar a cômoda, e ficou muito surpreso com a quantidade de joias e adornos de todos os tipos que apareceram à sua frente.

Havia muitos relógios, correntes de ouro, caixas douradas e prateadas e uma variedade enorme de anéis, fivelas de sapatos e broches.

Tais peças deviam ter muito valor, e Tobias não se conteve:

— Como Sweeney Todd poderia ter conseguido esses itens, se não matando seus donos?

Isso, de fato, parecia ser uma suposição bem provável, ainda mais porque em outra parte dessa cômoda, Tobias encontrou uma quantidade grande de roupas. Ele permaneceu de pé segurando a vela, enquanto analisava os vários documentos por mais de quinze minutos. Foi quando lhe ocorreu uma ideia repentina e natural: a de que algumas daquelas peças satisfariam as necessidades dele e as da mãe por muito tempo. Ele chegou a estender a mão em direção às peças, mas a encolheu em seguida, estremecendo e dizendo:

— Não, não. Essas coisas foram roubadas dos mortos. Deixe Sweeney Todd mantê-las consigo, e olhar para elas com alegria, se for capaz. Não pegarei nenhuma, pois elas me trariam azar com cada guinéu que me rendessem.

Enquanto dizia isso, ouviu o relógio da St. Dunstan marcar nove horas, e se assustou com o barulho, pois indicava que Sweeney Todd já havia passado uma hora além do tempo que disse que se ausentaria. Ficou no ar a hipótese de que ele já poderia estar voltando para casa, e depressa, e não seria seguro permanecer ali muito mais tempo.

— Preciso ir, preciso ir. Gostaria de ver o rosto de minha mãe mais uma vez antes de deixar Londres, talvez, para sempre. Posso contar sobre o perigo que ela corre porque Todd sabe do segredo dela... Não, não posso falar a ela sobre isso. Preciso partir e deixá-la com os riscos que, espero e confio, não trarão nada de ruim a ela.

Uma vontade esquisita e repentina tomou conta dele — e não por reflexão —, que o fez pegar um dos chapéus que estavam jogados a seus pés, e não o dele próprio. E foi o que fez.

Por acaso, era um chapéu muito bonito, de excelente acabamento e material. E então Tobias, sentindo muito medo de que Sweeney Todd voltasse antes que ele pudesse sair da casa, não prestou atenção a nada. Apenas saiu da barbearia, partindo pela rua em direção a Temple como um gato escaldado. Seu grande desejo era ver a mãe, mas de repente lhe ocorreu que o melhor a fazer para escapar das garras de Sweeney Todd seria ir para o mar.

Assim como todos os garotos de sua idade — que não sabem nada da vida de um marinheiro —, a ideia ocorreu a ele do modo mais fascinante. Um marinheiro em terra e um marinheiro no mar são duas coisas totalmente diferentes. Mas na imaginação de Tobias Ragg, um marinheiro era alguém que estava sempre tocando gaita, desperdiçando dinheiro e contando histórias incríveis. Não foi de surpreender, então, que a profissão parecia tão fascinante a pessoas comuns como Tobias. E como parecia, e ainda parece, ser um tipo de ideia comum mistificar a condição real de um marinheiro de todas as maneiras possíveis, moldando romancistas e dramaturgos, não é de surpreender que ela exija experiência real para capacitar as pessoas que estão acostumadas a se deixar levar pelo que ouvem a chegarem a uma conclusão correta.

— Vou para o mar! — exclamou Tobias. — Sim, vou para o mar!

Enquanto dizia essas palavras, ele passou pelo portão de Temple, que levava a Whitefriars, um bairro antigo onde sua mãe morava, tentando viver da melhor maneira possível.

Ela ficou muito surpresa (pois por acaso estava em casa) com a visita inesperada de seu filho, e deu um grito baixo quando deixou um ferro de passar roupa cair perto do dedão do próprio pé.

— Mãe — disse ele —, não posso mais continuar com Sweeney Todd, não pergunte por quê.

— Não pode continuar com um homem de respeito?

— Um homem de respeito, mãe? Meu Deus, minha nossa, a senhora sabe muito pouco sobre ele! Mas o que estou dizendo? Não ouso falar! Ah, aquele maldito candelabro!

— Mas como você vai sobreviver, e de que candelabro está falando?

— Perdoe-me, não quis dizer isso! Adeus, mãe, vou para o mar.

— Para fazer o quê, meu querido? — perguntou a sra. Ragg, com quem era muito mais difícil de conversar do que com o coveiro de *Hamlet*. — Não sabe como sou agradecida a Sweeney Todd.

— Sim, sei. E é isso o que me deixa maluco quando penso no assunto. Adeus, mãe, talvez para sempre! Claro, se eu puder, entrarei em contato com a senhora, mas não posso ficar.

— O que você fez, Tobias? O que fez?

— Nada... nada! Mas Sweeney Todd está...

— O quê? O quê?

— Não importa... não importa! Nada, nada! E ainda assim, neste último minuto, sinto vontade de perguntar sobre um candelabro.

— Não fale sobre isso — disse a sra. Ragg. — Não quero ouvir nada sobre isso.

— É verdade, então?

— Sim, mas o sr. Todd contou a você?

— Contou... contou. Fiz a pergunta que nunca pensei que faria. Adeus, mãe, para sempre adeus!

Tobias saiu correndo da casa, deixando a sra. Ragg assustada e com uma suspeita forte de que um acesso de loucura havia tomado conta dela.

— Que o Senhor tenha piedade de nós — disse ela —, o que devo fazer? Estou surpreso com o sr. Todd por ele ter falado do candelabro. Mas é verdade, de fato. Eu me lembro como se tivesse acontecido ontem. Era um inverno muito rigoroso, e eu cuidava de vários quartos quando Todd chegou para barbear o cavalheiro, e eu o vi, com meus próprios olhos, enfiando um candelabro de prata no bolso. Então, fui até o estabelecimento dele e conversei a respeito, e ele me devolveu a peça, que eu levei para os aposentos, e o deixei exatamente no lugar de onde ele o havia tirado. Com certeza — disse a sra. Ragg, depois de fazer uma pausa —, com certeza, ele tem sido um ótimo amigo desde então, mas acredito que seja por medo de que eu conte, e ele acabe sendo enforcado ou preso. Mas devemos aceitar as coisas boas e ruins, e quando Tobias parar para pensar, ele voltará ao trabalho, ouso dizer, pois, afinal, é muita tolice dele se preocupar com o fato de o sr. Todd ter ou não roubado um candelabro.

XIX

O ESTRANHO *cheiro na* IGREJA

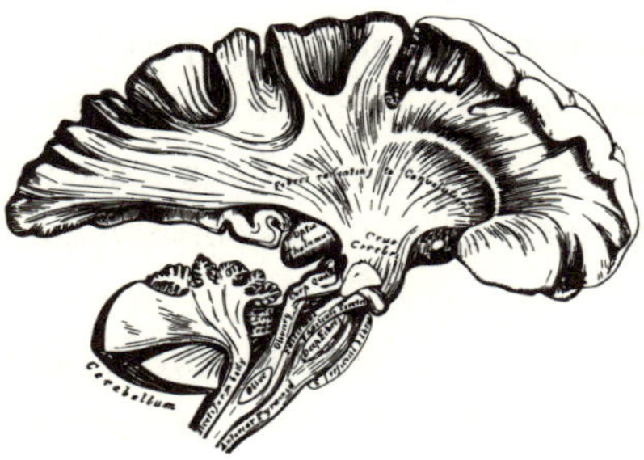

Nessa época, e enquanto os incidentes estranhos e inóspitos que narramos estavam acontecendo, os fiéis frequentadores da antiga igreja de St. Dunstan começaram a perceber um cheiro estranho e ruim vindo da sagrada construção.

As senhoras que iam ouvir os sermões, apesar de serem surdas demais para entender um terço deles, levavam perfumes em vão, além de outros meios para tampar o nariz. Ainda assim, aquele cheiro horroroso se tornava mais forte e pior.

E o reverendo que costumava rezar as missas, Joseph Stillingport, o sentiu no púlpito; e tinha sido visto espirrando no meio de um sermão, levando um lenço ao nariz religioso, no qual havia uma essência forte e pungente, para poder tentar abafar o terrível fedor.

O flautista e o pianista estavam quase sufocados, porque o cheiro horroroso parecia subir em direção à parte superior da igreja, ainda que as pessoas sentadas na parte chamada de "fosso" também não estivessem livres.

Os fiéis se entreolhavam nos bancos com o rosto contorcido em caretas, e quase sentiam medo de respirar. A única pessoa que não reclamou muito do fedor na igreja foi uma senhora, que durante muitos anos tinha sido organizadora das missas. Mas ela tinha perdido a sensibilidade do olfato, o que talvez fosse muito adequado naquela circunstância.

Mas com o passar do tempo, o incômodo se tornou intolerável, e o sacristão, cuja tarefa pela manhã era abrir as portas da igreja, começou a fazê-lo com uma chave enorme em uma das mãos e um tecido ensopado em vinagre na outra, como as pessoas costumavam fazer na época da peste negra em Londres. E quando abriu as portas, corria para o outro lado da igreja.

— Ah, sr. Blunt! — dizia ele ao livreiro, que morava na frente da igreja. — Ah, sr. Blunt! Eu *sô* obrigado a parar aqui, pelo menos até que o ar *atimonsférico* se misture com todo o *fedorzão* que vem da igreja.

Com isso, é possível notar que o sacristão era um homem muito experiente — e sem dúvida frequentava um curso de mecânica daquela época, onde aprendeu de tudo, coisas que tiveram serventia para ele.

Podemos concluir que esse estranho odor perdurou por alguns meses, e começou a chamar a atenção porque as pessoas começaram a exigir uma solução, já que na grande cidade de Londres, um incômodo de qualquer tipo precisa se tornar antigo até alguém pensar em acabar com ele. E depois disso, fica claro que isso se torna um bom argumento para que não acabem com ele.

Mas, por fim, os fiéis começaram a temer que uma doença pestilenta seria o resultado de tudo aquilo se tivessem que conviver por mais tempo com o fedor horroroso; e também que eles poderiam acabar como sendo as primeiras vítimas. Por isso começaram a perguntar uns aos outros o que poderia ser feito para resolver.

Provavelmente, se aquele cheiro horroroso, que sugeria horrores de todos os tipos, fosse restrito a uma localidade pobre, ninguém teria tomado conhecimento dele. Mas quando se tornava incômodo a um cidadão em um ponto alto da metrópole e perceptível aos fiéis da St. Dunstan, sempre tão alheios, o assunto ficava mais sério, de fato.

Mas o que era, o que poderia ser e o que seria feito para se livrar dele — essas eram as perguntas ansiosas que perguntavam a torto e a direito, em relação ao incômodo; sem que o incômodo desse respostas.

Mas uma coisa parecia ser um consenso geral: o fedor só podia estar saindo, de um jeito ou de outro, das passagens por baixo da igreja.

Mas então, o hipócrita religioso sr. Batterwick, que morava do outro lado da rua, disse:

— Como pode ser isso, se ficou satisfatoriamente provado, nos registros atuais, que ninguém é enterrado ali há muito tempo? Assim, seria muito esquisito que os mortos, depois de soltarem cheiro e se decomporem, voltassem a fazer isso de repente, duas vezes pior do que na primeira vez. A situação estava tão ruim que alguns dos presentes eram obrigados a sair durante a missa, no meio da semana, e eram vistos entrando em Bell Yard, onde ficava a casa de tortas Lovett's. Lá se satisfaziam com uma torta de porco ou de vitela, de modo que nariz e boca fossem totalmente tomados por um sabor gostoso, e não por um esquisito e ruim.

Por fim, uma missa de crisma seria em breve realizada na igreja, e tantas pessoas se reuniram, que um sermão seria rezado pelo bispo após a cerimônia. E muita confusão seria feita sobre ninguém sabia bem o quê.

Os preparativos em ampla escala e sem preocupação com custos, como dizem os jornais, foram feitos para dar mais brilho à cerimônia e para surpreender o bispo quando ele chegasse, com uma boa impressão de que as pessoas da St. Dunstan eram pessoas importantes e que mereciam ser crismadas.

A cerimônia aconteceria ao meio-dia, e os sinos tocaram de manhã com a maior fidelidade, pois não era todo dia que as autoridades da St. Dunstan conseguiam pegar um bispo — e quando conseguiam, determinavam-se a aproveitar ao máximo.

As várias autoridades, incluindo os fiéis, e até mesmo o próprio sacristão, estavam mais agitados do que nunca, correndo de um lado a outro, trombando uns com os outros, como as autoridades costumam fazer em ocasiões públicas.

Mas dentre os que só veem as coisas superficialmente, e que só admiram o que é grande e maravilhoso nos preparativos, o sacristão com certeza foi o vencedor, pois estava vestido com chapéu e casaco totalmente novos; certamente estava muito distinto para a ocasião. Além disso, o sacristão tinha sido muito bem escolhido, e as autoridades da paróquia não fizeram segredo em relação a isso, quando houve eleição para pároco. Eles apostavam todas as fichas naquele candidato. Era o melhor deles e, consequentemente, quem eles esperavam que usasse o uniforme oficial com um ar que nenhum homem menos importante poderia ter esperado usar.

Às onze e meia, o bispo apareceu, e foi devidamente levado à sacristia, onde havia uma lareira confortável. E sobre a mesa também havia frangos frios e garrafas de vinhos raros, pois crismar várias pessoas e rezar um sermão não era tido como brincadeira, e isso podia — até onde eles sabiam — causar uma grande fome no bispo.

E com um ar tranquilo e educado, o bispo sorriu ao subir os degraus da St. Dunstan. Ele foi muito afável com os fiéis, e chegou a sorrir a um menino carente e triste, de olhos arregalados e boné na mão, que estava vendo um bispo de verdade e vivo pela primeira vez.

O sacristão o derrubou assim que o bispo passou, apenas por ter tido a presunção de olhar para uma pessoa tão importante, mas isso era total e completamente esperado, e só provava que todos podiam ter lugar no reino dos céus, mas não no reino dos bispos.

Quando o bispo entrou na sacristia, algumas palavras elogiosas foram direcionadas a ele pelos clérigos presentes, mas, de uma forma ou de outra, o sorriso tranquilo já havia desaparecido dos lábios do homem que, interrompendo o vigário no meio de uma frase, disse:

— Está tudo muito bem, mas há um fedor horrível aqui!

Os religiosos resmungaram, pois tinham se convencido de que talvez o bispo não sentisse o cheiro horroroso ou que, se sentisse, acabaria pensando ser algo acidental, sobre o qual não falaria nada. Mas assim que ele o mencionou, todos viram as esperanças voarem com o vento, e perceberam que era preciso dizer algo.

— Esse cheiro horroroso é constante aqui?

— Acho que sim — disse um dos religiosos.

— Você acha? — disse o bispo. — Tenha certeza! Parece que você tem um nariz.

— Sim — disse o religioso, muito confuso —, tenho essa honra, e tenho o prazer de informar ao senhor, meu estimado bispo... quero dizer, tenho a honra de informar ao senhor que este cheiro está sempre presente.

O bispo fungou várias vezes, e então disse:

— É terrível. E espero que na próxima vez em que eu vir à St. Dunstan, você tenha o prazer e também a honra de me informar que ele não existe mais.

O religioso fez uma reverência e se recolheu em um canto, dizendo a si mesmo:

— Esta é a última visita do bispo aqui, e não me surpreende que, como se por pura provocação, o cheiro esteja dez vezes pior hoje.

E estava mesmo, pois parecia sair de todas as fendas do chão da igreja com força e perseverança terríveis.

— Não é péssimo? Vocês já tinham sentido um cheiro tão ruim na St. Dunstan?

E todos concordaram que nunca tinham sentido cheiro tão ruim ali, e estava muito forte, de fato.

A ansiedade do bispo em sair dali era bem evidente, e se ele pudesse ter saído sem crismar ninguém, não há dúvida de que teria feito exatamente isso, deixando toda a congregação abandonada ou sozinha — o que quer que fosse.

Mas ele não podia fazer isso, mas podia adiantar as coisas, e foi o que fez. As pessoas se viram crismadas quando menos se deram conta, e o bispo não entraria mais na sacristia de maneira alguma. Desceu a escadaria da igreja e entrou em sua carruagem com a maior pressa do mundo, provando assim que a santidade não resiste a um fedor abominável.

Como podemos supor, depois disso, o assunto ganhou um tom muito mais sério, e no dia seguinte, uma reunião importante foi realizada com todas as autoridades da igreja, na qual ficou determinado que homens deveriam ser chamados para fazer uma análise detalhada de todas as passagens da St. Dunstan, para que fosse descoberto, se possível, de onde aquele cheiro fétido emanava.

Então, ficou determinado que o fedor tinha que ser eliminado, e que o bispo seria informado quando isso acontecesse, para que pudesse visitar a igreja em perfeita segurança.

XX

A represália de SWEENEY

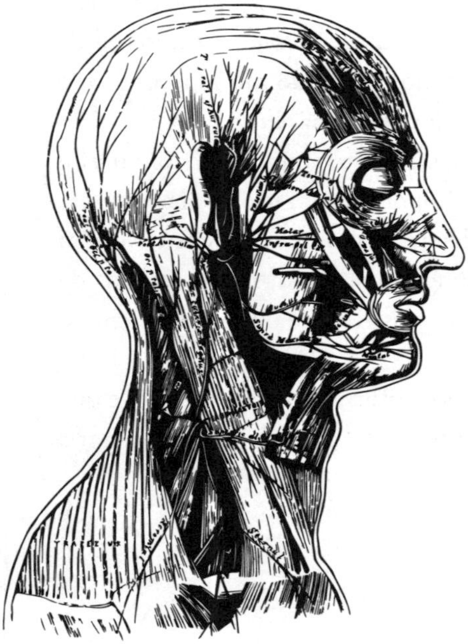

Deixamos o barbeiro em sua própria barbearia, tentando entender por que Tobias não havia respondido quando ele o chamou, e sem acreditar que fosse mesmo possível que ele tivesse chegado a ponto de fazer o que não deveria — o que sabemos, de fato, que Tobias teve coragem de fazer.

Ele parou por alguns instantes. Ergueu a luz que tinha acendido e olhou ao redor com olhos atentos, mal acreditando na possibilidade de Tobias ter vencido o medo que sentia dele, Sweeney Todd, para agir de modo ousado. Mas quando viu que a tranca da porta da sala estava aberta, a raiva tomou conta de qualquer outro sentimento.

— O maldito! — gritou ele. — Ele realmente ousou consumar um ato que pensei que ele nunca nem sequer sonharia em cometer? É possível que ele tenha tido a audácia de vasculhar a casa?

No entanto, o barbeiro logo descobriu que sim, Tobias havia tido essa audácia. Quando entrou na sala e viu que a porta que levava à escada e à parte superior da casa não tinha sido poupada, ele se enfureceu. Demorou um tempo para conseguir se acalmar o suficiente para pensar no tamanho do perigo que poderia correr em consequência daqueles atos.

Quando conseguiu raciocinar, sua mente ativa disse a ele que não havia muito o que temer de imediato, pois provavelmente Tobias ainda podia estar com medo do que ele poderia fazer com sua mãe — daí o motivo de ter fugido, e o barbeiro murmurou:

— É muito possível que ele tenha levado consigo algo que eu possa acusá-lo de ter roubado. Preciso analisar se isso ocorreu.

Depois de trancar a porta da barbearia, ele pegou o lampião e subiu à parte superior da casa — ou seja, o primeiro andar.

Logo ele viu a cômoda aberta com as joias expostas, e ao olhar para o amontoado de coisas, murmurou:

— Não sei exatamente o que guardo aqui a ponto de ser capaz de dizer se algo foi levado ou não, mas sei quanto dinheiro havia, ainda que não saiba o número exato de joias dentro dessa cômoda.

Ele abriu a gaveta pequena que tinha sido ignorada por Tobias, e começou a contar um grande número de guinéus que estava ali.

— A quantia está certa — disse ele, depois de analisar —, está tudo certo, e ele não tocou em nada do dinheiro.

Em seguida, abriu outra gaveta, dentro da qual havia muitos pacotes de moedas enroladas em papel, e ele os contou com cuidado e ficou satisfeito ao ver que estava tudo em seu devido lugar.

— Esquisito — disse ele — ele não ter levado nada, mas talvez seja melhor que isso não tenha acontecido, já que mostra o tamanho do medo que ele sente por mim. Como ele nem o descobriu, me parece certo afirmar que ele não levou nada, e talvez eu o encontre com mais facilidade do que imagino.

Ele voltou para a sala de novo e cuidadosamente se despiu de tudo o que havia usado para impressionar John Mundel com sucesso, e vestiu a roupa de sempre. Em seguida, fechou a casa e seguiu pela rua, tomando o rumo da casa da sra. Ragg, esperando ter notícias de Tobias ali — algo que lhe indicasse onde procurá-lo, pois era o que pretendia fazer. Mas só saberia exatamente o que pretendia fazer com o rapaz quando o encontrasse.

Quando ele chegou à casa da sra. Ragg, que de algum modo sempre parecia estar passando roupas e sempre derrubava o ferro perto dos dedos do pé quando alguém entrava, ele disse:

— Aonde seu filho Tobias foi quando saiu daqui hoje?

— Meu deus! Sr. Todd, é o senhor. O senhor adivinhou que ele esteve aqui, porque esteve mesmo. Mas não sei para onde ele foi. Ele disse que ia ao mar, mas não acredito, não acredito.

— Ao mar? Então é possível que ele tenha ido ao cais, mas com certeza não hoje à noite. A senhora acha que ele volta aqui para dormir?

— Bem pensado, senhor, pode ser que ele volte aqui para dormir, mas pode ser que não.

— Mas a senhora sabe que ele volta.

— Ele não disse isso. Mas pode ser que ele venha, senhor.

— Ele contou o motivo pelo qual me deixou?

— Na verdade, não, senhor. Não contou, e parecia estar meio fora de si.

— Ah! Sra. Ragg — disse Sweeney Todd —, aí é que está. Desde que ele apareceu para trabalhar comigo, senti e tive certeza de que ele estava fora do normal. Seu comportamento era esquisito, e logo fiquei convencido disso. Estou ansioso por ele, acreditando que um esforço precisa ser feito para curá-lo desse problema sério; e assustado de que, a menos que seja resolvido a tempo, será o fim de Tobias.

Tais palavras foram ditas de modo tão sério que tiveram forte impacto na sra. Ragg que, como a maioria das pessoas ignorantes, começou imediatamente a confirmar aquilo que ela mais temia.

— Ah, verdade. Realmente ele disse algumas coisas extraordinárias hoje à noite, sr. Todd, e disse que tinha algo a me contar que era terrível demais para ser expressado. Mas a ideia de que alguém tenha algo a dizer, e não diga de uma vez, me é esquisita.

— É. E tenho certeza de que esse comportamento nunca seria adotado pela senhora, sra. Ragg. Mas ai! O que é isso?

— Uma batida à porta, sr. Todd.

— Calma, espere um pouco, e se for Tobias?

— Minha nossa! Não pode ser ele, pois se fosse, teria entrado sem bater.

— Não. Eu fechei a tranca da porta porque queria conversar com a senhora sem ser interrompido. Então, pode ser Tobias, afinal. Mas vou me esconder em algum lugar, para poder ouvir o que ele disser, e poder julgar como a mente dele está afetada. Não hesitarei em fazer algo por ele, custe o que custar.

— Tem o armário, sr. Todd. Mas há algumas panelas e uma frigideira sujas ali dentro. Claro que não é lugar adequado para o senhor se esconder.

— Não se preocupe com isso... não se preocupe. Mas tome cuidado, pelo bem de Tobias, para não dizer que estou aqui.

As batidas na porta aumentavam a cada minuto com mais força, e quando Sweeney Todd conseguiu entrar no armário com as panelas e frigideiras da sra. Ragg, escondendo-se totalmente, ela abriu a porta. E como era de se esperar, Tobias, suado, cansado e aparentemente pálido entrou na sala.

— Mãe — disse ele —, pensei melhor e voltei para casa.

— Bem, pensei que pensaria, Tobias. Que bom você estar aqui.

— Ouça: pensei em fugir da Inglaterra para nunca mais voltar, mas mudei totalmente de ideia, e agora sinto que é meu dever fazer outra coisa.

— Fazer o que, Tobias?

— Contar tudo o que sei. Tirar as coisas do meu peito, mãe, e deixar as consequências serem as que tiverem de ser, deixar a justiça seguir seu caminho.

— O que está falando, Tobias?

— Mãe, cheguei à conclusão de que o que tenho a contar é muito importante se comparado com qualquer consequência que possa surgir do pouco importante roubo do candelabro, como a senhora sabe, sobre o qual não vou hesitar em revelar.

— Mas, meu querido Tobias, lembre-se de que é um segredo terrível, que deve ser mantido.

— Não importa... não importa. Além disso, é mais do que provável que revelando o que eu sei, e que é de vasta importância, pode ser que eu, no modo de falar, tenha uma chance de isentá-la totalmente das consequências do ato. Além disso, faz muito tempo, e a acusação pode perdoar. Independentemente do que aconteça, contarei o que sei agora.

— Mas o que você sabe, Tobias?

— Algo muito terrível para contar sozinho. Vá a Temple, mãe, aos cavalheiros cujos escritórios a senhora visita, e peça a eles para virem aqui, para ouvirem o que eu tenho a dizer. Eles serão recompensados pelo esforço, porque ouvirão o que pode, talvez, salvar até mesmo a vida deles.

"Ele está bem maluco", pensou a sra. Ragg. "E o sr. Todd tem razão. O pobre do Tobias está mesmo louco."

— Meu Deus, meu Deus, Tobias, por que não tenta se acalmar? Você não sabe de nada do que está dizendo.

— Sei que estou meio louco, mãe, mas ainda assim sei bem o que estou dizendo. Não pense que não pode confiar no que digo, apenas chame alguém para ouvir o que tenho a contar.

"Talvez", pensou a sra. Ragg, "se eu fingir acreditar nele, pode ser que o sr. Todd converse com ele enquanto eu estiver fora."

Foi uma boa ideia da sra. Ragg, e ela passou a colocá-la em prática, dizendo:

— Bem, meu querido, se quiser que seja assim, farei isso. Mas espero que enquanto estiver fora, alguém venha falar com você, e convencê-lo de que precisa se acalmar.

A sra. Ragg disse tais palavras em voz alta, para que Sweeney Todd as ouvisse, e ela acreditava que ele faria o que ela pretendia.

Não é preciso dizer que ele ouviu o que foi dito — e o quanto se aproveitou delas, logo veremos.

Quanto ao pobre Tobias, ele não tinha a menor ideia da proximidade de seu arqui-inimigo. Se tivesse, teria saído dali rapidamente, onde veria que um perigo enorme aguardava por ele, pois ainda que Sweeney Todd acreditasse que não deveria matar Tobias naquelas circunstâncias, poderia fazer algo para que isso acontecesse logo, sem correr nenhum risco.

A sra. Ragg fechou a porta ao sair, e tendo em vista a missão para a qual partia, era claro que demoraria alguns minutos para voltar, Sweeney Todd não teve muita pressa para agir.

"O que devo fazer?", perguntou ele a si mesmo. "Devo esperar a mãe dele voltar, e fazer com que ela me ajude, ou devo tomar medidas que acabem com qualquer risco causado por esse garoto?"

Sweeney Todd era um homem de raciocínio razoavelmente rápido, e decidiu que o melhor plano, inquestionavelmente, seria abordar o pobre Tobias de uma vez, evitando a possibilidade de a atitude de sua mãe se tornar efetiva.

Tobias, tão logo a mãe saiu da casa, cobriu o rosto com as mãos, e se entregou a pensamentos profundos e dolorosos.

Ele sentia que havia alcançado uma forte crise na história de sua vida, e que as horas seguintes seriam, com certeza, muito importantes para ele dependendo dos resultados. E foram mesmo, mas não exatamente do jeito que ele esperava, uma vez que ele só pensava na prisão e no vexame de Todd, sem nem sequer imaginar que estava muito perto do homem.

"Com certeza", pensou Tobias, "contarei tudo o que sei sobre Sweeney Todd, conseguirei que tenham consideração por minha mãe, e no fim das contas, pode ser que ela não seja processada pelo roubo do candelabro. Afinal, esse ato é muito pequeno perto das coisas muito mais assustadoras das quais suspeito que Sweeney Todd seja culpado. Ele deve ser, por tudo o que vi e ouvi, um assassino — ainda que seja um completo mistério o modo com que ele se livra de suas vítimas. E para mim, é um assunto que está muito além do poder da compreensão. Não tenho a menor ideia quanto a isso."

E de fato, aquilo era um grande mistério, pois temos apenas evidências circunstanciais do fato; e não podemos, com essas evidências, saber como ele realizava o ato, nem como descartava os corpos das vítimas.

Essa grande e maior dificuldade no ato de cometer um assassinato e sair impune — ou seja, o descarte de um cadáver —, certamente não parecia afetar Sweeney Todd nem um pouco, pois se ele produzia cadáveres, tinha meios de se livrar deles com a maior rapidez e sigilo.

"Ele é um assassino", pensou Tobias. "Sei que é, apesar de eu nunca tê-lo visto cometendo o crime, e de nunca ter percebido rastros de sangue na barbearia. Ainda assim, por que quando uma pessoa mais bem vestida do que o normal entra na loja, ele me manda fazer alguma coisa em uma parte distante da cidade?"

Tobias também não se esqueceu de que em mais de uma ocasião, ele havia voltado mais depressa do que o esperado, e que havia encontrado Sweeney Todd meio confuso. E mais de uma vez também viu os bens do último cliente esperando ali — mas sem a presença do cliente no estabelecimento. E ainda que fosse possível que um homem se esquecesse de seu chapéu, ou o que quer que fosse, em uma barbearia, por que não voltava para buscá-lo?

Esta era uma circunstância que muito incomodava Tobias quando ele pensava na situação, e só poderia haver uma explicação no caso de um homem que não voltava para buscar seu chapéu: a de que ele não tinha mais forças para isso.

"A casa dele será vasculhada", Tobias pensou, "e todas aquelas coisas que certamente pertenciam a tantas pessoas diferentes serão encontradas. E então as pessoas serão identificadas, e ele terá que explicar como as conseguiu, o que será uma tarefa difícil para Sweeney Todd, imagino. Será um alívio para mim, com certeza, quando ele for enforcado — assim acredito que será!"

— Que alívio! — murmurou Sweeney Todd, ao abrir a porta do armário lentamente, sem ser visto por Tobias. — Que alívio será para mim quando esse garoto estiver em uma cova, como acontecerá em breve, caso contrário me esqueci de tudo o que aprendi e me tornei um fracote; circunstâncias não muito prováveis.

XXI

O manicômio na PECKHAM RYE

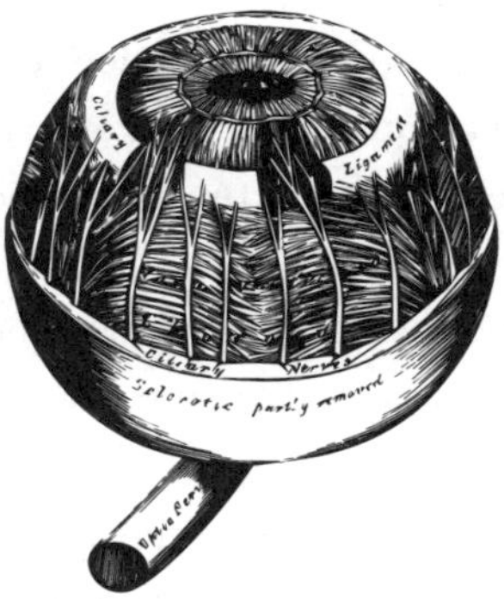

Sweeney Todd fez uma pausa à porta do armário, antes de decidir bater à porta de Tobias de uma vez ou adotar um modo de agir mais cuidadoso e assustador.

Decidiu que a segunda opção era a mais favorável para ele, então saiu em silêncio de onde estava escondido e, fazendo tão pouco barulho quanto possível, Tobias não pôde sequer desconfiar de que havia alguém na sala além dele.

Caminhando como se cada passo pudesse gerar consequências assustadoras, ele se posicionou atrás da cadeira na qual Tobias estava sentado, e ficou ali de braços cruzados, com um sorriso horrível. Juntos eles formavam uma imagem bem adequada do Mefistófeles do drama alemão[12].

— Por fim — murmurou Tobias —, talvez eu me livre de meu estado mental atual horroroso acusando Todd. Ele é um assassino; disso, não tenho dúvida. É minha obrigação apontar o que sei.

Sweeney Todd esticou as duas mãos fortes e segurou Tobias pela cabeça, a qual ele girou até o menino ficar de frente para ele, e então disse:

— De fato, Tobias, e nunca lhe ocorreu que Todd não era tão fácil de superar como você gostaria que fosse, não é?

O choque que Tobias levou ao ver Sweeney Todd de repente foi tão grande, que por alguns momentos, ele não teve forças para falar nem

12 Mefistófeles é um personagem demoníaco da Idade Média, também um personagem importante nas versões de *Fausto*, tendo a mais ampla fama na literatura do alemão Wolfgang von Goethe, sempre representando o mal. [N.T.]

para agir. Olhou para o semblante triunfante e maligno de seu perseguidor como olharia para o rosto do arqui-inimigo de toda a raça humana — título que ele provavelmente agora atribuía ao barbeiro.

Se havia algo que deixava feliz um homem como Todd, certamente era perceber o efeito aterrorizante que sua presença tinha sobre Tobias, que permaneceu por um minuto e meio bem assustado antes de soltar um grito que, no entanto, quando saiu, quase assustou o próprio Todd.

Foi um daqueles gritos que só podem vir de um coração em grande agonia — um grito que poderia ter anunciado a chegada do espírito em outro mundo, e proclamado, como quase aconteceu, a destruição do intelecto para sempre.

O barbeiro deu um passo ou dois para trás quando ouviu isso, pois foi um acontecimento muito assustador, mas abalou-se por pouco tempo. Em seguida, totalmente consciente do perigo ao qual ele o sujeitava, Todd pulou sobre o pobre Tobias como um tigre poderia fazer com um carneiro, e o agarrou pelo pescoço, exclamando:

— Outro grito desse e será o último que você dará, por mais que ele me cubra com dificuldades para escapar da acusação de matar você. Paz! Peço paz!

O pedido foi desnecessário, pois Tobias não poderia ter dito nada nem se pretendesse. O barbeiro apertou seu pescoço com tanta força, que mais parecia louco.

— Maldito — gritou Todd —, maldito, então é assim que você ousa me desobedecer? Mas não importa, não importa, você terá muito tempo livre para pensar no que fez a si mesmo. Você foi um tolo por pensar que poderia lidar comigo, Sweeney Todd. *Ha ha*!

Ele caiu na risada, uma risada muito alta, e se Tobias tivesse ouvido — o que não aconteceu, pois sua cabeça tombou em direção ao peito, e ele já estava desacordado —, a risada o teria assustado quase tanto quanto a aparição repentina de Sweeney Todd.

— Então — murmurou o barbeiro —, ele desmaiou, certo? Garoto tolo. Assim é melhor.

Ele pegou Tobias no colo facilmente, como se estivesse pegando um bebê, e saiu do quarto com ele, deixando a sra. Ragg tirar a conclusão que quisesse de sua ausência, mas convencido de que ela estava muito sob seu controle para fazer coisas que pudessem deixá-lo nervoso.

— A mulher — murmurou ele para si mesmo — é mais tola do que diria ser possível, acredita em qualquer coisa, por isso não a temo. Não ousarei matar Tobias, porque é preciso, para o caso de o assunto ser abordado em qualquer outro momento, que a mãe dele esteja em condições de jurar que ela o viu na noite de hoje, vivo e bem.

O barbeiro caminhou por Temple, levando o garoto, que não parecia nem um pouco apressado para se recuperar do estado parcial de inconsciência em que havia caído.

Ao passarem pelo portão, em direção à Fleet Street, o porteiro, que conhecia o barbeiro de vista, disse:

— Olá, sr. Todd, é o senhor? Minha nossa! Quem o senhor está carregando?

— Sim, sou eu — disse Todd —, e estou levando meu aprendiz, Tobias Ragg, coitadinho.

— Coitadinho! Meu Deus, o que aconteceu com ele?

— Não sei dizer, mas eu e a mãe dele achamos que ele perdeu o juízo. Boa noite para o senhor, boa noite. Estou procurando uma carruagem.

— Boa noite, sr. Todd. Acho que o senhor vai conseguir uma mais perto do mercado. — E pensou: "Que gentil, ele, carregando o garoto! Não é todo patrão que faz isso. Não devemos julgar as pessoas pela aparência, e mesmo Sweeney Todd, com essa cara que qualquer pessoa teria medo de encontrar sozinha em uma noite escura, pode ser uma pessoa de bom coração."

Sweeney Todd desceu depressa a Fleet Street, em direção ao Fleet Market, que na época estava em sua glória; isto é, se fosse possível chamar de glorioso algo formado por todos os tipos de sujeiras, suficientes para espalhar uma doença pela cidade de Londres.

Quando chegou, avistou um número grande de cavalheiros, no meio dos quais havia um cocheiro à moda antiga, perto de seu veículo que mais parecia uma barcaça de tão comprido e pesado.

— Cocheiro — disse ele —, quanto cobraria para me levar a Peckham Rye?

— Peckham Rye, o senhor e o garoto. Não há mais ninguém esperando escondido, certo? Porque se houver, não é justo.

"...ESTOU LEVANDO MEU APRENDIZ,
TOBIAS RAGG, COITADINHO"

— Não, não e não!

— Bem, não se exalte, senhor, eu só perguntei. Então não precisa se exaltar por isso. Levo vocês por doze xelins, e considero isso muito barato, se levarmos tudo em conta.

— Darei a você metade dessa quantia — disse Sweeney Todd —, e considere-se muito bem remunerado.

— Metade, senhor! Isso é muito pouco... — ele começou a dizer, mas parou quando olhou para o rosto de Sweeney Todd. — Mas acredito que deva aceitar levá-los. Entre, tentarei compensar isso cobrando um valor melhor de outra pessoa.

O barbeiro não deu atenção aos comentários do cocheiro, mas entrou no veículo carregando Tobias, aparentemente com muito cuidado e consideração. Mas quando a porta da carruagem se fechou, e ninguém mais o observava, ele soltou o garoto no meio da palha que ficava no chão do veículo e limpou a palma das mãos. Pousando seus pés imensos sobre o menino, soltou uma de suas risadas assustadoras, dizendo:

— Bem, acho que agora peguei você, mestre Tobias. Seus problemas terminarão em breve. Tenho muito medo de que você morra repentinamente, o que será muito triste, apesar de achar que não vou sofrer. Acredito que o pesar só faz manter viva a amargura do arrependimento, e é muito melhor quando não temos que lidar com isso.

A carruagem balançava de um lado a outro, do jeito que faziam as carruagens de antigamente, quando eram chamadas de chacoalhadores de ossos, e consideradas incríveis se fizessem um progresso de seis quilômetros por hora.

Foi nesse veículo que o pobre Tobias, ainda totalmente desacordado, atravessou a ponte para Blackfriars e depois seguiu para Peckham Rye; e quem conhece aquele lugar sabe bem que há duas estradas, a da esquerda e a da direita, as duas agradavelmente tomadas por casinhas. Sweeney Todd direcionou o cocheiro para a estrada à esquerda, e eles seguiram por uma distância de cerca de dois quilômetros e meio.

Aquele distrito era um local perigoso, no qual de vez em quando um roubo grande ocorria; e que tinha sido palco dos ataques daqueles ladrões de estrada, cujas aventuras, atualmente, são vistas com muito interesse.

Havia uma casa solitária, grande e antiga no caminho à esquerda. Um muro alto a cercava, deixando apenas a parte mais alta da casa à vista, que apresentava sinais claros de abandono, com uma aparência de desconforto geral que tomava conta dela.

Então, Sweeney Todd mandou o cocheiro parar, e quando o veículo de fato parou, logo após chacoalhar de um lado a outro por vários minutos, Sweeney Todd saiu e tocou uma campainha ao lado do portão, que ressoou de modo convidativo.

Ele teve que esperar vários minutos até alguém responder a seu chamado. Um forte barulho veio de dentro, como se várias barras e trancas estivessem sendo retiradas e abertas. A porta foi aberta, e um homem enorme e de aparência desgrenhada apareceu na abertura.

— Pois bem! O que foi agora? — gritou ele.

— Tenho um paciente para o sr. Fogg — disse Sweeney Todd. — Preciso vê-lo imediatamente.

— Ah! Bem, quanto mais, melhor. Não me importo nem um pouco. O senhor está com ele, e ele é bem calado?

— É um simples garoto, e não está totalmente maluco, mas está maluco, sem dúvida, pelas coisas que diz.

— Ah, então é só isso? Ele pode dizer o que quiser aqui, não faz a menor diferença para nós. Traga-o para dentro... o sr. Fogg está na sala dele.

— Conheço o caminho. Cuide do rapaz, e eu falarei com o sr. Fogg sobre ele. Mas antes, dê esses seis xelins ao cocheiro e o dispense.

O porteiro da casa de loucos, pois era isso o que o lugar era, saiu para obedecer às ordens de Sweeney Todd, enquanto este passava pela abertura ampla até uma porta que ficava no fundo do corredor.

XXII

Tobias é INTERNADO

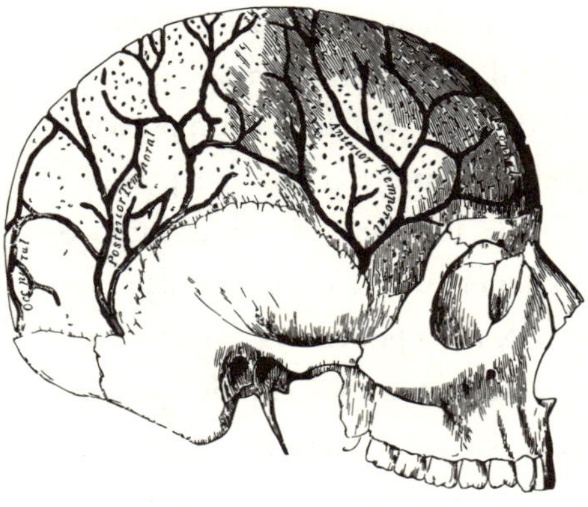

Quando o porteiro do manicômio saiu para ir até à carruagem, sua primeira impressão foi de que o garoto tido como maluco estivesse morto, já que nem mesmo o trajeto difícil até Peckham tinha sido suficiente para acordá-lo. Ele continuava deitado no chão da carruagem, alheio a tudo.

— Ele está morto? — perguntou o homem ao cocheiro.

— Como posso saber? — foi a resposta. — Pode ser que sim ou que não, mas quero saber quanto tempo vou ficar aqui esperando meu pagamento.

— Aqui está seu dinheiro, pode ir embora. Vejo agora que o garoto está bem, respirando, mesmo que de um jeito esquisito. Imagino que ele tenha levado uma pancada na cabeça ou algo assim.

Enquanto falava, levou Tobias para dentro da casa, e o cocheiro, sem mais nenhum interesse no assunto, partiu de uma vez, não dando atenção ao caso.

Quando Sweeney Todd chegou à porta no fundo do corredor, bateu nela com os nós dos dedos, e alguém gritou:

— Quem está batendo? Pelo diabo, quem está batendo?

Sweeney Todd não respondeu nada àquela pergunta educada, mas entrou na sala — uma sala que merece ser descrita.

Era uma sala ampla com teto abobadado, e no meio dela havia uma mesa de carvalho, à qual estava um homem de idade consideravelmente avançada, como era possível ver pelos cabelos grisalhos nas laterais da cabeça, mas cujo corpo hercúleo e forte tinha resistido com sucesso à ação do tempo.

Havia uma lâmpada pendurada no teto, que lançava uma luz razoavelmente forte sobre a mesa coberta por livros e documentos, além de copos e garrafas de vários tipos. Tais objetos mostravam que o mantenedor do manicômio era, até onde ele conseguia, preocupado com o conforto pessoal.

Mas as paredes tinham um aspecto muito curioso, pois nelas estavam pendurados todos os tipos de ferramentas e objetos, que teriam despertado a curiosidade de qualquer pessoa não iniciada no assunto, a ponto de nem ao mesmo imaginar para que serviam.

Mas eram, na verdade, tipos variados de maquinário usados nos infelizes cujo destino cruel os tornara membros daquele estabelecimento.

Aqueles eram o que as pessoas chamam de bons velhos tempos, quando todos os tipos de abuso surgiam, e quando os loucos infelizes eram punidos como se fossem culpados de um grande crime. Sim, e eram mais punidos do que se tivessem de fato cometido um crime, uma vez que um criminoso que fosse maltratado injustamente por qualquer autoridade podia reclamar — e se ele conseguisse contato com alguém de mais poder, suas reclamações poderiam ser ouvidas. Mas ninguém dava atenção ao que era dito por um pobre maluco, cujas acusações em relação aos funcionários do manicômio, fossem quais fossem, eram apenas ouvidas e consideradas provas mais fortes de seu distúrbio mental.

Era, realmente, uma situação muito ruim e para a tristeza do país, um mal social que pôde continuar acontecendo por muito tempo, com força total.

O sr. Fogg, diretor do manicômio, olhou Sweeney Todd com atenção por baixo das sobrancelhas cabeludas, e então disse:

— Acredito que o senhor seja o sr. Todd, se minha memória não falha.

— O próprio — disse o barbeiro, fazendo uma cara horrorosa. — Acredito que não sou esquecido com facilidade.

— Verdade — disse o sr. Fogg ao pegar um livro, cuja borda tinha tiras finas, com uma letra maiúscula em cada uma delas, em ordem alfabética. — Verdade, não é fácil esquecê-lo, sr. Todd.

Então, ele abriu o livro com a letra T, e leu:

— Sr. Sweeney Todd, Fleet Street, Londres: pagou pela internação e o enterro de Thomas Sinkins, de 13 anos, encontrado morto na cama depois de viver 14 meses e 4 dias na *casa*. Acredito, sr. Todd, que essa tenha sido sua última pequena transação. O que posso fazer pelo senhor agora?

— Tenho muito azar com meus meninos — disse Todd. — Trouxe outro aqui, que tem demonstrado sinais claros de insanidade, e tornou-se totalmente necessário interná-lo.

— É mesmo? Ele está falando?

— Sim, está, e é o maior absurdo no mundo as coisas sobre as quais ele fala. Pois quem ouve o que ele diz pensa que eu, em vez de ser alguém muito humano, sou um assassino frio.

— Um assassino, sr. Todd?

— Sim, um assassino; um assassino em todos os aspectos. Haveria uma acusação mais absurda do que essa? Eu, que tenho o sangue da gentileza correndo pelas minhas veias, cuja aparência deveria bastar para convencer a todos, de imediato, de minha bondade.

Sweeney Todd terminou seu discurso fazendo uma cara horrorosa, sobre a qual o diretor do manicômio não sabia o que dizer; em seguida, veio uma daquelas risadas curtas e esquisitas que Todd sempre dava e que, de um jeito ou de outro, nunca parecia sair exatamente de sua boca.

— Por quanto tempo — perguntou o diretor do manicômio —, o senhor acha que esse problema continuará?

— Vou pagar — disse Sweeney Todd, ao se inclinar sobre a mesa, e olhou no rosto do homem —, vou pagar por doze meses. Mas, cá entre nós, não acho que o caso durará tanto. Acredito que ele morrerá repentinamente.

— Não me surpreenderia se isso acontecesse. Alguns de nossos pacientes morrem muito de repente, e de um jeito ou de outro, nunca sabemos exatamente como acontece. Mas deve ser um tipo de ataque, pois são encontrados mortos na cama pela manhã, e então os enterramos de modo privativo e discretamente, sem incomodar ninguém em relação a isso. Esta é, sem dúvida, a melhor maneira, porque poupa amigos e parentes de muito trabalho, e também evita custos extras que poderiam ocorrer à toa.

— O senhor é muito correto e preocupado — disse Todd —, exatamente o que esperaríamos de qualquer pessoa com sua grande experiência, conhecimento e sabedoria. Devo confessar que fico feliz em ouvi-lo falando de modo tão correto.

— Puxa! — disse o sr. Fogg, com um ar estranho. — Somos forçados a ser úteis, como o resto da comunidade. E não poderíamos esperar que as pessoas mandassem seus amigos e parentes loucos para cá, a menos que tomássemos muito cuidado para que suas necessidades e dúvidas fossem atendidas. Não fazemos comentários e não fazemos perguntas. Com esses princípios, realizamos nosso trabalho de modo muito bem-sucedido há muito tempo. Com esses princípios, continuaremos a realizar as coisas e a merecer, esperamos, a clientela britânica.

— Sem dúvida, sem dúvida alguma.

— O senhor pode me apresentar a seu paciente, sr. Todd, pois creio que ele já deve ter sido acomodado.

— Claro, claro, será um prazer apresentá-lo ao senhor.

O diretor do manicômio se levantou, assim como o sr. Todd, e o primeiro, apontando as garrafas e os copos sobre a mesa, disse:

— Quando isso for resolvido, podemos tomar algo juntos.

À sugestão, Sweeney Todd assentiu com um meneio de cabeça, e os dois foram ao que era a sala de recepção no manicômio, onde o pobre Tobias havia sido acomodado em uma cama quando demonstrou sinais de recuperação do seu atual estado de inconsciência. Um homem borrifava água em seu rosto com a ajuda de uma vassoura de palha, que às vezes era mergulhada em um balde cheio do líquido.

— Tão jovem — disse o diretor do manicômio ao olhar para o rosto pálido de Tobias.

— Sim — disse Sweeney Todd —, ele é jovem, por isso é uma pena tão grande. Claro, nós nos compadecemos muito de sua situação atual.

— Ah, claro, claro. Mas veja, ele está abrindo os olhos. Falaremos diretamente com ele.

— O senhor quer dizer que poderemos ouvir os delírios dele! Não dá para conversar, impossível chamar isso de conversa. Escute o que ele diz.

— Onde estou? — perguntou Tobias. — Onde estou? Todd é um assassino. Eu o denuncio.

— Ouça, ouça — disse Todd.

— Maluco, mesmo — disse o diretor.

— Salvem-me dele, salvem-me dele — disse Tobias, mais desperto, fixando o olhar no sr. Fogg. — Salve-me dele, ele quer a minha vida porque eu sei de seus segredos. Ele é um assassino... e muitas pessoas entram no estabelecimento dele e nunca mais saem com vida!

— O senhor está ouvindo — disse Todd. — Tem alguém mais louco?

— Louco varrido — disse o diretor. — Venha, rapaz, talvez precisemos colocar você em uma camisa de força, se continuar assim. Temos que fazer isso, pois não temos como ajudar em casos como o seu, sem a camisa.

Todd se encaminhou para um canto escuro da sala, para que não fosse visto, e Tobias continuou, como se implorasse:

— Não sei quem o senhor é, nem onde estou. Mas imploro que vasculhem a casa de Sweeney Todd, o barbeiro de Fleet Street, perto da igreja de St. Dunstan, onde poderão descobrir que ele é um assassino. Há ali, pelo menos, cem chapéus, muitos cajados, guarda-chuvas, relógios e anéis; tudo pertencente a pessoas infelizes que, de vez em quando, acabam sendo mortas por ele.

— Está muito louco mesmo! — disse Fogg.

— Não, não — disse Tobias. — Não estou louco. Por que me chamar de louco, se é tão fácil descobrir se minto ou digo a verdade? Vasculhem aquela casa, e se essas coisas não forem encontradas, podem dizer que estou louco e que sonhei com tudo isso. Não sei como ele mata as pessoas. Isso ainda é um grande mistério, mas que ele as mata, não tenho dúvida! Não tenho como duvidar.

— Watson! — gritou o diretor do manicômio. — Aqui, Watson.

— Estou aqui, senhor — disse o homem que estava espirrando água na cara do pobre Tobias.

— Leve esse rapaz, Watson, porque ele parece muito febril e inquieto. Leve-o, raspe a cabeça dele e coloque-o em uma camisa de força. Leve-o para uma das celas escuras e úmidas. Devemos tomar cuidado com ele, e iluminação em excesso causa delírio e febre.

— Oh, não, não! — gritou Tobias. — O que eu fiz para receber um tratamento tão cruel? O que eu fiz para ser colocado em uma cela? Se isto é um manicômio, eu não sou louco. Ah, tenham piedade de mim, tenham piedade de mim!

— Não dê nada além de água e pão para ele, Watson, e o primeiro sinal de sua melhora, que abrirá caminho para um tratamento melhor, será que ele pare de acusar seu patrão, pois enquanto continuar acusando um cavalheiro como o sr. Todd de coisas assim, só outro louco o levaria a sério.

— Então — disse Tobias — continuarei louco, pois seria loucura conhecer e isentar Sweeney Todd, o barbeiro de Fleet Street, pois ele é um assassino. Eu sei e não o isento, então sou louco. É verdade, é verdade.

— Leve-o daqui, Watson, e faça o que eu mandei. Começo a achar que o garoto é um caso muito perigoso, mais perigoso do que qualquer outro caso nos últimos tempos.

O homem chamado Watson segurou Tobias, que mais uma vez deu um grito parecido com aquele que havia dado quando Sweeney Todd o arrancou da sala de sua mãe. Mas no manicômio, os funcionários estavam acostumados com coisas assim, e não se importavam muito com elas. Ninguém ligou para o grito, e o pobre Tobias foi levado à porta já meio enlouquecido, de fato, pelos horrores que o cercavam.

Antes de o garoto ser levado, Sweeney Todd se aproximou dele e, aproximando a boca de seu ouvido, sussurrou:

— *Ha ha*! Tobias, como se sente agora? Acha que Sweeney Todd será enforcado ou que você morrerá no quarto de um manicômio?

XXIII

MENSAGEM *ao novo* COZINHEIRO

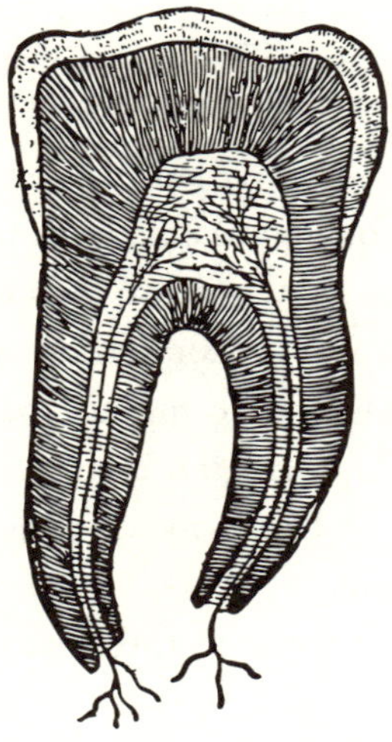

Pelo que já tivemos a oportunidade de registrar a respeito do novo cozinheiro da sra. Lovett, que comia tão vorazmente no porão, nossos leitores certamente serão levados a acreditar que ele é um homem com grande chance de se cansar de sua situação.

Para um homem que estava passando fome e que parecia totalmente desprovido de tudo, até de esperança, trabalhar na cozinha dos Lovett com a licença para comer quanto ele quisesse podia parecer algo muito desejável e interessante. E não surpreendia, assim, que deixando de lado qualquer escrúpulo, um homem tão satisfeito aceitaria a situação sem grandes perguntas.

Mas as pessoas se cansam de coisas boas. E todo mundo sabe muito bem que a natureza humana sempre se torna insatisfeita.

Quem conhece bem a mente humana sabe que as pessoas dão pouco valor para as coisas que conseguem com facilidade, e as coisas que elas querem, mas que parecem fora do alcance, ganham cores muito interessantes, e pessoas procuram diversos modos de consegui-las.

Napoleão cuidava muito para que o pior de seus soldados visse com interesse a possibilidade de conseguir vencer um marechal.

Os confeiteiros, hoje em dia, quando contratam um novo aprendiz, dizem que ele pode comer o quanto quiser das tortas e dos bolinhos tentadores.

O soldado vai para a guerra e não consegue vencer o marechal.

O aprendiz do confeiteiro come bolinhos sem parar, passa muito mal, e nunca mais volta a colocar um deles na boca.

E agora, voltamos ao nosso amigo na cozinha da sra. Lovett.

No começo, tudo era delicioso, e com a ajuda do maquinário, ele descobriu que não era nada difícil manter a produção de tortas com pouco trabalho manual. E esse trabalho era feito com amor, pois as tortas eram deliciosas. Em relação a isso, não havia erro. Ele as experimentou meio cruas, totalmente assadas e também as experimentou além do ponto certo. Quentes e frias, de porco e de vitela, com tempero e sem tempero — até finalmente ter experimentado as tortas de todas as maneiras. E no quarto dia depois de sua chegada ao porão, ele conseguia permanecer tranquilo diante de uma torta.

Era meio-dia; ele escutou aquele som vindo da loja. Sim, era meio--dia, e ele ainda não tinha comido nada, mas estava de olho na torta que permanecia intocada diante dele.

— As tortas são todas boas — disse ele. — Na verdade, são excelentes. E agora que sei como elas são feitas, e sei que não há nada de errado com elas. Claro que as adoro, mas ninguém consegue viver só com tortas. É impossível que alguém sobreviva comendo tortas do começo do ano ao fim, ainda que fossem as melhores tortas da história do mundo, passado e futuro. Não digo nada contra as tortas; sei que são feitas com a melhor farinha, a melhor manteiga, e que a carne, que só Deus sabe de onde vem, é a mais delicada e macia que já comi na vida toda.

Ele estendeu a mão e pegou um pedaço da borda da torta que estava à frente dele, e tentou comê-la.

Conseguiu, claro, mas foi um grande esforço. E quando terminou, balançou a cabeça dizendo:

— Não, não! Droga, não posso comê-la, essa é a verdade. Não dá para comer tortas o tempo todo. Está fora de cogitação, totalmente fora de cogitação, e a única coisa que tenho a dizer é que se danem as tortas! Acho que não consigo comer mais nenhuma.

Ele se levantou e deu passos rápidos no espaço que ocupava. E então, de repente, ouviu um barulho; ao olhar para cima, viu um alçapão no teto se abrir e um saco de farinha começar a descer aos poucos.

— Olá, olá! — gritou ele. — Sra. Lovett! Sra. Lovett!

A farinha desceu e o alçapão foi fechado.

— Ah, não suporto esse tipo de coisa — disse ele. — Não posso ser transformado em uma simples máquina para a produção das tortas. Não posso e não vou suportar isso... está além do que consigo tolerar.

Pela primeira vez desde sua quase prisão — porque era isso o que era, de fato —, ele começou a pensar em analisar com cuidado o lugar onde aquela produção tentadora acontecia.

A verdade era que sua mente andara tão ocupada no tempo em que ele havia passado ali cuidando apenas de suas necessidades físicas, que ele mal teve tempo para pensar sobre as chances de um término na carreira. Mas agora, tendo se refastelado com as tortas e cansado da escuridão do lugar, muitos medos desconhecidos começaram a tomar conta dele, e ele estremeceu ao perguntar a si mesmo onde tudo aquilo terminaria.

Foi pensando nisso que ele começou a fazer uma análise atenta do lugar e, pegando uma pequena lamparina, decidiu espiar todos os cantos, com a esperança de que conseguiria encontrar maneiras de escapar do que começava a parecer uma prisão intolerável.

O espaço onde ficavam os fornos era o maior, e apesar de vários menores estarem ligados, com diferentes máquinas para a produção de tortas, ele não conseguiu encontrar modo de sair de nenhuma delas.

Mas foi na sala em que a carne era depositada que ele prestou mais atenção, pois estava convencido de que devia haver um modo secreto de entrar naquele espaço. Logo, deveria haver um jeito de sair também, senão, como era possível que as prateleiras estivessem sempre tão cheias de carne?

Aquele espaço era maior do que qualquer outro. O teto era muito alto, e quando o homem entrava ali, sempre encontrava carne suficiente nas prateleiras, cortadas em pedaços grandes, às vezes em fatias, com os quais fazia uma fornada de torta.

Quando a carne chegava não era um mistério, e sim *como* ela chegava, pois ele também tinha que dormir às vezes, então concluiu que, naturalmente, a carne era levada em algum momento do período em que ele repousava.

Ele permaneceu no meio da sala com a lamparina na mão, e se virou lentamente, observando as paredes e o teto com o máximo de atenção, mas não conseguiu ver nem sinal de uma saída.

Na verdade, as paredes eram tão tomadas por prateleiras de pedra, que não havia espaço para uma porta sequer. E quanto ao teto, parecia estar totalmente fechado.

O piso era de terra, então não fazia sentido pensar que poderia haver um alçapão ali, pois não tinha ninguém do seu lado do chão para colocar terra por cima de novo, dando a aparência compacta de sempre.

— Isso é muito misterioso — disse ele —, e se eu acreditasse que alguém conta com a ajuda do próprio diabo para realizar as coisas, diria que é o que a sra. Lovett faz para ter ajuda aqui. A menos que a carne chegue aqui de modo sobrenatural, não consigo imaginar outra maneira. Mas, ainda assim, aqui está ela, fresca, pura e limpa, apesar de eu não conseguir diferenciar a carne de porco da carne de vitela, porque as duas se parecem.

Naquele momento, ele fez uma análise ainda mais cuidadosa do espaço, mas continuou sem concluir coisa alguma. Descobriu apenas que as paredes atrás das prateleiras eram feitas de peças lisas de pedra; além disso, ele não fez nenhuma descoberta, e estava prestes a deixar o lugar quando percebeu que havia palavras escritas do lado de dentro da porta.

Ao analisar com mais cuidado, ficou convencido de que havia várias linhas escritas com lapiseira, e com certa dificuldade, ele decifrou as seguintes palavras:

O infeliz que ler estas frases pode dizer adeus ao mundo e a toda esperança, pois é um homem fadado à morte! Nunca conseguirá sair com vida deste lugar, pois existe um segredo terrível ligado a ele, tão terrível que só de pensar em escrevê-lo faz o sangue gelar e faz a carne se soltar dos ossos. O segredo é este — e quem estiver lendo estas frases pode ter certeza de que escrevo a verdade.

Infelizmente, as palavras terminavam naquele ponto, e nosso amigo, que naquele momento já lia tudo com muito interesse, sentiu grande amargura e decepção com o fato de que o suficiente tinha sido escrito para despertar sua curiosidade ao ponto máximo, mas não a havia satisfeito.

— Isso realmente é muito provocador — disse ele. — Que segredo terrível pode ser esse? Nem por um momento consigo pensar a que possa estar se referindo.

Em vão, ele procurou mais palavras na porta — não encontrou nenhuma, e pela marca comprida que havia sido feita na última palavra, parecia que a pessoa que estava escrevendo tinha sido interrompida, e possivelmente havia tido o fim que estava prestes a explicar.

— Isso é pior do que não ter informação nenhuma. Teria sido melhor continuar na ignorância do que receber um aviso tão indecifrável. Mas eles não me terão como presa fácil. Além disso, que força no mundo pode me obrigar a fazer tortas, a menos que eu queira?

Quando saiu do lugar onde a carne era mantida, e foi para o espaço maior onde ficavam os fornos, ele pisou em um pedaço de papel que estava caído no chão, que ele tinha certeza de não ter visto antes. Era limpo e branco —não podia estar ali há muito tempo —, e ele o pegou com certa curiosidade.

Mas essa curiosidade logo se transformou em desânimo quando ele viu o que estava escrito — algo que causou nele um forte efeito, e que foi calculado para gerar um medo considerável em alguém calmo como ele, sem amigos e sem a esperança de conseguir ajuda naqueles lugar assustador, que ele começava a já suspeitar, estremecido, de que seria seu túmulo.

> *Você está se tornando insatisfeito, por isso, é necessário explicar seu verdadeiro papel aqui: você é um prisioneiro. Tornou-se prisioneiro no momento em que colocou os pés onde agora você pisa. Descobrirá que, a menos que esteja disposto a sacrificar sua vida, o melhor plano que poderá colocar em prática será concordar com as circunstâncias nas quais se encontra. Sem precisarmos entrar em discussão ou detalhes a respeito do assunto, é suficiente informar que desde que você continue a fazer as tortas, estará seguro. Mas se não aceitar, na primeira vez em que for pego dormindo, cortaremos seu pescoço.*

O papel era tão direto ao ponto, sem excesso de palavras, que era extremamente difícil duvidar de sua seriedade.

E caiu das mãos meio paralisadas daquele homem que, em meio ao desespero, e tomado por uma grande necessidade, havia aceitado uma situação da qual agora daria tudo o que podia para escapar, se fosse dono de alguma coisa.

— Meu Deus do céu! — exclamou ele. — Então estou condenado a ser escravo? Será possível que eu seja um prisioneiro na cidade de Londres, e sem ter como vencer as ameaças assustadoras que são feitas contra mim? Claro, claro, isso tudo deve ser um pesadelo! É assustador demais para ser verdade!

Ele se sentou naquele mesmo banco baixo onde seu antecessor já tinha se sentado e recebido o golpe mortal de seu assassino, cuja única misericórdia estava no fato de ter matado a vítima de uma vez.

Ele poderia ter chorado enquanto estava sentado ali, pois pensava nos anos passados, nas oportunidades que havia deixado para lá com o riso despreocupado da juventude. Pensou em todas as chances e em todas as tristezas de sua vida, e agora se via como o morador infeliz de um porão, condenado a um emprego cruel e problemático, sem nem mesmo a liberdade de se deixar passar fome, se pudesse escapar, pois sofreria a dor da morte — uma morte aterrorizante, explicitamente expressada na ameaça que havia recebido. Que sofrimento!

— Se vou morrer — ele gritou —, deixem-me morrer com uma arma na mão, como um homem corajoso deve morrer! E não reclamarei, pois há muito pouco na vida neste momento que me faça apegado a ela. Mas não quero ser assassinado no escuro.

Ele ficou de pé e, correndo até a porta que dava para a loja, ele a chacoalhou desesperadamente.

Mas uma atitude como aquela certamente era esperada e medidas foram tomadas contra ela, pois a porta era muito forte, e resistiu a todos os seus esforços. Ele só conseguiu se exaurir. Deu um passo para trás, ofegante e desesperado, e voltou a se sentar.

Então, ouviu uma voz. Ao olhar para a frente, ele viu o pequeno quadrado se abrir na parte superior da porta — por meio do qual ele já tinha sido abordado —, e um rosto apareceu ali, mas não era o rosto da sra. Lovett.

Pelo contrário, era um rosto grande e horrível, de fisionomia masculina, e sua voz era grave como um coaxo, quase desagradável aos ouvidos do infeliz, que tinha se tornado vítima da popularidade das tortas da sra. Lovett.

— Continue seu trabalho — disse a voz — ou a morte será seu prato assim que o sono tomar conta de você. Assim que você cair no sono do qual nunca despertará, exceto para sentir a dor da morte e para ter a consciência de que se engasgará com o próprio sangue. Continue trabalhando e vai escapar disso tudo. Se parar, seu destino está selado.

— O que eu fiz para me tornar uma vítima? Solte-me, e juro que nunca contarei a ninguém que já estive neste espaço. Não contaria nenhum dos segredos daqui, nem mesmo se os conhecesse.

— Faça tortas — disse a voz —, coma e seja feliz. Muitos homens invejariam sua posição... livre de todas as dificuldades da vida, recebendo abrigo e cama, envolvido em um trabalho delicioso e agradável. É de impressionar sua insatisfação!

Bang! A portinha quadrada no topo da porta se fechou, e a voz desapareceu. Mas o tom jocoso dela ainda ressoava nos ouvidos do infeliz prisioneiro, e ele cobriu a cabeça com as mãos com a impressão aterrorizante de que de fato devia estar enlouquecendo.

— Ele vai me deixar maluco — gritou ele —, já sinto um torpor tomando conta de mim pela falta de exercício. E o ar viciado deste espaço me impede de repousar adequadamente; mas agora, se fechar um olho, sentirei a faca do assassino em meu pescoço.

Ele permaneceu sentado por mais algum tempo, e nem mesmo o medo que sentia de dormir o impediu de sentir uma tontura tomar conta de seus sentidos, e seu cansaço não passava de maneira alguma... Mas ele se levantou, se chacoalhou e disse, determinado e triste:

— Devo cumprir as ordens ou morrer. A esperança pode ser ilusória aqui, mas não posso abandoná-la totalmente, e só quando ela me deixar poderei dormir e dizer: "Que a morte venha como tiver que vir, pois é bem-vinda".

Com energia desesperada e desesperadora, ele se pôs a encher as fornalhas do forno, e quando todas estavam em bom estado, ele começou a fazer uma fornada de cem tortas. Quando ele terminou, as colocou na bandeja para acionar a máquina que as levava para a loja, e pensou que aquele era um tipo de preço já pago para continuar vivendo.

Deitando-se no chão, caiu em um sono profundo.

XXIV

A noite no MANICÔMIO

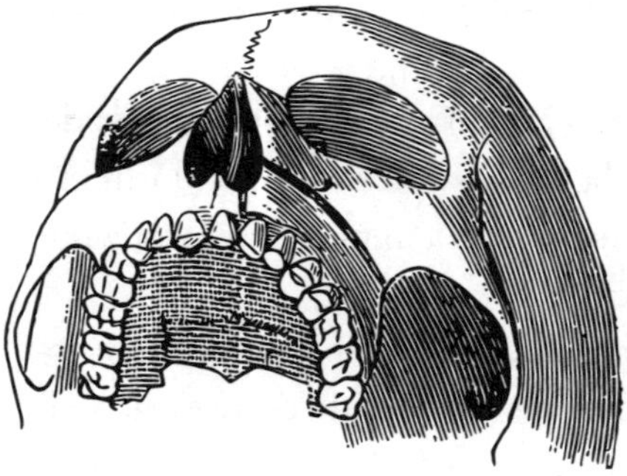

Quando Sweeney Todd havia, com uma diabólica falta de sensibilidade, sussurrado as poucas palavras de desdém no ouvido de Tobias quando o garoto foi levado para uma cela, o malvado barbeiro deu um passo para trás e se entregou a uma risada mais comprida do que o normal.

— Sr. Todd — disse o sr. Fogg —, vejo que o senhor continua risonho, mas sua risada não é a mais confortável do mundo, e raramente ouvimos algo parecido com ela, nem mesmo vindo das celas.

— Não — disse Sweeney Todd —, imagino que não. Mesmo porque, de minha parte, nunca ouvi celas rindo.

— Ah, o senhor entendeu, sr. Todd, entendeu muito bem.

— Pode ser que sim — disse Todd —, mas é bom dizer, de qualquer modo. Acho que o senhor falou algo sobre refrescos, não?

— Disse, com certeza. E se me der a honra de voltar à minha sala, acho que posso oferecer ao senhor uma taça de vinho tão bom quanto o do próprio rei, se ele fosse capaz de escolher um vinho, o que acredito que não seja.

— O que o senhor espera? — perguntou Sweeney Todd. — Que um idiota tenha discernimento para isso? Mas eu terei muito prazer em experimentar seu vinho, pois não hesito em dizer que meu trabalho hoje à noite me deixou sedento.

Neste momento, um grito foi ouvido, e Sweeney Todd se afastou da porta.

— Ah, não é nada, não é nada — disse o sr. Fogg. — Se o senhor morasse aqui há tanto tempo quanto eu moro, teria se acostumado a ouvir alguns barulhos. O pior é quando meia dúzia de malucos começam a gritar uns com os outros no meio da noite. Admito que isso é um pouco irritante.

— O que vocês fazem com eles?

— Mandamos um funcionário com o chicote, e logo damos fim aos gritos. Somos obrigados a mantê-los sob controle, caso contrário, não teríamos sossego. Inferno! O senhor está ouvindo aquele sujeito? Ele costuma ficar em silêncio, mas hoje decidiu ser ousado. Mas um de meus homens logo acabará com isso. Por aqui, sr. Todd, por favor, e como não nos encontramos com frequência, acho que precisamos tomar algo socialmente quando nos vemos.

Sweeney Todd fez muitas caretas horrorosas enquanto acompanhava o diretor do manicômio, e parecia que ele teria sentido muito prazer se pudesse quebrar a cabeça daquele sujeito — assim como sentiria bebendo seu vinho —, mas provavelmente teria preferido quebrar a cabeça do homem primeiro, e tomado o vinho depois, com calma.

Eles logo chegaram à sala ocupada pelo sr. Fogg e por seus amigos, dentro da qual havia muitas curiosidades no que dizia respeito à disciplina do manicômio, que naquela época eram consideradas indispensáveis em tais estabelecimentos.

O sr. Fogg afastou, com as mãos, muitos livros e documentos que estavam dispostos sobre a mesa, para abrir espaço. Depois de tirar a rolha de uma garrafa, ele serviu a si mesmo uma taça grande de vinho, convidando Sweeney Todd para fazer o mesmo, e este não perdeu tempo em seguir o exemplo.

Enquanto esses dois malvados conversavam, nem um pouco preocupados com a cena triste ao seu redor, o pobre Tobias era levado através de uma série de passagens amplas, e descia várias escadas em direção às celas do manicômio.

Em vão, ele tentou se livrar de quem o segurava — assim como uma lebre teria se esforçado para escapar dos dentes de um lobo —, e ninguém se importava com seus gritos. Mas de vez em quando, seu grito era tão terrível que chegava a dar medo em todo mundo.

— Não sou louco — disse ele —, é verdade, não sou louco. Solte-me e não direi nada... nem uma palavra será dita a respeito do sr. Todd. Solte-me, solte-me, e rezarei por vocês enquanto eu viver.

O sr. Watson assoviava uma canção animada.

— Se eu prometer... se eu jurar não contar nada, o sr. Todd não vai querer me manter aqui... ele só quer meu silêncio, e jurarei o que ele quiser. Fale com ele por mim, imploro, e me solte!

O sr. Watson deu início à segunda parte de sua música alegre, e quando chegou à porta devida, ele a destrancou e colocou Tobias na frente dela, antes de chutá-lo para dentro, fazendo-o tropeçar nos dois degraus que davam acesso a uma péssima cela. A única acomodação era um monte de feno seco jogado em um dos cantos.

— Pronto — disse o sr. Watson —, meu rapaz, pode ficar aqui à vontade, que alguém logo virá raspar sua cabeça. Depois disso, ficará apresentável.

— Misericórdia! Tenha misericórdia por mim!

— Misericórdia? O que diabos quer dizer com isso? Bom, que boa piada, mas posso dizer que você veio ao lugar errado à procura disso, não temos misericórdia estocada aqui. E se quiséssemos um pouco dela, teríamos que buscá-la em outro lugar.

O sr. Watson riu tanto da própria piada, que se sentiu bem, e disse a Tobias que se ele ficasse calado e dissesse "obrigado" a tudo, não seria colocado na camisa de força, apesar de o sr. Fogg ter dado essa ordem.

— Porque em relação a isso, não me importo nadinha com o que o sr. Fogg diga ou faça. O maldito não pode se livrar de mim, porque eu sei muitos de seus segredos.

Tobias não respondeu, mas deitou-se de barriga para cima no chão da cela; retorcendo as mãos em desespero. Sentiu que a própria atmosfera do lugar estava tomada por insanidade, e acreditava estar perdido.

— Nunca mais — disse ele —, vou olhar para o céu azul e para os campos verdes de novo. Serei assassinado aqui, porque sei mais do que deveria. O que pode me salvar agora? Ah, por que eu voltei para a casa de minha mãe, quando poderia estar bem longe uma hora dessas, em vez de estar condenado à morte neste lugar horroroso. O desespero me pegou!... Que barulho é esse? Um grito? Sim, sim, existe outra alma ferida além da minha nesta casa assustadora. Ah, Deus! O que será de mim? Já me sinto mal, zonzo com o ar nesta cela assustadora. Socorro, socorro, socorro! Tenham misericórdia de mim, e eu farei qualquer coisa, prometerei qualquer coisa, jurarei qualquer coisa!

Ele gritou e berrou pedindo ajuda. Chamou todos os amigos que já tinha conhecido na vida, e naquele momento, pareceu se lembrar do nome de todos que já tinham dirigido uma palavra gentil a ele. E para as pessoas que não podiam ouvi-lo, pois estavam longe demais de sua cela, ele pediu ajuda naquele momento de profundo desespero.

Por fim, zonzo, esgotado e exaurido, ele se deitou naquela cela úmida, e quase desejou que a morte viesse aliviar seu sofrimento, ainda que fosse da dor de sempre esperar por ela!

Mas seus gritos tiveram o efeito de reunir todos os espíritos terríveis que habitavam aquele lugar; e enquanto ele permanecia no silêncio da exaustão absoluta, ouviu gritos, berros e resmungos abafados de todos os lados, como seria de se esperar em um inferno com ecos assustadores.

Ele passou a suar frio conforme os sons foram se tornando mais altos, e ao olhar para a escuridão profunda da cela, sua agitação começou a ser preenchida por seres esquisitos de outro mundo; ele foi capaz de imaginar caras horrorosas sorrindo para ele, criaturas enormes e disformes subindo pelas paredes e flutuando na atmosfera úmida e pestilenta da cela fechada.

Em vão, ele cobriu os olhos com as mãos; aquelas criaturas de sua imaginação não saíam de sua mente, e ele as viu ainda mais vívidas do que antes, e se apresentando com formas mais assustadoramente tangíveis. Se tais visões continuassem a assombrá-lo, o pobre Tobias certamente teria o destino de muitos outros que, totalmente sadios, tinham sido mantidos naquele lugar, mas que em pouco tempo passaram a delirar.

— Que bela taça de vinho fresco — disse Sweeney Todd ao erguer a taça entre ele e a luz —, e que bebida agradável; suave e leve na boca, e ainda assim descendo pela garganta com um sabor forte e gostoso.

— Sim — disse o sr. Fogg —, poderia ser pior. Veja, alguns pacientes, que estão malucos e melancólicos, precisam tomar estimulantes, e seus amigos mandam vinho para eles. Este é um dos que foram enviados.

— Com certeza, sr. Fogg, não espero um ato de indiscrição de sua parte, sabendo que o senhor é um cidadão do mundo.

— Obrigado pelo elogio. Esse vinho aqui foi enviado para um senhor que havia se tornado muito melancólico, que além de ter parado de comer o suficiente para se manter de pé, assustava muito seus amigos ameaçando suicidar-se, a ponto de eles o mandarem para cá por alguns meses. E como eram receitados estimulantes, eles mandaram este vinho para ele. Mas eu o estimulei muito bem sem o vinho, pois eu bebo o vinho e dou nele um ou dois belos chutes por dia, e isso o estimula, pois ele fica tão alterado que tenho certeza de que não quer vinho algum.

— Um bom plano — disse Sweeney Todd —, mas não imagino que o senhor tenha planejado seu quarto de modo a deixá-lo livre da perturbação que têm chegado a meus ouvidos nos últimos cinco ou dez minutos.

— É impossível; não dá para escapar deles vivendo na casa. E esses homens são como uma matilha de lobos. Quando um deles começa a gritar e a uivar, os outros se unem para fazer a mesma coisa, e não param sozinhos. Nós temos que interrompê-los com pulso firme.

— Pensando nisso — disse Sweeney Todd, enquanto tirava um saco de couro do bolso —, posso pagar ao senhor o dinheiro da anuidade pelo rapaz que trouxe para cá. Veja, não me esqueci da excelente regra que o senhor tem de receber com antecedência. Aqui está a quantia.

— Ah, sr. Todd — disse o diretor do manicômio enquanto contava o dinheiro, e em seguida o enfiava no bolso —, é um prazer fazer negócios com um homem detalhista como o senhor. Fique com a garrafa, peço que beba tudo. Veja, sr. Todd, essa é uma linha de trabalho que sempre pensei que seria muito adequada ao senhor. Tenho certeza de que o senhor tem aptidão para coisas assim.

— Não como o senhor — disse Todd —, mas como certamente gosto do que é estranho e incomum, algumas das cenas e pessoas que o senhor vê seriam, sem dúvida, muito divertidas para mim.

— Cenas e pessoas, acredito! Ao longo de um negócio como o nosso, encontramos coisas esquisitas de vários tipos. E se eu decidisse fazer isso, o que decido não fazer, poderia contar algumas histórias que fariam algumas pessoas ficarem de cabelos em pé. Mas não tenho o direito de contá-las, pois fui pago pelo meu sigilo, e por que faria isso?

— Ah, nada, claro. Nada. Mas enquanto estamos bebendo nosso vinho, agora, não poderia me contar algo que não traísse a confiança de ninguém?

— Poderia, sim. Não quero dizer que não posso, e não me importo muito em contar ao senhor.

XXV

Uma história do sr. FOGG

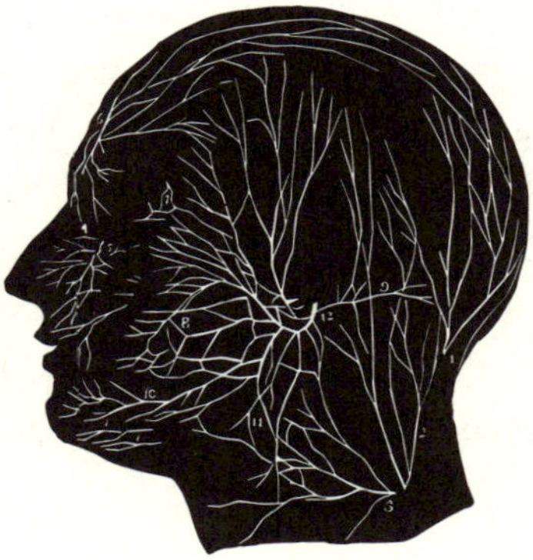

— Bem, como o senhor é um amigo, não me incomodo em contar como conduzimos os negócios aqui. Mas já vivi o suficiente, assim como outras pessoas. Sei de uma coisa ou outra, sr. Todd, e posso dizer que também já fiz uma coisa ou outra também.

— Bem, todos devemos viver e deixar viver — disse Sweeney Todd —, não temos como ir contra isso, entende? Se tudo o que já fiz pudesse falar, minha nossa! Mas não importa, estou ouvindo o que o senhor diz. E se atos pudessem falar, uma ou duas coisas inteligentes sairiam deles, acredito.

— Sim, ainda bem que não falam — disse o sr. Fogg, com muita seriedade —, pois se assim fizessem, estariam sempre falando em momentos muito inconvenientes, além de perigosos.

— Sim — disse Sweeney Todd —, em boca fechada, não entra mosca. Mas o silêncio também não traz coisas boas, e devemos falar quando sabemos que temos razão e que estamos entre amigos.

— Claro — disse Fogg —, é para isso que devemos nos expressar, e de nada adianta poder falar e não aproveitar essa possibilidade. Mas vamos, beba, e encha sua taça de novo antes que eu comece minha história. Mas devemos ter sensibilidade. Sensibilidade, como sabe, é a alma da amizade. O que o senhor acha de "sentir o que o outro sente"?

— Digo de coração — disse Sweeney Todd —, que isso me toca muito. — E enquanto falava, tomou todo o vinho da taça, que empurrou na direção de Fogg para que fosse preenchida de novo.

— Bem — disse Fogg, fazendo o que era esperado —, já sentimos isso, podemos ter o exemplo.

— *Ha! Ha! Ha!* — disse Todd. — Muito bom, muito bom mesmo. Peço que continue, será muito interessante.

— Contarei tudo como aconteceu. Nenhum dos envolvidos ainda está vivo ou, pelo menos, não estão mais neste país, o que é a mesma coisa até onde sei.

— Então é assunto morto e enterrado — comentou Sweeney Todd.

— Sim, praticamente. Bem, foi numa noite como esta, uma das bem escuras e chuvosas também, quando ouvimos uma batida à porta da frente. Eu estava sozinho, tomando uma ou duas taças de vinho. Me assustei, pois estava pensando em um assunto incômodo que tinha que resolver naquele momento. Mas fui até a porta e espiei pela grade, e só vi um homem. Vestia um casaco grande com uma capa quente capaz de derreter um iceberg. Percebi, ou acreditei, que ele não vinha com má intenção. Então, abri a porta de uma vez e vi um cavalheiro alto, mas tão coberto que não dava para saber quem ele era. Mas meus olhos são afiados, como sabe, sr. Todd. Já conhecemos muitas coisas do mundo e aprendemos a distinguir os tipos de pessoas com quem temos que lidar.

— Acho que sim — disse Todd.

— Então, eu disse: "Qual é a sua graça?". O desconhecido se calou por instantes e respondeu para mim:

"Seu nome é Fogg?", perguntou ele.

"Sim, é", respondi, "qual é sua graça, senhor?"

"Bem", disse ele, depois de outra pausa, "bem, quero ter uma conversa a sós com o senhor, se tiver tempo, sobre um assunto muito importante que tenho que resolver."

"Entre, senhor", falei, e ele entrou comigo. "É uma noite muito desagradável, e está começando a chover mais forte. Ainda bem que o senhor está abrigado."

— Ele entrou nesta mesma sala e se sentou na frente da lareira, de costas para a luz, de modo que não consegui ver seu rosto direito. Mas eu estava determinado a saber os detalhes, e assim que ele tirou o chapéu, eu remexi a lenha na lareira e criei um fogo que iluminou a sala toda. Ele me mostrou o contorno do corpo magro de meu visitante, que era um homem negro com olhos acinzentados e muito inquietos.

"Quer uma taça de vinho?", perguntei. "A noite está fria e também chuvosa".

"Sim, aceito", respondeu ele. "O senhor tem um lugar calmo aqui. Sua casa, pelo que posso ver, é afastada também. O senhor não tem muitos vizinhos."

"Não, senhor", falei. "Não precisamos, pois quando um dos coitados começassem a gritar, os vizinhos se sentiriam muito desconfortáveis."

"Sim, é verdade. Seria muito ruim para o senhor saber que estava incomodando seus vizinhos, e eles se sentiriam igualmente desconfortáveis se fossem perturbados, mas o senhor deve cumprir seu dever."

"Ah, com certeza", respondi. "Devo cumprir meu dever, e as pessoas não me pagarão para soltar os loucos, mas podem me pagar por mantê-los. Além disso, acho que alguns deles acabariam tendo a garganta cortada se eu os soltasse."

"O senhor está bem certo", disse ele. "Fico feliz que pense assim, pois estou aqui para falar de um assunto que precisa ser abordado com cuidado, uma vez que se trata de uma paciente mulher."

"Ah", falei, "sempre presto muita atenção, e não lembro de um caso do qual eu não possa tratar. Sempre faço com que eles me reconheçam, e há muita arte nisso."

"Com certeza deve haver."

"E agora, senhor, pode me dizer o que posso fazer para ajudá-lo?"

"Bem, tenho uma parente — uma parente mulher, que infelizmente está com um problema mental. Tentamos tudo o que pudemos, sem qualquer resultado. Independentemente do que fazemos, no fim das contas, não muda nada."

"Ah!", falei. "Que coisa terrível deve ser para o senhor ou para qualquer um dos amigos dela, vê-la como uma louca incurável. Minha nossa, é ruim quando um amigo ou parente morre, e temos que manter o cadáver o tempo todo em nossa casa, diante de nossos olhos."

"Exatamente, meu amigo", disse o desconhecido, "exatamente, o senhor é um homem de discernimento. Pode imaginar, então, por nossos sentimentos, quando temos que nos despedir de um ente querido."

— Enquanto ele falava, ele se virou para mim e me olhou com muita seriedade.

"Bem", eu disse, "seu caso é muito sério. Ter um conhecido com problemas é muito desgastante. É como ter um peso que não sai das costas."

"Então, nós nos entendemos, certo?", perguntou o desconhecido.

"Espero que seja vantajoso para nós dois", falei, "porque pessoas assim não se encontram todo dia, e não nos encontraríamos à toa. Então, nos assuntos mais delicados e confidenciais, o senhor pode me orientar."

"Percebo que o senhor é um homem muito inteligente", disse ele, "bem, bem, devo remunerá-lo de acordo com seus talentos. Como o senhor trabalha: por tarefa ou por ano?"

"Bem", falei, "para ser gentil, pode ser de qualquer modo, mas depende totalmente das circunstâncias. É melhor que eu saiba exatamente o que tenho que fazer."

"Veja bem, trata-se de uma jovem com cerca de dezoito anos, e ela é um tanto problemática; grita de repente, essas coisas. Quero que ela receba cuidados, uma vez que a loucura dela não parece ter um padrão, e às vezes ela engana a maioria de nós, pois ela se torna violenta do nada, e ataca as pessoas com os dentes."

"Ela está mal assim?"

"Sim, muito. É impossível mantê-la em casa. E eu imagino que será muito trabalhoso trazê-la para cá. Direi como será. Vou pagar o valor anual para que ela tenha abrigo e cuidados, e o senhor vai me ajudar a prendê-la e a acalmá-la. Será trabalhoso."

"Muito bem", eu disse, "concordo; mas o senhor deve dobrar o valor, por favor. Será caro vir e fazer o trabalho bem."

"Compreendo. Muito bem, não vamos discutir por pouco. Mas o senhor saberá como cuidar dela se ela vier para cá."

"Ah, sim, é um lugar muito saudável."

"Mas não sei se saúde é algo bom para alguém nessas circunstâncias. Afinal, quem consideraria ruim uma morte precoce para alguém tão prejudicado?"

"Ninguém consideraria", eu disse, "se soubessem pelo que passam as pessoas loucas."

"Isso é verdade, mas a questão é que não consideram, e só olham as coisas de um ponto de vista. Da minha parte, acho que a natureza deve acabar com essa aflição, retornando ao estado de não existência."

"Bem", falei, "pode ser como queira. Não entendo nada, mas vou dizer uma coisa: se ela falecer muito antes do que o senhor prevê, espero que não veja problemas em pagar uma quantia por minha perda."

"Ah, não! E para mostrar que não penso em coisas desse tipo, darei ao senhor duzentas libras quando o atestado de óbito dela puder ser feito. Compreende?"

"Claro."

"A morte dela terá pouco valor para mim sem essa prova jurídica", disse o desconhecido, "então ela pode morrer quando quiser, ou viver enquanto puder."

"Com certeza", eu disse. "Mas conte-me como posso encontrá-lo."

"O senhor pode ficar na esquina da Grosvenor Street, perto da Parklane?"

"Sim, sem dúvidas", respondi.

"Espero que o senhor tenha uma carruagem confiável, porque pode haver um pouco de barulho. Tentarei evitar, se possível, mas nem sempre conseguimos o que queremos. O senhor deve ter bons cavalos."

"Direi qual é meu plano. Ou melhor, se o senhor não se importar com os danos, se acontecerem."

"Quais são?"

"Por exemplo: se um cavalo cair, e se machucar, ou se exaltar — o senhor arcaria com os custos?"

"Sim, claro."

"Então, ouça: já passei mais por isso do que o senhor. Então, tive uma experiência que o senhor não tem. Vou querer um cavalo rápido ou uma carruagem coberta – uma que percorra cerca de dezessete quilômetros por hora, sem erro."

"Mas será o suficiente?"

"Sim, tem espaço como uma carruagem grande, mas não tão convenientemente. Mas não temos ninguém que nos leve, e não deve faltar."

"Bem, talvez seja melhor. Mas chame um homem em que possa confiar, porque se for possível, bem, não quero estar envolvido."

"É preciso que esteja", eu disse. "Em primeiro lugar, preciso de um homem para cuidar do local aqui. Então, se conseguir controlar a moça, eu vou guiar, e conheço a estrada tão bem quanto conheço a palma da minha mão. Gostaria de envolver o menor número de pessoas possível."

"Sua precaução é muito boa. E devemos ser os únicos a tomar conhecimento disso. Acredito que isso seja o melhor que posso fazer. O que me diz?"

"Está ótimo. Quando ela vier para cá, e depois de alguns dias, posso dizer o que fazer com ela."

"Exatamente, e agora, boa noite. Aqui está o dinheiro que prometi, e repito, boa noite! Nós nos veremos no horário combinado."

"Tome mais uma taça", falei. "Vai lhe fazer bem, e não pegará chuva."

— Ele tomou uma taça de vinho, e então, cobrindo o rosto com o chapéu, saiu da casa. Fechei a porta e entrei, pensando em qual seria a recompensa por meus esforços.

— Bem, no horário marcado, aluguei uma carruagem com cobertura, e fui para a cidade. Na esquina da Grosvenor Street, tarde da noite, esperei por uma hora ou mais até conseguir ver alguém. Entrei em uma casinha para pegar um copo de destilado para me manter aquecido, e quando saí, vi alguém de pé na frente de meu cavalo. Fui até lá imediatamente.

"Ah, aqui está o senhor", disse ele.

"Sim, estou aqui", respondi, "e estou aqui sabe Deus há quanto tempo. O senhor está pronto?"

"Sim, estou", disse ele ao entrar na carroça. "Venha ao lugar que eu disser, vou apenas colocá-la dentro da carruagem, e o senhor deve fazer o resto."

"O senhor deve voltar comigo. Talvez precise de ajuda na estrada, e não trouxe nenhum ajudante."

"Sim, irei, e o senhor cuidará de enfrentar todas as casualidades da estrada, pois eu talvez esteja ocupado demais impedindo-a de gritar quando acordar."

"O quê? Ela está dormindo?"

"Dei a ela uma pequena dose de láudano, o que fará com que ela durma confortavelmente por uma ou duas horas, mas o ar frio e o movimento provavelmente a acordarão primeiro."

"Cubra-a com alguma coisa para mantê-la aquecida, e deixe algo pronto para enfiar em sua boca para o caso de ela começar a gritar."

"Ótimo", respondeu ele. "Agora espere aqui. Vou entrar na casa. Passados alguns minutos, o senhor pode subir em silêncio, e esperar do outro lado do poste."

— Enquanto ele falava, saiu e caminhou até uma casa grande na qual entrou silenciosamente, e deixou a porta entreaberta. Depois disso, eu levei o cavalo em silêncio até o poste, e quando me posicionei, o cavalo e a parte da frente da carruagem ficaram totalmente no escuro. Eu mal havia chegado ao ponto combinado quando a porta se abriu, e ele olhou para fora para ver se havia alguém passando. Eu o chamei e ele saiu. Veio com o que parecia ser um monte de roupas, mas era apenas a jovem e algumas roupas que ele havia levado consigo.

"Entregue-a a mim", eu disse.

— Peguei a menina nos braços e a coloquei dentro da carruagem pela parte de trás. Deixei-a em cima de um pouco de feno, e amontoei roupas embaixo dela, para impedir que o chacoalhar a acordasse.

"Bem", eu disse, "o senhor pode vir aqui atrás e se sentar ao lado dela. Ela está bem, o senhor que parece estar nervoso. Deixe que eu dirijo."

"É porque corri com ela em meus braços, e isso me deixou ofegante."

"É melhor tomar um pouco de brande", eu disse, minutos após apear os cavalos.

"Não, não! Não pare."

"Bobagem, bobagem!", respondi, parando. "Este é o último estabelecimento pelo qual passarei para poder tomar um bom copo de brande quente e água. Vamos, o senhor tem troco? Um soberano deve bastar, porque eu talvez precise de troco na estrada. Vamos, depressa."

— Ele me entregou um soberano, dizendo: "Não acha perigoso pararmos? Podemos ser observados, ou ela pode acordar."

"Nem um pouco. Ela está roncando alto demais para acordar agora, e o senhor acabará caindo sem a bebida. Então, fique de olho na rapariga e vai conseguir recuperar a calma de novo."

— Enquanto eu falava, saí e peguei dois copos de brande e de água. Quente, forte, doce. Em cerca de dois minutos, saí do estabelecimento.

"Aqui está", falei. "Beba... beba tudo. Isso vai fazer com que o senhor arregale os olhos."

— Falei a verdade, e com minha orientação e seu nervosismo e pressa, ele bebeu metade em um gole só. Nunca vou me esquecer da cara dele. *Ha! Ha! Ha!* Não consigo me controlar. Imagine a garota dentro de uma carruagem coberta, com tudo escuro, tão escuro que mal era possível ver os contornos da sombra de um homem — e então imagine, se conseguir, um par de olhos atentos que brilhavam no escuro como olhos de gato, de repente brilhando, e então se revirando, mostrando as partes brancas de um modo horrível, e então imagine o copo caindo, e o homem levando uma mão à garganta e a outra à barriga. Uma voz meio fina saiu de sua garganta, e então algo parecido com uma ofensa e um resmungo foram dados por ele.

"Droga", eu disse. "O que foi agora... O senhor tomou todo o destilado. Está muito nervoso. É melhor tomar outra dose."

"Não, não, chega", disse ele, com a voz fraca, rouca. "Já chega, pelo amor de Deus. Estou quase engasgado, minha garganta está ardendo, minhas entranhas estão pegando fogo."

"Eu disse que estava quente", falei.

"Sim, quente, fervendo. Vá em frente. Estou morrendo de dor. Sigamos."

"Tem água ou algo com que esfriar a garganta?", perguntei.

"Não, não. Siga em frente."

"Sim", falei, "mas o brande e a água estão quentes. No entanto, estão descendo depressa agora. Depressa mesmo, aqui está o último gole", e ao dizer isso, eu engoli, voltei com o copo e paguei pelo prejuízo.

— Isso não demorou nem cinco minutos, e fomos pela estrada bem depressa, e estávamos bem. Meu amigo atrás de mim se recuperou do ardor, apesar de estar com a barriga doendo, e os intestinos estavam em um estado desconfortável. Mas ele estava melhor. E fomos embora, com o cavalo batendo os cascos no chão, e as rodas do veículo fazendo barulho, a menina ainda desacordada no mesmo estado de inconsciência no qual estava quando chegou. Sem dúvida, ela tinha tomado uma dose maior de ópio do que admitiria. Isso não foi nada para mim, tornou tudo melhor, porque ela não deu trabalho, e tudo ficou mais seguro. Chegamos com facilidade, fomos até a porta, que foi aberta depressa, saímos, pegamos a garota e a levamos para dentro. Assim que essas portas se fecham, as pessoas podem ficar tranquilas de que assim ficarão, e ninguém sai com facilidade, exceto em um paletó de madeira. Na verdade, nunca perdi um paciente de nenhuma outra maneira; sempre mantemos uma conexão, e eles costumam ficar tão satisfeitos que nunca tiram ninguém daqui. Bem, eu a levei para dentro e a deixei em um quarto, sozinha, em uma cama. Ela era uma boa menina, bonita, as pessoas diriam, e tinha uma voz baixa e meiga. Mas chega disso!

"Ela está bem", falei quando voltei para esta sala. "Está tudo bem — eu a deixei."

"Ela não está morta?", perguntou ele, com muito terror.

"Oh! Não, não! Só está dormindo, e ainda não despertou dos efeitos do láudano. Agora pode me pagar o dinheiro de um ano com antecedência?"

"Sim", respondeu ele ao me entregar o dinheiro, e o resto do que devia. "Bem, como posso voltar para Londres hoje?"

"É melhor o senhor ficar aqui."

"Ah, não! Eu também ficaria louco se permanecesse aqui. Preciso sair daqui logo."

"Bem, o senhor vai para a hospedaria do vilarejo?"

"Onde fica isso?"

"Cerca de um quilômetro e meio — o senhor vai encontrar com facilidade. Eu levarei o senhor e o deixarei lá. Vamos com a carruagem."

"Muito bem, que seja. Eu irei. Bem, bem, estou feliz por isso estar terminado, e quanto antes terminar para sempre, melhor. Sinto muitíssimo por ela, mas não há como evitar. Isso a matará, não tenho dúvida. Mas é o melhor. Ela vai escapar da tristeza com sua partida, e nos livrará do peso do cuidado."

"Que assim seja", respondi. "Mas vamos, precisamos partir de uma vez, se vamos mesmo."

"Sim, sim", disse ele depressa.

"Então, vamos. O cavalo ainda está com a sela, e se não nos apressarmos, podemos chegar tarde demais para conseguir um abrigo para a noite."

"Ótimo", disse ele, meio alterado. "Estou pronto, muito pronto."

— Deixamos a casa e fomos até a hospedaria em um ritmo bom, onde chegamos em cerca de dez minutos ou menos, e então entreguei o cavalo, e levei o rapaz para a hospedaria, e voltei o mais rápido que pude a pé. E pensei: "Bem, pronto, tive um bom dia... fui bem remunerado pelo trabalho e não tive problemas na estrada." Cheguei à conclusão de que se o caso terminasse depressa, eu teria mais dinheiro no bolso do que se ela estivesse viva, e ela estaria bem mais feliz no céu do que aqui, sr. Todd.

— Sem dúvida — disse o sr. Sweeney Todd, — sem dúvida, é uma observação sensata do senhor.

— Bem, então, comecei a agir para descobrir como lidar com a questão, e eu a observei até que ela despertasse. Ela olhou ao redor e pareceu muito surpresa e confusa, e não parecia entender onde estava, e eu permaneci próximo.

— Ela suspirou fundo e levou a mão à cabeça, parecendo, por um tempo, incapaz de compreender o que havia acontecido com ela, ou como havia chegado aqui. Mandei um pouco de chá para ela, pois não estava preparado para colocar meu propósito em ação, e ela pareceu se recuperar e fez algumas perguntas, mas meu assistente era mudo e não falava, e ela acabou muito assustada. Eu a deixei assim por uma ou duas semanas, e então, um dia, fui até sua cela. Sua aparência havia se alterado muito, ela estava muito pálida.

"Bem", eu disse, "como a senhorita está agora?"

— Ela olhou no meu rosto e deu de ombros. Mas disse com uma voz calma, olhando ao redor: "Onde estou?".

"A senhorita está aqui", respondi, "e ficará muito à vontade se ficar tranquila, mas será colocada na camisa de força se não ficar calma."

"Santo Deus!", ela exclamou, unindo as mãos. "Eles me colocaram aqui em um..."

— Ela não conseguiu completar a frase, e eu disse a palavra que ela não tinha dito, e então ela gritou: "Uma casa de malucos!".

"Vamos", eu disse, "assim não será bom. A senhorita deve aprender a ficar quieta, ou sofrerá consequências assustadoras."

"Ah, misericórdia, misericórdia! Não farei nada de errado! O que fiz para ser trazida para cá? O que eu fiz? Eles podem ficar com tudo o que tenho se me deixarem viver livre. Não me importo onde ficarei nem quanto dinheiro terei. Ah, Henry, Henry! Se você soubesse onde estou, viria me salvar? Sim, você viria!"

"Ah", eu disse, "não há nenhum Henry aqui, e é melhor a senhorita se acostumar a ficar sem ele."

"Eu não consigo acreditar que meu irmão tenha sido tão mau. Não o considerava malvado. Apesar de saber que ele era egoísta, malvado e rígido, ainda assim não pensei que ele pudesse ser tão mau. Mas ele pensa em tirar de mim toda a minha propriedade — sim, foi por isso que ele me mandou para cá."

"Sem dúvida", falei.

"Conseguirei sair?", perguntou ela com um tom de dar pena. "Não me diga que devo passar a vida aqui."

"Deve, sim", respondi. "Enquanto ele estiver vivo, a senhorita nunca sairá daqui de dentro."

"Ele não conseguirá isso, pois tenho escrituras comigo que ele nunca conseguirá ter; ele pode me matar, mas não pode se beneficiar de minha morte."

"Bem", eu disse, "bem feito para ele. E como conseguiu isso? Como conseguiu manter essas escrituras?"

"Não importa. É algo pequeno, e eu o protegi. Não pensei que ele faria isso, mas pode ser que ele ainda ceda. O senhor pode me ajudar? Poderei ser rica, e posso pagar bem."

"Mas e seu irmão?", perguntei.

"Ah, ele é rico sem o meu dinheiro, mas é extremamente avarento. Mas se o senhor disser que vai me ajudar, que só vai me ajudar a sair daqui, não vai sair em prejuízo."

"Muito bem", respondi. "Pode me dar essa escritura como garantia de que cumprirá sua promessa?"

"Sim", respondeu ela, tirando a escritura — um pequeno pergaminho — do peito. "Fique com ela, e deixe-me sair. O senhor será muito bem recompensado."

"Ah!", respondi, "mas primeiro a senhorita deve me deixar resolver essa questão com meus empregados. Deve estar louca de verdade. Não sabemos de jovens que levam escrituras e pergaminhos com elas quando estão em sã consciência."

"O senhor não pretende me trair?", perguntou ela, levantando-se depressa e correndo em direção à escritura, que coloquei com cuidado no bolso de meu casaco.

"Ah, não! Mas ficarei com a escritura e falarei com seu irmão a respeito desse assunto."

"Meu Deus! Meu Deus!", ela exclamou, e então voltou a se sentar na cama, e um instante depois, estava coberta de sangue. Uma veia havia se rompido.

— Mandei chamarem um cirurgião e um médico, e os dois disseram que ela não podia ser salva, e que só tinha poucas horas de vida. E assim foi, ela morreu meia hora depois, e então eu busquei as autoridades para poder enterrá-la; e conseguindo a certidão dos profissionais médicos, não tive dificuldade, e ela foi enterrada confortavelmente sem nenhum problema.

— Pensei: "Bem, esse caso é muito cômodo, mas será mais rentável do que pensei, e preciso conseguir minha recompensa primeiro. E se houver qualquer dificuldade, tenho a escritura com a qual me garantir."

— Ele voltou no dia seguinte, e apareceu com um semblante bem triste.

"Bem", disse ele, "como as coisas estão aqui?"

"Muito bem", respondi. "Como está sua garganta?"

— Pensei que ele estivesse olhando para mim com malícia, como se quisesse indicar que eu arcaria com tudo.

"Está bem", respondeu ele, "mas eu me senti mal por três dias. Como está a paciente?"

"Extremamente bem", respondi.

"Ela reagiu bem, não é? Eu não esperava isso, mas não importa. Pelo visto, ela vai durar muito. O senhor não testou o sistema de susto, certo?"

"Não foi preciso", respondi, colocando a certidão de óbito na mão dele.

— Ele deu um salto como se tivesse sido picado por uma cobra, e empalideceu. Mas logo se recuperou e sorriu com tranquilidade ao dizer: "Ah! Bem, vejo que o senhor foi eficiente. Mas eu gostaria de tê-la visto, para poder perguntar a respeito de uma escritura perdida, mas não importa".

"Quanto às duzentas libras", eu disse.

"Bem, acho que cem bastam, se considerarmos quanto o senhor recebeu, e o curto espaço de tempo: o senhor recebeu por um ano de internação com antecedência."

"Sei que recebi. Mas por ter feito mais do que o senhor esperava, e em menos tempo, em vez de me dar mais, o senhor pretende me oferecer menos."

"Não, não, não... o... como o senhor disse? Não dissemos nada a respeito —, mas aqui estão cem libras, e o senhor está bem pago."

"Bem", eu disse, pegando o dinheiro, "quero receber quinhentas libras, de qualquer modo, e a menos que o senhor me dê, direi a outras pessoas onde uma certa escritura está."

"Que escritura?"

"A escritura a que está se referindo. Dê-me mais quatrocentas e poderá ficar com ela."

— Depois de muita conversa e discussão, ele me deu o dinheiro, e eu entreguei a ele a escritura, com a qual ele ficou bem satisfeito, mas olhou com firmeza para o dinheiro, parecendo sofrer muito por ele. Desde então, ouvi dizerem que ele foi desafiado pelo namorado de sua irmã, e eles travaram um duelo, e ele perdeu... e morreu. O namorado partiu para o continente, onde vive desde então.

— Ah — disse Sweeney Todd —, o senhor, sem dúvida, fez o melhor negócio: ninguém ganhou nada, só o senhor.

— Ninguém até onde eu saiba, exceto parentes distantes, e eu me saí muito bem. Mas o senhor sabe que não posso viver sem nada: tenho um custo para manter minha casa e porão, mas me mantenho nos negócios, então os negócios vão me mantendo.

XXVI

Coronel JEFFERY *fica de tocaia*

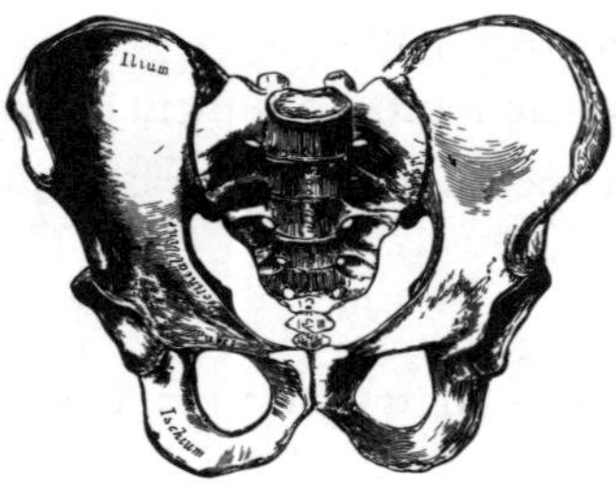

Se disséssemos que o Coronel Jeffery estava insatisfeito com a situação das coisas em relação ao desaparecimento de seu amigo Thornhill, ou que ele havia decidido esperar as coisas se resolverem sozinhas com o passar do tempo, estaríamos sendo muito injustos com o cavalheiro.

Pelo contrário: ele era uma dessas pessoas determinadas que, quando dão início a uma coisa, se esforçam ao máximo para conclui-la, e não se satisfazem com um esforço que não deu certo.

Sendo assim, ele não pretendia desistir do caso do sr. Thornhill, de maneira alguma.

Mas ele não se precipitou. Seus hábitos de disciplina militar e os muitos anos passados em acampamentos — onde qualquer coisa feita com pressa e confusão é reprovada — faziam com que ele parasse antes de decidir qual plano colocar em ação. E essa pausa não era uma medida de precaução para com os perigos do plano que se sugeria, uma vez que ele nem pensava nisso. E se pensasse em outro plano, ainda que este colocasse sua vida em grande risco, mas que parecesse ter mais chances de cumprir o objetivo, ele o colocava em ação de bom grado.

E naquele momento ele começou a pensar muito sobre o que poderia ser feito em relação a um assunto que ainda parecia estar envolvido no maior dos mistérios.

Ele não tinha dúvidas de que o ajudante do barbeiro, que tinha sido abordado por ele e por seu amigo, o capitão, sabia de algo fora do comum. Muito menos de que era o medo que o impedia de revelar esse algo, e como o coronel disse:

— Se o medo faz com que o garoto faça silêncio em relação

ao assunto, pode ser que o medo também o faça falar. E não vejo motivos para não agirmos como age Sweeney Todd nessa questão.

— O que propõe, então? — perguntou o capitão.

— Eu diria que o melhor plano seria vigiar a barbearia e pegar o garoto, e podemos encontrar um meio de fazer isso.

— Tirá-lo dali!

— Sim, com certeza. E como é muito provável que o medo que ele sente do barbeiro seja algo fantasioso, poderemos afastar esse medo quando ele estiver em nosso poder. E quando ele perceber que podemos e vamos protegê-lo, talvez saibamos tudo o que ele tem a dizer.

Após mais alguma discussão, o plano foi definido; e o capitão e o coronel, após minucioso reconhecimento da Fleet Street, descobriram que se assumissem um posto à janela de uma taverna, que ficava do outro lado da rua e em frente à barbearia, conseguiriam ver bem quem entrava e quem saía, e certamente veriam o garoto em algum momento do dia.

Esse plano de ação sem dúvida teria sido muito bem-sucedido, e Tobias teria caído na mão deles se, infelizmente, ele já não tivesse sido pego por Sweeney Todd. E não podemos deixar de notar que foi um azar muito infeliz para todas as pessoas em cujos destinos estamos tão interessados, e por quem esperamos ter conseguido despertar no leitor um sentimento de grande solidariedade. Se Tobias tivesse esperado ao menos vinte e quatro horas para vasculhar a casa do barbeiro, teria escapado do terrível destino que o esperava, e também Johanna Oakley teria sido poupada de muito perigo, que posteriormente recaiu sobre ela.

Mas não devemos nos antecipar. E as aventuras aterrorizantes que ela teve que viver antes de ser recompensada por suas grandes qualidades e sua nobre perseverança falarão por si, bem alto.

Logo cedo, os dois amigos assumiram seu posto no estabelecimento quase em frente à barbearia de Sweeney Todd, na Fleet Street; e então, tendo combinado com o senhorio da casa que eles deveriam poder permanecer no quarto sem serem perturbados e por quanto tempo quisessem, os dois se sentaram à janela, e ficaram de olho na casa de Todd.

Durante o tempo que passaram ali, o Coronel Jeffery contou ao capitão, pela primeira vez, sobre o grande afeto que sentia por Johanna — e que nela havia encontrado o amor finalmente. E também, que ela era o único ser no mundo com quem ele acreditava poder experimentar a doçura da vida doméstica sem arrependimento.

— Ela tem toda a beleza que a imaginação mais fértil pode supor — disse ele —, e juntamente com esse charme, que certamente é inigualável, já conheço o suficiente dela para me convencer de que ela tem uma mente pura, como nenhum outro ser humanos no mundo tem.

— Com tantos sentimentos e considerações por ela, seria de se estranhar — disse o capitão — se você não a amasse como agora diz amar.

— Não poderia ser alheio a seus atrativos. Mas compreenda, meu caro amigo, apesar de meu recém-desenvolvido interesse por essa jovem e bela criatura, não pretendo cometer a injustiça de não usar todos os recursos que tenho para descobrir se Thornhill e Mark Ingestrie são a mesma pessoa. É com sinceridade que afirmo que a felicidade dela é mais importante para mim do que a minha.

— Compreendo — disse o capitão —, e lhe dou crédito pela grande sinceridade. Sinto-me suficientemente interessado no destino dessa jovem criatura para desejar que ela se convença de que seu amado não está mais vivo. E de que com certeza ela melhoraria de seu pesar tornando-se sua esposa. Afinal, por tudo o que sabemos desse tal Ingestrie, parece que ele não é o indivíduo mais estável que existe, e talvez não seja exatamente o tipo de homem capaz de fazer feliz uma garota como Johanna Oakley.

— Agradeço pela gentileza para comigo, meu amigo, que orientou esse discurso, mas...

— Veja! — disse o capitão, de repente. — Veja, o barbeiro!

— O barbeiro? Sweeney Todd?

— Sim, sim, ele está ali. Você não o vê? Ele está ali, e parece que fez uma viagem longa. Fico tentando imaginar o que ele andou fazendo. Está coberto de lama.

Sim, ali estava Sweeney Todd, abrindo a barbearia por fora com uma chave que, depois de muito procurar, ele tirou do bolso. E como o capitão disse, ele de fato parecia ter feito uma viagem muito comprida, pois estava todo sujo de lama. Sua aparência, de modo geral, dava a impressão de que ele devia ter chegado a Londres naquela manhã.

E era o que de fato tinha acontecido, pois depois de permanecer com o diretor do manicômio na esperança de que o tempo ruim melhorasse, ele havia sido levado a desistir disso. E como não tinha esperança de uma melhora, entregou-se ao prazer, se é que poderia ser chamado assim, de caminhar até sua casa com lama até os joelhos naquela vizinhança imunda.

Mas sentiu certa satisfação por saber que havia se livrado de Tobias.

— *Ha!* — disse ele ao se aproximar de seu estabelecimento na Fleet Street. — O mestre Tobias está em segurança; ele não vai mais me dar trabalho, isso está bem claro. É incrivelmente conveniente ter um amigo como Fogg, que por consideração chegará ao ponto de cuidar de uma das tarefas mais desconfortáveis. É bem possível que aquele garoto possa ter direcionado minha destruição. Gostaria de poder, com os meios que tenho agora graças ao colar de pérolas e unidos a meus outros recursos, deixar os negócios; e não ser obrigado a correr o risco e passar pelo inconveniente de contratar outro garoto.

Sim, Sweeney Todd gostaria de poder fechar seu estabelecimento na Fleet Street de uma vez por todas, mas temia que quando John Mundel descobrisse que seu cliente não havia voltado para pegar as pérolas... Bom, provavelmente John Mundel as venderia, e o grande valor que tinham acabaria chamando muita atenção. E com isso, alguém que já conhecesse a história delas apareceria, sem sombra de dúvidas.

"Devo me manter calado", ele pensou, "pois apesar de achar que estava muito bem disfarçado, e de não haver a possibilidade de que alguém — nem mesmo o próprio John Mundel — reconhecer Sweeney Todd, o pobre barbeiro de Fleet Street, como o nobre que foi pegar oito mil libras emprestadas à pedido da Rainha, deixando como garantia um colar de pérolas, ainda assim há uma possibilidade pequena de perigo, e se houver problemas em relação às pedras preciosas, é melhor que eu me mantenha no escuro até essa perturbação passar totalmente".

Isso, sem dúvida, foi uma atitude admirável da parte de Todd que, apesar de se considerar um homem rico, não havia se esquecido de toda a prudência e o tato que haviam feito dele um tipo de pessoa das mais invejadas.

Demorou alguns minutos para que ele conseguisse enfiar a chave na fechadura da porta de entrada, mas conseguiu por fim, e desapareceu diante dos olhos do coronel e de seu amigo, entrando em sua casa e fechando a porta no mesmo instante.

— Bem — disse o Coronel Jeffery —, o que você acha disso?

— Não sei o que pensar além de ele esteve fora da cidade, como o estado de suas botas deixa claro.

— Deixa, sim. E parece que ele esteve bem longe, pois a lama em suas botas não é lama de Londres.

— Com certeza não. Parece totalmente diferente. Mas veja, ele está saindo de novo.

Sweeney Todd saiu da casa dele, sem nada cobrindo a cabeça, e começou a tirar as placas das janelas de sua loja. E como eram apenas três, ele conseguiu fazer isso em poucos segundos, e logo voltou para dentro com elas nas mãos.

Essa foi a cerimônia realizada na abertura da loja de Sweeney Todd, e a única surpresa que nossos amigos tiveram foi que, mesmo tendo um ajudante, Todd aceitava ser útil e abrir o estabelecimento. O garoto não foi visto, ainda que certamente já tivesse passado da hora de ele ter chegado. E Todd certamente não era o tipo de homem capaz de ser indulgente com um garoto, a quem ele empregava para ajudá-lo, a ponto de permitir que ele chegasse quando todo o trabalho pesado do início da manhã já tivesse sido feito.

Mas aparentemente parecia ser este o caso, pois Todd surgiu com uma vassoura e começou a varrer a loja com uma rapidez e uma atenção que pareciam indicar que ele não realizava aquela operação de muito boa vontade.

— Onde pode estar o garoto? — perguntou o capitão. — Sabia que, por mais que eu não pareça ter motivos para tal suposição, não consigo parar de acreditar que o fato de Todd ter saído da cidade tem, de alguma maneira, a ver com o fato de o menino não ter aparecido hoje?

— De fato, eu também pensei nisso, e quanto mais penso, mais me convenço de que se for isso mesmo, então nossa vigília será infrutífera. É provável que o malvado tenha descoberto que andamos fazendo perguntas sobre o menino e julgado adequado matá-lo?

— Não vamos tão longe — disse o capitão — em uma simples conjectura. Lembre-se de que no momento não sabemos de nada, apesar das nossas suspeitas, e que o simples fato de não sermos capazes de localizar

Thornhill além do estabelecimento desse homem não serve como base para uma acusação.

— Sei de tudo isso, e sinto que devemos ser cuidadosos. Ainda assim, as circunstâncias têm ganhado maior probabilidade na minha mente a cada dia que passa, e já vejo Todd como um assassino.

— Devemos continuar nossa vigília?

— Não vejo muita utilidade nisso. Talvez consigamos ver algo que nos interesse; mas tenho a incrível impressão de que não veremos o garoto que queremos ver. Mas, de qualquer modo, o barbeiro já está recebendo um cliente, veja.

Quando eles olharam para o outro lado da rua, viram um homem bem-vestido que, pelo modo de ser portar, não podia não ser londrino. Ao se aproximar do estabelecimento de Sweeney Todd, os amigos viram que ele tocou seu queixo, como se tentando decidir se havia ou não a necessidade de se barbear.

A discussão, se estivesse ocorrendo em sua mente, acabou vencendo pelo sim, pois ele entrou na barbearia de Todd, tornando-se o primeiro cliente a ser atendido naquela manhã.

O coronel e seu amigo não conseguiam ver dentro do estabelecimento de Todd, mesmo se a porta estivesse aberta — o que não estava —, e mesmo que estivessem mais perto, todo o lado de dentro da barbearia teria ficado escondido.

Eles não se interessaram muito pelo homem que havia entrado na barbearia, que era uma pessoa bem comum; mas depois de muito tempo se passar sem que ele saísse, eles começaram a se sentir meio inquietos. E quando outro homem entrou, saindo barbeado apenas cinco minutos mais tarde sem que o primeiro tivesse dado sinal de vida, eles não souberam o que pensar, e se entreolharam em silêncio por alguns instantes. Por fim, o coronel disse:

— Meu amigo, esperamos aqui por nada? O que pode ter acontecido com o homem que vimos entrar na barbearia e que podemos jurar que não saiu?

— A que conclusão podemos chegar?

— Nenhuma, apenas que ele morreu lá dentro. E isso, independentemente de qual tenha sido seu destino, não pode ser o mesmo que teve o pobre Thornhill. Não aguento mais isso. Fique aqui, vou sozinho.

— Não, de jeito nenhum; você embarcaria em um perigo desconhecido. Não tem como saber as maldades das quais um homem é capaz. Não entre ali sozinho, coronel, não deve fazer isso. Mas algo deve ser feito. E ainda acho que não deve ser nada desesperador, como pensa.

— Emergências desesperadas exigem soluções desesperadas.

— Sim, como princípio geral, concordo com você também, coronel. Mas ainda acho que neste caso tudo pode ser posto a perder pela precipitação, e nada ganharemos com ela. Temos que agir de modo calmo e sutil, e se fizermos algo que o desagrade, não deve ser algo feito abertamente em condições normais, como nós dois gostaríamos que fosse.

— Bem, bem — disse o coronel. — Não posso dizer nada além de que você tem razão.

— Sei que tenho, estou certo. Agora, ouça: acho que já avançamos o suficiente sem ajuda nessa situação, e que está na hora de chamarmos outras pessoas nesse enredo.

— Não entendo o que quer dizer.

— Quero dizer que se, na busca por esse objetivo, alguma coisa acontecer comigo ou com você, é totalmente assustador pensar que esta história terminaria aqui.

— Verdade, verdade; e quanto a Johanna e sua amiga Arabella, o que elas poderiam fazer?

— Nada além de se exporem a grande perigo. Bem, fico feliz por ver que nós dois nos entendemos em relação a essa questão. Você com certeza já ouviu falar de Sir Richard Blunt.

— Sir Richard Blunt... Blunt... ah, você se refere ao magistrado?

— Sim, e o que proponho é que conversemos com ele, em particular e confidencialmente, a respeito da questão. O resultado de colocar o assunto nas mãos dele será o de que, se formos derrotados por força ou por fraude, não ficaremos totalmente sem vingança.

— Sua proposta tem sentido.

— Eu sabia que faria sentido. Pensando bem, ah, Coronel Jeffery, você é muito impulsivo.

— Bem — disse o coronel, em tom levemente jocoso. — Devo dizer que não acho essa acusação muito adequada, pois certamente já o vi fazendo coisas bem impulsivas.

— Não vamos discutir isso. Mas como você concorda comigo em relação ao assunto, não deve se recusar a me acompanhar logo até a casa de Sir Richard Blunt.

— De maneira alguma. Pelo contrário, se algo deve ser feito, por favor, que seja feito logo. Estou bem convencido de que uma tragédia aterrorizante está acontecendo e que, se não formos rápidos em nossas atitudes, podemos chegar tarde demais para combater a influência ruim nos destinos das pessoas por quem estamos interessados.

— Concordo, concordo! Vamos agora, deixemos o sr. Todd cuidando de suas coisas por um tempo, enquanto tomamos medidas eficientes para detê-lo... Por que está demorando?

— Estou demorando, sim. Uma influência misteriosa parece estar me prendendo aqui.

— Algo misterioso? Puxa, o senhor está se tornando supersticioso, coronel.

— Sei que devo ir com você. Vá na frente, eu lhe peço. Acredite quando digo que preciso de toda a minha razão para me induzir a abrir mão da esperança de fazer uma importante descoberta indo ao estabelecimento de Sweeney Todd.

— Sim, pode fazer uma descoberta importante, e imagine que a descoberta feita tenha sido que ele matou alguns de seus clientes. Se ele fez isso, pode ter certeza de que um homem assim toma cuidado para fazer as coisas direito, e talvez você faça a descoberta um pouco tarde. Compreende?

— Compreendo, compreendo. Vamos então, pois afirmo que se vir mais alguém entrando na barbearia, não resistirei e vou querer entrar de uma vez para fazer o alerta.

Certamente foi bom o amigo do coronel não estar tão entusiasmado quanto o próprio coronel estava. Pelo que sabemos e suspeitamos de Sweeney Todd, o maior perigo pode ter recaído sobre Jeffery — que em vez de estar em condições de ajudar os outros a revelar os mistérios ligados ao estabelecimento de Sweeney Todd, ele poderia muito bem se tornar um desses mistérios.

Mas isso não aconteceu.

XXVII

A canção dos LOUCOS

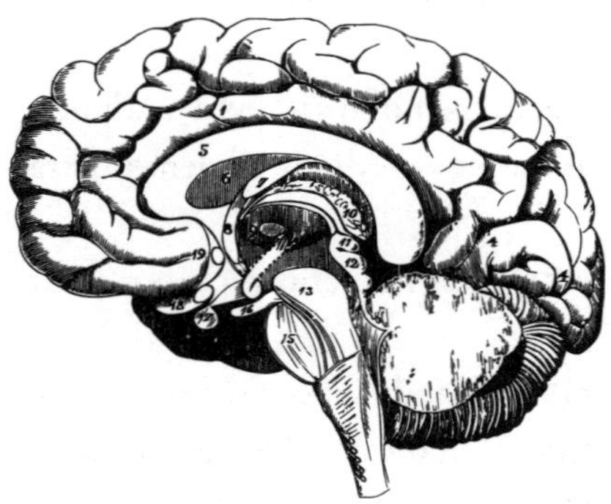

Não conseguimos encontrar uma maneira de explicar ao leitor a terrível situação de Tobias.

Nenhum dos personagens de nossa história está sofrendo tanto quanto ele; e, consequentemente, sentimos que é um tipo de obrigação levar em consideração suas ideias e sentimentos enquanto ele estava naquela cela horrorosa, no manicômio de Peckham Rye.

Com certeza, Tobias Ragg estava tão são quanto qualquer cristão comum deseja ser, quando o malandro Sweeney Todd o colocou na carruagem para levá-lo ao estabelecimento do sr. Fogg; mas se existe uma maneira inteligente de fazer com que o intelecto humano seja tirado do eixo, certamente o processo consiste em colocar uma pessoa sã em um manicômio.

Para a imaginação de um garoto — e um garoto de imaginação fértil, como o pobre Tobias —, um manicômio é um lugar repleto de terrores. A experiência ampla que permite às pessoas de mais idade afastarem grande parte do que não é real não havia sido alcançada por ele; assim, não era de surpreender que sua situação atual fosse de muita tristeza e sofrimento.

Ele permaneceu por muito tempo na cela escura na qual havia sido jogado, em uma espécie de estupor, que poderia ou não ser o precursor da loucura — mas que com certeza era muito provável que fosse. Por muitas horas, ele não fez nenhum movimento, e como fazia parte da política do sr. Fogg deixar os pacientes em paz, como ele dizia, não houve qualquer interferência nem intrusão com ofertas de alívio para atrapalhar o silêncio e o repouso dos pacientes.

Mas se Tobias tivesse decidido permanecer imóvel como um faquir indiano, ele poderia ter morrido em uma única posição sem a intromissão de ninguém.

Seria impossível descrever os estranhos pensamentos visionários e as cenas que se passavam pela mente de Tobias durante aquele período. Era como se seu intelecto estivesse preso nas águas encantadas de um redemoinho, e como se todas as cenas que teriam sido claras e distintas em circunstâncias comuns, estivessem misturadas em uma confusão indecifrável.

Em meio a tudo isso, por fim, ele começou a ter consciência de uma impressão ou sensação, e era a de que alguém cantava com uma voz baixa e suave, muito próximo a ele.

Essa sensação, por mais estranha que fosse em um lugar como aquele, aumentou em volume momentaneamente, até começar a absorver quase tudo em sua intensidade. Aos poucos, ele foi saindo do estado de estupor que o havia acometido. Sim, alguém estava cantando. Era uma voz de mulher, disso ele tinha certeza; e conforme sua mente foi se tornando mais ocupada com aquele pensamento — e conforme suas faculdades de percepção se tornaram mais exercitadas —, seu intelecto, de modo geral, ganhou um tom mais saudável.

Ele não conseguia distinguir as palavras cantadas, mas a voz em si era muito doce e musical. Conforme Tobias ouvia, sentiu como se a febre de seu sangue estivesse diminuindo, e que pensamentos mais saudáveis tomavam o espaço ocupado por aquelas ideias desordenadas.

— Que sons delicados! — disse ele. — Espero muito que esse canto continue. Eu me sinto mais feliz por ouvi-lo. Que música linda! Ah, mãe, mãe, se a senhora pudesse me ver agora!

Ele pressionou as mãos sobre os olhos, mas não conseguia conter as lágrimas que escorriam e que passavam entre seus dedos. Tobias não pretendia chorar, mas aquelas lágrimas, depois de todos os horrores da noite, fizeram muito bem para ele, e ele se sentiu maravilhosamente melhor depois de chorá-las. Além disso, a voz continuou cantando sem intermissão.

"Quem pode estar cantando tanto sem se cansar?", ele pensou.

E a cantora prosseguiu. Mas de vez em quando, Tobias tinha a certeza de que uma ou duas notas muito altas se misturavam à melodia comum.

E isso levantou uma suspeita, que fez com que ele estremecesse ao pensar que a cantora devia ser louca.

— Deve ser, sim — continuou ele. — Ninguém em sã consciência poderia continuar cantando por um período tão comprido, com trechos tão estranhos. Minha nossa! Será alguém realmente maluca ou confinada para sempre a este lugar tenebroso? Eu disse para sempre... será que eu estou preso aqui para sempre? Ah! Socorro, socorro! Socorro!

Tobias gritou tão alto que a cantora da doce melodia conseguiu ouvi-lo, e a música que antes era das mais suaves, mudou de repente e passou a ter os gritos mais horrorosos que se pode imaginar.

Em vão, Tobias tampou os ouvidos para afastar os sons tenebrosos. Mas não adiantou muito, pois eles adentraram todas as frestas de seu cérebro, quase fazendo com que ele se deixasse levar por eles.

Mas tons mais graves foram ouvidos, e ele escutou a voz alta e irada de um homem dizendo:

— O que é isso? Você quer apanhar logo cedo? Vai apanhar com o chicote, entendeu?

Tais palavras foram sucedidas pelo bater do que poderia ser um açoite grosso, e então os gritos desapareceram em meio a gemidos altos, e cada um deles tocou dolorosamente o coração do pobre Tobias.

— Não posso viver em meio a esses horrores — disse ele. — Por que eles não me matam de uma vez? Seria muito melhor e muito mais misericordioso. Não posso viver aqui por muito tempo. Socorro, socorro, socorro!

Quando ele gritou a palavra “socorro”, certamente não foi nem com a mais remota intenção de conseguir ajuda. Foi apenas uma palavra que surgiu naturalmente em sua boca. Assim, ele gritou com todas as forças, na esperança de chamar a atenção de alguém, pois a solidão e a quase completa escuridão do local estava começando a tomá-lo de desespero.

Havia uma luz fraca na cela, que servia para que ele conseguisse saber a diferença entre dia e noite. Mas ele não sabia por onde entrava aquela luz, pois não via nenhuma abertura em nenhum lugar. Mas isso se devia ao fato de seus olhos não estarem totalmente acostumados à escuridão, caso contrário, ele teria visto que perto do teto havia uma abertura estreita — na qual com certeza não era possível nem sequer enfiar uma mão —, mas com comprimento de 1,20 ou 1,50m; e, por uma passagem além daquela, entrava a luz fraca que deixava a escuridão visível na cela de Tobias.

Com um tipo de desespero, independentemente de qual fosse o resultado, Tobias continuou pedindo ajuda aos gritos, e depois de cerca de quinze minutos, ouviu o som de um passo pesado.

Alguém estava se aproximando. Sim, certamente alguém estava se aproximando, e ele não permaneceria ali até morrer de fome. Ah, com muita atenção, ele ouvia cada som que indicava a aproximação de quem quer que estivesse se dirigindo a sua cela.

Ele escutou a tranca sendo tirada, e uma barra pesada gerou um som metálico alto.

— Socorro! Socorro! — ele voltou a gritar, pois temia que quem estivesse ali pudesse partir de novo, depois de fazer um grande progresso para se aproximar.

A porta da cela foi aberta de repente, e o primeiro sinal que o pobre Tobias teve de que os gritos tinham sido ouvidos foi uma açoitada que, se o tivesse atingido como parecia ser a intenção, teria causado um ferimento grave.

— Então você já está querendo? — perguntou a mesma voz que ele já tinha escutado antes.

— Ah, não, misericórdia, misericórdia — disse Tobias.

— Ah, então é isso? Vou dizer uma coisa: se voltarmos a ser incomodados aqui, isto é o que usamos para conseguir fazer com que o silêncio volte. O que acha desse argumento, hein?

Enquanto falava, o homem estalou o chicote no ar, e confirmou a verdade do que dissera, deixando o pobre Tobias no mais absoluto silêncio. O garoto tremia, e não conseguiu dizer nada.

— Bem, agora, meu rapaz — acrescentou o homem —, acho que estamos nos entendendo. O que você quer?

— Ah, me solte — disse Tobias —, me solte. Não direi nada. Diga ao sr. Todd que farei o que ele quer, e não direi nada, só me deixe ir embora deste lugar horroroso. Tenha misericórdia de mim. Não sou maluco. Não sou.

O homem fechou a porta assoviando uma canção alegre.

XXVIII

O dia da INSPEÇÃO *no manicômio*

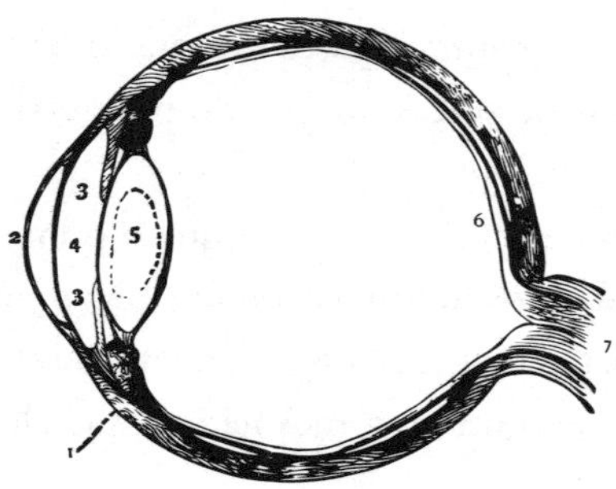

O afastamento do homem foi inesperado para Tobias, já que daquele lugar ele esperava pelo menos a prática de alimentar as pessoas. A partida nada cerimoniosa do homem, sem dizer nada sobre o café da manhã, começou a fazer Tobias pensar que o plano por meio do qual ele seria eliminado seria através da inanição. Mas ainda assim, era impossível, pois era muito fácil matá-lo se assim quisessem.

— Ah, não, não — repetiu ele a si mesmo —, com certeza eles não me deixarão morrer de fome.

Ao dizer essas palavras, ele ouviu a cantoria começar de novo; e não pôde evitar pensar que mais pareciam um réquiem para os mortos — um tipo de sinal para alertar que as horas de vida dele estavam contadas.

O desespero voltou a tomar conta, e apesar das grandes ameaças do homem, ele teria gritado por socorro de novo, se não tivesse notado que mais alguém estava se aproximando.

Ouvindo com atenção, ele identificou que portas estavam sendo abertas e fechadas, e às vezes, quando uma delas era aberta, ouvia-se um grito e o estalar dos açoites, que logo era sucedido por outros barulhos abafados. Tobias pensou que os internos daquele lugar horroroso viviam como bestas selvagens, em jaulas. E então pensou que era muito estranho que alguém, ainda que por todo o dinheiro no mundo, aceitasse fazer o trabalho que era feito ali. E quando Tobias terminou essa reflexão, sua porta voltou a se abrir, rangendo com as dobradiças enferrujadas.

Surgiu um feixe de luz, e então um homem entrou com uma garrafa de água na mão, no qual havia um longo bico que ele posicionou à frente a boca de Tobias. Temendo que se não bebesse imediatamente, poderia ser punido e ficar sem água por muito tempo, acabou engolindo um pouco da água de sabor forte — como a de esgoto — que lhe era oferecida.

Um pão duro e meio queimado foi jogado aos pés dele, e a pessoa estava prestes a se retirar. Tobias não conseguiu evitar falar, e com uma voz de súplica, disse:

— Ah, não me mantenha aqui. Solte-me, e não direi nada a Todd. Irei ao mar de uma vez se me libertar deste lugar, vou, sim. Vou acabar enlouquecendo aqui.

— Bom nisso, não é, Watson? — perguntou o sr. Fogg, que também estava ali, ao homem que distribuía pão duro.

— Muito bom, senhor. Que Deus lhe abençoe, a esperteza deles é muito grande, senhor. Ficaria surpreso se visse o que eles dizem a mim, às vezes.

— Mas eu não estou louco, não estou mesmo.

— Ah — disse Fogg. — É um caso grave, acredito. A mais forte prova de insanidade, na minha opinião, Watson, é a constante repetição da afirmação de que o lunático não é maluco. Concorda, Watson?

— Claro que sim, senhor. Claro.

— Ah, pensei que diria isso. Mas acredito que como se trata de um rapaz comum, podemos não acorrentá-lo. Além disso, você sabe que hoje é dia de inspeção, quando pedimos a um médico aposentado que nos faça uma visita.

— Sim, senhor — disse Watson, sorrindo —, e um relatório de que tudo está dentro da conformidade.

— Exatamente. Quem você acha que podemos chamar dessa vez? Sempre pago uma taxa de dez guinéus.

— Bem, senhor, temos o velho dr. Popplejoy, ele tem oitenta e quatro anos, dizem, e a visão é ruim. Ele considerará um elogio, certamente, e sem dúvida podemos enganá-lo com facilidade.

— Acredito que sim. Cuidarei disso. Vamos recebê-lo ao meio-dia, Watson. Você deve cuidar para que tudo fique pronto, claro. Faça todos os preparativos de sempre.

Tobias estava surpreso ao ver que os homens conversavam abertamente na presença dele, mas por mais desesperado que estivesse, não fazia ideia de que estava totalmente à mercê do sr. Fogg, assim como também não sabia que para ele não havia mais qualquer solidariedade humana.

Tobias não disse nada, mas não conseguiu deixar de pensar que, por mais velho e tolo que o médico sobre quem eles falavam fosse, certamente havia esperança de que ele poderia descobrir a sanidade perfeita de Tobias.

Mas o ardiloso sr. Fogg sabia perfeitamente bem o que ele estava fazendo, e quando foi para seu quarto, escreveu o seguinte bilhete ao dr. Popplejoy — que era um médico aposentado que havia comprado uma casa de campo no bairro. O bilhete fala por si só, por ser um ótimo exemplo de hipocrisia que podemos mostrar a nossos leitores:

Manicômio, Peckham

SENHOR,

Provavelmente o senhor pode reconhecer meu nome como o do diretor de um manicômio neste bairro. Preocupado com a segurança de grande parte da infeliz classe da comunidade que está sob meus cuidados, estou ansioso, com a benção da Providência Divina, por melhorar o máximo possível, com gentileza, a mais chocante de todas as calamidades: a insanidade. Uma vez por ano, é de meu costume convidar um médico experiente, capaz e apto para examinar meus pacientes (incluo um valor) — um médico que nada tenha a ver com o estabelecimento e que, assim, não será influenciado.

Se o senhor, por favor, puder ir ao meu estabelecimento ao meio-dia de hoje para realizar uma pequena visita de inspeção, ficarei muito grato e honrado.

Senhor, estou totalmente a seu dispor com todo o meu respeito.

Ao sr. Popplejoy, &c.

O.D. FOGG

Tal bilhete, como é de se esperar, fez com que o doutor Popplejoy, aposentado, velho e quase cego, fosse ao manicômio; e o sr. Fogg o recebeu de modo adequado, e com grande formalidade, dizendo com lágrimas de crocodilo nos olhos:

— Meu caro senhor, o objetivo total de minha vida no momento é me dedicar a amenizar as dores do confinamento necessário dos insanos, e desejo, por meio dessa inspeção feita pelo senhor de meu estabelecimento, que eu possa ficar em dia com o mundo por um tempo. Com minha consciência, estou sempre em dia, obviamente. E se seu relatório for satisfatório a respeito do tratamento que presto aos infelizes que mantenho aqui, nada de ruim poderá me alcançar.

— Ah, sim, sim — disse o velho médico. — Eu... eu... muito bem... ah, sim... *cof, cof*... Estou com um pouco de tosse.

— Muito pouca tosse, senhor. Antes de mais nada, pode dar uma olhada nos quartos dos insanos?

O médico concordou, e o sr. Fogg o guiou em direção a um quarto muito confortável, que o senhor declarou ser muito satisfatório, de fato. E quando voltaram à sala na qual já tinham estado, o sr. Fogg disse:

— Bem, então, senhor, para não ocupar mais de seu valioso tempo do que o necessário, qualquer pergunta que o senhor tiver, sem dúvida, será respondida. Da mesma forma, poderei informar sobre qualquer caso que chame sua atenção.

O senhor foi acomodado em uma cadeira, sobre almofada muito confortável. E de modo geral, ele ficou muito satisfeito com os dez guinéus e com os elogios do sr. Fogg, pois ninguém lhe pagava nada nos últimos quinze anos, e ele já estava preparado para ser feito de tolo pelo diretor do manicômio de todas as maneiras que ele quisesse.

Não precisamos acompanhar o exame dos diversos pacientes que foram colocados diante do dr. Popplejoy. Bastará que levemos o leitor pelo exame de Tobias, com quem mais nos preocupamos, ainda que continuemos mantendo a solidariedade por todos eles que, naquele momento, foram sujeitados à pouca misericórdia do sr. Fogg.

Aproximadamente ao meio-dia e meia, a porta da cela de Tobias foi aberta pelo sr. Watson que, entrando, agarrou o garoto pela gola da camisa e disse:

— Alto lá, meu rapaz! Você vai passar um tempo com o médico, e quanto menos disser, melhor. Falo com você por seu próprio bem. Pode ser que você não faça nada de bom, mas pode fazer muito mal. Sabe que temos um chicote aqui. Venha.

Tobias nada disse em resposta àquele conselho, mas concluiu que se o médico não fosse totalmente surdo, poderia ouvi-lo.

Mas antes de o pobre rapaz ser levado à sala onde o dr. Popplejoy estava esperando, foi lavado e asseado de modo geral, de modo a estar muito mais apresentável do que estaria se tivesse sido levado todo sujo, como estava ao sair da cela imunda do manicômio.

"Claro, claro", pensou Tobias, "o descaramento não poderia ser maior. Mas falarei com o médico, mesmo que minha vida seja sacrificada por isso. Sim, estou determinado a isso."

Um minuto depois, ele estava na sala, cara a cara com o sr. Fogg e com o dr. Popplejoy.

— O que... o quê? *Cof*! *Cof*! — o médico tossiu. — Um garoto, sr. Fogg, um mero garoto. Minha nossa! Eu... *cof*! *Cof*! Minha tosse está um pouco ruim hoje... *cof*! *Cof*!

— Sim, senhor — disse o sr. Fogg, suspirando fundo, e fingindo secar uma lágrima do olho. — Temos aqui um simples garoto. Sempre me compadeço quando olho para ele, doutor. Nós já fomos garotos na vida, como sabe, e pensar que a faísca divina da inteligência apagou-se em alguém tão jovem basta para fazer qualquer coração sensível doer. Mas este garoto, senhor, é obcecado. Ele tem na cabeça que alguém chamado Sweeney Todd é um assassino, e que descobriu seus atos ilícitos. Sob todos os outros aspectos, ele é bem sadio. Mas mesmo assim, e apesar de supostamente estar livre de uma doença mental grave, ele é furioso.

— É mentira, mentira! — disse Tobias, dando um passo à frente. — Ah, senhor, se não for uma das criaturas deste lugar terrível, imploro que me escute e que deixe a justiça ser feita.

— Ah, sim, sim, eu... *cof*! Claro, eu... *cof*!

— Senhor, não sou louco, mas fui colocado aqui porque me tornei perigoso para a segurança de criminosos.

— É mesmo? Ah... sim.

— Sou um rapaz pobre, senhor, mas odeio maldade, e por ter descoberto que Sweeney Todd é um assassino, fui trazido para cá.

— Está ouvindo, senhor? — perguntou Fogg. — Como eu disse.

— Ah, sim, sim. Quem é Sweeney Todd, sr. Fogg?

— Ah, senhor, não existe essa pessoa no mundo.

— Ah, foi o que pensei. Um caso triste, muito triste mesmo. Fique calmo, rapazinho, e o sr. Fogg fará tudo o que puder para você, com certeza.

— Ah, como o senhor pode ser tão tolo? — gritou Tobias. — Como pode se deixar enganar por esse homem que está fazendo do senhor apenas um instrumento para encobrir sua própria maldade? O que eu disse ao senhor é verdade, e não estou maluco!

— Eu acho, dr. Popplejoy — disse Fogg, com um sorriso —, que eu teria que ser muito mais inteligente para fazer o senhor de tolo. Mas perceba, senhor, que em pouco tempo o garoto ficará furioso. Devo levá-lo embora?

— Sim, sim, coitadinho.

— Ouça o que digo! Ouça! — gritou Tobias. — Senhor, pode se arrepender do trabalho de hoje em seu leito de morte. Não sou louco. Sweeney Todd é um assassino, ele é um barbeiro na Fleet Street... não sou louco!

— É triste, senhor, não é? — perguntou Fogg, quando começou a fazer um esforço novamente para secar uma lágrima do olho. — É triste.

— Ah, muito!

— Watson, leve embora o pobre Tobias Ragg. Mas leve-o com delicadeza, e fique com ele um pouco em seu quarto, tentando acalmá-lo. Fale com ele sobre a mãe dele, Watson, e faça com que ele fique tranquilo, se puder. Minha nossa, menino. Meu coração fica apertado por vê-lo assim. Não sirvo muito para essa vida, doutor, deveria ser mais forte, de fato.

— Bem — disse o sr. Watson, ao dar um chute forte no pobre Tobias do lado de fora da sala —, que bela bobagem você fez!

O garoto não tinha mais paciência alguma; havia tolerado tudo o que podia, e aquele último insulto o enlouqueceu. Ele se virou depressa e partiu em direção ao pescoço do sr. Watson.

O ataque foi tão repentino, e o homem estava tão despreparado, que ele caiu na passagem, batendo a cabeça no chão de pedra, a ponto de quase desmaiar. E antes que alguém pudesse ajudá-lo, Tobias já havia partido para cima dele com os dedos em garras, e quase nenhum traço de seu rosto permaneceu reconhecível.

O barulho produzido com o ataque fez o sr. Fogg aparecer, assim como o dr. Popplejoy, que arrancou Tobias de cima de sua vítima, a quem ele parecia decidido a matar.

XXIX

A consulta do CORONEL *ao magistrado*

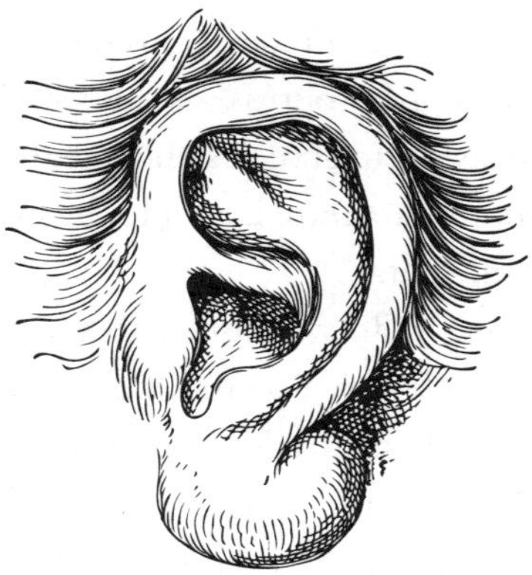

O conselho que seu amigo havia dado ao Coronel Jeffery certamente foi o melhor que poderia ter sido oferecido; e sob aquelas circunstâncias todas, teria sido praticamente tolice entrar no estabelecimento de Sweeney Todd sem antes tomar toda precaução possível para garantir uma entrada com segurança.

Sir Richard estava ali dentro quando eles chegaram à casa e, com a precisão de um homem de negócios, logo entrou no caso.

Conforme o coronel, que foi o porta-voz, falava, ficou evidente que o magistrado se tornava cada vez mais interessado, e Jeffery terminou dizendo:

— O senhor deve notar que, de qualquer modo, existe um grande mistério em tudo isso — disse ele.

— E culpa, eu diria.

— O senhor acredita nisso, Sir Richard?

— Sim, sem dúvida.

— Então o que o senhor proporia que fizéssemos? Veja, não pergunto por curiosidade, mas por acreditar firmemente que o que o senhor determinar será realizado de modo satisfatório.

— Bem, em primeiro lugar, vou me barbear no estabelecimento de Todd.

— O senhor pretende fazer isso?

— Ah, sim, mas não pense que eu sou tão teimoso e tolo a ponto de correr riscos desnecessários em relação a isso; não é o que vai acontecer. Pode ter a certeza de que farei tudo o que estiver em meu poder para manter minha segurança. E se não acreditasse poder fazer isso de modo efetivo, eu nem sequer cogitaria a aventura, pelo contrário, evitaria isso com muito cuidado. Já ouvimos algo sobre o sr. Todd.

— É mesmo? E foi algo relacionado a crimes?

— Sim. Certa vez, uma mulher na rua viu um par de sapatos com fivelas imitando diamante que Todd estava calçando, enquanto passeava pela cidade. Ela gritou, dizendo que eles eram de seu marido, que havia saído de casa, certa vez, para se barbear e nunca mais havia voltado. O caso chegou a mim, mas as fivelas eram comuns demais para que a mulher pudesse dar prosseguimento à acusação. E Todd, que manteve a maior frieza durante o caso, foi dispensado, claro.

— Mas o assunto deixou o senhor desconfiado?

— Sim, e mais de uma vez fiquei tentando arquitetar meios que pudessem ser adotados para chegarmos à verdade. Mas outros assuntos mais imediatos tomaram meu tempo; no entanto, as circunstâncias que o senhor detalha trazem de volta tudo o que pensei sobre o assunto. E agora acho que tudo apareceu de modo a merecer atenção imediata.

Isso foi muito gratificante para o Coronel Jeffery, porque não apenas tirava um grande peso de seus ombros, mas o levava a pensar, pelo reconhecido bom senso do magistrado, que algo seria realizado — e em muito pouco tempo, para que eles desvendassem o segredo que, até aquele momento, quanto mais analisado, mais complicado e complexo parecia se tornar. Ele agradeceu sinceramente ao magistrado pela gentileza de recebê-lo e retirou-se.

Assim que o magistrado se viu sozinho, tocou uma sineta que ficava sobre a mesa e o chamado foi atendido por um homem, a quem ele perguntou:

— Crotchet está aqui?

— Sim, senhor.

— Então, diga a ele que o estou chamando, sim?

O mensageiro se retirou, mas logo em seguida voltou, acompanhado do tipo mais grosseiro da espécie humana que poderia existir no mundo. O homem era alto e forte, e parecia que seu rosto tinha sido deformado devido a agressões repetidas, uma vez que os traços pareciam estranhamente misturados. Tinha olhos tão vesgos a ponto de não ser possível saber para quem ou para o que ele estava olhando, o que não melhorava em nada a sua aparência.

— Sente-se, Crotchet — disse o magistrado —, e ouça sem me interromper.

Ainda que o sr. Crotchet não tivesse nenhuma outra qualidade no mundo, era capaz de ouvir com atenção, e não abriu a boca enquanto o magistrado contava para ele o que o sr. Jeffery havia relatado. De fato, Crotchet parecia estar olhando pela janela durante todo o tempo. Mas Sir Richard conhecia as peculiaridades de sua visão.

Após finalizar o relato, Sir Richard disse:

— Bem, Crotchet, o que pensa de tudo isso? O que Sweeney Todd faz com seus clientes?

O sr. Crotchet deu uma risada única e peculiar quando disse, ainda aparentemente olhando pela janela, apesar de, na verdade, seus olhos estarem fixos no magistrado:

— Ele os defenestra.

— O quê?

— Ele os mata, senhor, para mim é claro como areia em uma taça de vinho branco, sim. Penso que ele tem feito esse tipo de coisa há muito tempo, mas não quis interferir precipitadamente, entende?

— O que aconselha, Crotchet? Sei que posso confiar em sua sagacidade em um caso como esse.

— Bem, senhor, pensarei um pouco sobre isso ao longo do dia, e comunicarei minha conclusão... É uma tarefa peculiar, por diversos motivos, mas de qualquer modo, sempre há algo a ser feito, e se não fizermos, não sei quem poderia fazê-lo!

— Verdade, verdade, o senhor tem razão. Talvez, antes de me encontrar de novo, o senhor pode descer a Fleet Street para ver se consegue fazer observações que ajudem nessa questão. É um assunto que exige muito cuidado.

— Pode acreditar, senhor: farei isso, sem erro. Que Deus o ajude, é fácil que as pessoas passem agora pela Fleet Street sem prestar muita atenção ao fato de que o lugar todo está com um cheiro horroroso, como há tempos não acontece na antiga igreja de St. Dunstan.

— Cheiro ruim na igreja de St. Dunstan! Nunca soube disso, Crotchet.

— Ah, sim, meu Deus, tem sido pior do que o inferno, Sir Richard. Um dia desses, quando nosso abençoado bispo foi crismar muitas pessoas, ele disse que talvez não conseguisse porque era impossível crismar ninguém em um lugar como aquele.

O magistrado ficou pensativo por alguns minutos, e então disse de repente:

— Bem, Crotchet, pense muito nesse assunto e veja o que é capaz de fazer. Também pensarei. Está me ouvindo? Volte a falar comigo às seis da tarde, pontualmente. Não pretendo deixar o assunto sem solução, tenha certeza disso. Agora ele tem minha total atenção.

— Muito bem, senhor, muito bem. Estarei aqui, e algo parece me dizer que conseguiremos chegar ao cerne da questão em breve.

— Espero sinceramente que assim aconteça.

O sr. Crotchet saiu, e quando ficou sozinho, o magistrado se levantou e caminhou pela sala por algum tempo, com passos rápidos, como se estivesse muito agitado com as ideias que tomavam sua mente. Por fim, ele se sentou em uma cadeira, gemendo, e disse:

— Uma ideia terrível me ocorre. Muito, muito terrível! Bem, veremos, veremos. Pode ser que não seja isso, mas ainda assim, uma tenebrosa probabilidade me encara! Vou de uma vez à St. Dunstan para ver o que estão fazendo. Sim, não vou descansar até que esses mistérios sejam trabalhados.

O magistrado deixou algumas orientações em casa a respeito das chamadas de negócios que ele aguardava durante as duas horas seguintes, e então vestiu uma capa lisa, de cor clara, e um chapéu sem qualquer enfeite. Deixou a residência com passos rápidos.

Ele tomou o caminho reto em direção à igreja de St. Dunstan, e ao ver que a porta estava entreaberta, entrou de uma vez. Mas deu apenas alguns passos antes de ser recebido e abordado pelo sacristão, que disse, com um tom muito firme e autoritário:

— Hoje não é domingo, senhor, não temos missa hoje.

— Sei que não há — respondeu o magistrado —, mas vejo que pessoas trabalhando aqui. O que está fazendo?

— De todas as inconveniências que já me aconteceram, esta é a pior de todas: alguém perguntar a um sacristão o que ele está fazendo. Informo que o assunto é muito particular, senhor, e a porta é por ali.

— Sim, estou vendo, e o senhor pode sair quando quiser.

— Que audácia! Está falando com um sacristão.

— O que está acontecendo? — perguntou um homem bem-apessoado, saindo de uma parte da igreja na qual diversos pedreiros estavam trabalhando com pedras grandes para o piso. — Que inconveniência é esta?

— Acredito, sr. Antrobus, que me conheça — disse o magistrado.

— Ah, sir Richard, com certeza. Como está?

— Por Deus! — disse o sacristão. — Eu me enganei. Que o Senhor me perdoe, como eu haveria de saber que o senhor é Sir Richard? Peço que não leve a mal o que eu disse. Se eu o tivesse reconhecido, certamente não teria dito o que disse, pode acreditar, Sir Richard... Peço humildemente que me perdoe.

— Não há problema. Eu deveria ter me apresentado. E o senhor está totalmente certo em manter estranhos fora da igreja, meu caro.

O magistrado atravessou o corredor com o sr. Antrobus, que era um dos funcionários da igreja. E ao fazer isso, disse, com um tom baixo e confidencial:

— Ouvi alguns relatos esquisitos a respeito de um forte fedor na igreja. Do que se trata? Imagino que todos saibam o que é e de onde vem.

— Na verdade, não sei. Se o senhor soube que há um terrível fedor na igreja, que ficou fechada por um tempo, sabe tanto quanto nós acerca da questão. É um grande inconveniente, e minha presença aqui hoje é para na verdade tentar descobrir a causa do fedor. E saiba que entraremos em alguns dos espaços antigos que há muito não são abertos, com a esperança de descobrir a causa desse odor ruim.

— O senhor se opõe à minha companhia?

— De modo algum.

— Agradeço. Vamos nos unir aos trabalhadores, e no momento posso dizer que sinto grande curiosidade para saber o que pode ser tudo isso, e acompanharei o desenrolar dos fatos com grande interesse.

— Vamos, então. Só posso dizer, de minha parte, que como indivíduo, estou feliz porque o senhor está aqui. E por ser um magistrado, sinto muita satisfação com sua presença.

XXX

A fuga de Tobias

PARTE 1

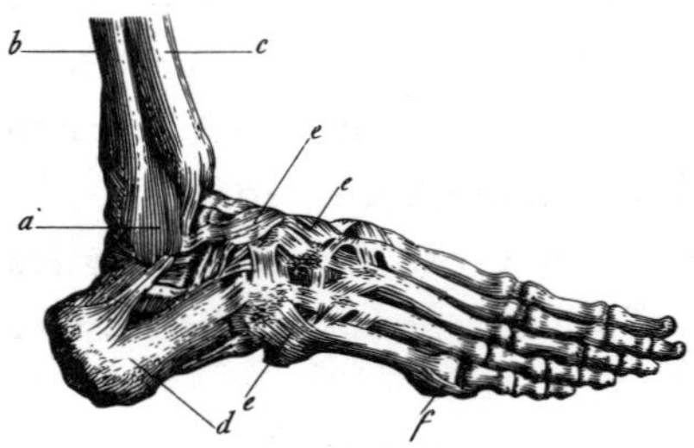

A raiva que o sr. Fogg sentiu pelo ataque desesperado de Tobias a seu funcionário, o sr. Watson, foi tão grande que se não fosse pela presença do idiota e velho dr. Popplejoy, sem dúvida ele teria se vingado da maneira mais exemplar. Mas naquele momento, Tobias foi jogado dentro de sua cela com a promessa de que a vingança viria assim que houvesse oportunidade.

Aquela promessa era do tipo que o sr. Fogg certamente cumpria, e quando seu primeiro impulso se apaziguou, o pobre Tobias, como era de se esperar, entregou-se ao desespero.

— Agora tudo está terminado — disse ele. — Serei assassinado! Ah, por que não me matam de uma vez? Haveria alguma misericórdia nesse ato. Venham me matar de uma vez, seus odiosos! Matem-me de uma vez!

Infeliz como estava, ele correu até a porta da cela e bateu nela com os punhos. E quando ela se abriu, para a surpresa dele, Tobias se pegou quase caindo no corredor de pedra. Ficou evidente que o sr. Watson acreditava ter trancado a porta, mas havia se enganado — uma circunstância que provavelmente se devia ao estado de ódio e confusão no qual se encontrava, como consequência de Tobias ter ousado atacá-lo.

Quase pareceu ao garoto que ele havia feito progresso em direção à liberdade quando se viu na abertura estreita à frente da porta de sua cela, mas por alguns minutos, seu coração bateu tão forte pensando na felicidade da liberdade que foi quase impossível para ele avançar.

Mas um barulho baixo em outra parte da casa chamou a atenção dele de novo, e ele sentiu que só com grande tranquilidade e firmeza de atitude, além de muita coragem, ele poderia ter a esperança de transformar o incidente ruim em algo melhor.

"Ah, se eu pudesse sair deste lugar horroroso", ele pensou. "Se eu pudesse respirar de novo o ar fresco dos deuses, ver o céu de azul profundo, acredito que não pediria mais nada no mundo."

Para Tobias, naquele momento, pensar em campos verdes, sol e flores, era uma alegria e, ao mesmo tempo, uma tristeza.

— Preciso — disse ele —, preciso... me livrar.

A forte determinação em prol de alguma coisa sempre faz maravilhas para que essa alguma coisa se realize. E Tobias teria encarado a morte com alegria se não tivesse conseguido, por sorte, escapar de sua cela.

Ele imaginou que o idiota do dr. Popplejoy não havia deixado o local, pelo silêncio incomum que ali reinava, e começou a se perguntar se, aproveitando o estado silencioso, havia a menor chance de chegar até o jardim, escalar o muro do manicômio e, por fim, chegar à rua.

Enquanto esse pensamento se firmava em sua mente, e ele pensava que seguiria pela passagem em que estava até ver para onde ela levava, ouviu o som de passos e se retraiu.

Por alguns instantes, os passos pareciam se aproximar de onde ele estava; e Tobias começou a temer que a cela seria checada e sua ausência, notada. Nesse caso, não haveria saída para ele senão a morte. No entanto, de repente, o som de passos sumiu e ele escutou uma porta ser batida.

Mesmo assim, Tobias demorou alguns minutos para conseguir atravessar a passagem de novo, e quando conseguiu, foi com passos lentos e firmes.

Mas ele não tinha dado mais do que trinta passos quando ouviu o murmúrio indistinto de vozes e, guiado pelo som, parou à uma porta à direita — a que havia sido batida alguns minutos antes.

Foi de dentro daquele quarto que o som de vozes surgiu, e como era primordial que Tobias localizasse em qual parte da casa seus inimigos estavam, ele encostou a orelha contra a madeira e ouviu com atenção.

Ele reconheceu as duas vozes: eram de Watson e de Fogg.

Tobias estava em uma situação muito incerta e incômoda naquele momento, mas foi incrível que ele tenha conseguido acalmar as batidas de seu coração e o nervosismo que sentia. Havia apenas uma porta entre ele e seus inimigos, mas ainda assim, ele permaneceu totalmente calado, ouvindo.

O sr. Fogg estava falando.

— Você me entende, Watson: eu acho — disse ele —, que no que diz respeito ao rato do Tobias Ragg, ele é esperto demais, perigoso demais, para viver muito tempo. Ele quase venceu o velho Popplejoy.

— Ah, que absurdo! — respondeu Watson. — E ele quase *me* venceu.

— Minha nossa! Seu rosto está bem afetado.

— Aquele maldito! Mas isso está atrapalhando as coisas, sr. Fogg, e o senhor nunca me viu reclamar por pouco. E não verá.

— Eu lhe respeito por isso, Watson, mas entre nós dois, eu acho que a doença daquele rapaz é de um tipo que o levará muito repentinamente.

— Também acho — disse Watson, rindo.

— Imagino que ele será encontrado morto na cama qualquer dia, e não me surpreenderia nem um pouco se acontecesse amanhã cedo. O que acha, Watson?

— Ah, que inferno, para que mantermos essa bobagem entre nós? O garoto deve morrer, e pronto, e vai morrer durante a noite. Agora é uma questão de honra.

— Claro. Ele desfigurou você.

— É mesmo? Bem, posso retribuir e digo, sr. Fogg, que esse exame médico que o senhor faz questão de solicitar pode ser muito perigoso.

— Meu caro colega, é perigoso, disso eu sei tão bem quanto você, mas é do perigo que conseguimos a segurança. Se algo de ruim for causado por qualquer paciente, você não faz ideia de como pode ser importante um relatório como o de um homem tão velho quanto o dr. Popplejoy.

— Bem, faça o que achar certo. Não me aproximarei do mestre Tobias durante o dia todo, e podemos ver o que a inanição e a solidão fazem a ele, para amansá-lo um pouco.

— Como quiser, mas está na hora de você fazer as rondas regulares.

— Sim, claro.

Tobias ouviu Watson se levantar. A crise era séria. Ele viu um parafuso do lado de fora, e pensando rápido, pegou a peça e enfiou na meia.

Continuou atravessando o corredor em direção à sua cela, cuja porta ele fechou para não levantar suspeitas.

Sua próxima ação foi correr até o fim do corredor e descer alguns degraus. Encontrou uma porta à sua frente, mas assim que a abriu, viu-se dentro de uma sala pequena e mal iluminada, e no canto dela, em cima de um monte de palha, havia uma mulher, aparentemente dormindo.

O barulho que Tobias fez ao entrar na cela fez com que ela despertasse, e ela disse:

— Ah, não, sem açoite! Sem açoite! Estou quieta. Meu Deus, estou muito quieta, apesar de meu coração estar em pedaços. Tenha misericórdia de mim!

— Tenha misericórdia de mim — disse Tobias —, e me esconda, se puder.

— Esconder você? Meu Deus, quem é você?

— Uma pobre vítima, que escapou de uma das celas, e eu...

— Depressa! — disse a mulher. E ela fez com que Tobias se encolhesse no canto da cela, escondendo-o na palha e deitando-se em uma posição de modo a cobri-lo totalmente. A precaução foi tomada no momento certo, pois logo depois, Watson abriu com tudo a porta da sala na qual Tobias havia entrado, e permaneceu na abertura.

— Ai, me salve — sussurrou Tobias.

— Calma! Ele só vai olhar — foi a resposta. — Você está seguro. Só estou esperando alguém que me ajude para poder tentar escapar. Você deve permanecer aqui até a noite, e então mostrarei como deve ser feito. Silêncio! Aí vem ele.

Watson chegou e olhou dentro da cela, dizendo:

— Ah, você tem pão e água suficientes até amanhã cedo, acredito. Então não virei aqui de novo.

— Ah! Estamos salvos! Podemos fugir — disse a pobre criatura alguns minutos depois de Watson partir.

— Você acha mesmo?

— Sim! Sim! Ah, menino, não sei o que o trouxe aqui, mas se sofreu um décimo da crueldade e da opressão que eu sofri, sinto pena de você.

— Se temos que ficar aqui — disse Tobias — até a noite, antes de fazer qualquer tentativa de fuga, talvez você fique mais calma se me contar como chegou aqui.

Tobias insistiu muito para que a pobre moça contasse sua história, para passar o tédio da espera, e depois de ser convencida, foi o que ela fez.

A história da louca

Agora você ouvirá (ela disse isso a Tobias) uma série de erros, reviravoltas e persistências que deixariam qualquer ser humano louco; mas fui capaz de preservar boa parte de minhas faculdades mentais, que me permitirão relembrar e compreender os muitos atos de crueldade e de injustiça que enfrentei aqui por muito, muito tempo.

A perseguição a mim começou quando eu era muito jovem, e me perguntava por que eu era tratada com mais rigor ou mais crueldade do que as pessoas que costumavam tratar assim as crianças desobedientes e travessas de fato.

Eu tinha apenas sete anos quando minha tia morreu; ela era a única pessoa de quem me lembro já ter sido gentil comigo. Também lembro que eu a visitava, e que ela costumava olhar para mim como se eu fosse sua sobrinha preferida, pois eu costumava me sentar aos pés dela, em um banquinho, observando enquanto ela se divertia bordando.

Este é o ponto principal da lembrança que tenho de minha tia: foi só depois da morte dela que eu senti a crueldade e a tristeza de minha família.

Parecia que eu era um dos parentes preferidos de minha tia, acima de qualquer outra pessoa, fosse na nossa família ou em qualquer outra. Ela me amava e me prometeu que, quando morresse, deixaria condições para que eu vivesse bem, sem depender de ninguém.

Eu me tornei outra pessoa após o funeral. Fui negligenciada, e ninguém prestava atenção em nada relacionado a mim. Eu era jogada de um lado a outro, e ninguém se importava com o fato de eu ter necessidades na vida.

Eu não conseguia entender tal mudança. Ainda era uma criança, e apesar de ser rápida o suficiente para notar tudo isso, ainda era jovem demais para entender corretamente o comportamento de meus amigos.

Meu pai e minha mãe eram relapsos comigo, e me deixavam ir para onde eu quisesse. Eles não se importavam quando eu me machucava, não se importavam quando eu corria perigo. Independentemente de qualquer coisa, eu corria os riscos sozinha.

Foi uma empregada que me revelou os motivos para tamanho descaso: segundo ela, eu tive a sorte de ser escolhida como única herdeira dos bens de minha tia, e assim que tivesse idade suficiente, tomaria posse de tudo o que era dela. Talvez isso explicasse porque ninguém se importava com meu bem-estar — se eu morresse, todos os bens iriam para meus pais. Eu estava entregue às mãos da Providência.

Após tomar conhecimento disso, decidi que passaria a agir de modo diferente, e a não ter nada relacionado a eles. Ou seja, eu ficaria o mais longe possível, aproximando-me apenas na hora das refeições e quando havia alguma visita.

Não sei dizer o motivo por trás desse último ponto, mas acho que era porque torcia para conseguir ouvir algo a respeito de minha fortuna. Por fim, consegui fazer isso, e fiquei satisfeita — não que isso causasse alguma mudança em meu comportamento, mas eu me sentia dona de uma fortuna.

Não sei como uma menina de oito anos podia pensar assim, mas foi o que aconteceu, e me veio à cabeça a ideia de que tinha mais direito a receber consideração das pessoas do que elas me davam.

— Mãe — eu disse a ela, certo dia.

— Mary, com o que pretende me importunar agora?

— A sra. Carter não disse, um dia desses, que minha tia me deixou uma fortuna?

— Com o que essa menina está sonhando? — disse minha mãe. — Você sabe do que está falando, menina? Você não compreende.

— Não sei, mãe, mas a senhora disse que era verdade para a sra. Carter.

— E daí, se eu disse?

— Bem, a senhora pode ter dito uma verdade ou uma mentira.

— Bem, srta. Inconveniente! Eu disse a verdade. O que há?

— Bem, então, terei uma fortuna quando crescer, é o que quero dizer. E então todo mundo vai cuidar de mim. Não serei esquecida, pensarão primeiro em mim.

Minha mãe olhou para mim com intensidade por alguns instantes, e então, como se tivesse sido tocada pelo remorso, tentou falar; mas ela se conteve e a raiva a tomou, porque disse:

— Minha nossa, menina! O que te deu na cabeça agora? Imagino que devamos ser todos seus empregados! Tenho certeza de que você deveria estar envergonhada. Com certeza, deveria!

— Não sabia que fiz coisa errada — falei.

— Dobre sua língua, sim? Caso contrário, serei obrigada a castigá-la — disse minha mãe, dando-me um safanão que me derrubou. — Dobre a língua e suba, e afaste-se de mim com sua insolência.

Subi a escada aos tropeços, soluçando como se meu coração fosse se despedaçar. Consigo me lembrar das várias horas que passei ali, chorando, sozinha — e como me comparei com outras crianças, vendo como minha situação era muito pior do que a delas.

Dias, semanas e meses se passaram — não houve qualquer mudança, e eu cresci depressa.

Pode parecer assustador — muito assustador, na verdade —, mas o que mais eu poderia pensar? As palavras da velha empregada tomaram minha mente, muito significativas — se eu morresse antes de completar vinte e um anos, eles ficariam com todo o dinheiro de minha tia.

"Eles querem que eu morra", eu pensava. "Eles me querem morta. E eu devo morrer... tenho certeza de que vou morrer! Eles vão me matar — já tentaram fazer isso sendo negligentes comigo. O que posso fazer? O que posso fazer?"

Tais pensamentos eram recorrentes, e agora eles voltam a me ocorrer neste lugar horroroso! Não consigo me esquecer do passado. Estou aqui porque tenho direitos em outro lugar, que os outros podem aproveitar, e aproveitam.

Lembro de que certa vez, quando eu tinha dez anos, descobri que tinham posto lençóis úmidos na minha cama. Tive certeza de que haviam feito isso de propósito. Tirei os panos molhados do colchão e me enrolei nos cobertores, sem acordar ninguém e sem mencionar o fato até o dia seguinte.

Recebi uma severa reprimenda pela minha acusação. Fui forçada a ficar de joelhos e recebi um tapa tão forte que caí para trás, batendo a cabeça na mesa de centro antes de perder a inconsciência.

Não sei por quanto tempo permaneci dessa forma. A primeira coisa que vi quando acordei foi o silêncio do sótão no qual tinham me jogado, sobre uma cama pequena, sem qualquer outra peça de mobília. Ao olhar para minhas roupas, vi vestígios de sangue, que sem dúvida era meu.

Eu estava ferida quando levei a mão à cabeça, devido à pancada.

Naquele momento, a porta foi aberta, e a velha empregada entrou.

— Bem, srta. Mary — disse ela —, então a senhorita recobrou os sentidos? Eu tinha começado a temer que tivesse sido morta. A queda deve ter sido feia!

— Queda — falei. — Quem disse que foi uma queda?

— Eles me contaram.

— Eu fui derrubada.

— Derrubada, srta. Mary? Quem derrubaria a senhorita? E o que fez para merecer um castigo tão severo? Quem fez isso?

— Falei com minha mãe sobre os lençóis molhados.

— Ah! Por sorte não foi morta! Se tivesse dormido neles, sua vida não valeria mais nada. Teria pegado uma gripe e morrido de inflamação, com certeza. Quando alguém quer cometer um assassinato sem ser descoberto, só precisa usar lençóis molhados.

— Foi o que pensei, e os tirei.

— Você fez bem... muito bem.

— O que você soube sobre eles? — perguntei.

— Ah, só entrei em seu quarto e vi que eles estavam molhados, percebi o perigo. E eu ia contar à sua mãe, quando a vi, e ela me disse para dobrar a língua. Mandou-me também descer e trazê-la até aqui, porque a senhorita havia caído e ela não suportava vê-la deitada ali.

— E ela não fez nada por mim?

— Ah, não, não que eu saiba, porque a senhorita estava deitada no chão, sangrando. Eu a peguei e a trouxe para cá.

— E desde então ela não perguntou mais sobre mim?

— Nem uma vez.

— E não sabe se estou acordada ou não?

— Ela não sabe ainda.

— Bem — respondi —, acho que eles não se importam muito comigo, acho que não se importam nem um pouco, mas virá o momento em que eles vão agir de um jeito diferente.

— Não, senhorita, eles pensam, ou foram levados a pensar, que a senhorita os prejudicou, mas isso não pode ser, porque a senhorita não teria sagacidade suficiente para fazer com que sua tia deixasse tudo à senhorita e, assim, tirar deles aquilo a que eles acreditavam ter direito.

— Eu não acredito nisso.

— Mas é verdade.

— O que posso fazer?

— Nada, minha cara, a não ser ficar aqui até melhorar, e não dizer mais nada. O sono, se conseguir dormir, vai fazer bem, então deite-se e durma por cerca de uma hora.

Pensei muito no que deveria fazer para escapar daquele sofrimento. Decidi, por fim, abordar meus pais dias depois e pôr em prática a única tola ideia que me ocorrera à mente. Eu deveria saber que eles jamais permitiriam, mas insisti mesmo assim. Perguntei, durante o jantar, por que eles não me mandavam para a escola, aproveitando a oportunidade para se verem livres de mim algumas horas no dia. É claro que tudo isso foi em vão, e o único agrado que recebi foi ter sido chamada de insolente — aos gritos — em vez de coisa pior.

Eu deixei a mesa, assustada com a tempestade que eu havia causado contra mim. Subi para o sótão, chorando, e encontrei a velha empregada no caminho, que me perguntou o que tinha acontecido. Contei a ela tudo o que eu havia dito, e o que tinham me respondido, e como eu tinha sido agredida.

— Olha, você deve deixar as coisas tomarem o rumo delas, minha querida.

— Sim, mas não consigo aprender nada.

— Não importa. Você terá muito dinheiro quando for mais velha, e isso resolverá muitos problemas. As pessoas que têm dinheiro nunca ficam sem amigos.

— Mas não tenho amigos, apesar de ter dinheiro.

— Sim, sim, mas você não controla o dinheiro, e não tem idade suficiente para usá-lo.

— Quem tem? — perguntei.

— Seu pai e sua mãe.

Nada mais foi dito naquele momento, e a senhora me deixou ali.

Eles aderiram ao hábito de me deixar trancada no sótão durante o dia todo. Eu ficava até mesmo sem comida, e em todas as vezes, recebia chutes sem qualquer remorso — todo mundo se alegrava em me atormentar, mostrando-me o que ousavam fazer.

Era uma crueldade chocante, mas descobri que não acabava ali. Muitas foram as pequenas perturbações feitas e inventadas para me fazer sofrer qualquer tipo de acidente fatal, que os teria deixado à vontade para gozar de minha herança, sem que fossem culpados pela minha morte.

Certa vez, caí no truque dos lençóis úmidos, percebendo o fato tardiamente porque desta vez não eram os panos a estarem molhados, e sim a própria cama.

Como eu disse, tarde demais, porque peguei uma gripe muito forte que levou semanas para ser curada. O fato de eu viver os deixou irritados, evidentemente.

O tempo passou, e as tentativas continuaram. Se bem me lembro, até envenenada eu fui, certa vez. Mas o médico que chamaram para manter as aparências era muito bom e conseguiu evitar o pior. Depois disso, fiquei pensando seriamente se deveria ou não pedir a proteção de algum amigo, implorar que interferissem a meu favor. Mas não havia ninguém que pudesse fazer isso por mim — ninguém de quem eu esperava um ato tão grande de amizade.

Era difícil pensar em alguém que interferisse entre meus pais e eu. Sem conexão com quem quer que fosse, senti o mais verdadeiro sentimento de abandono.

Eu pensava seriamente em conseguir algum dinheiro e então sair de casa, ficar longe até ganhar a maioridade. Mas eu evitava fazer isso, uma vez que eu não podia fazer nada além do que já fazia até então — ou seja, continuar vivendo sem que nada de ruim acontecesse, e esperar mais alguns anos.

Fiz amizade com um jovem que foi visitar meu pai certa vez, e várias vezes depois desta — ele foi mais civilizado e atencioso do que qualquer outra pessoa até então, e eu sentia que ele era o único amigo que eu tinha. Não é à toa que eu via nele meu melhor e único amigo. Eu o considerava o melhor e mais belo homem do mundo.

Isso trouxe outros pensamentos à minha cabeça. Eu não me vestia como os outros, muito menos tinha a oportunidade de adquirir aqueles penduricalhos que a maioria das jovens de minha idade adquiria. Mas isso não alterou em nada a opinião do jovem, que não se importava com essas coisas, mas fazia vários presentes para mim.

Os presentes me eram pequenos tesouros, e devo dizer que sempre me encantava com eles. Normalmente, quando estava sozinha, passava horas admirando-os; por mais simples que fossem, eles me deixavam feliz. Agora eu tinha uma pessoa que se importava comigo, e a sensação que isso trazia era incrível. Talvez eu nunca mais saiba o que é isso — é impossível que aconteça.

Aqui, entre as paredes escuras destas celas, não temos nenhuma alegria nem esperança — é tudo assustador e frio; e uma prisão horrível e longa ocorre, para a qual não há fim, exceto com a morte, que sempre nos vem com circunstâncias severas — todas as ruins e sombrias. Que Deus me ajude!

Mas meu sonho de felicidade logo foi perturbado. De alguma maneira, meus pais tomaram conhecimento dele, e o jovem foi expulso da casa e proibido de voltar ali. Mas ele estava determinado a continuar indo me visitar, e mais de uma vez, nós nos encontramos em segredo. Em um desses encontros, contei a ele todos os meus problemas.

Quando ele soube de tudo, expressou a mais profunda piedade e concordou que eu vinha sendo muito maltratada. Acreditava não haver um tratamento mais duro do que aquele que eu havia recebido.

Então, ele me aconselhou a sair de casa.

— Sair de casa — falei. — Para onde posso ir? Não tenho amigos.

— Venha comigo, vou proteger você, me colocar entre você e o resto do mundo. Ninguém vai te machucar.

— Mas não posso, não ouso fazer isso. Se descobrirem onde estou, vão me obrigar a voltar e me castigar por ter agido mal. Eles não demonstrariam nenhuma compaixão.

— Você não precisa disso. Seria minha esposa, e eu quero me casar com você.

— Você?

— Sim! É o meu maior sonho. Você tem que ser minha esposa. Vamos nos esconder e permanecer desconhecidos a todos até chegar o momento em que você terá idade suficiente, quando poderá assumir sua propriedade sem correr o risco de ser envenenada ou morta por outros meios.

— Essa é uma questão — falei — que deve ser considerada muito antes de adotarmos algo tão violento ou tão repentino.

— Sim. E não deixarei que seja prejudicada. Por mim, a decisão está tomada, e já estou pronto para fazer minha parte do compromisso.

Eu me determinei a considerar o assunto, e senti vontade de fazer o que ele propunha, porque isso me tiraria daquela casa e eu teria enfim uma casa minha.

A decisão foi tomada no dia em que eu, certa vez, os peguei conversando em voz baixa. Por acaso, a porta da sala tinha se aberto, e eu ouvi meu nome sendo dito. Parei para ouvir.

— Precisamos nos livrar dela logo — disse minha mãe.

— Sem dúvida — respondeu meu pai. — Se não fizermos isso, ela vai nos atrapalhar. Vai se casar e teremos que dar o que é dela.

— Podemos impedir isso.

— Não se o marido dela insistir no assunto. Mas o único plano em que consigo pensar é naquele sobre o qual já te contei.

— Colocá-la em um manicômio?

— Sim. Lá, ela estará segura, não vai fugir. Além disso, quem entra ali morre de forma natural em poucos anos.

— Mas ela consegue falar.

— Que fale. Quem dá ouvidos a uma louca? Não, não. Garanto que esse é o melhor plano: vamos mandá-la para um manicômio; um manicômio particular. Consigo organizar tudo o que é necessário em um ou dois dias.

— E então, estaremos resolvidos.

— Com certeza.

— Então, em poucos dias?

— Antes do próximo final de semana. Porque assim poderemos nos divertir no domingo sem qualquer problema, sem qualquer sensação desconfortável de incerteza.

Não esperei mais nada. Já tinha ouvido o suficiente para me dizer o que poderia esperar. Voltei para meu quarto, e depois de vestir meu chapéu e um xale, saí para encontrar o rapaz, e o vi.

Então, informei a ele sobre todo o ocorrido, e ele reagiu indignado.

— Venha para mim — disse ele —, venha de uma vez.

— Não de uma vez.

— Não espere mais um dia.

— Vou amanhã, e então direi adeus a todos esses momentos infelizes, a todas essas perseguições. E daqui a três anos eu conseguirei exigir minha fortuna, que será sua.

Combinamos de nos encontrar no dia seguinte pela manhã. Fiz uma mala pequena e deixei tudo pronto antes de ir para a cama. Pretendia acordar cedo e sair da casa enquanto todos ainda dormiam.

Mas isso não aconteceu. Tarde da noite, fui despertada por dois homens ao lado da minha cama, querendo que eu levantasse e os acompanhasse. Eu me recusei, e eles me levaram à força.

Gritei por ajuda, expondo o absurdo da atitude deles.

— Não ouçam o que ela diz — disse meu pai —, vocês sabem que uma doida fala coisas sem sentido mesmo.

— Sim, sabemos — disseram os homens —, elas são as mais sagazes que há. Já sabemos bem disso, vimos muitas como ela.

Para resumir a história, fui imobilizada, amordaçada e jogada dentro de uma carruagem, e então me trouxeram para cá, onde estou desde então.

XXXI

A fuga de Tobias
PARTE 2

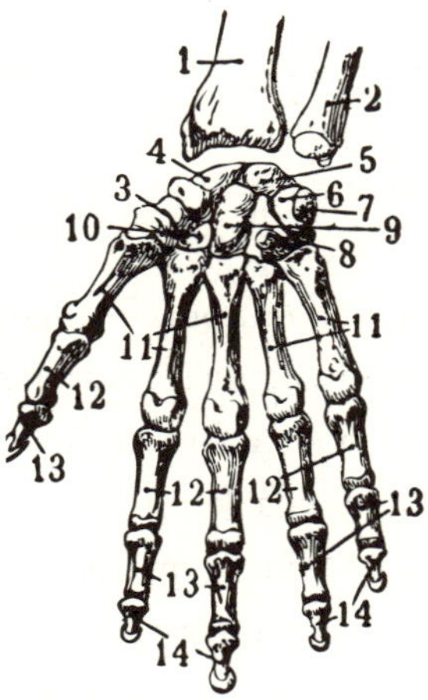

Havia algo extremamente tocante no tom, e aparentemente no modo de agir, com o qual a pobre perseguida detalhou a história de seus problemas, e ela recebeu como resposta uma lágrima de Tobias.

— Depois da confiança e generosidade que depositou em mim — disse ele —, preciso contar algo de mim mesmo.

— Conte — respondeu ela —, somos companheiros na tristeza.

Tobias, então, contou a ela tudo sobre as maldades de Sweeney Todd, e como, por fim, ele tinha sido colocado onde estava com o propósito de silenciar o que ele pudesse contar a respeito das práticas maldosas e desesperadas do barbeiro. Depois disso, ele contou a ela o que tinha ouvido a respeito da intenção de matá-lo naquela noite, e concluiu dizendo:

— Se você planeja escapar desse lugar horroroso, imploro que me conte como. E vamos colocar seu plano em prática esta noite. Se fracassarmos, a morte, em qualquer momento, é preferível a continuarmos existindo aqui.

— Sim, é... ouça.

— Ouvirei — disse Tobias —, você dirá que nunca recebeu tanta atenção quanto a que te darei agora.

— Você deve saber que esta cela é pavimentada com pedras, como pode ver, e que a parede aqui no fundo também faz parte da parede de uma casa antiga de madeira no jardim, que nunca é visitada.

— Sim, compreendo.

— Bem, como estou aqui há muito tempo, consegui levantar uma das pedras que formam o piso, e a cavar por baixo da parede com as mãos; um trabalho lento e muito doloroso, até conseguir fazer uma espécie de escavação, que começa aqui e termina na casa de madeira.

— Fantástico! — disse Tobias. — Entendo... continue.

— Eu já teria escapado se pudesse, mas a altura do muro do jardim sempre foi o obstáculo. Pensei em rasgar essa porcaria de capa em tiras para fazer um tipo de corda. Mas como eu escalaria o muro? Talvez você consiga, com sua agilidade e juventude.

— Ah, sim, sim! Você tem razão nisso. Não é um muro que vai me deter.

Eles esperaram até ouvir o relógio da igreja tocar na vizinhança. Ouviram dez badaladas e então começaram as operações. Tobias ajudou sua nova amiga a levantar a pedra na cela e ali, logo por baixo dela, apareceu a escavação que levava à casa de madeira, suficientemente ampla para que uma pessoa passasse.

Não demorou muito para fazer isso, e Tobias levou com ele um objeto, com o qual havia se ocupado nas duas últimas horas, ou seja, a capa rasgada em tiras compridas — retorcidas e amarradas de modo a formar uma corda —, que Tobias acreditava que sustentaria o peso de sua companheira.

A casa de madeira era um buraco horroroso, e Tobias, em um primeiro momento, pensou que a porta dela estivesse fechada, mas com um pouco de pressão, conseguiu abri-la. A porta só tinha ficado presa devido à umidade da madeira naquele ponto do jardim.

E agora, os dois estavam em quase liberdade, faltando apenas ultrapassar o muro que se erguia diante deles, com todos os seus terrores.

Soprava uma brisa fria no jardim, o que foi muito agradável aos sentidos de Tobias, e ele parecia duplamente alterado com qualquer coisa que pudesse ser exigida dele depois de sentir aquela brisa fresca e deliciosa. Perto da parede, havia uma das mais lindas tramazeiras, que se curvava com a bela folhagem, uma das árvores que são tão úteis na formação de belas casas de veraneio. Tobias viu que se ele subisse no topo da árvore, não teria muita dificuldade para sair dali e chegar ao muro.

— Podemos conseguir — disse ele. — Podemos.

— Graças a Deus que estou ouvindo você dizer isso — respondeu sua companheira.

Tobias amarrou uma ponta da corda comprida que eles tinham feito na cintura, para poder levá-la para cima consigo, e ainda assim permitir que suas mãos e pés ficassem livres. E então ele começou, com grande rapidez, a escalar a árvore. Em três minutos, estava no muro.

A lua brilhava lindamente. Não havia nenhuma árvore ou casa na vizinhança que não estivesse linda naquele momento, em parte devido à luz fraca que as iluminava.

Tobias não conseguiu resistir e parou um momento para olhar ao redor, para a linda cena: mas a voz da pessoa por quem ele estava determinado a fazer tudo o que fosse possível foi ouvida.

— Ah, Tobias! — disse ela. — Depressa, depressa, abaixe a corda... depressa!

— Estou indo, estou indo — ele gritou.

O topo do muro tinha pontas de ferro em certas partes, e algumas delas formavam ganchos excelentes para prender a capa rasgada. Um minuto depois, Tobias tinha conseguido amarrar a ponta, e disse:

— Agora — disse ele —, você consegue escalar com ela certo? Não se apresse. Lembre-se, não precisa se alarmar, e até onde sabemos, ainda temos horas a nosso favor.

— Sim, sim... ah, sim... graças a Deus! — ele ouviu quando ela disse.

Tobias, por mais que tentasse, não podia ajudá-la muito mais do que isso. Ele observava a pressão no suporte frágil com o qual ela escalava aos poucos até o alto do muro com o máximo interesse que se pode imaginar.

— Consegui, consegui — disse ela. — Estou salva.

— Venha devagar... pelo amor de Deus, não se apresse.

— Não, não.

E então, Tobias escutou a corda frágil se rasgar; a corda se rompeu e ela caiu.

Naquele momento, infelizmente, luzes também foram acesas na casa, e ficava evidente que um alarme havia sido dado. O que ele poderia fazer? Se dois não podiam ser salvos, um seria.

Ele se virou, passou os pés por cima do muro, segurou-se com as mãos, o mais baixo que pôde, e então desceu o resto do que faltava.

Ele estava ferido, mas logo aterrissou de pé, pois sentia que a segurança só viria com atitude rápida.

O medo de ser pego era tão forte que ele se esqueceu dos ferimentos.

— Graças a Deus — disse Tobias. — Finalmente estou livre daquele lugar terrível. Ah, se eu conseguir chegar a Londres, estarei seguro. Quanto a Sweeney Todd, que ele se cuide, pois o dia do castigo dele não deve estar longe.

Dizendo isso, Tobias caminhou em direção à cidade, e avançando depressa, logo deixou Peckham Rye para trás enquanto seguia seu caminho.

XXXII

O anúncio na VITRINE *de Sweeney Todd*

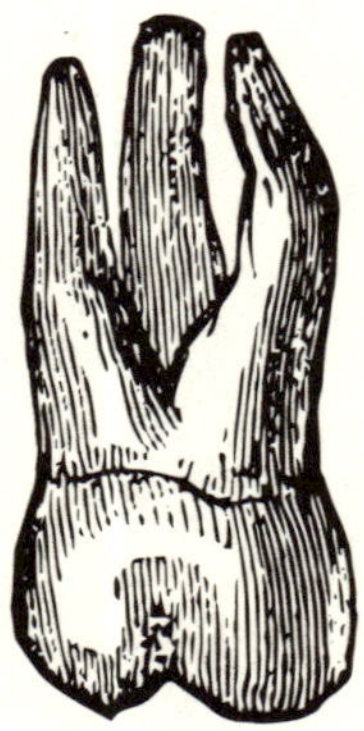

Após termos, até aqui, acompanhado a trajetória de Tobias, estamos mais preparados para dar atenção total às atitudes de Johanna Oakley, que estava prestes a dar início a uma aventura muito perigosa.

O conselho dado a ela por sua jovem e romântica amiga, Arabella Wilmot, havia tomado sua imaginação com intensidade a princípio; e quanto mais ela pensava naquilo, mais decidida se sentia a colocar o plano em prática.

— Sim — disse ela —, o amor verdadeiro faz maravilhas. E independentemente da força ou da habilidade que faltem, o afeto firme, até mesmo de uma simples garota, pode ser bem-sucedido. Assim, arrisco minha vida. Mas o que é a vida para mim sem o que a tornou desejável? O que é continuar vivendo sempre com a amargura de que um mistério tenebroso paira sobre o destino de Mark Ingestrie?

Assim, veremos que foi em parte por desespero, em parte por um tipo de pressentimento de que o sucesso viria com uma atitude sua, que ela decidiu ir ao estabelecimento de Sweeney Todd.

Havia um cartaz na vitrine de Todd, no qual se lia o seguinte anúncio:

> **PROCURA-SE**
> **AJUDANTE**
> **De preferência, com fortes princípios religiosos. Tratar aqui.**

A verdade é que, como dissemos, apesar de Sweeney Todd agora ter os meios para se aposentar graças à venda do colar de pérolas, ele não considerou prudente se apressar com esse passo, e determinou-se a esperar até a confusão e os questionamentos, se ocorressem, a respeito das pérolas diminuírem. Assim, ele julgou necessário encontrar um novo assistente que, para sua intenção, teria o mesmo destino do pobre Tobias — o destino que Sweeney Todd considerava certo, mas sobre o qual o leitor está mais bem informado.

— Ah — Todd murmurou para si —, gosto de garotos religiosos. São muito mais fáceis de manipular, uma vez que a imaginação se desenvolve à custa da razão. Que surpresa, já temos alguém aqui?

Todd estava afiando uma navalha, olhando para a rua enquanto falava, e viu um jovem rapaz apresentável e de rosto muito bonito parar à vitrine para ler o curioso anúncio. O rapaz deu um passo em direção à porta, hesitou, retraiu-se e voltou a avançar, como se pretendesse se candidatar à vaga, mas também temesse fazê-lo.

— Quem pode ser ele? — perguntou Todd enquanto olhava com curiosidade para o garoto. — Ele não parece ser o tipo de pessoa que se candidataria à vaga de assistente de barbeiro.

Todd tinha razão em relação a isso, uma vez que o rapaz não era ninguém menos do que Johanna Oakley. E de fato, ela não parecia pertencer à classe de necessitados na qual o barbeiro Sweeney Todd poderia encontrar um assistente para seu estabelecimento.

Um instante depois, ela entrou na loja, e ficou cara a cara com o homem a quem ela considerava como sendo a desgraça de sua jovem existência, se fosse verdade o que se suspeitava dele.

Todd fixou o olhar esquisito nela, mas manteve-se em silêncio — pois ele não costumava ser o primeiro a falar, e Johanna sentia-se constrangida para dar início à estranha conversa.

— O senhor está à procura de um rapaz para cuidar de seu estabelecimento, creio? — perguntou ela.

— Sim.

Johanna certamente esperava uma resposta mais comprida; mas como Todd ficou em silêncio, ela não tinha opção além de continuar.

— Gostaria de me candidatar.

— Quem é você? Você não parece o tipo de pessoa disposta a tal trabalho. Quem e o que você é?

Johanna tinha a história pronta, pois obviamente havia previsto as perguntas que lhe seriam feitas; então, ela respondeu com uma rapidez que em nada parecia forçada:

— Sou órfão, fiquei aos cuidados de uma madrasta. Não gosto dela, ela era cruel comigo, e fugi.

— De onde?

— Oxford.

— Oxford, Oxford — murmurou Todd —, então ninguém conhece você em Londres, imagino.

— Ninguém. Cheguei à cidade de modo confortável, em uma carroça. Mas se não conseguir algum trabalho, terei que voltar, e não gosto nem um pouco dessa ideia. Prefiro fazer qualquer coisa em Londres a voltar para a sra. Green.

— Green. E qual é seu nome?

— Charley Green, claro. Veja que meu nome é o mesmo que o dela, porque ela se casou com meu pai.

— Ah, você não servirá para mim. Não é o tipo de garoto que quero.

— Sinto muito por tê-lo importunado, senhor — disse Johanna quando se virou de repente e saiu do estabelecimento sem fazer o menor esforço para que o barbeiro mudasse de opinião, nem sequer olhou para trás.

— Nossa! — exclamou Todd ao largar a navalha que ele havia recomeçado a afiar, — sou um tolo desconfiado. Vai demorar, acredito, até encontrar alguém que me sirva como esse rapaz serve. Está sozinho em Londres, sem amigos, órfão, ninguém para procurá-lo... o que eu preciso.

Sweeney Todd correu para a porta.

— Ei, ei! — ele gritou. Johanna olhou para trás e viu que ele fazia um gesto para chamá-la; com esperança renovada, ela se virou e voltou para o estabelecimento.

— Venha, meu rapaz — disse Todd. — Eu me disponho a aceitar você levando em conta que não tem amigos. Sinto por sua situação, pois também sou órfão, na verdade. — Neste momento, ele fez uma das caretas horrorosas que costumava fazer quando pensava em algo especialmente malicioso. — Sim, sou um pobre órfão, com nada além de um forte senso religioso como apoio. Aceitarei você por um período de teste.

— Fico muito grato ao senhor.

— Ah, imagine. Suas tarefas incluem cuidar da loja se eu por acaso estiver ausente. Receberá seis centavos por dia, mas nada mais de minha parte; à parte, você paga sua comida. E o mais barato e melhor que conseguirá é comer no estabelecimento da sra. Lovett, em Bell Yard, e pedir uma torta para jantar. Dormirá à noite aqui na loja, entregará mensagens, verá e ouvirá muitas coisas, mas se fizer comentários a respeito de mim e de meus negócios, corto seu pescoço.

— Pode confiar em mim, senhor. Fico muito feliz em poder trabalhar para um cavalheiro tão respeitável.

— Cavalheiro respeitável! — repetiu Todd quando terminou de afiar a navalha. — Respeitável! — E em seguida, deu uma de suas risadas terríveis, que assustou o coração de Johanna, pois ela pensou que aquele tinha sido o último som a entrar pelos ouvidos de Mark Ingestrie no mundo. Todd se virou repentinamente e disse:

— Você resmungou?

— Não resmunguei! Por que resmungaria? — respondeu Johanna.

— Ah, só pensei que você tivesse resmungado, mestre Charley, só isso. Veja se aquela água no fogo está quente, e se estiver, traga-a para mim. *Ha*! Um cliente.

Enquanto Todd dizia essas palavras, duas pessoas entraram no estabelecimento. Eles pareciam ser homens do campo, fortes agricultores, talvez, e de bom caráter. Um deles disse:

— Olá, sr. Barbeiro, quero que faça minha barba, por favor. — O outro permaneceu à porta, como se esperasse por seu amigo.

— Claro, senhor — disse Todd. — Peço para se sentar se quiser, senhor. O dia está muito agradável para essa época do ano. Vieram do interior?

— Sim, eu e meu primo. Ainda não conhecemos muito de Londres.

— De fato, senhor, e não deve ir embora logo, com certeza. Há muito a ser apreciado que não pode ser visto depressa. E se o senhor mora longe, é melhor aproveitar a oportunidade enquanto está aqui. Charley, me passe a espuma.

— Sim, senhor.

— Ah — respondeu o interiorano —, sim, mas levamos ao mercado de Londres alguns animais, que se venderem bem, nos trarão muito dinheiro e poderemos sair para ver os pontos turísticos.

— É mesmo! Os senhores são prudentes. Quer aparar as costeletas?

— Um pouco, não muito.

Fez-se, naquele instante, uma pausa de alguns segundos de duração, e depois dela, Sweeney Todd disse, de modo muito peculiar:

— Imagino que os senhores tenham visto as duas estátuas da igreja de St. Dunstan marcarem as horas?

— Duas estátuas? — disse o homem que não estava sendo barbeado, pois o outro encheria a boca de espuma se a abrisse. — Duas estátuas? Não... quais são?

— Bem — Todd voltou a falar de um jeito muito indiferente —, se os senhores não as viram, é uma pena. Como agora só faltam cerca de cinco minutos para as onze, o senhor tem uma boa oportunidade de ir agora. É o tempo que levo para terminar com seu primo, de barbeá-lo. O que acha? Charley, acompanhe o cavalheiro, e mostre a ele as estátuas marcando a hora na igreja de St. Dunstan. Vocês devem atravessar para o outro lado para poder vê-las direito. Não tenha pressa, senhor.

— Muito obrigado — disse o interiorano, e parecia estar grato, sim. — Mas prefiro ir com meu amigo quando ele estiver barbeado. O senhor não imagina os comentários cínicos que ele faz sobre coisas que nunca viu na vida, então ir sem ele, para mim, é apenas metade da diversão.

— Muito bem e com razão — disse Todd. — Terminarei logo. Estou quase terminando, senhor. Pronto.

Não havia qualquer traço de decepção visível no comportamento de Todd, e o homem barbeado se levantou e limpou o rosto na toalha que estava pendurada em um gancho para quem quisesse usá-la. Ele entregou o dinheiro e despedindo-se educadamente do barbeiro, saiu do estabelecimento com seu amigo.

Um olhar terrivelmente diabólico surgiu no rosto de Sweeney Todd e ele murmurou a si mesmo:

— Amaldiçoados sejam os dois! Mas ainda conseguirei pegar um deles.

— O que o senhor disse? — perguntou Johanna.

— O que foi, seu insolente? — vociferou Todd. — Maldito! Vou arrancar seus dentes com uma pinça, um por um, se pensar ouvir o que eu digo. Vou matar você, filhote do demônio.

Johanna se retraiu, assustada, e então Todd atravessou o salão e foi para a sala dos fundos, trancando a porta duas vezes, cuidadosamente. Depois disso, virou-se para Johanna e disse:

— Você vai cuidar da barbearia até minha volta, e se alguém chegar, pode dizer a essa pessoa que ela não precisa esperar, pois provavelmente vou demorar um pouco. Você só precisa cuidar daqui, e aviso: não espie nem se intrometa em nada. Fique sentado, quieto e não toque em nada, pois se tocar, certamente vou descobrir, e seu castigo será certo e talvez horrível.

— Tomarei cuidado, senhor.

— Tome, mesmo, e será recompensado. Minha nossa, o último rapaz que contratei me serviu tão bem que eu cuidarei dele para sempre, pois o levei a uma bela casa de campo, com prados bonitos; uma propriedade perfeita, onde ele tem empregados à disposição, da maneira mais atenciosa possível.

— Que gentil — disse Johanna —, e ele está feliz?

— Muito, muito... apesar da insatisfação geral da natureza humana, ele está muito feliz, como era de se esperar. Obedeça às minhas orientações, e no tempo certo você, sem dúvida, terá um destino tão bom quanto o dele.

Todd colocou o chapéu e, com um sorriso terrível e esquisito no rosto, saiu do estabelecimento. Johanna se viu na situação perfeita do que tinha imaginado: sozinha na barbearia de Sweeney Todd, podendo fazer as buscas que queria, sem a possibilidade de ser interrompida.

— Que Deus me ajude — ela disse —, pelo bem da verdade.

XXXIII

A descoberta nas CÂMARAS da igreja

— Bem, Sir Richard — disse o sacristão da igreja de St. Dunstan ao magistrado depois de a pedra pesada ser erguida no meio da igreja, com a qual os operários tinham se ocupado —, está sentindo o fedor agora?

O magistrado e os funcionários da igreja — na verdade, todos os presentes — se retraíram quando sentiram o fedor horroroso que os atingiu assim que a pedra começou a ser retirada.

— Minha nossa, santo Deus! — exclamou um funcionário mais velho. — Temos mesmo ficado aqui ouvindo os sermões com um cheiro tão podre por baixo da igreja? Sempre pensei que as câmaras já não eram usadas há muitos e muitos anos.

— Silêncio! — disse o magistrado. — A pergunta que devemos fazer agora é, talvez, mais importante do que esta, senhor.

— Mais importante? Como pode ser? O bispo sentiu o fedor quando veio crismar as pessoas. E não disse ele na sacristia que não poderia crismar ninguém enquanto houvesse esse cheiro na igreja? Naturalmente, dissemos a ele que seria uma lástima se ele não o fizesse. Então, ele crismou as pessoas tão depressa que elas nem entenderam se foram crismadas, de fato.

— Silêncio, meu senhor, me ouça. Pode, por favor, agora que erguemos essa pedra grande e abrimos a escada de pedra, mandar embora os funcionários e também todas as pessoas? Fiquemos apenas o senhor e eu.

— Sim, mas... bem, o senhor não pretende descer, não é?

— Pretendo descer, pode ter certeza. Mande os homens embora

de uma vez, por favor. Tenho certeza de tudo o que estou prestes a fazer, garanto ao senhor. Desconfio de que conseguirei libertar a igreja de St. Dunstan do fedor tenebroso que tem se espalhado por ela há algum tempo.

— Acha mesmo? Que assim seja, então, farei o que o senhor mandar.

Os trabalhadores não acharam ruim ser dispensados do trabalho desconfortável, mas o sacristão, ao ouvir o que Sir Richard tinha dito, sentiu-se muito ansioso e pediu para ficar, afirmando ser um dos representantes da igreja. E permitiram que ele ficasse.

— Parece que por aqui se chega às câmaras — comentou Sir Richard ao olhar para o abismo que a remoção da pedra deixou exposto.

— Sim — respondeu o religioso —, isso mesmo, e as câmaras não são usadas há muito tempo; mas não sei como esse cheiro horroroso pode sair dos corpos que estão ali há quarenta ou cinquenta anos.

— Precisamos tomar cuidado com o ar fedorento — comentou o magistrado. — Pegue uma tocha, sr. Sacristão, e entraremos na câmara. Se o fogo persistir, aguentaremos. E se quiser, vá primeiro à porta da igreja e leve este lenço de seda com o senhor. Erga-o com a mão. Com esse sinal, quatro pessoas o acompanharão. São meus oficiais, e o senhor os trará até mim.

— Ah, claro, com certeza — disse o sacristão, que ficou muito satisfeito por saber que eles teriam reforços. — Farei isso, senhor, e quanto à tocha, há alguns equipamentos no armário da sacristia. Vou pegá-los em um minuto.

Os quatro homens, como era de se esperar, obedeceram ao sinal do lenço, e depois de mais alguns minutos, uma tocha desceu por uma corda pela abertura escura. Todos observaram a luz com grande interesse enquanto ela descia. Apesar de ela estar mais fraca do que antes, ainda não mostrava sinais de que se apagaria, e o magistrado disse:

— Podemos descer em segurança. O ar que mantém a chama do fogo acesa também mantém a vida; assim, não precisamos nos preocupar. Sigam-me.

Ele começou a descer com cuidado os degraus de pedra, e logo foi acompanhado por seus quatro homens, e muito mais lentamente pelo sacristão e pelo representante da igreja, e ambos não pareciam animados com a aventura, apesar de curiosos, para desejarem seguir em frente.

Havia cerca de vinte degraus de pedra, e quando chegaram ao fim da escada, viram que o chão era coberto por pedras de tamanho considerável sobre as quais havia serragem espalhada, mas não em uma espessura suficiente para cobrir todo o espaço completamente.

Havia um silêncio funesto ali, e os poucos caixões velhos que se encontravam em nichos nas paredes eram, como seus ocupantes, antigos demais para soltar aquele cheiro horroroso de decomposição que tomava o lugar.

— Verá, Sir Richard — disse o funcionário da igreja, pegando um papel —, que de acordo com os planos da câmara que tenho aqui, esta aqui dá para uma passagem que se estende por metade do perímetro da igreja, e dessa passagem se abre uma série de câmaras, e nenhuma delas foi usada nos últimos anos.

— Vejo que a porta está aberta.

— Sim, está. É esquisito, Sir Richard, não é? Minha nossa! Enfie a cabeça na abertura e veja que o fedor vem dali!

Todos eles fizeram isso e descobriram que, de fato, o cheiro era insuportável. Sir Richard pegou uma tocha de um dos homens e entrou na passagem. Não conseguiu ver nada além de algumas das câmaras abertas: entrou em uma delas e desapareceu por um instante. Voltou logo em seguida, dizendo:

— Acho que podemos nos retirar agora. Já vimos o suficiente para nos convencer de tudo.

— De tudo, senhor? — disse o funcionário. — O que é tudo?

— Exatamente, já basta. Sigam-me, meus caros.

Os homens, sem fazer perguntas nem comentários, acompanharam Sir Richard, e ele avançou depressa, com os homens atrás deles.

— Vejam! — gritou o sacristão. — Ou melhor, parem. Ah, Deus, não permita que eu me perca... Ah, não! Imagino que algo terrível esteja vindo atrás de mim, e vai me segurar. Não permita que eu me perca!

— O senhor não tem como se perder — disse um dos homens —, saberá que se algo lhe prender será, no máximo, um fantasma.

Quando o sacristão entrou na cripta abaixo da igreja, ele estava em um estado tão grande de medo, que foi obrigado a se sentar em um túmulo para se recuperar. E o magistrado aproveitou aquela oportunidade para dizer às pessoas da igreja:

— Quero falar com vocês a sós. Venham comigo — disse, já subindo as escadas —, deem a ordem para trancarem a igreja, como se não precisássemos continuar as buscas nas câmaras.

— Ah, sim! Sabia que havia algum segredo.

— Há um segredo terrível! Um segredo que deixará Londres abalada para sempre... um segredo que nunca será esquecido em relação à antiga igreja de St. Dunstan, enquanto ela existir.

Havia seriedade no modo com que o magistrado falava, que assustou e muito os homens, e ele ficou pálido de pé na porta da igreja.

— Vocês conhecem um homem chamado Sweeney Todd? — perguntou o magistrado.

— Ah, sim... um barbeiro.

— Ótimo. Preste atenção enquanto descemos a Downing Street. Vou chamar o Secretário de Estado do Departamento Nacional, e antes de chegarmos lá, conseguirei contar ao senhor por que e que tipo de ajuda preciso.

O homem prestou atenção, mas antes de chegarem à metade do caminho, ele quis entrar em uma taverna para tomar um brande, pois o relato do magistrado foi tão horrível que causou um forte efeito nele. Em breve descobriremos o que foi contado, mas é preciso que acompanhemos o sr. Todd para ver o que ele fez depois de deixar Johanna cuidando da barbearia.

Todd caminhou depressa até chegar perto da Pickett Street, em Strand, e entrou no estabelecimento de um boticário ali, onde só havia um rapaz atendendo.

— Você se lembra de ter me vendido um pouco de veneno de rato? — perguntou Todd.

— Ah, sim, sim... sr. Todd, não é?

— O próprio. Quero mais um pouco. A verdade é que com as pomadas para cabelo que mantenho em meu estabelecimento, os vermes são atraídos, e agora há muitos lá. Ontem à noite mesmo eu acordei e vi um rato se esbaldando no óleo para cabelos, e outro bebendo água de rosas que eles tinham derrubado ao quebrar um frasco do produto. Assim, agradeço se puder me vender mais veneno líquido, por favor, já que eles adoram beber.

— Exatamente, senhor, exatamente — disse o rapaz enquanto pegava um frasco e preparava uma poção. — Se o senhor colocar algumas gotas disto em um quarto de litro, já basta.

— Duas gotas? Deve ser poderoso.

— São... doze gotas, ou cerca de meia colher de chá, seria o bastante para matar um homem, com certeza. Por isso, tome cuidado, sr. Todd. Claro que não vendemos isso a desconhecidos, o senhor sabe, mas como o senhor é vizinho, isso muda tudo.

— Sim, verdade. Obrigado. Bom dia. Acho que em breve vai chover, não acha?

Todd foi embora com o veneno no bolso, e quando se afastou alguns metros dali, deu uma risada tão horrorosa que um cavalheiro, que antes estava perto dele, correu como um raio, tomado pelo medo — e ficou até sem fôlego!

— Pronto — murmurou Todd. — Devo facilitar o caminho para a minha aposentadoria. Sei muito bem que se fizesse algo assim em um determinado lugar, seria como dar uma prova de que ganhei o suficiente para dividir, e é um processo pelo qual não pretendo passar. Não, não, sra. Lovett, não, não.

Todd caminhou lentamente em direção à sua casa, mas quando chegou à esquina de Bell Yard e ouviu a igreja de St. Dunstan marcar meio-dia, fez uma pausa e então disse:

— Vou vê-la... sim, vou vê-la. A noite responderá melhor ao meu propósito do momento.

Em seguida, ele subiu Bell Yard, até chegar à fascinante casa de tortas da sra. Lovett. Parou por um instante na vitrine e olhou com atenção para duas assistentes de advogados que estavam comendo tortas do dia anterior. A fornada quente do dia ainda não tinha subido.

— Jovens felizes! — Ele riu, e entrou no estabelecimento.

A sra. Lovett o recebeu com graciosidade, como quem recebe um conhecido, e o convidou para ir ao salão, enquanto as duas assistentes continuavam comendo e elogiando as tortas.

— Deliciosas, não acha? — perguntou uma delas.

— Ah, concordo — respondeu a outra —, é um molho tão delicioso, não é? Gostaria de saber como ela o faz. Meu Deus, vivo comendo essas tortas. Eu costumava fazer minhas refeições com meu tio velho e gordo, chamado Marsh, mas desde que ele desapareceu, certo dia, eu só como as tortas da Lovett, e não mais a comida do velho.

XXXIV

As desconfianças do sr. TODD

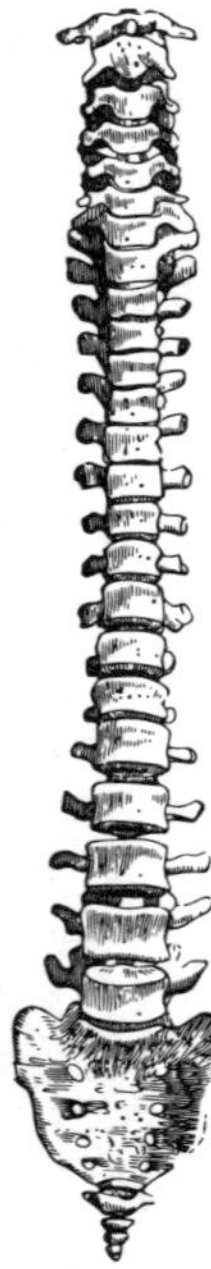

Durante algum tempo depois de Todd deixar a loja, Johanna mal conseguia acreditar que estava mesmo sozinha e demorou para ousar olhar ao redor; mas conforme os minutos foram passando, sem qualquer barulho que indicasse o retorno dele, ela foi reunindo mais coragem.

— Sim — disse ela —, finalmente estou sozinha no lugar onde minhas desconfianças sempre indicaram ser o local da morte do pobre Mark. Meu Deus, permita que isso não tenha acontecido, e que, ao desvendar o mistério da vida desse homem, eu possa encontrar vivo meu amado Mark. Não permita que eu tenha que chorar a morte dele! Mesmo assim, como posso, ainda que por um instante, me iludir com falsas esperanças? Não, não, ele acabou sendo vítima desse homem sem coração.

Durante alguns minutos, quando Johanna deu vazão a seu acesso de pesar, ela retorceu as mãos e chorou. Mas então, pensando no perigo que correria se Todd voltasse e visse sinais de emoção em seu rosto, ela controlou as lágrimas e conseguiu manter um semblante tranquilo.

Em seguida, ela começou a olhar ao redor da mesma maneira que o pobre Tobias fizera. Mas não encontrou nada que explicasse o que ela precisava entender, apesar de suas suspeitas só se tornarem mais fortes. Ela olhou dentro do armário e ali viu vários cajados caros e alguns guarda-chuvas, e em seguida observou as paredes atentamente, mas não viu nada que indicasse outra abertura, exceto a porta, visível e aparente. Dando passos para trás, ela acabou se encostando na cadeira de barbear, que descobriu ser fixa, pois viu que as pernas dela eram presas ao chão. Ela não sabia o que poderia haver de suspeito nisso, mas desconfiou mesmo assim.

"Se eu tivesse tempo", pensou, "tentaria entrar naquela sala. Mas não ouso fazer isso ainda. Não, não, preciso ter mais certeza de quanto tempo Todd costuma passar fora antes de ousar fazer tal tentativa."

Enquanto ela dizia essas palavras, alguém abriu a porta com cuidado e, espiando ali dentro, perguntou:

— O sr. Todd está em casa?

— Não — respondeu Johanna.

— Ah, muito bem. Então, pegue esta carta, por favor, e leia. Descobrirá de quem é quando a abrir. Mas guarde-a consigo, e se o sr. Todd entrar, esconda-a de qualquer maneira.

Antes que Johanna pudesse responder, o homem desapareceu, e ela ficou muito surpresa ao ler a parte de fora da carta que havia sido posta em suas mãos, com seu nome. Com os dedos trêmulos, ela a abriu e leu o seguinte:

De Sir Richard Blunt, magistrado,
para a senhorita Oakley

Srta Johanna Oakley, a senhorita tem uma coragem muito grande para ter entrado em uma missão tão perigosa - uma missão que considerando sua juventude e sexo deveria ser assumida por outras pessoas; ainda bem que outras pessoas têm condições de observá-la e garantir sua segurança.

Sua jovem amiga, Arabella Wilmot, depois de dar tantos conselhos românticos e descoberto que você os seguia, ficou assustada com as possíveis consequências, e de modo muito prudente, informou a alguém que me deu a notícia. Assim, a senhorita está sendo bem observada; e se qualquer perigo surgir só precisa jogar um objeto qualquer, o primeiro que conseguir pegar, pela vitrine da barbearia, e imediatamente receberá ajuda. Digo isso para que a senhorita fique tranquila.

Mas como a senhorita decidiu entrar na barbearia de Todd, é mais do que provável que fará um bom trabalho ajudando a desmascarar esse vilão. Assim, mais no fim da tarde, a senhorita deve se preparar para fazer o que for solicitado por alguém que diga a senha "St. Dunstan".

De seu amigo (acima mencionado)

Johanna leu a carta com grande surpresa, claro, e também sentiu certa satisfação enquanto lia, agora que tinha certeza de que estava sendo protegida, o que era algo incrível e emocionante. Pensar que só precisaria pegar um dos muitos objetos que estavam ao seu redor e lançá-lo contra a vitrine para conseguir ajuda foi a ideia mais consoladora, e a ansiedade aumentou.

Ela havia acabado de esconder a carta quando Sweeney Todd apareceu.

— Alguém esteve aqui? — perguntou ele.

— Sim, um homem, mas não quis esperar.

— Ah, queria fazer a barba, imagino. Mas não importa, não importa. Espero que você tenha ficado quieto, sem tentar dar asas à sua curiosidade de nenhuma maneira, desde minha partida. Veja! Tem alguém vindo. Ah, é o velho sr. Wrankley, o tabaqueiro... Bom dia, senhor. Quer fazer a barba, imagino. Que bom que o senhor veio, pois eu estive fora até agora. Água quente, Charley, depressa. E me dê a navalha.

Johanna, ao entregar a navalha a Todd, encostou a lâmina na cadeira, e como o utensílio estava muito afiado, acabou cortando um pedaço da madeira de um dos braços da cadeira.

— Que descuidado, que vergonha — disse Todd —, sinto vontade de fincar a navalha nas suas costas, rapaz. Você estragou uma ótima lâmina, que agora não está nada afiada.

— Ah, perdoe o rapaz, sr. Todd, por favor — disse o velho cavalheiro. — Ele é só um rapazinho, afinal. Intercedo por ele.

— Muito bem, senhor. Se o senhor quer que eu ignore isso, claro que ignorarei e, graças a Deus, temos um estoque de lâminas sempre à mão. Alguma novidade, senhor?

— Não que eu saiba, sr. Todd, exceto a doença do sr. Cummings, o supervisor. Dizem que ele chegou em casa perto do meio-dia, na Chancery Lane, e desde então está passando muito mal. A única coisa que diz é "Ah, aquelas tortas... ah, aquelas tortas!".

— Muito estranho, senhor.

— Muito. Acho que o sr. Cummings não está regulando muito bem da cabeça, sabia, sr. Todd? É um homem muito respeitável, mas cá entre nós, nunca foi muito esperto.

— Com certeza não, com certeza não. Mas é um caso muito esquisito.

A que tortas ele pode estar se referindo, senhor? O senhor avisou quando saiu de casa?

— Não. *Ha, ha*! Não consigo evitar o riso, *ha, ha*! Eu saí de casa discretamente, sabe? Porque o primo de minha esposa, o sr. Mundel... minha nossa! Acho que o senhor me cortou.

— Não, não, não podemos cortar ninguém por tão pouco, senhor.

— Ah, muito bem... muito bem. Bem, como eu estava dizendo, o primo de minha esposa, o sr. Mundel, foi à nossa casa ontem à noite, e levou com ele um colar de pérolas. Ele queria que eu fosse para o centro com eles hoje cedo, à Round and Bridget, a joalheria da corte, para perguntar se eles já as tinham visto.

— Eram bonitas?

— Sim, são lindas. Veja, Mundel empresta dinheiro, e ele não gostava de ir sozinho, por isso me pedia para ir, já que o sr. Round me conhece muito bem. Cá entre nós, sr. Todd, o primo de minha esposa, o sr. Mundel, acha que elas já pertenceram a uma senhora.

— Ah, de fato!

— Sim, e como não resolve falar muito com as mulheres, eu disse à minha esposa que resolveria uma questão e simplesmente saí. *Ha, ha, ha*! As pérolas estão dentro de meu bolso. Mundel diz que elas valem doze mil libras, pelo menos, *ha, ha*!

— De fato, senhor, doze mil libras? Uma boa quantia, uma ótima quantia. Sem dúvida, o sr. Mundel emprestou sete ou oito mil libras pelas pérolas. Acho que vou passar a lâmina mais uma vez, senhor, antes de finalizar. E o senhor está com as pérolas. Como essas as coisas acontecem, não é?

— O que quer dizer?

— Este pincel de barbear está em bom estado agora. Um pincel de barbear fica melhor quando está quase gasto, é o melhor ponto. Charley, vá até a casa do sr. Cummings e pergunte se ele está melhor. Não precisa se apressar, bom rapaz, não estou nem um pouco zangado com você agora; e então, senhor, na sua casa, eles acham que o senhor foi resolver uma questão, não é? Eles não fazem ideia de que o senhor veio aqui fazer a barba... pronto, pode ir, Charley. Feche a porta, bom rapaz, cuide-se.

Quando Johanna voltou, o tabaqueiro não estava mais ali.

— Bem — disse Sweeney Todd enquanto afiava a navalha com tranquilidade —, como está o sr. Cummings?

— Descobri qual é a casa dele com certa dificuldade, senhor, e dizem que ele está melhor, que está dormindo.

— Ah! Muito bem. Vou fazer umas contas no salão, por isso não quero ser perturbado, compreende? E pelos próximos dez minutos, se alguém aparecer, diga que não estou.

Sweeney Todd entrou tranquilamente na sala, e Johanna ouviu quando ele trancou a porta por dentro; uma sensação estranha de terror tomou conta dela nesse momento, e por alguma razão que ela não sabia bem qual, ela estremeceu ao olhar ao redor. A porta do armário não estava trancada, e ela não soube o que fez com que ela se aproximasse e espiasse ali dentro. Na primeira estante estava o chapéu do tabaqueiro. Era um chapéu diferente, que ela reconheceu na hora.

"O que aconteceu? Santo Deus, o que pode ter acontecido?", pensou Johanna ao dar passos para trás até chegar à cadeira de barbear, na qual se apoiou para não cair. Seus olhos se voltaram para a cadeira que ela havia marcado com a navalha, mas ela estava totalmente inteira e correta; não havia a menor marca do corte que havia sido feito recentemente. Assim, surpresa, Johanna, por mais de um minuto, ficou procurando a marca feita e que ela sabia que não poderia ter sido apagada.

Mas ela não a encontrou, apesar de a cadeira estar ali como sempre, com os braços amplos e a tinta dourada gasta e marcada. Não foi à toa que Johanna esfregou os olhos e perguntou se estava mesmo desperta.

O que poderia ser aquele fenômeno? A cadeira era fixa, e as outras no estabelecimento eram de material e forma totalmente diferentes, por isso a cadeira de barbear não poderia ter sido trocada.

— Minha nossa! — murmurou Johanna, triste —, minha mente está tomada por coisas horríveis, e não consigo formar um pensamento racional. Suspeito de tudo e não sei de nada. O que posso fazer? O que devo fazer para me livrar deste estado de suspense horrível? Estou de fato em um lugar onde, por alguma maldade, o assassinato se tornou normal, ou estou imaginando coisas?

Ela cobriu o rosto com as mãos por um tempo, e quando o descobriu, viu que Sweeney Todd estava olhando para ela com cara de desconfiado, de dentro da outra sala.

A necessidade de interpretar um papel tomou conta de Johanna, e ela deu um grito.

— Mas o que diabos está acontecendo? — perguntou Todd, avançando com uma expressão assustada. — O que é isso? Desconfio...

— Sim, senhor — disse Johanna —, e eu também. Amanhã mesmo devo arrancá-lo.

— Arrancar o quê?

— Meu dente, senhor, está doente há algumas horas. O senhor já teve dor de dente? Se já, entende o que estou passando, e não se surpreende por eu estar tampando o rosto e gemendo.

XXXV

A aposentadoria de SWEENEY TODD

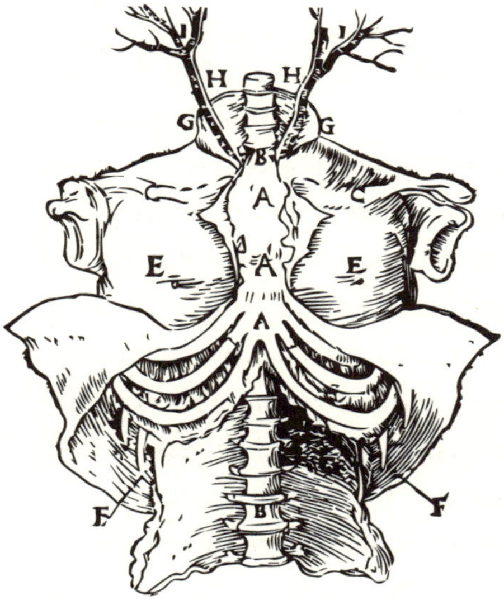

Todd não ficou totalmente satisfeito com a desculpa de Charley, mas não havia o que dizer, já que podia ser verdade. Assim, depois de olhar para Johanna por alguns instantes de um jeito desconfiado, ele achou melhor acreditar.

— Bem — disse ele —, sem dúvida você vai estar melhor amanhã. Aqui estão seus seis centavos por hoje. Vá jantar, e o mais barato que vai encontrar é a casa de tortas da sra. Lovett.

— Obrigado, senhor.

Johanna percebeu que, ao sair da loja, Sweeney Todd mantinha os olhos fixos nela, e que se ela demonstrasse que suspeitava dele, provavelmente ele a impediria de sair. Assim, ela se manteve aparentemente calma e saiu bem devagar. Foi um grande alívio chegar à rua, sentir que não estava sob o mesmo teto que aquele homem assustador e temido.

Em vez de ir à casa de tortas Lovett's, Johanna entrou em uma pastelaria perto dali, e tomou um refresco. Enquanto ela fazia isso, voltaremos para dar uma olhada em Sweeney Todd, sozinho dentro de sua barbearia.

Ele mantinha a expressão vitoriosa, e os olhos brilhavam como nunca. Estava claro que Sweeney Todd estava parabenizando a si mesmo por algo; e por fim, enfiando a mão dentro de um bolso enorme, ele tirou o colar de pérolas pelo qual já tinha recebido uma quantia grande do sr. Mundel.

— Na verdade — disse ele —, devo ser um dos preferidos da Sorte. Afinal, esse colar de pérolas, para mim, é uma fortuna sem fim. Quem, por um minuto que fosse, poderia pensar em ter uma fortuna tão rara? Não preciso mais me preocupar com John Mundel agora. Ele perdeu as pérolas e perdeu o dinheiro. *Ha, ha, ha*! Isso é ótimo. Vou parar de trabalhar antes do que esperava, e sairei do continente. Sim, minha próxima venda do colar de pérolas deve acontecer na Holanda.

Com as pérolas na mão, Todd agora parecia se distrair com seus pensamentos, que duraram cerca de dez minutos, e então um barulho qualquer na rua, ou na casa ao lado, o assustou, e ele ficou de pé, exclamando:

— O que é isso? O que é isso?

Tudo ficou em silêncio de novo, e ele relaxou.

— Como sou tolo por me deixar assustar por todos os barulhos, por tremer com eles — murmurou ele para si mesmo. — Agora que estou ficando nervoso, está na hora de sair da Inglaterra. Mas primeiro, preciso acabar com aquela cuja disposição implacável que, conheço bem, me caçaria até o fim do mundo se não estiver em paz em sua cova. Sim, a paz da cova será boa para ela. Não consigo pensar em nenhuma outra maneira de silenciá-la.

Enquanto ele dizia essas palavras, tirou do bolso o pequeno frasco de veneno que tinha comprado, e o ergueu contra a luz com uma expressão de satisfação. Então, ele caminhou até a janela, como se estivesse ansioso à espera da volta de Johanna, para poder sair do local. Enquanto esperava, ele viu uma jovem se aproximar da barbearia e quando entrou, ela disse:

— A sra. Lovett mandou seus cumprimentos, sr. Todd. Ela enviou este bilhete, e ficará feliz se puder vê-lo às oito da noite, hoje.

— Ah, muito bem, muito bem. Minha nossa, Lucy, você está mais bonita do que nunca.

— É muita gentileza sua, sr. Todd — disse a menina ao sair, aparentemente muito indignada por uma espécie tão feia da humanidade, como Sweeney Todd, ousar fazer um elogio a ela.

Todd apenas abriu um sorriso horroroso, e então abriu a carta que tinha sido entregue. Estava sem assinatura, e continhа as seguintes palavras:

O novo cozinheiro já se cansou de onde está, e o senhor deve abrir outra vaga hoje à noite. Ele é o mais problemático que já tive, porque é o mais inteligente. Precisamos nos livrar dele... o senhor sabe como. Tenho certeza de que ele pode causar transtornos.

— É mesmo? — disse Todd quando terminou de ler. — Foi rápido. Bem, vamos ver, vamos ver. Talvez tenhamos que nos livrar de mais de uma pessoa que poderia causar transtornos esta noite. Mas meu novo assistente está chegando, e ele não desconfia de nada.

Johanna voltou e Todd, com certa curiosidade, perguntou sobre a dor de dente; mas ela respondeu de modo aparentemente tão calmo e tranquilo, que ele foi totalmente enganado, e pensou que suas suspeitas anteriores certamente não tinham base real, provocadas apenas por seus medos.

— Charley — disse ele —, fique de olho na porta, e se alguém me chamar, puxe aquele cordão, que liga ao sino. Ele fará um barulho e eu ouvirei. Vou ao meu quarto.

— Pois não, senhor.

Todd olhou para ela com desconfiança de novo, e então saiu da barbearia. Ela queria que ele tivesse saído para a rua, para que houvesse mais uma oportunidade — e melhor do que a anterior — de vasculhar o lugar, mas ela se decepcionou, e não havia alternativa que não fosse esperar com paciência.

O dia estava acabando, e Johanna teve uma forte impressão de que algo estranho aconteceria antes de a escuridão chegar totalmente. Ela quase estremeceu se perguntando o que poderia ser, temendo que terminasse por testemunhar um ato de violência, e contra isso seu espírito tranquilo se revoltou. E não fosse sua determinação em não permitir que nada a impedisse de investigar o destino do pobre Mark Ingestrie, ela poderia ter corrido para a rua, desesperada.

Mas quando a luz do dia diminuiu ainda mais e as sombras da noite aumentaram, ela foi ficando mais calma e controlada, com o espírito mais tranquilo à espera do desdobramento dos fatos.

Era quase impossível discernir os objetos dentro da barbearia quando Sweeney Todd voltou; e ele mandou Johanna acender uma pequena lamparina que emitia uma luz bem fraca, e não ajudava em nada a curiosidade de quem quisesse espiar pela vitrine.

— Vou sair — disse ele —, devo me ausentar por uma hora, não mais do que isso. Pode dizer isso se alguém aparecer.

— Farei isso, senhor.

— Esteja atento, Charley, e sua recompensa será certa.

— Rogo a Deus que seja — disse Johanna quando voltou a ficar sozinha. Mas assim que disse isso, uma carruagem parou diante do estabelecimento. E então, ela viu alguém entrar na barbearia. Era um homem alto e de modos cavalheirescos, e antes que Johanna conseguisse dizer alguma coisa, ele disse:

— A senha, srta. Oakley, é St. Dunstan. Sou um amigo.

Ah, como foi ótimo para Johanna ouvir tais palavras, uma vez que se sentia oprimida na solidão assustadora daquela casa. Ela deu um passo à frente com alegria e disse:

— Sim, ah, sim! Recebi a carta.

— Silêncio, não temos tempo a perder. Há um esconderijo aqui?

— Ah, sim, um armário grande.

— Serve. Por favor, espere um minuto aqui enquanto trago um amigo meu, srta. Oakley. Temos um trabalho a fazer hoje à noite.

O homem alto, que era tranquilo e controlado, foi até a porta e logo voltou com duas pessoas. As duas, como dava para ver, poderiam se esconder no armário sem problemas. Eles conversaram aos sussurros por alguns minutos, e então o primeiro deles se virou para Johanna e perguntou:

— Srta. Oakley, quando Todd volta?

— Daqui a uma hora.

— Ótimo. Assim que ele voltar, entrarei para fazer a barba, e sem dúvida, a senhorita será dispensada. Mas não vá muito longe, independentemente do que acontecer, porque pode ser que precisemos da senhorita. Pode ficar perto da janela.

— Sim, mas por que todo esse mistério? Contem-me o que pretendem com tudo isso. Há a necessidade de fazer segredo em relação a isso?

— Srta. Oakley, não há nada a contar, exatamente, mas esperamos que hoje à noite desvendemos alguns mistérios, e que possamos abrir seus olhos para muitas circunstâncias que no momento a senhorita não consegue ver. A maldade de Sweeney Todd será desmascarada, e se houver alguma esperança de salvarmos aquele por quem a senhorita se interessa, faremos isso.

— Está se referindo a Mark Ingestrie?

— Sim. Sua história foi contada a mim.

— E quem é o senhor? Por que se mantém disfarçado, se é um amigo?

— Sou um magistrado, meu nome é Blunt. Fique tranquila sabendo que tudo o que puder ser feito será feito.

— Mas espere! O senhor falou sobre entrar aqui para fazer a barba. Se fizer isso, não se acomode naquela cadeira, eu imploro! Existe um terrível mistério relacionado a ela, mas o que é, não sei. Não se sente nela.

— Agradeço seu aviso, mas é para ser barbeado exatamente naquela cadeira que vim. Sei que há um mistério relacionado a ela, e é para que deixe de ser um mistério que eu decidi correr um certo risco. Mas permanecer aqui por mais tempo seria imprudente. Com licença.

As últimas palavras foram ditas aos dois oficiais que o magistrado havia levado consigo, e foi incrível ver o tato e a precisão com que eles conseguiram entrar no armário, e pediram para que Johanna fechasse a porta em seguida, e quando ela fez isso e se virou, percebeu que o magistrado havia partido.

Johanna estava muito agitada, mas ainda era reconfortante para ela saber que não estava sozinha, e que havia dois homens fortes e, sem dúvida, bem armados, prontos para defendê-la se algo fugisse ao planejado. Ela estava muito mais tranquilizada em relação à sua segurança e ainda assim, muito mais nervosa do que antes.

Esperou por Sweeney Todd e tentou ouvir o som dos passos dele quando estivesse voltando, mas não conseguiu. E, como o homem havia saído para cuidar de assuntos importantes, não podemos fazer outra coisa que não seja acompanhá-lo para saber como tudo se deu.

Quando ele saiu da barbearia, foi diretamente para Bell Yard, ainda que fosse um pouco antes do horário combinado com a sra. Lovett.

XXXVI

O ACERTO *de* CONTAS

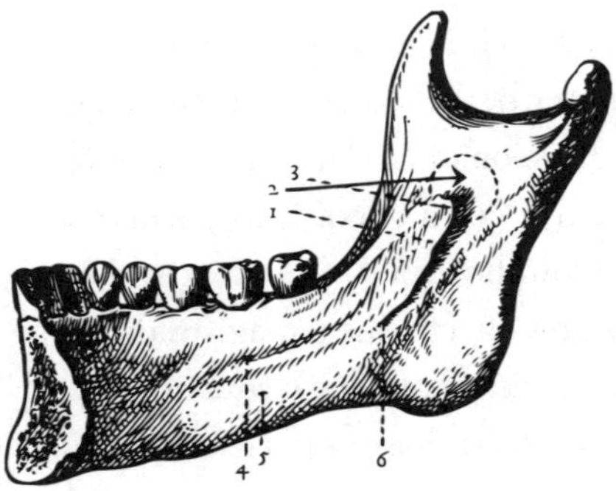

Teria ficado claro a todo mundo que visse Sweeney Todd caminhar de sua barbearia na Fleet Street até Bell Yard, em Temple Bar, que ele não estava indo lá para comer tortas.

Não. Ele tinha uma intenção bem diferente, e quando se aproximou da casa de tortas da sra. Lovett, onde aquelas delícias eram vendidas, manteve uma expressão tão diabólica que, se não a tivesse alterado — como se "a guerra de rosto sombrio tivesse alterado sua fronte enrugada[13]" — ao entrar no estabelecimento, teria levantado muitas suspeitas na sra. Lovett de que as coisas não estavam exatamente como deveriam. E mais, que o misterioso elo de união que mantinha o barbeiro e ela unidos não estava no estado favorável de antes.

Quando ele entrou na casa de tortas, era só doçura e tranquilidade.

A sra. Lovett estava atrás do balcão, pois raramente acontecia de o estabelecimento estar sem clientes, uma vez que quando as fornadas de tortas quentes terminavam, normalmente restavam algumas que eram devoradas frias e com voracidade pelas secretárias dos advogados, que chegavam dos escritórios e câmaras próximo dali.

Mas às nove da noite, havia uma fornada de tortas quentes subindo, pois a sra. Lovett vinha notando que entre oito e meia e nove horas, havia um fluxo grande de assistentes saindo de Lincoln's Inn — e uma torta se tornava

13 Referência à peça Ricardo III, de Shakespeare, ato I, cena I. [N.T.]

um prelúdio muito desejável e confortável para o cinema com ingresso à metade do preço, ou para qualquer outro divertimento das três horas que antecediam a meia-noite.

Muitas pessoas também gostavam de comprar as tortas como uma ótima opção para o jantar, e as levavam para casa com muito cuidado. De fato, em Lincoln's Inn, era possível dizer que as preferências dos clientes se dividiam entre as tortas da sra. Lovett e as cabeças de carneiro, e elas costumavam ser valorizadas de modo tão parecido que frequentemente era preciso decidir na moeda se o escolhido da noite seria o carneiro de Clare Market ou as tortas da Lovett's.

E leite acompanhava bem as duas opções.

Então, era possível supor que a sra. Lovett estava esperando a fornada de tortas das nove da noite quando Sweeney Todd, naquela noite cheia de acontecimentos, apareceu.

Todd e a sra. Lovett se cumprimentaram.

— Ah, sr. Todd — disse a mulher —, como vai?

— Bem. Como vai, sra. Lovett?

— Muito bem, obrigada. O senhor aceita uma torta?

Todd fez uma careta horrorosa ao responder:

— Não, obrigado. Foi uma tolice, já que sabia que viria aqui, mas eu acabei de comer carne de porco.

— Foi um prato de rins, senhor? — perguntou um dos rapazes que comiam as tortas frias.

— Sim, foi.

— Ah, é assim que eu gosto! Deus, minha nossa, eu comeria minha mãe se ela fosse uma porca, bem passada e suculenta, e viesse com o rim. Gosto muito, bem quente, sabe, quando estamos com muito frio e com muita fome.

— Quer entrar, sr. Todd? — disse a sra. Lovett, levantando uma parte do balcão, abrindo, assim, um espaço que permitia que o sr. Todd adentrasse o recinto sagrado do salão.

O convite foi aceito por Todd, que comentou não poder ficar muito tempo, mas que se acomodaria enquanto pudesse permanecer ali, já que a sra. Lovett tivera a gentileza de convidá-lo.

Esse modo tranquilo de agir, no entanto, deixou Sweeney Todd quando ele entrou na sala e não havia mais ninguém para observá-lo além da sra. Lovett. Ela, tampouco, julgou necessário retorcer o rosto em sorrisos, mas em algo parecido com raiva e com agitação no comportamento, ela disse:

— E quando tudo isso terá fim, Sweeney Todd? Você me deve, há seis meses, a divisão dos lucros que me permitirá, com grande independência, voltar às festas de Paris. E pergunto agora quando isso vai acontecer?

— Você está muito impaciente!

— Impaciente, impaciente? Não devo estar impaciente? Não corro um grande risco, enquanto você leva a maior parte dos lucros? É inútil fingir que não recebe muito. Conheço você, Sweeney Todd. Nunca age se não for para ter lucro ou para se vingar.

— É mesmo?

— Então, será mesmo que não receberei minha parte? Ah, Deus! Se você soubesse os sonhos que às vezes tenho!

— Sonhos?

Ela não respondeu para ele. Sentou-se na cadeira, tomada por uma tremedeira tão forte que ele ficou assustado, pensando que ela estava muito, muito mal. Sweeney levava a mão à corda do sino, quando ela fez um gesto para que ele ficasse parado, e então conseguiu dizer, com a voz muito baixa e quase ininteligível:

— Vá até aquele armário. Verá uma garrafa. Sou forçada a beber ou vou me matar, enlouquecer e denunciar você. Talvez não nessa ordem. Dê-me a garrafa depressa, dê a garrafa a mim. É brande. Dê para mim, eu disse. Não fique aí olhando, preciso dela, tenho que beber. Sim, estou melhor agora, muito melhor mesmo. É terrível demais, mas estou melhor. E devo dizer, quero as contas. Ah, Todd, você se tornou um inimigo.

— Está enganada. O pior inimigo que pode ter está em sua mente.

— Não, não! Preciso disso para afogar meus pensamentos.

— É mesmo? Por que está sendo tão supersticiosa? Acredito que tem medo de como será sua recepção em outro mundo.

— Não, não... ah, não! Eu e você não acreditamos no pós-morte, Sweeney Todd. Se acreditássemos, estaríamos loucos pensando no que sacrificamos. Ah, não, não. Não podemos ousar, não podemos!

— Já chega disso — disse Todd, um pouco violentamente —, chega! Você receberá a conta amanhã à noite. E quando se encontrar possuidora de 20 mil libras, não poderá me acusar de não ter cuidado de seus interesses. Mas agora, há alguém no estabelecimento que parece estar te chamando.

A sra. Lovett ficou de pé e voltou à casa de tortas. Assim que virou as costas, Todd pegou o frasco pequeno de veneno que havia comprado com o atendente do boticário, e despejou o líquido dentro da garrafa de brande. Ele havia acabado de fazer isso, e escondido o frasco, quando ela voltou e se sentou em uma cadeira.

— Eu escutei direito — disse ela —, ou essa promessa não passa de uma piada? Vinte mil libras... é possível que o senhor tenha tanto? Ah, por que esse negócio aterrorizante não terminou antes? Muito menos teria sido feito. Mas quando terei... quando poderei voar daqui para sempre? Todd, precisamos viver em países diferentes. Não posso tolerar a possibilidade de encontrá-lo.

— Como você quiser. Não me importa nem um pouco. Pode ir embora amanhã à noite, se quiser. Digo que sua parte no trabalho dos últimos oito anos é de 20 mil libras. Receberá a quantia amanhã, e então estará livre para partir, se quiser. Para mim não importa nem um pouco onde gastará seu dinheiro. Mas diga uma coisa: qual é o perigo que você tanto teme por parte do novo cozinheiro?

— Grande e imediato. Ele se recusou a trabalhar... um sinal de que se tornou desesperado, desesperançado e impaciente. E então, poucas horas atrás, eu escutei quando ele me chamou e disse que pensou melhor e faria a fornada das nove, o que, para mim, significa que ele decidiu escolher um caminho para ter esperança, e fazer valer a pena entrar em um acordo comigo por um tempo, para afastar a desconfiança.

— Você é uma mulher esperta. Algo deve ser feito. Estarei aqui à meia-noite, e veremos se precisamos abrir uma vaga em seu estabelecimento.

— Será necessário, sim, abrir mais uma.

— Só isso, e devo dizer que você tem um modo perfeito e filosófico de resolver a questão. Evite o brande o máximo que puder, mas acredito que pode bebê-lo entre hoje e amanhã cedo.

— Claro. Aqui eu não consigo me livrar desse hábito. Pode ser que eu consiga fora do país, mas não aqui.

— Ah, bem, não importa. Mas quanto ao rapaz lá embaixo, é claro que virei me livrar dele. Você deve ficar atenta pelo resto de tempo que passará aqui, mantendo um semblante calmo. Pronto, estão te chamando de novo, e eu também já devo ir.

A sra. Lovett e Todd saíram da sala juntos, e quando chegaram à recepção, encontraram uma mulher de aparência distinta e um garoto, que carregava um monte de papéis impressos consigo. A mulher estava muito desesperada, era evidente.

— Torta fria, senhora? — perguntou a sra. Lovett.

— Ah, minha nossa, não, sra. Lovett — disse a mulher. — Eu a conheço de vista, apesar de a senhora não me conhecer. Sou a sra. Wrankley, senhora, a esposa do sr. Wrankley, o tabaqueiro. Vim pedir, por favor, que a senhora permita que este papel seja colocado em sua vitrine.

— Minha nossa — disse a sra. Lovett. — Do que se trata?

A sra. Wrankley entregou a ela um dos papéis e parecia arrasada de pesar, a ponto de ser forçada a se sentar enquanto a sra. Lovett lia, o que fez em voz alta, e olhava para Sweeney Todd, vez ou outra. Mas o homem se mantinha impenetrável e alheio a qualquer emoção, como uma pedra de gelo.

— Desaparecido! Sr. John Wrankley, do número 92 da Fleet Street. O cavalheiro acima saiu de casa para resolver uma questão e desde então não foi mais visto. Supostamente, ele levava algo de valor consigo, um colar de pérolas. O sr. John Wrankley mede 1,63m, tem rosto redondo, nariz avantajado, costeletas pretas e é o que costumam chamar de atarracado: baixo e forte, não muito incisivo; e quem tiver informações sobre ele, no número 92 da Fleet Street será generosamente recompensado.

— Sim, sim — disse a sra. Wrankley, quando a leitura terminou —, é isso mesmo. Meu pobre, amado e lindo Wrankley. Ah, nunca voltarei ao normal. Não me alimento desde que ele partiu.

— Então compre uma torta, senhora — disse Todd, ao oferecer uma a ela. — Anime-se, sra. Wrankley, abra a torta, e pode acreditar que em breve verá o sr. Wrankley.

A careta horrorosa que Todd fez ao dizer tais palavras assustou muito a viúva desolada, mas ela decidiu comer a torta. Era muito tentadora... uma torta de carne de vitela, cheia de molho borbulhante... quem resistiria? Não ela, com certeza. Além disso, Todd não disse que ela veria Wrankley? No mínimo, suas palavras transmitiam esperança, de qualquer modo.

— Bem — disse ela —, vou esperar que o melhor aconteça. Pode ser que ele tenha passado mal e não estivesse com o endereço dentro do bolso, coitadinho.

— De qualquer modo, senhora — disse Todd —, não fique abalada com isso. Ouso dizer que em breve a senhora saberá o que houve com ele.

XXXVII

O plano de FUGA *do prisioneiro*

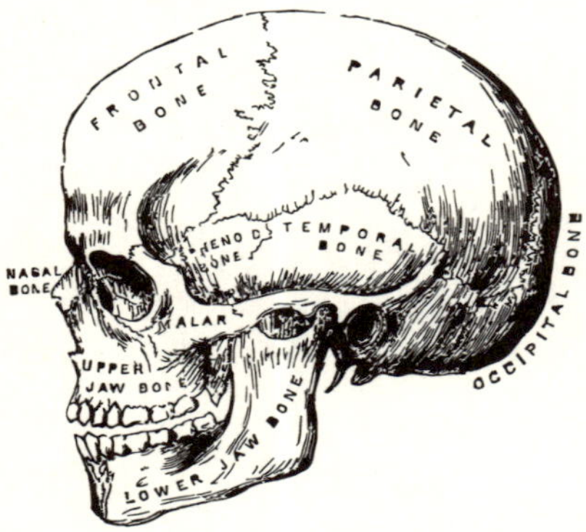

A sra. Lovett era uma mulher crítica, e quando ela contou a Sweeney Todd que o prisioneiro estava ficando impaciente na parte inferior da casa, parte dedicada à produção das deliciosas tortas, ela havia julgado de modo correto as sensações do homem em relação à sua situação atual e prospectos futuros.

Da última vez em que falamos do infeliz, ele estava deitado no chão do local onde a produção quente e tentadora era realizada; e por um tempo, como consequência muito natural da exaustão, ele dormiu profundamente.

Mas aquele sono, assim como fez com que ele descansasse o rosto, também fez com que ele descansasse a mente. E quando acordou de novo, sentiu com mais intensidade a agonia de sua condição singular e cruel. Havia um relógio no local, por meio do qual ele conseguia, com exatidão, controlar o tempo de forno das tortas, e quando olhou para ele, viu que já eram quase seis horas e, consequentemente, em mais três horas, uma nova fornada teria que sair.

Ele olhou ao redor com muita tristeza por algum tempo, e então disse:

— Que destino cruel me reservou este lugar? Ah, teria sido muito melhor se eu tivesse perecido, como quase pereci diversas vezes ao longo de minha vida infeliz, em vez de acabar preso neste buraco horrível, morrendo de inanição. Odeio as tortas. Malditas tortas!

Ele ouviu um barulho baixo, e quando ele direcionou o olhar para aquela parte do espaço perto do teto, onde havia algumas barras de ferro entre as quais a sra. Lovett falava quando precisava passar orientações a ele, viu o rosto odioso dela.

— Preste atenção — disse ela. — Esta noite, você fará uma fornada extra, exatamente às nove.

— O quê?

— Uma fornada extra, duzentas, pelo menos. Está entendendo?

— Minha nossa, sra. Lovett. A senhora está levando essa coisa longe demais. Não vai acontecer, eu afirmo. Não sei quando vou me unir aos mortos, mas enquanto estiver vivo, não farei mais suas detestáveis tortas.

— Cuidado!

— A senhora deve tomar cuidado! Não sou um homem que tem medo de sombras. Digo que sairei daqui, queira a senhora ou não. Sairei. E talvez a senhora descubra que não tem poder suficiente para me manter aqui. Existe um mistério assustador por baixo de tudo o que acontece aqui, tenho certeza, e a senhora não me fará vítima dele!

— Seu idiota!

— Muito bem, diga o que quiser, mas lembre-se, estou desafiando a senhora.

— Então, você está cansado de sua vida, e verá, quando for tarde demais, quais são as consequências de sua atitude desafiadora. Mas ouça bem: quando você foi contratado, eu disse que poderia ir embora quando se cansasse do emprego.

— Disse, mas me manteve como prisioneiro aqui. Só Deus sabe que estou bem cansado disso. Além disso, posso morrer de fome, pois não posso comer tortas eternamente. Eu as odeio.

— Mas elas são muito admiradas!

— Sim, por quem não está cheio delas. No momento, estou sobrevivendo apenas com a farinha assada. Não consigo comer as tortas.

— Você é estranhamente fantasioso.

— Talvez eu seja. A senhora se mantém comendo tortas? Gostaria de saber isso, sra. Lovett.

— Sua pergunta não é importante. Se quiser, pode sair daqui amanhã cedo, e até lá espero ter conseguido outra pessoa para tomar seu lugar, mas não posso ficar sem alguém para fazer as tortas.

— Não me importa, não farei mais nenhuma.

— Veremos — disse a sra. Lovett. — Voltarei em uma hora para ver se você continua com essa determinação. Recomendo, como amiga, que mude de ideia, pois certamente vai se arrepender por ter atrapalhado o rumo à sua própria alforria.

E desapareceu.

— Bem, mas... ela se foi, e o que posso fazer? Estou nas mãos dela, mas devo me submeter de modo manso? Não, não, não enquanto eu tiver a chance de me libertar, e força suficiente para levantar um desses atiçadores compridos que uso para mexer o carvão nos fornos. Foi tolice minha não ter pensado antes que tinha armas como essas, com as quais talvez eu consiga ganhar minha liberdade.

Enquanto ele falava, pegou um dos atiçadores compridos sobre o qual falou, e depois de alguns minutos pensando, disse a si mesmo, com um pouco de animação e esperança:

— Estou em Bell Yard, e há casas à direita e à esquerda dessa maldita casa de tortas. Essas casas devem ter adegas. Certamente, com uma arma como esta, o coração corajoso e um braço que ainda não perdeu todas as forças, pode ser que eu consiga sair desta prisão abominável.

Só de pensar em conseguir a liberdade, ele sentiu a força renovada, um homem bem diferente de antes, e só parou para pensar em qual direção seria melhor começar a trabalhar.

Depois de pensar um pouco, ele concluiu que seria melhor começar por onde a carne ficava — aquela carne da qual ele sempre encontrava em abundância, e que vinha do... ele não sabia de onde, mas que sempre achava nas prateleiras depois de passar um tempo dormindo.

— Sim — disse ele, começarei por ali, e vou batalhar para me libertar.

Mas antes de começar a trabalhar, ele olhou para o relógio, e viu que faltava muito pouco para as sete, por isso seria prudente esperar que a sra. Lovett fizesse a ele a visita prometida, e então, se ele dissesse que faria as tortas que ela queria, era muito provável que ela o deixasse em paz por duas horas. E ele acreditava que seria muito esquisito se não fizesse um bom avanço em direção à liberdade nesse tempo.

Ele se sentou e esperou pacientemente que o relógio marcasse sete horas.

Pontualmente, ele ouviu a voz de sua algoz e patroa na grade.

— E então — disse ela —, você pensou melhor?

— Sim, pensei. As necessidades guiam uma pessoa, sra. Lovett, como a senhora sabe. Mas tenho um grande favor a pedir.

— E o que é?

— Bem, eu me sinto meio fraco, e se a senhora me deixasse tomar um copo de cerveja preta, eu faria a melhor fornada de tortas de todas, e sem reclamar.

A sra. Lovett ficou em silêncio por alguns instantes, e então disse:

— Se o senhor receber um copo de cerveja preta, seguirá em sua situação?

— Bem, não tenho certeza, mas pode ser que sim. De qualquer modo, farei para a senhora a fornada das nove, pode acreditar.

— Muito bem, mandarei a cerveja.

Ela desapareceu depois de dizer isso e cerca de dez minutos depois, um pequeno alçapão se abriu no teto, e de lá, por um cordão, desceu um copo de cerveja escura com muita espuma.

— Isso é incrível! — exclamou, ao tomar metade do copo de uma vez. — Isto é o néctar dos deuses. Ah, que alívio, com certeza. Isso me dá vida.

E realmente foi o que pareceu, pois apoiando o atiçador sobre o ombro, como se a peça fosse uma lança, ele se direcionou depressa ao espaço onde a carne ficava.

— Agora — disse ele — em um esforço grande para ter minha liberdade, se eu conseguir vencer, prometo, sra. Lovett, que eu aparecerei na casa de tortas para surpreendê-la. Malditas tortas!

Já descrevemos o local onde a carne ficava, e precisamos dizer apenas que as prateleiras estavam realmente bem cheias, e que nosso amigo, cujo progresso desperta nosso interesse, retirou pedaços grandes de carne de uma prateleira com rapidez, e começou a usar o atiçador.

Não tardou a descobrir que seu trabalho não seria o mais fácil do mundo, já que, vez ou outra, ele encontrava o que mais parecia ser uma placa de ferro. Mas ele seguia com boa vontade e conseguiu, depois de um tempo, retirar uma das prateleiras, o que foi algo favorável.

— Vamos lá — disse ele. — Vamos lá, devo conseguir trabalhar além desta parede, e deve ser algo incrivelmente forte para me impedir de fazer uma abertura nela.

Para se refrescar, ele terminou de beber a cerveja e em seguida, usando o atiçador-lança como aríete, bateu na parede com a ponta dele por alguns instantes, sem qualquer resultado, até que, de repente, uma parte dela se abriu como um portinhola, e ele parou para tentar entender como aquilo havia acontecido.

Pela abertura, ele viu a escuridão, e ainda viu que, na verdade, fora uma porta quadrada que ele havia aberto; e pensou que havia conseguido descobrir como as prateleiras ficavam cheias de carne. Não teve dúvida de que havia uma portinha quadrada como aquela atrás de cada uma delas.

— Então — disse ele —, o mistério está resolvido. Mas em qual parte do estabelecimento da sra. Lovett essa abertura daria? Veremos em breve.

Ele seguiu determinado à procura de alguma luz no local — uma tocha, feita com um pedaço de madeira seca —, e voltou para a abertura que ele havia feito na parede. Enfiou a cabeça por ela, com a tocha à frente de seu rosto.

Com um grito horrorizado, ele caiu para trás, apagando o fogo no momento da queda. Permaneceu desmaiado no chão por quinze minutos. Que cena tão assustadora ele tinha visto que havia gelado seu sangue e tirado suas forças?

Quando se recuperou, ele olhou ao redor com a ajuda da luz fraca que vinha da outra câmara, e estremeceu ao se perguntar: aquilo foi um sonho?

Mas logo ele se levantou, deixando de lado o pensamento de que poderia ter sido vítima de uma ilusão de sua imaginação, pois ali estava a prateleira quebrada, e ali estava a abertura quadrada, por meio da qual ele havia espiado e visto o que o deixou aterrorizado.

Mantendo o rosto virado naquela direção, como se fosse assustador dar as costas, por um momento que fosse, a algo aterrorizante que ali estivesse, ele entrou no espaço mais amplo onde os fornos ficavam, e então se sentou, gemendo.

— O que posso fazer? O que posso fazer? — murmurou. — Estou perdido... perdido.

— As tortas estão sendo feitas? — perguntou a sra. Lovett, do andar de cima. — São oito horas.

— Oito, é mesmo?

— Sim, isso mesmo, e quero saber se você está disposto a se destruir ou não. Não estou ouvindo o barulho das fornalhas, e tenho certeza de que você não fez as tortas.

— Ah, cumprirei a promessa, senhora, pode ter certeza. A senhora quer duzentas tortas às nove horas, e verá que elas subirão pontualmente no horário.

— Muito bem. Fico feliz por ver que o senhor está mais disposto do que antes.

— Estou muito disposto agora, sra. Lovett. Estou com uma disposição totalmente diferente da que estava antes. Posso garantir, senhora, que não tenho reclamações a fazer, e acho que o local me fez bem. E se às nove a senhora descer a plataforma, receberá as duzentas tortas, com certeza — *e algo a mais também*, disse ele a si mesmo.

Já vimos que a sra. Lovett não se deixava enganar por essa aparente submissão por parte do cozinheiro, pois ela usou isso como argumento com Todd, ao explicar a necessidade de se livrarem dele naquela noite.

Mas até mesmo as pessoas mais espertas cometem erros às vezes, e provavelmente, quando a fornada de tortas das nove horas aparecesse, algo poderia ocorrer, ao mesmo tempo, que surpreendesse muitas pessoas além da sra. Lovett e do leitor.

Mas não nos apressemos, vamos apenas dizer com a sabedoria do oriente, que o que tem que acontecer, acontece, e que o impossível nem sempre ocorre; o certo é que a fornada de duzentas tortas das nove da noite foi feita; e igualmente certo é que o cozinheiro comentou enquanto cumpria a tarefa:

— Sim, vou fazer... pode dar certo. Não, *vai* dar certo. E se der, que Deus defenda a sra. Lovett e todos que estiverem juntos nessa situação tenebrosa, que me enoja.

XXXVIII

SWEENEY *faz a* BARBA *de um bom cliente*

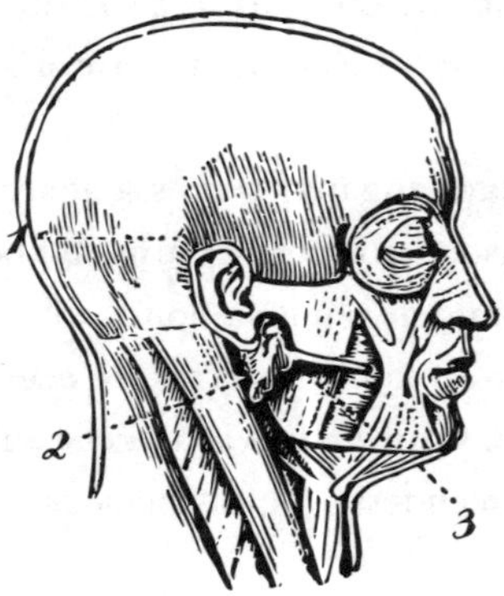

Johanna continuava sozinha na barbearia. Suas mãos cobriam a cabeça, e ela estava pensando no passado, quando sonhava em ser feliz com Mark Ingestrie. Quando dizemos "sozinha", não queremos dar a impressão de que nos esquecemos dos dois oficiais que estavam escondidos no armário. Mas Johanna, pensando na última conversa que tivera com aquele a quem ela tanto amava, e a quem se apegara com tanto sentimento, quase se esqueceu, por um tempo, de onde estava e de que uma pessoa como Sweeney Todd existia.

— Minha nossa! — disse ela. — Parece bem provável que usando esse disfarce, tão inadequado para mim, eu possa conseguir me vingar, mas só isso. Onde está você, Mark Ingestrie? Ah, que horror! Algo parece me dizer que nenhuma voz mortal pode me responder.

Lágrimas escorriam de seus olhos. E quando ela as sentiu descendo entre seus dedos, assustou-se ao pensar que a hora que Todd disse que passaria fora já havia passado quase totalmente.

— Preciso controlar esses pensamentos — disse ela —, e essa emoção. Preciso cuidar para não me deixar levar.

Ela se levantou e parou de chorar. Ajeitou a lamparina e estava prestes a ir até a porta para esperar Todd voltar, quando o homem, com passos lentos e furtivos apareceu, como se estivesse se escondendo atrás da porta.

Todd pendurou o chapéu em um gancho e então, olhando de modo questionador para Johanna, disse:

— Alguém veio aqui?

— Sim.

— Quem? Fale, fale logo. Minha nossa, você murmura, não consigo ouvir.

— Um cavalheiro veio para ser barbeado, mas foi embora. Não sei por que o senhor se exalta tanto, sr. Todd. Tenho certeza de que...

— O que deu em você? Saia da minha frente, sim? E pode começar a pensar em fechar a barbearia, pois provavelmente não teremos mais clientes hoje. Estou cansado, esgotado. Você deve dormir embaixo do balcão, sabe disso?

— Sim, o senhor me disse. Arrisco dizer que me sentirei muito confortável ali.

— E você não andou espionando nem mexendo em nada, certo?

— Em nada mesmo.

— Nem olhou dentro daquele armário, certo? Não está trancado, mas não há motivo para você olhar dentro dele. Não que haja algum segredo nele, mas não gosto de pessoas que mexem nas coisas dos outros.

Todd, enquanto falava, caminhou em direção ao armário, e Johanna pensou que em um instante, ele veria os dois oficiais que estavam escondidos. E provavelmente isso teria acontecido se a maçaneta da barbearia não tivesse sido girada naquele momento e um homem não tivesse aparecido. Todd se virou depressa e viu um homem forte do campo, com botas sujas de terra, como se tivesse acabado de chegar de viagem.

— Olá, senhor — disse o visitante —, quero fazer a barba.

— Ah — disse Todd, não com o melhor humor. — Já está bem tarde. O senhor não gostaria de esperar até amanhã, já que estou sem água quente?

— Ah, pode ser fria.

— Fria, minha nossa! Nunca barbeamos com água fria. Mas se o senhor quiser, tudo bem. Sente-se, senhor, e vamos resolver isso.

— Obrigado, obrigado, não consigo dormir à vontade sem me barbear, entende? Vim de Braintree trazendo gado, e ficarei no Bull's Head.

— É mesmo? — disse Todd, enquanto ajeitava o avental. — No Bull's Head.

— Isso mesmo, senhor. Eu trouxe 220 cabeças de gado, e vim com meu pônei, um animal belo como poucos. E vendi todos eles, por bem mais do que meros trocados. *Ha, ha*! Bom trabalho, entende, e apenas quarenta e dois deles eram meus animais. Deixei minha senhora em casa, e uma filha. Minha filha se chama Johanna... *cof*!

Até aquele momento, Johanna não tinha desconfiado de que o jogo havia começado, e que aquele era o magistrado que havia chegado para dar fim às maldades de Sweeney Todd. Mas o modo com que ele disse seu nome fez com que ela se desse conta disso, e ela soube que algo interessante deveria acontecer em breve.

— Então o senhor vendeu todos eles — disse Todd.

— Sim, senhor, vendi, e o dinheiro está em meu bolso agora mesmo, em espécie. Nunca deixo meu dinheiro em hospedarias, entende? Por segurança, claro. Eu o levo comigo.

— Um bom plano — disse Todd. — Charley, precisamos de água quente... bom rapaz... e, Charley?

— Sim, senhor.

— Enquanto termino de barbear este senhor, você pode correr até Temple para falar com o sr. sargento Toldrunis e pedir a peruca dele? Talvez tenhamos que cuidar dela de manhã, e podemos deixá-la como o primeiro afazer do dia. Não precisa se apressar, Charley, pois vamos fechar quando você voltar.

Johanna saiu, mas não avançou além da vitrine, de onde ficou espiando para que, entre um pote de pomada e muitos pincéis de barba, ela pudesse ver com clareza o que estava acontecendo.

— Um rapazinho muito bonito — disse o cliente de Todd.

— Sim, senhor, um órfão. Eu o recebi por caridade, coitadinho; devemos tentar fazer todo o bem que pudermos.

— É verdade. Fico feliz por ter vindo me barbear aqui. Minha barba é grossa, como o senhor pode ver.

— Minha nossa, senhor, de um certo modo é uma barba grossa. O senhor não veio sozinho de Londres?

— Ah, sim, totalmente sozinho. Com exceção dos animais, não vim com mais ninguém. Por que pergunta?

— Porque pensei que se houvesse alguém com o senhor, que pudesse estar esperando no Bull's Head, o senhor poderia me recomendar a ele. O senhor poderia ter avisado que viria aqui, ao barbeiro Todd, para fazer a barba.

— Não, de jeito nenhum. A verdade é que não saí para me barbear, mas para caminhar, e só quando toquei meu queixo e percebi minha barba, pensei em dar um trato nela. Por coincidência, passei na frente do seu estabelecimento e entrei.

— Compreendo, senhor. O senhor está sozinho em Londres, então.

— Ah, sim, mas quando vier de novo, virei para fazer a barba, pode ter certeza, e também recomendarei seus préstimos.

— Agradeço muito — disse Todd ao passar a mão pelo queixo de seu cliente. — Agradeço muito. Acho que vou passar a navalha de novo, senhor, e pegarei outra mais afiada, agora que tirei a barba grossa, por assim dizer.

— Ah, posso ir assim.

— Não, não se mexa, senhor. Não demorarei. Tenho outras navalhas na outra sala, e vou limpá-lo, senhor, antes que se dê conta de onde está. Por ter prometido recomendar meu serviço, devo fazer o melhor possível com o senhor.

— Bem, uma barba bem-feita é um conforto, mas não se demore, pois quero voltar, entende?

— Nem um minuto, nem um minuto.

Sweeney Todd entrou na sala dos fundos, levando consigo a única luz do estabelecimento, de modo que a iluminação, que até aquele momento permitira que Johanna visse o que estava acontecendo ali dentro, sumiu. E ela só viu aquela escuridão impenetrável.

Ah, um mundo de sensações agonizantes e ansiosas tomou a mente da jovem garota naquele momento. Ela sentia que uma grande crise em sua história havia começado, e que estava condenada a olhar para a escuridão em vão, à procura do que fizesse sentido.

Mas não podemos permitir que o leitor permaneça no mesmo estado de mistério que tomou a percepção de Johanna Oakley. Devemos avançar e deixar claro e explicado o que se deu na barbearia enquanto ele se ausentava para pegar uma navalha bem afiada na sala dos fundos.

Assim que Todd deu as costas, o suposto fazendeiro, que havia fechado um ótimo negócio com os animais, levantou-se da cadeira de barbear como se tivesse levado um choque. Mas fez isso sem aparentar medo e sem fazer barulho. Foi surpreendentemente rápido, e então se colocou perto da janela, e esperou pacientemente com os olhos fixos na cadeira, para ver o que aconteceria em seguida.

No espaço de cerca de quinze segundos, na sala ao lado ouviu-se um barulho como um ferrolho sendo acionado, e então, foi num piscar de olhos que a cadeira de barbear desapareceu chão adentro. As circunstâncias nas quais os clientes de Sweeney Todd desapareciam ficaram evidentes.

Uma parte do chão, uma posição central e o peso da cadeira — quando uma alavanca era puxada, por meio de uma engrenagem simples montada na sala dos fundos, ela pressionava uma ponta que, graças a um pequeno aparato, girava todos os 180º graus na vertical. Havia outra cadeira no andar de baixo, fixada na madeira como a do andar de cima. E sendo assim, trocavam de lugar, assumindo a exata posição daquela em que o infeliz cliente deveria ser "limpo".

E era assim que em um momento, como se num passe de mágica, os clientes de Sweeney Todd desapareciam, restando apenas a cadeira vazia. Sem dúvida, o cliente despencava numa queda de pelo menos seis metros até o piso de pedra, o que causava sua morte ou, no mínimo, o deixava incapacitado por tempo suficiente para que Todd pudesse descer e concluir o assassinato, e... cortá-lo em pedaços para as tortas da sra. Lovett, após despojá-lo de todo o dinheiro e pertences valiosos que pudesse portar.

Um instante depois, o som de um ferrolho foi ouvido de novo, e Sir Richard Blunt — que havia interpretado o papel do fazendeiro abastado —, sentindo que a armadilha havia se fechado de novo, sentou-se na cadeira nova que havia aparecido, com toda a tranquilidade do mundo.

Como se nada tivesse acontecido.

Um minuto depois, Todd ousou olhar, de dentro da sala dos fundos, para a barbearia na penumbra, e então tremeu tanto que precisou se segurar à porta para se firmar.

— Pronto — disse ele. — Esse é o último, espero. Já estava na hora de eu parar. Desde a primeira vez eu não me sentia tão nervoso. Até tremi um pouco. Ele se foi em silêncio. Às vezes fico com um grito ressoando em meus ouvidos por uma semana inteira.

Aquela cadeira de barbear era uma peça de mobília grande e de encosto alto, de modo que quando Todd entrou na barbearia com a lamparina na mão, não fazia a menor ideia de que o móvel estava ocupado. Mas quando deu a volta pela cadeira, e viu seu cliente esperando calmamente com a espuma no rosto, o grito de horror que surgiu de sua garganta foi terrível de ouvir.

— O que houve? O que aconteceu? — perguntou Sir Richard.

— Ah, Deus, o morto! O morto! Ai, Deus! — gritou Todd. — Este é o começo de meu castigo. Tenha piedade, Senhor! Ah, não me olhe com esses olhos mortos!

— Assassino! — gritou Sir Richard, com uma voz que ressoou como o toque de uma trombeta por toda a residência.

Em um instante, ele pulou em cima de Sweeney Todd e apertou seu pescoço. Houve uma pequena luta, e os dois caíram juntos no chão, mas os punhos de Todd de repente foram agarrados, e um par de algemas foi rapidamente fechado pelos oficiais que, ao ouvirem a palavra "assassino" — por ser o sinal combinado entre eles —, saíram do armário onde estavam escondidos.

— Prendam-no bem, meus rapazes — disse o magistrado —, e não permitam que suas mãos violentas se soltem. Ah! Senhorita Oakley, chegou na hora. Este homem é um assassino. Descobri todo o segredo envolvendo a cadeira ontem à noite, depois da meia-noite, explorando as câmaras sob a velha igreja. Graças a Deus colocamos fim à carreira dele.

XXXIX

A última FORNADA *de* TORTAS

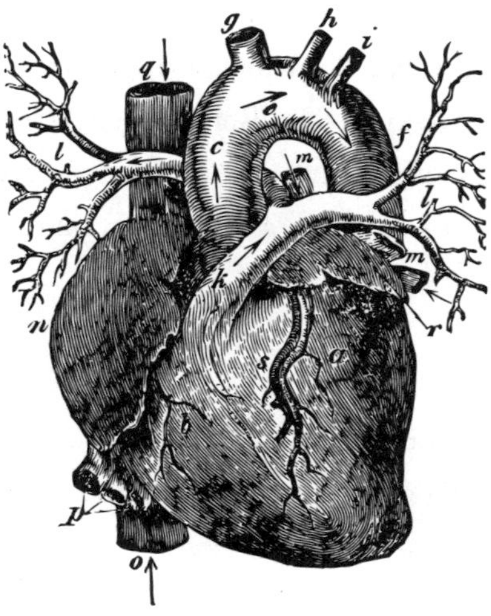

Faltavam cinco minutos para as nove, e a casa de tortas da sra. Lovett estava se enchendo de clientes ansiosos para devorar ou levar para casa uma ou mais tortas saborosas, deliciosas e de recheio farto da fornada das nove.

Muitos dos clientes da sra. Lovett pagaram pelas tortas com antecedência, para terem a certeza de que conseguiriam ter seus pedidos atendidos quando a primeira fornada aparecesse do andar de baixo, para a alegria de todos.

— Olá, Joggs — disse um dos advogados presentes a um outro. — Como está hoje, velho colega? O que conta de novo?

— Ah, não estou muito bem. A verdade é que o conde e eu, mais alguns rapazes, nos reunimos ontem à noite e, de um jeito ou de outro, acho que uísque com água e leite não caem bem quando misturados.

— Imagino que não, mesmo.

— Por isso vim comer uma torta só para assentar o estômago. Sou muito sensível.

— Ah, você é como eu, rapaz — disse um senhor. — Tenho o estômago sensível, e qualquer coisinha me faz mal. Só de pensar já passo mal.

— É mesmo?

— Sim, e minha esposa, ela...

— Ah, deixe sua esposa. Faltam só cinco minutos para as nove, não está vendo? Veja a multidão que está aqui. Sra. Lovett, encantadora, espero que a senhora tenha encomendado número suficiente de tortas para serem feitas hoje. Veja quantos clientes esperam.

— Ah, haverá muitas — disse ela, sorrindo. É bom que houvessem.

— Ótimo. Já falei, não empurrem. Vai dar para todo mundo, não empurrem nem me acotovelem assim. Ai, minhas costelas.

— Cuidado comigo também. Ontem à noite, eu não dormi nada. Minha esposa está em um estado especial, cavalheiros, e não come qualquer coisa, só as tortas de carne de vitela da sra. Lovett. Por isso saí de Newington para comprar uma para...

— Acalme-se, sim? E não empurre.

— Pois não seria bom ter um filho com cara de torta...

— Já disse, atrás de mim. Não fiquem empurrando como se quisessem comprar ingresso pela metade do preço no cinema.

A cada momento, mais e mais clientes se misturavam à multidão, e por fim, os desconhecidos que nada sabiam a respeito da popularidade da casa de tortas da sra. Lovett, ao passarem por Bell Yard, teriam se surpreendido com as pessoas reunidas ali — uma multidão que só crescia a cada minuto, e se tornava cada vez mais intranquila e exigente.

Um, dois, três, quatro, cinco, seis, sete, oito, nove! Sim, são nove, finalmente. Foi marcada pelo relógio antigo da igreja de St. Dunstan, e em toques mais fracos, o relógio na casa de tortas ecoava o som. As pessoas estavam ansiosas para receberem as tortas quando elas subirem! A sra. Lovett desceu o quadrado — a plataforma móvel que era abaixada com polias até o piso inferior —, e um maquinário, que só precisava ser acionado por uma manivela, trazia para cima uma centena de tortas em uma bandeja. Estas eram tomadas, com ansiedade, por pessoas que já tinham pagado, e tinha início uma mastigação como nunca se viu.

A plataforma foi abaixada de novo para pegar a próxima centena, e um homem disse, com educação:

— Deixe-me girar a manivela, sra. Lovett, por favor. É demais para a senhora, tenho certeza.

— Senhor, é muita gentileza, mas não permito a entrada de ninguém deste lado do balcão. Ninguém além de meus funcionários. Posso girar a manivela sozinha, senhor, com a ajuda desta menina. Mantenha distância, senhor, ninguém precisa de sua ajuda.

Os jovens advogados riram alto enquanto mastigavam e se saboreavam com o molho farto das tortas, que, pelo jeito, eram de carne deliciosa de vitela dessa vez, e a sra. Lovett girou a manivela do maquinário com mais vigor, já que estava irritada com o desconhecido inoportuno. Pareceu bem trabalhoso, de um jeito que não era comum, erguer a segunda centena de tortas! Ela se esforçou e as pessoas esperaram. Mas, por fim, o vapor fragrante surgiu e a parte de cima das tortas se tornou visível.

Elas subiram em uma bandeja grande, de cerca de 1,80 metros quadrados, e assim que a sra. Lovett terminou de girar a manivela e acionou uma trava que impedia que a plataforma descesse de novo, para surpresa e terror de todos, as tortas voaram longe, com bandeja e tudo, espalhadas pelo balcão — e um homem, que estava encolhido embaixo da bandeja, ficou de pé.

A sra. Lovett gritou o mais alto que conseguiu, e ficou ali tremendo, pálida como a morte. Era o infeliz cozinheiro preso no andar de baixo, que havia posto em prática seu modo de fuga.

As pessoas reunidas na casa de tortas pareciam petrificadas, e depois do grito da sra. Lovett, permaneceram totalmente em silêncio por um minuto, até que o jovem que trabalhava como cozinheiro falou.

— Senhoras e senhores, temo que o que vou dizer estrague seu apetite. Mas a verdade é sempre bela, e preciso dizer que as tortas da sra. Lovett são feitas com carne humana!

Como as pessoas se retraíram — ouviu-se um grito de desespero e agonia!

Cerca de quarenta assistentes de advogados começaram a passar mal de uma vez, e cuspiram o recheio gelatinoso das ricas tortas que estavam devorando.

— Minha nossa!

— Ah, as tortas, meu Deus!

— Mentira! — gritou a sra. Lovett.

— A senhora está presa — disse o homem que havia se oferecido para girar a manivela do maquinário que traria as tortas, empunhando um cassetete, dessa vez.

— Presa?

— Sim, sob a acusação de ajudar e facilitar as coisas para que Sweeney Todd, que agora está preso, cometesse muitos assassinados.

A sra. Lovett deu um passo para trás e seu rosto ficou vermelho.

— Fui envenenada — disse ela, perdendo as forças. — Santo Deus, fui envenenada... — E caiu no chão, desacordada.

Havia agora uma confusão na entrada do estabelecimento, pois várias pessoas tentavam entrar. Entre elas, estavam Sir Richard Blunt, Coronel Jeffery, Johanna Oakley e Tobias Ragg, que, quando fugiu do manicômio de Peckham Rye, procurou o cavalheiro em Temple, que o levou ao magistrado.

— Senhorita Oakley — disse Sir Richard —, a senhorita se negou a vir aqui, mas eu disse que tinha um motivo especial para trazê-la. Hoje, há cerca de meia hora, conheci alguém que quero apresentar à senhorita.

— Quem... quem?

— Há uma comunicação subterrânea desde a adega de Sweeney Todd até os fornos desta casa de tortas. E conheci, desse modo, o cozinheiro da sra. Lovett, com quem combinei uma surpresa para a namorada dele. Olhe para ele, senhorita Oakley, e veja se o reconhece. Olhe para a frente, cozinheiro.

— Mark... Mark Ingestrie! — gritou Johanna assim que viu a pessoa a quem o homem se referia.

— Johanna!

No instante seguinte, ela estava nos braços dele, perto de seu coração.

— Ah, Mark, Mark, você não está morto.

— Não, não, nunca estive. E você, Johanna, não está apaixonada pelo rapaz do exército que conheceu em Temple?

— Não, nunca estive.

Quando a sra. Lovett foi presa pelos oficiais, descobriram que ela estava morta. O veneno que Sweeney Todd havia colocado no brande que ela estava acostumada a tomar sozinha, quando as crises de consciência a assolavam, e do qual ela sempre bebia um pouco antes de a fornada de tortas da noite subir, havia surtido efeito.

Aquela noite, Todd passou em Newgate, e posteriormente, um cadáver pendurado na forca foi só o que restou do barbeiro de Fleet Street. O manicômio do sr. Fogg, na Peckham Rye, foi invadido e o homem foi convencido a mudar de país, cujas despesas o governo pagou, gentilmente. Tobias foi à missa de Mark Ingestrie, e também ao casamento, posteriormente, de Mark com sua linda noiva. O grande Ben, o guardião da Torre, fez coisas extraordinárias, que o espaço e a oportunidade não nos permitem relatar nestas páginas.

Os jovens que iam à casa de tortas Lovett's e que se deliciavam com aquelas maravilhas suculentas, já deixaram de ser jovens. Na verdade, todos menos um, já estão enterrados. E ele é muito, muito velho, mas até agora, quando pensa em como gostava do sabor da "carne de vitela", ele estremece — e precisa tomar um gole de brande.

Sob a velha igreja de St. Dunstan, foram encontradas as cabeças e ossos das vítimas de Todd. As autoridades falaram o mínimo possível sobre isso; mas acredita-se que algumas centenas de pessoas devem ter morrido do modo aterrorizante que detalhamos.

Nossa história terminou, e o único mistério que aparentemente precisa ser explicado é em relação a quem Thornhill era e o que aconteceu com ele.

Ele era exatamente o que afirmava ser, o amigo de Mark Ingestrie, a quem este deu a incumbência de cuidar do colar de pérolas; mas ele foi vítima da crueldade de Sweeney Todd, que, unido à sra. Lovett, roubava os clientes que assassinava, enquanto ela os vendia em forma de torta.

Mark Ingestrie, depois de muitos perigos e dificuldades, havia chegado a Londres; mas ele o fez, infelizmente, a tempo de acompanhar Johanna até os jardins de Temple, em uma de suas inocentes excursões com o Coronel Jeffery. Ele pensou que, devido àquela circunstância, ela o estava traindo, e sem notícia de seu amigo Thornhill, ele, em um momento de desespero, aceitou a desesperadora condição de cozinheiro na famosa casa de tortas da sra. Lovett, de onde quase não conseguiu escapar com vida.

Johanna e Mark viveram felizes e por muito tempo juntos, aproveitando todos os confortos de uma vida independente; mas nunca se esqueceram das circunstâncias estranhas e tristes relacionadas ao colar de pérolas.

The End.

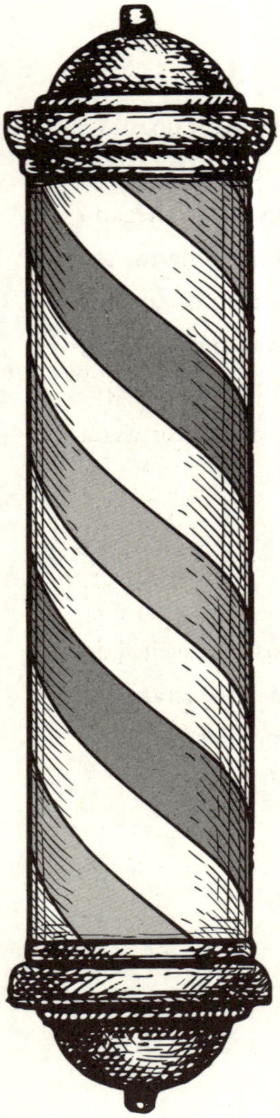

Artigo Extra

O fascinante LEGADO DOS POSTES DE BARBEIRO

UMA VIAGEM SANGRENTA À MEDICINA MEDIEVAL E AO CHARME VINTAGE

As listras vermelhas, brancas e azuis do icônico poste de barbeiro, ou *barber pole*, guardam uma história surpreendentemente densa e sangrenta. Antes de se tornar um símbolo de cortes impecáveis e pelos "na régua", ele marcava um dos primeiros centros comunitários de saúde da Europa medieval. No coração dessa trajetória está a Inglaterra, terra natal de tradições que misturam navalhas afiadas, bisturis e, às vezes, até alguns crimes.

A MEDICINA NAS BARBEARIAS

Na Idade Média, o barbeiro era muito mais que um profissional da estética. Tratava feridas, extraía dentes, fazia pequenas cirurgias, realizava sangrias e, em casos raros, até trepanações (perfurações no crânio para lidar com doenças ou "maus espíritos").

Tudo isso acontecia dentro da barbearia, que, em muitos lugares, era o único acesso da população a algum tipo de cuidado médico que demandasse alguma intervenção cirúrgica. Em 1163, decisões da Igreja, como as discutidas no Concílio de Tours, proibiram o clero de realizar cirurgias que envolvessem derramamento de sangue, e a missão de cuidar dos enfermos dessa maneira passou oficialmente aos barbeiros.

Além das sangrias, era comum que barbeiros limpassem e suturassem feridas, drenassem abscessos, removessem verrugas, tratassem fraturas e luxações e, em casos extremos, realizassem amputações, especialmente após batalhas ou em quadros de gangrena. A atuação era, muitas vezes, baseada em teoria rudimentar, observação prática e experiência com objetos cortantes, mas preenchia uma lacuna vital.

Presentes no cotidiano inglês, esses profissionais muitas vezes iam além de suas vilas. Alguns viajavam com tendas, atuando como "barbeiros voadores". Com o tempo, surgiram guildas para regulamentar a profissão, como a *Worshipful Company of Barbers*, em Londres (que, mais tarde, se uniria aos cirurgiões, até a separação formal entre ambas as áreas, em 1745). Essas associações não só organizavam a profissão, como supervisionavam aprendizes, estabeleciam regras mínimas de atuação e buscavam manter um padrão

básico de qualidade entre os barbeiros-cirurgiões.

SIMBOLOGIA DAS CORES E FORMAS

Na barbearia medieval, os símbolos eram essenciais. Em um mundo com poucos hospitais e alto índice de analfabetismo, a comunicação precisava ser visual. É aí que entra o famoso poste: um código não verbal que avisava "aqui há ajuda" (ou ao menos alguém com uma lâmina disposto a tentar). Em certa medida, o poste de barbeiro funcionava como um "manual visual" para a população, um farol para os doentes, muitas vezes a única forma de localizar assistência "médica".

O vermelho simboliza o sangue arterial das sangrias. O branco, as ataduras limpas usadas após os procedimentos. Já o azul carrega múltiplas interpretações: pode ser o sangue venoso, uma homenagem mais recente à bandeira americana, ou até uma forma de distinguir barbeiros de cirurgiões (que usavam postes apenas vermelhos ou vermelhos e brancos). O mastro central representa o bastão que os pacientes seguravam durante a sangria, para evidenciar as veias.

As listras em espiral vêm do hábito de torcer ataduras ensanguentadas ao redor do mastro, deixando-as secar ao vento. Às vezes, uma bacia no topo indicava onde ficavam as sanguessugas, usadas na hirudoterapia. Já uma bacia na base podia representar o recipiente onde o sangue era coletado.

DO DECLÍNIO DA PRÁTICA MÉDICA AO LEGADO CULTURAL

Com o avanço da medicina e o surgimento de escolas médicas a partir do século XIV, a função dos barbeiros como cirurgiões foi perdendo espaço. A separação oficial entre as guildas de barbeiros e cirurgiões marcou a transição definitiva da cirurgia como arte empírica para ciência formal, abrindo caminho para a medicina moderna. Mas o poste permaneceu, agora como símbolo estético, desligado de sua antiga e heroica função médica.

Hoje, ele resiste como peça decorativa e nostálgica. As barbearias retrô estão em alta, muitas ostentando postes giratórios e iluminados. Em Forest Grove, nos EUA, está o "barber pole" mais alto do mundo, com 22 metros de altura.

Curiosamente, postes de barbeiro nem sempre seguem o padrão tricolor. Em algumas regiões, especialmente fora da Inglaterra, há variações regionais nas cores e nos significados. O termo "barber pole", por sua vez, ganhou vida própria, sendo usado até em campos como astronomia, biologia, aviação e música, prova de que um símbolo pode atravessar fronteiras culturais.

Na Londres vitoriana, cenário de Sweeney Todd, a barbearia seguia como espaço de confiança (ou mistério). Afinal, poucos eram os que sobreviviam depois de passar pela navalha do infame assassino. O poste é, portanto, um lembrete giratório de que aquele lugar já foi palco de cortes bem mais profundos do que uma barba "na régua".

Da próxima vez que avistar as clássicas listras vermelhas, brancas e azuis, lembre-se: por trás desse charme nostálgico há séculos de sangue, história e reinvenção. Um verdadeiro fragmento da Europa medieval e o cenário perfeito para um bom suspense gótico.

Referências bibliográficas

PBS. (s.d.). Bloodletting. | | Reservio. (2017). As origens das barbearias. | The Barber's Pole: A Fascinating Journey Through History. (2024). Barbershop.nyc. | Mega Curioso. (2022). Por que os postes de barbeiros são pintados de vermelho, branco e azul? | Barberang. (s.d.). Barber Pole ou poste de barbeiro - Conheça a história. | Eastern College. (2017). The History Of Barbers. | History Medieval. (2023). Barbers-Surgeons: Bridging Medicine and Barbering in the Middle Ages. | Hekint.org. (2020). The barber-surgeons: Their history over the centuries. | ND Mais. (2024). Por que as barbearias têm aqueles postes azuis, vermelhos e brancos? | Birdesign. (2023) e mais.

SWEENEY NO BRASIL

Encontrar a obra original de *Sweeney Todd* foi uma grande alegria. O título nunca havia sido publicado no Brasil, e o filme de Tim Burton não dava nenhuma pista de que o musical era inspirado em um livro. **Foi sorte.** E, além dela, contamos com a força de centenas de leitores apaixonados que embarcaram conosco nessa jornada através do Catarse. Graças ao financiamento coletivo, *Sweeney Todd* finalmente chegou ao Brasil. Agradecemos imensamente a cada apoiador por tornar isso possível!

Thank you, ladies and gentlemen!

THEOBALDS ROAD
HOLBORN
VIADUCT
CLERKENWELL ROAD
CHARTERHOUSE ST.
LONG LA.
ALDERSGATE STREET
BARBICAN
CHISWELL ST.
Charter House
MARKET
Lincolns Inn Fields
QUEEN STR.
CHANCERY LANE
FLEET STR.
STRAND
LUDGATE H.
CHEAPSIDE
POULTRY
BANK
NEWGATE ST.
OLD BAILEY
FARRINGDON ST.
NEW BRIDGE ST.
CATHEDRAL
QUEEN VICTORIA ST.
UPPER THAMES ST.
Cannon St.
EMBANKMENT
Temple
Temple Pier
Somerset House
T
H
WATERLOO BRIDGE
BLACKFRIARS BRIDGE
SOUTHWARK BRIDGE
Bankside
Charing Cross
CHARING CROSS
Cleopatras Needle
Commercial Rd.
WATERLOO ROAD
Waterloo
SOUTHWARK STREET
UNION ST.
NEW CUT
BLACKFRIARS ROAD
SOUTHWARK BRIDGE RD.
BOROUGH HIGH ST.
NEWCOMEN ST.
GT. DOVER ST.
WESTMINSTER BRIDGE RD.
BOROUGH ROAD
LONDON RD.
ST. GEORGES RD.
LAMBETH ROAD
Bethlehem Lunatic Hospital
Lambeth Palace
ST. THOMAS'S HOSPITAL
LAMBETH
Sessions Ho.
NEWINGTON CAUSEWAY
NEW KENT ROAD
Elephant & Castle
GT. DOVER STREET
FALMOUTH ROAD
Walcot Sq.
Brook St.
BELVEDERE ROAD

HOTEL RUSSELL
BRITISH MUSEUM
THEOBALDS ROAD
HOLBORN
NEW OXFORD ST.
Lincolns Inn Fields
CHANCERY LANE
FLEET STR.
STRAND
Temple
DRURY LANE
LONG ACRE
CHARING CROSS ROAD
ST. MARTINS LANE
COVENTRY ST.
HAYMARKET
REGENT ST.
Trafalgar Square
CHARING CROSS
PALL MALL
WHITEHALL
Horse Guards
Treasury
ST. JAMES'S PARK
BIRD CAGE WALK
VICTORIA EMBANKMENT
WATERLOO BRIDGE
WATERLOO ROAD
Charing Cross
CHARING CROSS
WESTMINSTER
WESTMINSTER BRIDGE
WESTMINSTER BRIDGE RD.
ABBEY
HOUSES OF PARLIAMENT
ST. THOMASS HOSPITAL
LAMBETH PALACE
Lambeth Palace
LAMBETH
LAMBETH ROAD
Berhlehem Lunatic Hospital
HORSEFERRY RD.
LAMBETH BRIDGE
NEW CUT
Commercial Rd.